KB077521

서녘이 밝아오면

서녘이 밝아오면 2

초판 1쇄 펴낸 날 | 2016년 10월 17일

지은이 | 밀밭
펴낸이 | 서경석

편집책임 | 조윤희 **편집** | 이은주, 최고은 **디자인** | 신현아
마케팅 | 서기원 **경영지원** | 서지혜, 이문영

임프린트 | (MUSE)
주소 | 경기도 부천시 원미구 부일로 483번길 40 서경B/D 3F (우) 14640
전화 | 032-656-4452 **팩스** | 032-656-4453
이메일 | roramce@naver.com **블로그** | bolg.naver.com/roramce
홈페이지 | http://www.chungeoram.com

발 행 처 | 도서출판 청어람
출판등록 | 1999년 5월 31일 제387-1999-000006호
어람번호 | 제11-0041호

ⓒ 밀밭, 2016

ISBN 979-11-04-90970-2 04810
ISBN 979-11-04-90968-9 (SET)

도서출판 청어람은 언제나 여러분의 소중한 작품 투고와 도서 출간 기획 등 다양한 제안
을 기다리고 있습니다. chungeorambook@daum.net

서녘이 밝아오면

2

밀밭 장편소설

목차

8장. 징벌 ◆ 007

9장. 새로운 곳에서의 생활 ◆ 037

10장. 앙큼한 궁녀는 그분을 쥐락펴락 ◆ 071

11장. 내 행복마저 미안함이 되어 ◆ 161

12장. 속고 속이는 달달한 연극 ◆ 225

13장. 드디어 하나가 되다 ◆ 279

14장. 마지막 시험 ◆ 313

15장. 너에게 가는 길 ◆ 393

16장. 서녘이 밝아올 때까지, 영원히 ◆ 435

그 후 1. 총체적으로 문제 있는 시댁 ◆ 491

그 후 2. 등을 가볍게 미는 바람처럼 ◆ 509

작가 후기

8장.
징벌

차언은 지끈거리는 머리를 짚으며 일어났다. 궁궐 안에서 감히 주인의 잠을 깨울 이는 없었다. 그는 원하는 시각에 잠자리에 들었고, 원하는 시각에 눈을 떴다. 대부분의 경우 눈을 뜨면 해가 중천이었다. 오늘도 그러했다.

어쩌면 평소보다 늦은 시각일지도 모르겠다.

어제저녁 마신 술이 과했다.

서효, 그 계집을 쫓아냈다. 한 달 동안 데리고 있으면서 얼마나 눈에 거슬렸는지 모른다. 그냥 거기에 숨 쉬고 서 있다는 이유만으로 짜증이 치밀어 미칠 것 같았다.

강제, 억압, 혼인, 모범이 되지 못하는 제 성품.

모든 것이 넌더리 났다.

견딜 수가 없었다.

그중에서도 가장 끔찍한 건 역시 서효. 아무것도 모르는 말간 눈으로 쳐다보면 숨이 턱 막혔다.

"늙은이가 하고많은 계집 중에 널 보낸 이유를 알겠다."

어느 날, 긴 회랑을 혼자 닦고 있는 서효에게 그가 말했었다.

"예쁜 것만 보며 사랑 듬뿍 받고 자란 네 선량함이 날 자극해."
"……네?"
"바로 지금 그 눈. 그 표정. 상대에게 마음을 주면 당연히 보답
받으리라 믿는 그 순진해 빠진 구석!"

저도 모르는 사이 격분해서 벽을 쳤었다.

"그게 날 미치게 만든다고."
"차언님……. 저는."
"왜냐면 난 알거든. 마음은 보답 받을 수 있는 게 아니란 걸."

노력을 하면 할수록 엇나가는 관계도 있다는 걸…… 넌 모르겠
지.
"하아."
차언이 손으로 얼굴을 문질렀다. 지금 자신에게 필요한 건 뜨
거운 세숫물일까, 아니면 정신이 번쩍 드는 냉수일까. 창을 열어
젖히자 궁녀들이 기다렸다는 듯 소세 도구를 들고 들어왔다. 의
복까지 갈아입고 아침상을 받는데 이상하게 입맛이 돌지 않았다.
아마 전날의 과음 때문이리라 생각하며 수저를 드는 대신 차만

서녘이 밝아오면

마셨다.

"물려라."

주인의 행동이 평소 같지 않지만 이에 토를 다는 자는 없었다. 어째서 안 드시냐는 한 마디 없이, 상이 그대로 치워졌다.

'초대장은 오늘도 오지 않겠지.'

부자지간이긴 하나 어쨌든 인간계에 있는 차언이 아버지를 보려면 따로 부름을 받아야 했다. 아랫것들이 재잘거리기 전에 이미 알고 있었다. 자신에게 초대장이 오지 않으리란 것.

'당연한 거 아닌가. 노인네 코앞에서 엿을 먹였으니 심사가 뒤틀렸을 터.'

하지만 '초대장 따위'라고 생각하려 해도 뒷맛이 개운치 않은 것이다. 기분이 더러운 이유를 애써 숙취 탓으로 돌려보는 그였다. 대전으로 들어섰다. 어쨌건 그에게도 주어진 일이 있었다.

"차언님."

의자에 앉기 무섭게 하인이 머리를 조아렸다.

"난양이라는 계집이 차언님을 뵙길 청합니다."

처음 듣는 이름에 그가 미간을 찡그렸다. 웬만한 민원은 하인 선에서 처리하도록 하고 있었다.

"알아서 해결해라."

"그것이."

하인이 평소답지 않게 말을 덧붙였다.

"저…… 서효님의 시신을 거두어 왔습니다."

두루마리를 펼쳐 든 차언의 손이 멎었다. 순간 귀에서 삐, 하는 소리가 들린 것 같았다. 그러더니 깊은 물속에 가라앉은 것처럼 귀가 멍멍해졌다. 하인의 입이 움직이는데 그의 목소리는 들리지 않았다.

차언은 천천히 두루마리를 접어 탁자에 내려놓았다. 단상 아래를 내려다보자 하인이 난감한 얼굴로 명을 기다렸다.

"들라 할까요?"

혀가 굳었는지 말이 나오지 않았다.

"차언님?"

"계집만, 들라 하라."

하인이 머리를 조아리고 나가더니 이내 호리호리한 여자를 데리고 들어왔다. 스물너덧 살 정도의 여자는 제법 청순한 미녀였으나 어딘지 모르게 병색이 짙었다. 아니나 다를까 무릎을 꿇자마자 소매에 얼굴을 묻고 기침을 했다. 하얗게 질린 안색은 분칠 때문이 아니었다.

"소녀 난양, 차언님을 뵙습니다."

난양이 얼른 자세를 바로 하고 머리를 조아렸다. 자, 이제는 어찌해야 하는가. 자신은 뭐라 말하려고 이 여자를 들게 했는가.

차언은 난양이 당황해할 때까지 빤히 쳐다보았다. 하인이 그의 눈치를 보더니 난양에게 눈짓을 하였다. 눈짓을 알아들은 난양이 머리를 재차 조아린 후 설명을 시작했다.

"소녀는 근처 찻집에서 일하는 난양이옵니다. 이웃 성에 사는 친척을 뵙고 돌아오던 중에 쓰러져 있는 아가씨를 발견했습니다."

"······그 계집이 궁궐 소속인 것은 어찌 알고 왔느냐?"

"한 달 전쯤의 밤이었습니다. 거리에서 호객을 하는데 창문 밖을 내다보는 아가씨와 눈이 마주쳤어요. 처음 보는 얼굴이었고, 굉장히 신기해하는 표정이라 기억에 남았지요. 그리고 아가씨를 태운 마차가 궁궐 쪽으로 가는 것을 보았습니다."

"기억력이 제법이군."

"내세울 것 없는 재주입니다."

원래 손님을 맞는 직업이라 그런지 대응이 자연스러웠다. 차언은 한동안 침묵을 지키다가 물었다.

"어디였나?"

난양은 산 비탈길 아래에서 시신을 발견하였다고 답했다. 혼자 수습하였냐는 질문에는 마침 함께 마차를 타고 가던 사람들이 도와줬다고 했다.

"모두 여자분이었지만 힘을 써주셨습니다."

쓸데없는 짓을 했다고 쏘아붙이는 게 맞았다. 발을 헛디뎌 죽은 아둔한 계집 따위, 누가 신경이나 쓴다고.

원래대로라면 그랬을 것이다. 그런데 이상하게 가슴 한구석이 답답했다. 난양이 몸을 가누기 힘들 만큼 기침을 하지 않았더라면, 차언은 계속 굳어 있었을 것이다.

"잘하였다."

겨우 짧게 대답할 따름이었다.

"이만 가봐라."

머리 숙여 절을 한 난양이 뒷걸음으로 물러났다. 문턱을 넘어서는 걸음이 위태로웠다. 오늘은 남의 시신을 거뒀지만, 내일은 제 장례를 치를 판이었다. 하지만 그런 것도 차언의 눈엔 들어오지 않았다.

서효가 죽었다. 지긋지긋하던 그 정혼녀의 숨이 끊어졌다.

한데 왜 기쁘지가 않지?

"차언님?"

하인이 조심스레 주인의 뜻을 구했다. 앞으로 어떻게 처리할 것인지 묻는 것이다. 이 또한 백지장처럼 새하얄 뿐이었다. 그때, 맑고 푸르던 하늘이 검게 변하기 시작했다. 저 멀리서부터 하늘이 울었다. 차언의 눈빛이 단번에 변했다.

"천제의 등장이시군."

그가 자리에서 일어섰다.

궁궐 바로 위에 먹구름이 몰려들었다. 당장에라도 폭풍이 몰아칠 듯한 전운이 감돌았다. 차언은 감정을 지운 눈으로 하늘을 올려다봤다.

순간, 눈이 멀 것 같은 섬광이 번쩍했다. 다시 눈을 떴을 땐 드넓은 대전 앞마당에 흰옷을 입고 관을 쓴 중년인이 서 있었다. 기이한 오색구름이 중년인의 주변을 떠다녔다. 그가 바로 하늘과 땅, 만물을 주관하는 천제. 그리고 차언의 아버지였다.

"얼굴 한 번 뵙기가 힘듭니다."

차언의 말끝이 올라갔다. 조롱 어린 말투였다.

"노인장?"

"네 정혼녀의 숨이 멎었더구나."

"그렇다더군요."

"그 아이를 벼랑으로 내몬 네가, 그런 식으로 말하는 게냐?"

"그럼 어떤 식으로 말할까요?"

차언이 헛웃음을 터뜨렸다. 아까 대전에서 느꼈던 답답함이 빠른 속도로 자취를 감추었다. 대신 그 자리엔 분노만 차오를 뿐이었다.

"대체 어떤 식으로 말해야 흡족해하시겠습니까? 예? 가슴을 치며 통곡을 할까요?"

"죄 없는 아이를 죽음으로 내몰았어!"

"그 계집을 죽인 게 누군데 그러십니까!"

이번엔 차언도 소리를 질렀다. 그의 눈이 이글이글 타오르기 시작했다. 기묘함, 답답함, 죄책감? 애초에 차언과 거리가 먼 것이다. 그런 감정들 따위 집어치우라지. 간만에 이뤄진 아버지와의 대면은 차언의 피를 싸늘하게 식혔다.

모순적이었다. 겉은 분노로 타오르는데, 가슴속은 얼음장처럼 식을 수 있다니.

"알지도 못하는 계집 따위 들이밀지 말라고 내가 몇 번이나 말했습니까?"

차언의 손에서부터 시작된 검푸른 기운이 이내 온몸으로 퍼져 나갔다.

"지금이라도 살아 돌아온다면 몇 번이라도, 몇 번이라도."

그가 잇새로 내뱉었다.

"당신이 보는 앞에서 죽여줄 수 있어."

천제의 표정이 어두워졌다. 몹시 익숙한 표정이었다. 영문도 모르는 어릴 적부터 자주 봐온 표정이기도 했다.

실망, 통탄. 그리고 이어지는 한숨. 차언의 모든 언행은 천제에게서 걱정을 끌어내곤 했다. 설령 그게 칭찬을 받고자 한 일이라도 말이다. 그런 일이 수백 년 반복되면 지금의 부자지간 같은 꼴이 나게 된다.

"그 아이가 네 마지막 희망이었다."

천제가 슬픔 어린 얼굴로 말했다.

"네 모난 부분을 끌어안고, 너의 부족함을 채워줄 마지막 희망."

"당신의 희망이었겠지."

차언이 잘라 말했다.

"그리고 나 역시도 이번이, 마지막 기회였어."

차언의 몸을 감싸는 검푸른 기운이 점점 커지면서 지축(地軸)이 흔들리기 시작했다. 피 토하는 발작을 겪으면서도 힘을 눌러 왔던 이유. 그것을 저 사내는 모른단 말인가.

사실 이유 같은 건 알고 싶지도 않겠지. 말할수록 천제의 근심만 깊어질 뿐이다. 제 아들의 힘이 필요 이상으로 강하다는 것을 일깨우기만 할 뿐.

"천 명, 만 명의 계집을 보내도 소용없을 겁니다."

바닥에 깔린 평평한 돌이 종잇장처럼 들고 일어났다. 차언의 머리 위로도 검은 먹구름이 생겼다. 하늘에 두 개의 소용돌이가 휘몰아쳤다.

"……보내는 족족 싸늘한 시신으로 돌려보낼 테니."

그가 천제를 향해 검푸른 기운을 날렸다. 지나가는 땅바닥이 움푹 팰 정도로 엄청난 힘이었다. 천제는 두 손을 뻗어 아들의 힘을 막는 동시에 그것을 튕겨냈다.

차언이 몸을 날려 피했다. 그가 서 있던 자리에 별똥별이 떨어진 듯 커다란 흔적이 남았다. 힘을 흡수한 그대로 소멸시킬 수 있었다. 다른 누구도 아닌 천제라면 가능했다. 하지만 아버지는 아들의 힘을 다시 튕겨내었다.

"이제야 본심을 드러내시는군."

차언의 입가에 냉혹한 미소가 걸렸다. 숨 돌릴 틈 없이 두 번째, 세 번째, 네 번째 합이 이어졌다. 그러던 어느 순간, 차언은 자신이 진(陣) 속에 갇혔다는 것을 깨달았다.

"하."

냉소가 터져 나왔다.

"현록, 네놈도 왔느냐?"

천제의 아들들에겐 각자 주어진 힘이 달랐다. 치유가 막내 정명의 영역이라면, 차남 현록은 신묘한 진법에 능통했다. 그 어떤 상급 신이라도 현록의 진을 깨뜨릴 순 없었다.

단 한 명, 차언을 제외하고서는 말이다.

차언이 모든 힘을 발산하면 제 아무리 현록의 진이라도 버텨내지 못했다. 하지만 그 정도로 큰 힘을 뿜어내는 데엔 위험이 따르는 법. 양쪽에게 공평히 주어진 기회였다. 위험을 무릅쓰고 진을 파괴하느냐, 아니면 그럴 틈을 주지 않고 총공격을 퍼부어 차언을 굴복시키느냐.

공기 중에 넷째의 체향이 느껴졌다. 정말 다 같이 왔나 보다. 오늘이 차언 자신을 후려잡는 날인 것이다.

"막내를 못 보고 가는 건 확실하군."

나락으로 떨어지기 직전, 차언이 마지막으로 뱉은 말이었다. 그리고 다음 순간, 그의 발밑이 꺼졌다.

지옥에 떨어진 것은 처음이었다. 외따로 떨어진 감옥에 갇힌 차언은 피를 토하며 울부짖었다. 온몸을 찢어발기는 고통을 견디기가 힘들었다. 어딘가에서 천제의 음성이 들려왔다.

"아들아, 네 업보가 크다."

이러길 원치 않았다는 말투. 그러나 천제의 목소리에도 나름의 진노가 배어 있었다.

"내가 네 정혼녀 하나 때문에 이러리라 생각한다면 착각이다. 그동안 네가 가벼이 거둔 수많은 목숨을 떠올려 봐라."

"……그딴, 파리 목숨. 우욱!"

"네가 아무리 지배자로 태어났다지만, 네게도 지켜야 하는 선이 있는 법."

"욱, 크윽……!"

발작을 겪을 때보다 수십 배에 달하는 고통이 쏟아졌다. 차언의 눈이 붉게 물들었다.

"하루아침에 소중한 사람을 빼앗긴 이들의 심정을 아느냐?"

무릎이 꺾였다. 정신이 아득해졌다. 온몸을 떠는 차언의 귓가에 천제의 목소리가 울렸다.

"백 년 뒤에 너를 인간계에 돌려보낼 것이다."

그 말인즉 백 년 동안 이곳에 갇혀 있어야 한다는 뜻.

"인간으로 환생한 네 정혼녀를 찾아 업보를 갚아라. 이번 생에서 잔인하게 짓밟은 그 아이를 행복하게 만들 때마다 본래의 너로 돌아갈 수 있을 터."

그게 무슨 뜻이냐고 되물으려 했다. 하지만 목소리는 나오지 않았고, 대신 신음만 새어 나올 뿐이었다.

"백 년이다, 차언."

그 뒤로 다시는 천제의 목소리를 들을 수 없었다.

길다 하면 길고, 짧다면 짧은 시간이었다. 차언은 백 년이 지난 뒤 정말 인간계로 돌아왔다. 고통은 오기를 더욱 부추겼을 따름이었다. 서효의 환생을 찾으라고? 그 계집을 행복하게 만들어?

"헛소리."

차언은 두 번 생각할 것도 없이 바로 망월로 돌아가려 했다. 한데 믿을 수 없는 일이 일어났다.

"이건 무슨……. 어째서 힘이 하나도 남아 있지 않은 거지?"

그제야 깨달았다. 백 년간 지옥에 가둬둔 게 전부가 아니었다는 것을. 아버지는 아들의 모든 힘을 거둬갔다.

믿기지 않는 현실이다. 차언은 분노에 떨며 손을 뻗었다. 즉시 눈앞의 바위가 산산조각이 나야 정상이거늘, 현실은 모래 한 알조차 움직일 수 없었다. 평범한 인간의 몸이 되어버렸다.

"이런 비루한 껍데기로 뭘 하란 말이냐!"

격분하여 난동을 피웠다. 그러자 믿을 수 없는 일이 연달아 일어났다. 길을 지나가다가 봉변을 당한 인간들이 눈을 홉뜨고 달려들었다.

굴복시킬 힘도 없지, 재물도 없지, 행색은 초라하지. 거기다 망월은 사람들의 기억 속에서 사라져 있었다. 그러니 위의 조건에 하나 더 추가. 미친놈처럼 존재하지도 않는 곳을 찾아 헤맸다. 그에 모자라 제가 왕이라도 되는 것처럼 오만하다.

이십 일 뒤, 차언은 죽지 않을 만큼만 맞은 다음 노예로 팔려 갔다. 분노로 눈을 번득이는 그를 산 것은 어느 대갓집의 공자였다.

그래봤자 그의 저택은 옛날 차언이 살던 궁궐에 비해 한참 모자랐지만. 공자는 희귀한 야생마를 보듯 차언을 보았다. 그리고 그를 길들이려 했다.

"꺼져."

목이 쉬어서 그르렁대는 소리가 났다. 차언은 말채찍을 들고 다가오는 하인들을 노려보며 주먹을 쥐었다. 등이 너덜너덜해질 정도로 맞았을 때 그만두라는 소리가 들려왔다. 공자의 목소리는 아니었다. 아주 오랜만에 듣는, 낯설지 않은 목소리.

"잔인하게 무슨 짓이에요? 그만둬요. 당장 그만둬!"

"아이구, 아가씨."

"매희 아가씨 오셨습니까요."

하인들이 허둥지둥 말채찍을 감추며 고개 숙였다. 여자는 공자의 만류에도 불구하고 서슴없이 차언에게 다가와 허리를 숙였다. 어깨를 감싸는 작은 손. 걱정 어린 눈망울. 천진한 그 표정.

"괜찮아요?"

"너는……."

서효였다. 화살을 쏘아 쫓아낸 이후로 보지 못한 얼굴이 그를 들여다보고 있었다. 사촌 오라비라는 공자가 그녀를 황급히 떼어 냈다.

"네가 다치면 내 무슨 낯으로 숙부님을 보겠느냐?"

"제가 어딜 다쳤다고 그래요? 다친 건 이 사람이라고요."

"새로 사온 노예다."

"하인이 넘쳐 나는 집에 굳이 노예라니. 오라버니도 진짜 악취미예요."

부호의 외동딸 매희로 환생한 그녀는 이번 생에도 같은 실수를 저질렀다. 오만과 상처로 얼룩진 노예를 마음에 들인 것이다.

상처를 치료해 주고 웃어주었다. 다정하게 대해주었다. 참으로 어리석은 계집이었다. 어째서 너는 같은 실수를 반복하는가. 기왕 부유한 인간의 딸로 환생했으면 주어진 복을 누리다 죽으면 될 게 아닌가.

어째서 너는, 내가 이토록 치를 떠는데도 어째서.

본의 아니게 그녀를 기쁘게 만든 일이 몇 번 있었다. 그럴 때마다 차언은 조금씩 돌아오는 제 힘을 느꼈다.

'천제의 말뜻이 이거였군.'

원래 휘두르던 힘에 비하면 새 발의 피. 남들보다 움직임이 빠르고 근력이 강해지는 정도에 그쳤지만, 이 정도만 해도 인간 세상을 살기에 훨씬 수월했다. 이제 누구도 함부로 노예를 때리지 못했다.

그러던 어느 날, 서효가 우울한 얼굴로 말했다.

"차언, 나 처음 보는 사람과 혼인해야 한대."

뭐야, 나 말고 다른 놈이 있었나. 뜻밖의 전개에 의아했지만, 어찌 보면 그가 상관할 바가 아니었다.

"예, 그러시죠."

"근데 느낌이 이상해. 분명 오늘 처음 본 사람인데…… 어디선가 마주친 기분이 들어. 보자마자 소름이 오스스 돋았다니까."

"운명인가 본데."

"그런 게 아니야."

서효가 잘라 말했다. 그렇게 말하는 목소리가 떨렸다. 눈물이 그렁그렁하였다.

"무섭고 싫단 말이야."

원치 않는 혼인을 강요받는 자리. 예전의 제 모습과 겹쳐 보였을까. 아니면 그냥 잠깐 머리가 돌아버린 걸지도 모른다.

"싫으면 도망치든가."

"……응?"

"다 두고 도망가요. 그렇게 싫으면."

같이 가줄 거냐고 묻는 그 손을 잡는 게 아니었다. 힘만 도로 찾고 제 갈 길 가라고 떨쳐 내자. 그런 생각으로 함께 길을 떠났는데, 한 달 동안 같이 도망을 다니는 새 이상한 감정이 스며들었다.

그리고 그 감정이 무엇인지 알아볼 틈도 없이, 서효가 죽음을 맞았다. 예전부터 그녀에게 집착하던 사내. 원래 혼인하기로 되어 있던 사내가 결국 사람을 보낸 것이다. 자객들이 노린 것은 차언이었지만 칼을 맞은 이는 서효였다.

바보 같은 계집.

"대체 왜 나 대신 칼을 맞아서는⋯⋯."

아름다운 강이 내려다보이는 언덕에 그녀를 묻었다. 비석을 세웠으나 이름을 새기진 못했다. 아주 오랜만에 들려온 아버지의 목소리는 또다시 백 년 뒤를 기약했다.

"백 년."

차언은 뭐라 설명하기 힘든 감정을 애써 눌렀다. 약속대로 백 년 뒤, 그는 이웃 소국(小國)의 공주로 환생한 서효와 마주쳤다. 이번에도 서효는 일 년을 채우지 못하고 차언의 품에서 숨을 거뒀다.

다시 백 년을 기다렸다.

이번에는 최선을 다했다. 다시 만난 그녀를 행복하게 해줄 수 있도록 재물을 모았다. 백 년은 세력을 키우기 충분한 시간이었다.

"대인, 앞으로 대인의 수족이 될 제 조카딸입니다."

"조카딸⋯⋯? 여인이 내 호위를 맡는다?"

"여인의 몸이긴 하나 실력은 저희 표국에서 다섯 손가락 안에 들지요. 그럼 인사드리겠습니다. 화운, 어서 나와라."

새로 거래를 맡긴 자가 제 조카딸을 호위로 추천했다. 그리고 사람들 뒤에서 조용히 걸어 나온 그녀를 마주했을 때, 차언은 짧게 숨을 들이켰다. 아무도 알아채지 못하게 그의 손끝이 가늘게 떨렸다.

"소녀 백화운, 대인을 뵙습니다."

"……화운."

그게 이번 생의 이름인가.

"백 호위라 불러주시면 됩니다."

발랄한 이전 생과 달리 다소 경직되어 있는 모습이 낯설었다. 아마 둘의 신분 차 때문일 것이다. 차언은 짐짓 아무렇지 않게 고개를 끄덕였다.

"잘 부탁드립니다."

"아, 그냥…… 편히 하시면."

"그건 제 마음입니다만."

숙부에겐 하대를 하더니 제게만 말을 높이는 차언이 이상한가 보다. 서효는 어찌할 바를 모르고 쩔쩔맸다. 문득 귀엽다는 생각이 들었다.

그가 일어서자 서효네 무리가 일시에 고개를 숙였다. 그녀의 곁을 스쳐 지나 방으로 돌아간 차언은 문에 등을 기대었다. 백 년간의 기다림이 일시에 보상받는 기분이었다.

이번 생은 다를 것이다. 서효는 제 곁에서 행복할 수 있을 거다. 그간 쌓아 올린 재력과 실력 모두 그녀를 위한 것이었다. 아버지의 수하가 보낸 거짓 연서에 서효가 또박또박 써 보냈던 답장이 떠올랐다.

가장 좋아하는 과일은 복숭아.

가장 좋아하는 꽃은 소담하게 핀 백매화.

당시엔 비웃으며 구겨 버렸지만, 내용은 오래도록 기억에 남았

다. 오직 자신을 향한 애정으로 가득한 편지를 받은 것은 그게
처음이었기에.

그해 여름, 혹시 과일을 좋아하느냐며 싱싱한 복숭아 한 바구
니를 내밀었을 때 환히 짓던 서효의 웃음은 햇살보다 눈부셨다.
그리고 그해 초겨울, 두 사람은 혼례를 올리게 되었다.

하지만 운명은 그리 만만치 않았다. 혼례식 당일, 차언이 피치
못하게 자리를 비운 사이 저택이 습격당했다. 반대 세력의 보복이
었다.

"안 돼……."

혼례복 안에 입은 하얀 비단옷이 피로 물들었다. 도대체 작은
몸에 칼을 몇 번이나 맞은 건지. 흐느끼는 차언의 뺨을 작은 손
이 가만히 어루만졌다.

"울지 마세요."

"또, 또다시. 또 네가."

"무사하셔서…… 다행입니다."

사늘한 손이 떨어짐과 동시에 차언의 절규가 울려 퍼졌다.

차라리 나를 죽이라고 울부짖는 그에게 천제가 뭐라 했던가.
얼핏 보기엔 서효를 행복하게 해주려 했지만, 결국 진심 어린 사
과는 하지 않았다고 했다. 그래서 또다시 기다렸지. 천 년만큼 기
나긴 백 년을 또 기다렸다. 하루는 정처 없이 거리를 걷고 있는
데, '차언' 하고 부르는 소리가 들려왔다.

돌아본 그곳에 서효가 있었다. 잃어버린 것들의 여신이라고 했

다. 서효라는 이름으로, 집사 차언과 함께 살고 있다고. 앞선 세 번의 전생과 시작부터 다른 것 같았다.

백오십 년을 함께하는 동안, 어느 하루도 행복하지 않은 날이 없었다. 그리고 행복이 커질수록 두려움 또한 커졌다.

기억을 되찾은 서효가 자신을 용서해 주지 않으면 어쩌지, 하는 두려움.

'이제 나는 너 없인 생을 이어갈 이유가 없는데.'

그녀에게 버림받느니 죽는 게 나았다. 아니, 아니다. 하루에도 몇 번씩 차언은 생각을 고쳤다.

'미움 받는다 해도 곁에 있을 수만 있다면.'

지금 차언의 심정이 바로 그러했다. 기억이 돌아온 서효와 모습을 드러낸 천제. 그들 앞에 무릎 꿇은 지금, 오로지 그 생각밖에 할 수가 없었다.

"아가씨……."

이제는 너무도 익숙해진 호칭을 입에 담았다.

"서효."

그녀가 잠에 들었을 때나 부를 수 있었던 이름도 함께 했다.

"제발."

자신에게 남은 것은 사죄뿐이다. 서효의 마음을 돌릴 수만 있다면 무엇이든 할 수 있다. 그녀가 받았던 상처를 조금이라도 덜 수만 있다면야.

"제발 부탁이니까."

이제는 완전히 뒤바뀐 처지. 차언은 간절한 마음을 담아 부탁했다.

"머리가 잠시, 돌았나봅니다. 혼자 행복에 취한 나머지 미쳐 버

려서…… 감히 몰래 혼례를 올리려고 했어요. 해선 안 될 일이었
죠. 그런데."

부연 설명을 하려다가 이내 고개를 저었다. 변명으로만 들릴 것
이다.

"잘못했습니다."

그가 혼례복을 움켜쥐었다.

"그때…… 내 상처 덮기에만 급급해서 당신을 잔인하게 내쳤어
요. 하지만 이것만은 믿어주시죠. 오늘 밤 모든 것을 고백하려 했
습니다."

정말 처음부터 새로이 출발하려 했는데.

"제가 예전에 그랬었죠. 아가씨의 행복에 제 자리가 없어도 된
다고. 그 마음은 여전히 변치 않습니다. 다만……."

"차언."

"다신 욕심내지 않을 테니 제발 곁에만."

"차언?"

서효가 조용히 그를 불렀다. 고개를 들자 서효가 아릿한 미소
를 띤 채 그를 보았다. 그녀가 웃고 있었다. 그 미소가 작은 희망
이 되어주었다.

"받아줄게."

"하."

차언이 눈을 질끈 감았다. 깊은 안도감이 뼛속까지 스며들었
다. 눈물이 뺨을 타고 흘렀다.

"산이 닳고."

그의 움직임이 멎었다.

"강물이 마르고."

나비의 날갯짓 같은 목소리.

"겨울에 천둥이 치고, 여름에 눈이 내리고."

"아……."

"내일 아침 서녘이 밝아오면."

그의 허망한 눈이 서효를 향했다. 어느덧 미소는 지워졌고, 대신 담담한 표정만이 남아 있었다.

"그때가 되면 차언의 말을 고려해 볼게."

"아가씨……."

"이상하게 익숙한 말이지?"

양쪽이 각기 다른 이유로 잊을 수 없던 말. 그리고 차언이 고개를 떨어뜨림과 동시에 서효의 주변이 서서히 밝아지더니 가냘픈 몸은 이내 빛 속으로 사라졌다.

그녀가 떠났다. 이번엔 백 년의 기약도 없이.

"제게…… 또 다른 기회는 없습니까?"

차언이 간신히 목소리를 짜내어 천제에게 물었다. 이것이 끝이라고 믿고 싶지 않았다. 믿을 수가 없었다.

지난 세 번의 환생과 아주 다른 결말이긴 하다. 다시 만날 때마다 일 년도 채우지 못하고 죽었던 서효는 이번에 백오십 년 넘게 살았다. 게다가 기억이 돌아온 것도 이번이 처음이다. 모든 것이 다르지만 이게 끝은 아니겠지. 설마, 그래선 안 된다.

간절한 마음을 담아 천제를 올려다보자, 무표정으로 일관하던 그가 말했다.

"이번이 마지막이었다."

차언은 그대로 굳어버렸다.

"내가 잘못 판단했다. 애초에 서효를 네게 보내는 게 아니었어.

아들을 바로잡으려는 마음이 앞선 나머지 그 아이를 희생시켰다."

천제가 고개를 가로저었다.

"그 아인 널 버려낼 수 없었는데. 여린 아이였는데."

천제의 표정이 먹구름처럼 어두워졌다.

"그렇게 슬픈 죽음을 맞고도 모자라 세 번이나 더 괴로움을 겪었지. 변명의 여지가 없이…… 내 오판이었다."

"하지만."

"딸을 잃은 무조에게도, 서효에게도 미안함을 느끼고 있다."

남은 기회가 없다는 말은 충격적이었다. 너무 큰 충격에 목소리가 제대로 나오지 않았다. 그저 입술만 떨릴 뿐.

차언은 손가락 하나 움직이기 힘들었다. 아버지의 마음을 돌려야 한다. 무슨 짓을 해서라도 또 한 번의 기회를 얻어내야 한다. 이대로 허무하게 그녀를 빼앗길 순 없다. 정말 이번만은 다를 줄 알았는데. 다르기 위해 노력했는데.

"서효 그 아이의 소원이 뭔지 아느냐?"

천제가 절망에 빠진 차언에게 물었다.

"좋은 낭군에게 시집가, 사랑받으며 행복하게 사는 것이었지."

그것은 어머니 무조부인의 뜻과도 일치했다고 덧붙였다. 모녀의 꿈은 소박했다.

"한데 나는 잘못된 판단으로 두 사람을 고통에 빠뜨렸다. 그래서 늦었지만 둘에 대한 미안함을 갚으려고 한다."

차언의 눈동자가 흔들렸다. 천제의 말뜻이 이해되지 않았다. 다만 서늘한 예감이 들었다.

"차언."

천제가 말했다.

"서효는 다른 이의 신부가 될 것이다."

다른 이의 신부가 된다. 서효가, 이제 겨우 하나가 될 뻔했던 그녀가 다른 사내와 혼인한다. 이번에도 기억이 지워지나? 아니면 기억을 그대로 가지고 가나? 어느 쪽이든 상상하는 것만으로 괴롭긴 마찬가지였다.

차언를 향하던 눈이 얼굴도 모르는 사내를 향한다. 상냥하던 목소리, 맑은 웃음이 모두 딴 사내의 것이 된다.

그자는 서효에 대해 아무것도 모를 텐데. 감기에 걸렸을 때 무슨 약이 즉효인지, 입맛이 없을 땐 뭘 만들어 먹여야 하는지도 모를 텐데. 멋진 경치를 보여준답시고 절벽에 데려가는 일은 없어야 하는데.

그의 아가씨는 천둥 치는 밤도, 독 있는 전갈도 겁내지 않지만 절벽 근처만 가면 다리에 힘이 풀려 주저앉아 버린다.

"이상해, 차언. 탑 꼭대기는 잘만 올라가는데."

영문을 모르겠다며 눈물을 글썽이던 서효. 그 이유를 아는 차언은 미안한 마음에 손수 업어서 내려오곤 했다.

이 모든 사실을 그 사내가 알까? 차언은 주먹을 그러쥐었다. 다른 남자와 나란히 선 서효를 떠올리는 것만으로도 정신이 나가 버릴 것 같았다.

"그게 누굽니까?"

"왜 묻느냐. 대답하면 찾아가 그자를 죽이려느냐?"

"누구냐고 묻고 있습니다."

천제가 잠깐 입을 다물었다. 차언의 심장이 터져 버리기 직전에야 그가 말을 이었다.

"서효 그 아이와 가장 어울리는 성정."

차언의 눈가가 희미하게 떨렸다.

"정명이 아직 혼자란 것을 아느냐?"

"……하."

차언이 헛웃음을 터뜨렸다. 어느 누가 됐든 받아들일 수 없지만, 그래도 마지막까지 그 이름만은 나오지 않길 빌었다. 하지만 천제는 이번에도 차언의 뜻을 짓밟았다. 고스란히, 깨끗이, 더없이 완벽하게.

마지막 바람을 저버렸다.

"정명."

차언의 어깨가 슬프게 떨렸다.

"이번에도 정명입니까."

"네가 막내를 탐탁지 않게 여기는 것은 알고 있다."

"당신은 그 이유를 전혀 궁금해하지 않고요."

차언이 눈을 감았다가 천천히 떴다. 슬픔, 분노, 원망. 어느 것부터 먼저 드러내야 할까. 서효와 보내는 시간이 너무 소중해서 한동안 잊고 있던 감정들이었다.

차언과 정명. 천제의 장남과 막내아들.

장남은 모든 것을 가졌다. 사늘한 미모와 우수한 체격, 비상한 머리, 아랫것들을 통솔하는 위엄을 지녔다. 거기다 대단한 힘까지 있었다. 그 힘이 지나치게 큰 것은 걱정스러웠지만, 천제의 장남으로서 얕잡아 보이느니 아예 센 편이 나았다.

다들 그렇게 생각했다. 온화하고 예의 바른 정명이 태어나기 전까지는.

서녘이 밝아오면

"한 배에서 나온 형제가 어찌 저리 다를꼬."

귀가 짓무르도록 들은 말이었다.

차언이 지배자로 태어났다면 정명은 군자로 태어났다. 정명이 나이를 먹어갈수록 두 사람은 자연히 비교를 당했다.

솟구치는 힘을 감당할 수 없어서 산을 무너뜨려 버린 날, 정명은 산 아랫마을 사람들을 치료해 주었다. 차언의 냉소적인 말투는 잔치 분위기를 싸늘하게 만들었다. 반면 정명은 등장하는 것만으로도 모두의 환영을 받았다. 차언이 노력하지 않은 것은 아니었다. 그리고 배척받는 게 즐거울 리 없었다.

하지만 자신은 정명이 아니었다. 그냥 처음부터 다 달랐다. 어설프게 흉내를 내면 어딘가가 어긋나게 마련. 그럼 천제의 표정은 어두워지고, 차언은 집어치우라며 폭발하고 말았다.

"왜, 왜 하필."

차언의 눈시울이 붉어졌다.

"왜 하고많은 자들 중에 정명입니까? 아버지 눈엔 막내밖에 없는 겁니까?"

아니다. 천제는 차남의 명석함을 아낀다. 셋째의 유들유들한 면을 귀여워한다. 넷째는 괴짜라는 소문이 천계에 가득하다.

"유별난 녀석이란 말일세."

넷째에 대해 말할 때 천제는 고개를 내저으며 웃곤 했다. 모두에게 인자한 천제는 오직 차언에게만 가혹했다.

"이럴 거면 왜 저를 낳으셨습니까."

차언이 울컥 차오르는 목소리로 물었다.

"어릴 땐 몰랐다 치더라도 힘이 강해지는 걸 눈치챘을 때 아예 싹을 잘라 버리시지."

천제의 궁궐 앞에 무릎 꿇고 보낸 날들이 길었다. 어제는 이런 이유로, 오늘은 저런 이유로.

"아예 지옥 끝에 던져 기억을 지워 버리시든가 하지."

차언이 천제를 올려다보았다.

"너는 장남이다. 모범을 보여라. 내가 너를 미워해서 이러는 게 아니다."

오랜 기억 속에 묻어둔 말들을 끄집어내는 목소리가 떨렸다.

"왜 없는 것만 못한 희망을 주고, 왜 실망스런 눈으로 쳐다보고. 대체 왜!"

차언의 목소리가 방 안 가득 울려 퍼졌다.

"제 잔인한 성정이 천생(天生)이라면……. 그걸 더 심하게 만든 이는 당신입니다."

차언의 뺨을 타고 뜨거운 눈물이 흘러내렸다. 그가 울분을 토하는 동안 천제는 말없이 모든 것을 듣고 있었다. 천제의 표정에 미동이 없다. 이를 깨달은 차언은 문득 정신을 차렸다는 듯 천제의 앞으로 다가갔다. 무릎걸음으로 기어가 천제에게 말했다.

"……잘못했습니다."

두 사람의 시선이 마주쳤다.

"인정합니다. 아직 못다 버린 잔혹함, 이기심 다 인정합니다. 수백 년의 벌을 받았는데도 미랑이나 가 공자처럼 제 앞을 막아서는 자가 나타나면 살심(殺心)부터 치미니까요."

정체를 알 수 없는 가 공자의 경우, 실제로 죽이려고도 했었다. 평온한 삶이 그의 등장으로 비틀어질 뻔했으니까. 그때는 이성이 완전히 나가 버렸다.

"한데 아버지, 저도 정말 노력하고 있습니다. 노력했어요."

차언의 목소리에 다시 물기가 맺히기 시작했다.

"저도 이제 따스함이 뭔지 압니다."

"네가."

"가슴 벅찬 행복이 뭔지, 목숨보다 소중하다는 게 어떤 의민지 압니다."

천제가 제 말을 끊을까 두려워 다급하게 호소했다.

"다 서효에게서 배운 겁니다."

그리고 자신은 아직 배울 게 많았다. 서효에게 갚아줄 것도 많았다.

"그러니 제발 제게서⋯⋯."

차언은 처음으로 모든 것을 내려놓고 간청했다.

"서효를 데려가지 마십시오."

옷자락을 잡고 매달리라면 그리할 수 있었다. 하지 않은 까닭은 하나뿐이었다. 자신이 그렇게 했다가 아버지의 심기를 거스를까 두려웠기 때문에. 천제의 심기를 거슬러 버리면 다시는 기회를 얻지 못한다. 지금 차언이 두려워하는 것은 오직 그것 하나였다.

이번엔 침묵이 길었다.

한참 뒤에 입을 연 천제는 서쪽 숲 신비의 샘물에 대해 이야기했다. 샘을 지키는 노파에게 찾아가라고 명했다.

"노파가 원하는 것을 모두 들어준 다음, 샘물을 얻어와라."

"그리하면⋯⋯ 서효를 되찾을 수 있습니까?"

"그 샘물은."

천제가 말했다.

"서효의 혼례 축하 선물이 될 것이다."

차언의 눈에서 빛이 사라졌다. 정명과의 혼인. 천제는 기어코 추진할 생각인 모양이다. 이제 새어 나올 헛웃음도 없다. 차언은 검은 눈으로 천제를 올려다보다가 일어섰다. 방문을 향해 묵묵히 걸어간 그는 문을 열었다. 밖으로 발을 내딛기 전, 그가 고개를 돌렸다.

"일단 서쪽 숲으로 가겠습니다."

일단, 이라는 말에 천제가 눈썹을 치켜올렸다.

"하지만 이게 포기라고 생각 마시죠. 당신이 알다시피 전 사악하고, 집요하고, 수단 방법을 가리지 않으니 절대 서효를 다른 놈에게 보내지 않을 겁니다."

차언의 목소리가 낮게 깔렸다.

"다시 뺏길 생각은 없습니다."

9장.
새로운 곳에서의
생활

보드라운 깃털과 따뜻한 빛에 둘러싸인 기분이었다. 포근함에 절로 눈이 감겼다. 저도 모르게 잠들었던 서효는 어디선가 불어 온 바람에 눈을 떴다. 오랜만에 맡는 바다 냄새였다.

"와아."

감탄이 터져 나왔다.

"여긴 어디지?"

눈이 시원해지는 푸른 바다가 서효를 반겼다. 겨울이어도 별로 춥지 않았다. 대신 철썩철썩 부딪치는 파도 소리가 귀를 즐겁게 했다. 어리둥절하면서도 신기하다. 저택의 방 안에 있다가 갑자기 바닷가로 떨어지다니.

그나저나 바다는 대체 얼마 만인지! 수십 년은 되지 않았을까?

기쁜 마음에 앞으로 걸음을 내딛던 서효는 문득 제가 있는 곳을 깨닫고 멈춰 섰다. 깎아지른 듯 아름다운 절벽이었다. 그래서 먼 바다 수평선까지 보였던 거였다.

절벽. 낭떠러지.

'차언……'

서효는 무의식중에 옆으로 손을 뻗었다. 하지만 단단한 팔이 잡아주는 일은 없었다. 풍경은 아름답지만 절벽은 무섭다. 그럴 때마다 차언에게 기대면 좀 괜찮았는데.

'안 돼, 서효. 이 바보야. 누구 때문에 일어난 일인데 차언을 찾아?'

서효는 약해지려는 자신을 바로 세웠다. 며칠 전만 해도 기억이 봉인된 상태니까 이해할 수 있었다. 그러나 지금은 다르다.

기억이 다 돌아왔다. 너무나 잔인했던 첫 번째 생도, 이어진 세 번의 환생도 모두 머릿속에 있었다. 거기다 천제는 어머니 무조부인의 이야기를 들려주었다.

아이들에게 시간을 달라, 믿어달라. 당시 무조부인은 천제의 말에 어쩔 수 없이 한발 물러났었다. 그랬다가 처참한 결말에 상심한 나머지 깊은 안식에 들었다고 했다. 네 번째로 환생한 서효가 어머니의 뒤를 잇기 전까지, 잃어버린 것들을 다스리는 직무는 다른 신이 임시로 맡았다고도 했다.

'어머니가 혼인을 그렇게나 말렸는데 나는……'

서효는 주먹을 꼭 말아 쥐었다. 백오십 년간 차언이 극진히 잘해주긴 했다. 물론 그 전에 그의 호위무사로 환생했을 때도 그는 지극정성이었다. 하지만 애초에 차언이 자신에게 어떻게 대했는지 잊어서는 안 되었다.

가 공자를 상대할 때 비쳤던 서늘함, 그것을 떠올리자. 차언의 잔혹함은 옅어졌을 뿐이지 완전히 사라진 건 아니었다.

'언제든 다시 잔인해질 수 있어.'

어리석게 상처 입었던 자신과 슬픔에 빠진 어머니를 생각해서라도 모질어져야 했다. 남은 정 같은 건 차츰 거두는 편이 좋을 것이다.

"여기는 동백이다."

어디선가 들려온 목소리에 고개를 돌렸다. 인자한 미소를 띤 천제가 서효를 보고 있었다.

"동백이라면."

"정명의 영역이지. 자, 가자꾸나."

천제가 앞장섰다. 사철 푸른 소나무 숲을 지나 조금 걸으니 저절로 감탄이 나오는 궁궐이 보였다. 장엄하고 위용 넘치던 차언의 궁궐과 대조적인 모습이었다.

정명의 궁궐은 아름다웠다. 특히 맑은 청기와 지붕이 눈에 띄었다. 위로는 하늘, 아래로는 바다의 푸른빛을 받아 더욱 푸르게 빛나는 것 같았다. 가까이 다가갈수록 향긋한 약초 냄새가 느껴졌다.

'정명님의 힘은 치유라고 했지.'

서효는 오래된 기억을 더듬었다. 차언이 쓴웃음을 지으며 알려주던 것이다. 마침 천제도 비슷한 말을 하였다.

"정명은 이레에 한 번씩 궐문을 열어 환자를 받곤 한단다."

"예."

"약초밭도 볼만할 게다."

"그렇지 않아도 약초 향내를 느끼고 있었어요."

"허허, 둘은 말이 잘 통하겠구나."

천제가 수염을 쓰다듬었다. 궐문이 열리고 궁녀들이 두 사람을 맞았다. 서효는 자신이 아직 혼례복 차림인 것을 깨닫고 머쓱해졌다. 신이든 인간이든 혼례복 입은 신부가 이렇게 밖을 돌아다니는 일은 없으니까.

궁녀가 응접실로 둘을 안내했다. 그런데 천제님은 왜 자신을 정명의 영역으로 데려온 걸까. 빛과 함께 사라질 때는 막연히 차언의 옆만 벗어나면 된다고 생각했다. 어쩌면 천계로 갈 수도 있겠다고 생각하기도 했다.

한데 지금 자신은 이곳에 와 있다. 다른 곳도 많은데 왜 하필 이곳일까. 조심스레 천제에게 질문하려는 순간, 방문이 열렸다.

"오래 기다리셨지요."

잔잔하고 부드러운 목소리. 천제의 막내아들 정명이 등장했다. 서효는 엉거주춤 일어나서 예를 갖췄다.

"잘 지냈느냐."

"무탈하였습니다. 이리 뵙게 되어 기쁩니다."

"나도 네 얼굴을 보니 좋구나."

부자간의 인사 시간. 예를 갖추는 시점이 어중간했을까. 서효는 눈치를 살피다가 정명과 눈이 마주치자 다시 한 번 무릎을 굽혔다.

"안녕하세요."

마주 돌아오는 미소가 화사했다.

"반갑습니다, 서효님."

"네, 반갑습니다."

"말씀은 많이 들었습니다."

서효는 조용히 눈을 깜빡거렸다. 정명이 들은 '말씀'이 어떤 종류인지 모르겠다. 댁의 큰형님께 잡혀서 노비처럼 굴려진 거요?

아니면 네 번이나 죽고 다시 살아난 거요? 그간 있었던 일이 좀 다양해야 말이지. 다행히 천제가 자연스럽게 대화를 이어가서 한숨 돌릴 수 있었다.

조용조용, 나긋나긋. 부자지간 대화가 어찌나 온화한 분위기인지. 서효는 하마터면 손님으로 온 처지도 잊고 깜빡 졸 뻔하였다.

"서효야."

"……네."

아슬아슬하게 천제의 부름에 대답하였다.

"내 너를 이곳에 데려온 까닭은 아픈 기억을 씻어내고 휴양을 하라는 뜻이다. 어디가 좋을까 하다가 동백이 떠올랐느니라."

"네, 감사합니다."

"정명은 너와 비슷한 성정이니 크게 불편하지 않을 것이다. 네 거취가 정해질 때까지 여기서 쉬려무나."

"저기, 제가 돌보는 영들은……."

천제가 걱정하지 말라는 듯 웃어 보였다.

"믿을 만한 자에게 맡겨두었다. 걱정 말고 쉬어라."

이만 가보겠다며 천제가 일어섰다. 그는 막내아들에게 서효를 잘 부탁한다고 거듭 말하였다. 혼례복을 입고 있어서인가. 자꾸 서효를 부탁하는 모양새가 딸을 시집보내는 모습 같았다. 제 착각이 틀림없겠지만. 어쨌든 이상한 기분이 들었다.

아무래도 궁녀에게 다른 옷을 부탁해서 얼른 평상복으로 갈아입어야겠다. 함께 붉은 혼례복을 입었던 차언 생각도 자꾸 나고.

"서효님?"

나지막이 그녀를 부르는 목소리가 들렸다. 서효는 화들짝 놀라 대답했다. 주변을 둘러보니 어느새 천제는 사라지고 없었다.

"네, 정명님. 아…… 한눈을 팔아 죄송합니다."

"사과하지 마세요."

정명이 미소 지었다.

"피곤하신 게 당연합니다. 많은 일을 겪으셨을 테니까요."

"네, 사실 좀 정신이 없어요."

"처소로 안내해 드리겠습니다. 새 옷도 준비하라 하지요."

차언의 궁궐에 갔을 때와는 달리, 정명은 직접 처소로 안내해 주었다. 걸어가는 동안 궁궐 여기저기를 소개하기도 하고 궁녀들에게 인사를 시키기도 했다.

다들 기다렸다는 듯 서효를 맞았다. 확실히 차언의 궁궐에서 느껴졌던 위압감 같은 건 없었다. 이곳은 구석구석 햇살과 미풍이 스며들어 있는 곳이었다. 집은 주인을 닮는다더니 그 말이 맞았다.

"모쪼록 편히 지내셨으면 좋겠습니다."

"감사합니다, 정명님."

꾸벅 인사를 하고 정명이 나가는 것을 보았다. 문이 닫히자마자 서효는 의자에 쓰러지듯 앉았다. 긴장이 풀린 탓이겠지 싶었다. 모두가 선량해 보이는 이곳에서 불편을 느끼는 것은 이상하다.

"일단 한숨 자자. 자고 나서 생각하는 거야."

눈을 떴을 땐 기묘하게 답답한 가슴도 뚫려 있길 바라면서, 서효는 침상으로 향했다.

동백에 온 지 닷새가 되었다. 서효는 이번에도 천제가 틀렸음을 깨달았다.

"둘은 말이 잘 통하겠구나."
"성정이 비슷하니 불편하지 않을 것이다."

천제는 이렇게 말했다. 그리고 서효는 지금 세상에서 제일 아름
답고 따스한 궁궐을 벗어나고 싶어 죽을 지경이었다. 여긴 모두 행
복한 사람들만 있나 봐. 다들 예의가 바르고 절대 화를 내지 않
지. 내가 실수를 저질러도 온화한 미소를 지으면서 괜찮다고만 해.
"심지어 우리 어머니도 이만큼 다정하진 않으셨다고."
서효는 소리 내어 말한 뒤 탁자 위로 풀썩 엎어졌다.
"나도 차언에게 물든 게 틀림없어."
너무 오랜 시간을 차언 옆에서 보냈던 거다. 자각하지 못한 사
이 많은 면이 그와 닮게 되고 말았다.
정명의 궁궐에서는 모두가 완벽했다. 어린 하인조차 조용히 웃
는 법을 알았고, 궁녀들의 몸가짐은 나무랄 데가 없었다. 수백 년
동안 차언 옆에서 충실한 망나니의 삶을 살아온 서효는 이곳에서
너무 튀는 존재였다.
"성정이 비슷하다고 하셨지……."
서효가 천제의 말을 떠올리다가 코를 찡그렸다.
"약한 쪽 편을 드는 거? 그거 빼고는 아예 다른 것 같은데."
그때 멀리서 웅성대는 소리가 들려왔다. 누군가 난동을 피우는
듯했다. 정명의 궁궐에선 있을 수 없는 일이다. 서효는 소리가 나
는 쪽으로 다가가다가 궁녀들을 불러 세웠다.
"지금 무슨 일인가요?"

"앗, 서효님."

"인사 올립니다, 서효님."

"네에, 네."

어쩜 이런 상황에서도 공손한 인사를 잊지 않는 것인지. 서효는 속으로 혀를 내두른 다음 궁녀들에게 재차 물었다.

"무슨 일이 생긴 건가요?"

"아, 오늘은 궐문을 열고 환자들을 받는 날입니다. 병이 가벼운 환자는 저희가 보고, 증세가 심한 환자는 정명님께서 직접 치료하시지요."

"한데 어떤 이가 소란을 피우는 모양이에요."

"소란이요?"

"네, 아마 동백에 사는 자가 아닌 듯합니다."

"수레에 누이를 싣고 왔다는 말을 들었어요. 보름을 꼬박 걸어왔다는데, 먼저 봐달라고 난리인 것 같아요."

이러면 안 되는 걸 안다. 하지만 서효의 눈에 반짝 생기가 돌았다. 오랜만에 사람 사는 분위기를 느껴보게 되었다. 소란을 피우고 있다. 그 한 마디를 듣는데 숨통이 트이는 이유는 무엇인지.

차언과 함께 있을 땐 이러지 않았다. 집사는 우리 갈 길이나 가자는 입장이었고, 서효는 그런 집사의 무정함을 탓하며 소란의 중심에 뛰어들곤 했다.

한데 지금은 입장이 달라졌다.

이방인! 싸움! 난동! 닷새를 지내는 동안 큰 소리 한 번 듣지 못했던 서효는 소란이 반갑기까지 했다. 그런 한편 궁금증이 일었다. 궁궐 사람들은 익숙지 않은 난리에 어떻게 대처할지 말이다.

'차언이었으면……'

서효는 이내 고개를 내저었다. 잠깐 얼토당토않은 생각을 했다. 차언에게 대들었던 자들이 어떤 꼴이 되었는지 누구보다 잘 알고 있으면서. 특히 동곳 그림을 찢어버렸던 불량배. 이제는 그날 벼락을 내린 게 차언임을 안다. 무너진 벽에 깔려 사지를 부들부들 떨던 사내가 떠올랐다.

'죽이지 않은 게 놀랍지.'

갑자기 내리치던 폭우, 아무렇지 않게 건네던 우산. 그때는 그게 차언의 힘일 줄 꿈에도 짐작 못 했다.

"어, 어쨌든 난동 피우는 장소가 어디죠?"

궁녀들은 '서효님'의 속내에 대해 아무것도 모른 채 현장으로 안내했다. 가까이 갈수록 사내의 목소리가 크게 들렸다.

"사람이 죽어간단 말이오!"

사냥꾼처럼 보이는 사내는 고래고래 고함을 질렀다.

"순서가 찼다고 이레를 또 기다리라니. 누이는 이미 지금도 반송장이오!"

"순서요?"

구석에서 사내를 관찰하던 서효가 옆의 궁녀에게 물었다.

"인원 제한도 있나요?"

"네, 저희야 약 처방이나 간단한 침술 정도만 하지만 정명님께선 신력을 쓰셔서요. 온종일 힘을 쓰고 나면 쉬셔야 한답니다."

"중한 환자일수록 힘이 많이 드는데, 좀처럼 몸을 아끼지 않으세요."

"그러시군요……."

궁녀들의 설명을 듣고 있자니 소란이 났다고 반갑게 달려온 자신이 더욱 몹쓸 녀석처럼 느껴졌다.

그런 줄도 모르고 궁녀들은 정명에 대해서 부연 설명을 늘어놓았다. 인간들에게 힘을 들켜선 안 되니까 먼저 잠을 재운다, 몇 차례에 나누어 치료받게 한다, 예전엔 쉬지 않고 치료해서 쓰러지시기도 했다, 그때 천제님께서 처음으로 화를 내셨다.

"으음."

서효는 눈썹을 씰룩거렸다. 이야기를 들을수록 뭐랄까. 당신은 칭찬받기 위해 태어난 사람. 뭐 이런 말이 떠오르는데.

"이런, 정명님."

"여기까지 나오셨는지요."

궁녀들이 황급히 인사를 하였다. 서효는 사내에게 다가가는 정명을 흥미롭게 지켜보았다. 그가 곤란한 상황을 어떻게 해결할지 궁금했다.

그러나 상황은 신기하게 돌아갔다. 정명이 은은한 미소를 띠고 나타나자 궁녀들을 비롯한 모든 사람이 무릎을 굽혔다. 차례를 기다리던 팔순 노파도 예를 갖췄다. 일시에 앞마당 분위기가 바뀌었다.

모두들 온 마음을 다해 궁궐 주인을 공경하는 분위기.

이방인 사내는 주변을 둘러보다가 정명과 눈이 마주쳤다. 조금 전까지 분노가 하늘을 찌를 기세이던 사내가 움찔했다.

"죄송합니다. 먼저 온 환자 분들의 양해를 구하고 나오느라 늦었습니다."

누가 봐도 고귀해 보이는 정명은 깍듯한 존댓말로 사내를 맞았다.

"먼 길 오느라 고생 많으셨습니다."

"저, 그, 저, 그러니까…… 이레나 더 기다리다간 내 누이가 죽겠소만……."

"환자 분을 보여주시겠습니까?"

사내는 정명을 어찌 대해야 할지 감을 못 잡다가 허둥지둥 수레를 끌어왔다. 안색이 시커먼 환자가 누워 있었다. 그 자리서 맥을 짚은 정명이 하인들을 불렀다.

"환자를 안으로 뫼셔라."

당장에라도 사내를 내쫓을 것 같은 체구의 하인들이 달려왔다. 그들은 환자를 능숙하게 들것에 옮긴 후 전각 안으로 들어갔다.

"가시지요."

"어, 예에."

여전히 얼떨떨한 표정의 사내가 정명의 뒤를 따랐다. 그렇게 소동은 일단락되었다.

"……끝이야?"

서효는 저도 모르게 소리 내어 말하고 말았다. 궁녀들이 순진한 눈으로 돌아봤다. 서효는 얼른 딴청을 피우며 일이 잘 해결되어 다행이라고 했다. 이에 궁녀들은 정말 그렇다고 답했다. 이것 참 야릇한 기분인데 뭐라 설명하기가 애매하네.

"꽃향기 실은 바람도 불어오고 햇살도 샤라라 내리쬐지, 왜."

전생도 그렇고 지금도 그렇고. 서효 본인 정도면 제법 선량한 삶을 살아왔다고 여겼는데 말이다. 그것은 크나큰 착각이었다. 세상에서 제일 선량하고 아름다운 사람들이 여기 동백에 다 모여 있었다.

"왠지 차언이 비뚤어진 이유를 알 것도 같아."

그녀는 하늘을 올려다보며 중얼거렸다. 심지어 여긴 날씨도 완벽했다.

❖

'어떡하지. 망했어.'

동백에 온 지 엿새 째. 서효는 머리를 쥐어뜯었다. 냉혹하고 잔인한 사람. 원치 않는 혼인에 대한 분풀이를 자신에게 퍼부었던 사람. 뺨을 때리고 화를 내도 모자랄 텐데.

'자꾸 생각나.'

차언이 머릿속에서 떠나질 않았다. 그는 지금 뭘 하고 있을까. 내가 사라진 이후에 어떤 식으로 대처했을까. 그날은 우리 혼례식이었는데. 아희 무리랑 여우 소녀들도 기다리고 있었을 텐데.

갑자기 신부가 사라졌다. 신랑은 어떤 해명으로 하객을 납득시켰을까.

"그러고 보니 천제님께 차언에 대해 물어보질 않았네."

자신이 사라진 이후 천제는 아들에게 어떤 말을 했을까. 벌을 내리기라도 했을라나.

"차언 성격에 아직 궁궐에 쳐들어오지 않은 게 이상해."

분명 무슨 일이 있긴 한 거다. 그런데 왜 자꾸 자신은 남 걱정을 하고 있느냐 말이다. 그냥 남도 아니고 철천지원수인데! 답답함에 소리를 지르려던 찰나, 누군가 방문을 두드렸다. 얼른 매무새를 정돈하고 들어오라고 대답했다.

"궁궐 밖에 나가보시겠습니까?"

정명이 반가운 제안을 하였다. 서효는 두 번 생각할 것 없이 그를 따라나섰다. 정명은 바다가 보이는 산책로로 서효를 안내했다.

절벽 가까이 간다고 생각하면 몸이 굳었지만, 정명이 바깥쪽에

서서 무서움이 덜했다. 불어오는 바닷바람에 기분이 한결 상쾌해
졌다.

"이제 웃으시네요."

서효가 솔방울을 줍다 말고 정명을 보았다. 그는 다행이라는
듯 미소 짓고 있었다.

"어, 제가 안 웃었나요?"

여기 와서 계속 웃었던 것 같은데. 덕분에 매일 밤 잠들 때마
다 얼굴 근육을 풀어줘야 했다. 종일 입꼬리를 올리고 있는 건 생
각보다 고역이었다.

"웃으셨죠. 다만 진짜 웃음은 아니었지요."

"아……."

"내내 마음에 걸렸습니다."

정명이 솔방울을 주워 건넸다. 서효가 주우려던 것보다 예쁘고
옹골진 것이었다. 머뭇거리며 받아 든 서효는 손안에서 솔방울을
굴렸다.

"왜 그러십니까?"

그가 서효를 향해 고개를 기울였다.

"생각보다 눈치가 있는 것 같아서요?"

이번엔 솔방울이 아니라 눈을 굴릴 차례였다. 속으로 뜨끔한
서효는 어떻게 대답해야 할지 망설이다가 애매한 웃음을 흘렸다.

"그저 미소나 짓고 다니는 녀석인 줄 알았는데 의외인가요?"

"뜻밖에…… 치고 들어오시네요."

정명이 쿡쿡 소리 죽여 웃었다. 저렇게 웃는 걸 보니 형제는 형
제다. 차언과 닮은 점이 하나도 없는 듯했는데 이제 보니 겹치는
부분이 있었다. 그가 다시 걷기 시작했다. 불어오는 바람을 따라

옷자락이 날렸다.

"제가 큰형님에 비해 자극이 덜하긴 합니다."

이런 말에는 어떻게 응수해야 하는 거지. 서효는 정명의 너른 등을 쳐다보았다. 자극이 덜하다는 건 굉장히 순화된 표현이었다. 사실 많이 불편하고 졸렸어요. 자신이 입을 아무렇게나 놀리는 여자였다면 냉큼 이렇게 답했을 터.

하지만 서효에게 그 정도 지각은 있었다. 게다가 방금 전을 기점으로 정명이 좀 다르게 보였다.

"자극이 센 편을 좋아하시나요?"

"네?"

"달콤한 말을 속삭였다가 한숨 돌리게 하고. 그러다 갑자기 뺨을 쓴다던가."

"에……."

"심장을 쥐었다 폈다."

저기요, 누구 저 대신 대답 좀 해주실 분? 서효는 정명의 등만 뚫어지게 쳐다보았다. 바깥바람 쐬는 데 의의를 둔 산책이다. 동행인은 그냥 길 안내용일 뿐. 느긋하고 평화로운 산책이겠구나 싶었는데 이런 반전이라니.

"혼이 나가도록 뒤흔드는 편을 선호하시는지요."

제 혼은 이미 나간 것 같은데요. 차마 입 밖에 내지 못하고 속으로만 대꾸했다. 이제야 슬슬 감이 잡혔다.

이 형제들, '꾼'이구나. 성질 더러운 개망나니건 온화한 성인군자이건 상관없이 죄다 같은 데 소질이 있었다. 쥐었다 폈다, 쥐었다가 폈다가.

'이쯤 되면 천제님이 의심스럽…….'

발칙한 의심은 그까지. 서효는 벼락이 떨어지지 않을까, 하늘을 힐끔 올려다봤다. 그나저나 어떻게 대답해야 되나. 떠오르는 말이 있었지만 안 하는 게 나을 것 같았다. 그냥 계속 웃어. 하지 마. 섣불리 장난 걸었다가 분위기가 더 이상해질 수 있으니까.

"좋아하면요?"

했구나. 서효는 속으로 한숨을 삼켰다. 정명이 고개를 돌려 서효를 보았다. 장난이었다고 털어놓자. 한 마디도 지지 않는 차언과의 대화에 워낙 익숙해서 저도 모르게 막 던졌다고 말하면.

"이런."

정명이 짧게 내뱉었다. 역시 당황하게 만든 게 틀림없다. 서효는 상대를 가리지 못한 자신을 탓하며 말을 주워 담으려 했다.

"지금이라도 나무둥치 쪽으로 밀어붙여야 할까요?"

정명이 상냥한 표정으로 말했다.

"이렇게 솔잎을 떼어주는 척 손을 댄다거나."

그가 서효의 머리카락을 살짝 쓸었다. 물론 거기에 솔잎 같은 건 묻어 있지 않았다.

"조금 놀라게 해드려야 좋아하시겠습니까?"

"정명님……?"

"그런 것 같군요."

무슨 일이 있었냐는 듯 평온한 얼굴. 정명은 자연스럽게 시선을 바다 쪽으로 옮겼다. 완전히 당황한 서효를 남겨둔 채.

"너무 긴장하지 마세요."

그가 걸음을 옮길 때마다 사박사박 솔잎 밟히는 소리가 났다.

"생각보다 귀여운 분이십니다, 서효님은."

"정명님은 어떻고요."

서효는 겨우 걸음을 뗄 수 있었다.

저기서 이까지 걸어오는 사이 몇 번이나 뒤통수를 맞았는지 모른다. 농담이나 짓궂음과는 거리가 먼 사람인 줄만 알았는데. 혹시 형제분들이 같은 스승님 밑에서 배우셨나요. 진지하게 물어보고 싶은 심정이었다.

다행히 정명의 일탈은 거기까지였다. 이후로 그는 산책에만 집중했고, 서효도 천천히 평상심을 되찾을 수 있었다.

돌아가는 거리까지 생각하면 하루치 운동은 충분했다. 적당한 곳에서 되돌아 걷기 시작한 서효는 무심코 숲 쪽을 봤다가 그 자리에 굳었다. 전혀 의외의 인물과 눈이 마주쳤다.

'허깨비를 본 건 아니겠지?'

가 공자. 그가 이곳에 있었다. 안색이 좋은 데다 말쑥한 차림이라 처음엔 다른 사람인 줄 알았다. 하지만 서효의 눈은 틀리지 않았다.

"정명님, 안녕하십니까."

그는 아주 차분한 목소리로 정명에게 인사하기까지 했다. 아니, 잠깐. 둘이 아는 사이야?

"자네도 산책을 나왔나?"

"예, 불쏘시개도 주울 겸."

가 공자가 바구니를 들어 보였다. 바싹 마른 솔잎과 나뭇가지가 쌓여 있었다.

"서효님과는 구면이지?"

"오랜만입니다, 서효님."

"가 공자가 어떻게……."

두 남자의 시선이 마주쳤다. 무언의 대화가 오갔다. 가 공자는 다시 인사한 후 자리를 떴다. 멀어지는 그의 뒷모습에서 눈을 뗄 수가 없었다. 설명은 정명의 몫인가 보다.

"저분도 신(神)인가요?"

서효 같은 작은 신은 알아채지 못하게 위장하기라도 한 걸까. 이에 정명이 고개를 저었다.

"서효님께 대신 편지를 보낸 자를 기억하십니까?"

"대신이라면."

"그 때문에 큰형님께 목숨을 잃었죠."

기억났다. 차언이 제 밑에 아비의 끄나풀이 있다며 분노했다. 이미 두 손을 자른 뒤였는데, 서효에게 보여준 다음 죽음을 명했다.

"목숨이 거둬진 후 아버지 곁으로 돌아갔다가 이번에 인간으로 환생하였습니다. 특별히 이전의 기억을 지닌 채로요."

"그럼 가 공자가 그때 그분이란 건가요?"

"네."

얼굴이 달라서 알아채지 못했다. 그래서 차언도 몰랐던 거구나 싶었다. 자신은 기억을 잃었어도 차언은 그대로이니, 만약 같은 얼굴로 환생했다면 차언이 대번에 알아챘을 터다.

그런데 문득 이상한 기분이 들었다.

가 공자는 이번 생에 중요한 역할을 했다. 뜬금없이 나타난 그만 아니었다면 차언이 동곳을 숨기고 있는지도 몰랐을 거다. 한데 그는 왜 기억을 지니고 환생했나. 설마 모든 게 미리 안배된 것일까? 그럼 설마…….

"미랑님이 제 무덤가에 갔었던 차언을 본 것도 우연이 아니었나요?"

정명의 침묵은 그렇다는 대답이나 다름없었다.

"왜 그렇게까지 준비했죠?"

"이번이 형님에게 주어진 마지막 기회였으니까요."

마지막 기회. 서효의 귀가 멍멍해졌다. 정명의 말을 받아들이기가 힘들었다. 차언이 밉고, 과거의 자신이 미련하다고만 생각했다. 그게 다였다.

그게 전부라서 차언을 다시 볼 수 없다는 생각은 못 했다. 만나게 되면 뺨을 때려주겠어. 그 정도는 해도 될 것 같아. 막연하게만 생각했지, 혼례식 날이 마지막이 될 줄은 몰랐는데.

"그 마지막. 누가 정한 거죠?"

서효가 굳은 얼굴로 물었다.

"그것도 천제님이 정하신 건가요? 저조차 그 결정에 개입 못 하는 거예요?"

왠지 속에서부터 뜨거운 게 울컥 치밀었다.

"솔직히 제가 제일 많이 죽었고, 피도 제일 많이 흘리고. 하, 말하다 보니까 더 억울하네. 저 마지막 생에서 난리도 아니었어요. 칼이며 창에 찔려서 피가 사방에 튀었다니까요?"

아프긴 얼마나 아팠는지. 지금 떠올려도 그때 결말은 처참했다.

"그리고 말이 나온 김에요. 정명님도 아직 미혼이신데 왜 차언만 혼인을 시키려고 그 난리를 피우셨는지."

대체 몇 사람이 죽어 나갔느냐 말이다.

"혼인하기 싫다고 목이 터져라 말했다는데 사람 말을 귓등으로 듣고 진짜."

서효의 목소리가 높아졌다.

"왜 차언한테만! 이건 차별……."

정명이 묵묵히 자신을 쳐다보고 있었다. 서효는 입을 다물었다. 너무 많은 말을 했다는 생각이 들었다. 게다가 자신이 차언의 대변인이라도 되는 양 굴었다. 애먼 정명에게 화풀이를 해버렸다.

"저, 제 말은."

따지고 보면 차언 때문에 가장 큰 피해를 입은 건 자신인데. 부자간의 힘겨루기에 희생된 자신이 차언의 편을 들고 있었다.

"그러니까."

"큰형님과 아버지는."

정명이 엷은 한숨과 함께 말했다.

"안타까운 관계입니다. 서로 잘해보려고 하는 모든 일들이 상대의 뜻을 거스르죠."

노력해도 얻을 수 없는 게 있다. 예전에 차언은 그렇게 말했다. 쓸쓸하고 상처 입은 표정으로. 차언, 우리 정말 다시는 볼 수 없는 거야?

때려줘야 하는데. 기억 잃은 나를 보며 무슨 생각을 했느냐. 차언의 신부가 된다며 웃는 모습이 또 바보처럼 보이더냐. 속으로 예전처럼 비웃었나. 소리치고 화를 내려 했는데 그날이 마지막이었다니.

'거짓말······.'

정명이 이만 돌아가자며 어깨를 감쌌다. 절벽 옆에서 의지할 상대가 생겼지만 서효의 얼굴은 좀처럼 펴지지가 않았다.

"서쪽 숲에 샘물 지키는 노파가 있다던데."

차언이 사내의 멱살을 틀어쥐며 말을 이었다.

"이쪽 방향이 맞나?"

사내의 발끝이 공중에서 달랑거렸다. 한눈에도 볼품없게 생긴 사내는 좀도둑의 신이었다. 기가 막힌 일이지만 하여간 세상엔 별별 신이 다 있다.

어쨌건 차언에겐 잘된 일이었다. 갈림길을 앞에 두고 전낭(錢囊)을 탐하는 손길이 있어 제압했더니 같은 신이 아닌가. 물론 상대는 차언이 누군지 모르고 저지른 일이었다. 갑자기 발산하는 힘에 아차 싶었겠지만 이미 늦었다.

아무리 작고 말랐다지만 어찌 됐든 성인 남자의 몸을 하고 있는데, 차언은 이를 한 손으로 들어 올렸다. 거기다 숨통을 죄는 검푸른 기운까지. 좀도둑 신의 입장에서 보면 재수 옴 붙은 날이었다.

"아이고, 제 버릇 개 못 주고 제가 그만……."

"대답."

"케헥, 켁."

"대답이나 해."

전낭 따라 이곳저곳을 떠도는 자다. 그의 관심은 오직 전낭뿐. 주머니를 훔칠 때 그 주인이 신인지 인간인지는 관심 밖이었을 것이다. 물을 얻어 마시는 척, 대화에 끼는 척하며 여러 말을 주워들었을 게 틀림없었다.

아니나 다를까 사내는 황급히 고개를 끄덕였다. 정확히 말하면 고개를 끄덕이려 애썼다.

"예, 맞습니다요. 켁! 켁!"

원하는 답을 얻은 차언은 사내를 내동댕이쳤다. 온갖 곡소리를 하며 일어난 사내는 살려주셔서 고맙다며 과장된 인사를 하다가 차언을 슬며시 올려다보았다.

"한데 공자님은 어쩐 일로 그곳에 가시는지."

좀도둑의 신이 호기심의 신까지 겸하던가? 차언의 싸늘한 눈빛에도 사내는 에고고고 소리만 낼 뿐, 여전히 궁금해하는 시선을 거두지 않았다.

"처음 뵙는 분인데 어떤 신인지라도 알려주시면?"

"차언."

어이가 없으면 웃음이 나오는 법. 차언은 얼핏 보기에 해사한 미소를 지으며 덧붙였다.

"망월의 차언이라고 들어봤느냐?"

"예?"

"네가 얼마나 오래 살았는지 확인해 볼 수 있겠군."

아희 같이 어린 신들은 망월에 대해 모른다. 차언도 그냥 천제가 서효에게 붙여준 집사인 줄만 안다. 하지만 좀도둑 신의 눈동자가 흔들리기 시작했다. 입이 서서히 벌어졌다.

"제법 살았구나?"

"어, 어, 어떻게……? 그분은 쭉 지옥에 갇혀 계시다고……."

"다들 그리 알고 있지."

차언이 다시금 환한 미소를 지었다.

"그래서 너 같은 미물이 겁도 없이 내 허리에 손을 뻗는 게지."

"흐에에에."

좀도둑 신이 바로 무릎을 꿇더니 손바닥이 닳도록 빌었다. 감히 눈도 마주치지 못하고 땅에 머리를 박았다.

"살려만 주십쇼. 죽을죄를 지었사옵니다."

차언은 묘한 눈으로 사내를 내려다보았다. 누군가 자신을 두려워하며 목숨을 구걸한다. 아주 익숙하면서도 낯선 광경이었다. 이 모습을 서효가 봤다면 어땠을까. 사내를 일으키며 웃음을 터뜨리진 않았을지.

'우리 집사가 뭐가 무섭다고 그러세요. 자, 제가 혼내줄게요.'

천진난만한 주인 아가씨라면 그러고도 남았다. 서효를 떠올리며 부드러운 미소를 짓던 차언은 문득 달라진 상황을 깨달았다. 이제 그녀는 기억을 되찾았다. 예전의 주인 아가씨가 아니다. 무감정한 눈으로 그를 내려다보던 서효.

'또 누군가를 짓밟고 있군요.'

지금 자신을 본다면 이렇게 말하지 않을까.

필요 이상으로 힘을 쓴 것에 갑자기 넌더리가 났다. 자신은 달라졌다는 것을 보여야 하는데, 조금만 주의를 게을리하면 본성이 드러나고 만다. 결국 나는 바뀔 수 없는 건가. 차언은 무거운 한숨을 쉬며 자리를 떠났다.

서효와 함께 지내는 동안 뺏겼던 힘을 전부 되찾았다. 잊을 만하면 새롭게 흘러들어 오는 힘의 양이 놀랍기만 했다. 새삼 자신의 힘이 얼마나 컸는지 깨달은 차언이었다. 그리고 그 힘은 먼 거리를 빨리 이동하는 데에도 도움이 되었다.

"여기가 산의 입구로군."

그는 해가 저물기 전, 서쪽 숲으로 짐작되는 산 아래에 도착했다. 슬쩍 보기에도 동네 뒷산처럼 얕은 산이 아니었다.

서쪽 끝까지 오느라 벌써 이틀을 소비해서 마음이 조급한 참이었다. 깊고 깊은 산속에서 작은 샘물은 또 어찌 찾나.

"생각 같아선 땅을 뒤엎고 싶은데……. 그럼 안 되겠지."

천제는 늘 진심이 중요하다고 말했다. 어느 것 하나 맞지 않는 아버지지만 이번만큼은 아버지의 뜻을 따라야 했다. 서효가 걸린 일이다. 천제의 뜻에 어긋나서는 아니 된다. 서효도 천제와 같은 생각일 것이다.

"하."

짧게 숨을 뱉어낸 차언은 첫 걸음을 내디뎠다. 앞에서 거센 찬 바람이 불어왔다. 마치 산에 오르는 그를 밀어내려는 것처럼. 차언은 바람을 피하지 않고 묵묵히 걸음을 재촉했다.

'거슬려 미치겠군.'

차언은 나무의 가위표 흔적을 노려보며 이를 갈았다. 그것은 한 시진 전, 그가 직접 새긴 표식이었다.

산 중턱까지 오르는 것은 순조로웠는데 언젠가부터 이상한 낌새가 느껴졌다. 누군가 일부러 길을 꼬고 짙은 안개를 깔아서, 그를 제자리서 맴돌게 하고 있었다.

사실 빤한 수법이었다. 아무도 빠져나오지 못한다는 현록의 진도 깨부수는 차언이다. 마음만 먹는다면 이런 것쯤은 일도 아니었다.

하지만 산을 오르며 스스로 맹세한 게 있었다. 진심을 다한다. 성의를 보여준다. 천제는 노파가 원하는 대로 다 들어주라고 하였다. 그렇다면 얕은 수에 당해주는 게 그 시작일지도 모르겠다.

"어디 성에 찰 때까지 갖고 놀아봐라."

차언은 다시 앞을 향해 걷기 시작했다. 그렇게 밤새 걷고 또 걸었다. 체력은 문제가 아니었다. 그냥 진저리가 나는 것뿐이다. 어느새 동이 터오고 있었다. 결국 주먹으로 나무를 내려치려는 순간, 거짓말처럼 안개가 걷히더니 저 멀리 초가(草家) 한 채가 나타났다.

"기가 막혀서."

한동안 제자리에 서서 초가를 노려보다가 걸음을 떼었다. 초가 삼간이라는 말처럼 아담하고 단출한 집이었다. 그래도 누군가 사는 거처라고 울타리를 둘러놓았다.

"계십니까."

마음을 가라앉히고 기척을 냈다. 서너 번 부르자 그제야 문이 열렸다.

노파라고 하면 어쩐지 꼬부랑 할멈이 떠오른다. 안에서 나온 사람은 그만큼 늙진 않았고, 머리가 회색으로 희끗희끗한 노부인이었다. 지팡이에 몸을 의지해 나온 노부인은 못마땅한 눈으로 차언을 쳐다봤다.

그렇다. 이미 못마땅한 눈이다.

"네가 천제님이 보내주신 새 머슴이냐?"

차언의 이마에 슬그머니 핏줄이 불거졌다. 집사까지는 괜찮다. 그땐 서효를 보살피는 자리기도 했고. 그래, 저택에서 키우는 개보다 못한 노예 취급도 받아봤다. 서효의 첫 번째 환생에서였다. 물론 그때도 다정한 주인 아가씨의 비호를 받았다.

하지만.

"표정이 썩은 동태 같구나. 왜? 머슴이란 말이 기분 나쁘냐?"

노부인이 한쪽 입꼬리만 올리며 비웃었다. 차언은 속으로 숫자를 세었다. 어떻게든 천(千)까지만 세면 살의가 가라앉지 않을까.

"쯧, 생긴 건 기생오라비 같아서는 힘이나 제대로 쓸는지."

"샘물을 얻으러 왔습니다."

"오자마자 목적부터 말하는 꼴하고는."

"제 이름은 차언으로."

"머슴 이름 따위 누가 신경이나 쓴다고."

"앞으로, 잘, 부탁드립니다."

"턱에 힘이나 풀고 말하려무나. 어금니 나가겠다."

하, 천제 이 망할 노인네. 차언은 오랜만에 아버지를 그런 식으로 불렀다. 나를 제대로 엿 먹이려 작정했겠다.

눈앞의 노부인은 딱 보기에도 힘이 없었다. 차언이 턱짓만으로 나무에 깔려 죽게 할 수 있을 만큼 나약했다. 하지만 차언은 그렇게 할 수 없다. 노부인 또한 그 사실을 알고 있는 듯하였다.

"부리던 계집애가 울며불며 도망간 이후로 일이 쌓였다."

노부인이 지팡이 끝으로 산을 훑었다.

"내 약에 쓰려 나무에 수액 주머니를 걸어놨는데, 이 몸으로 어딜 돌아다닌단 말이냐."

"……얼마나 오래 더 사시려고."

"예의라곤 뼈째 발라 먹은 놈."

노부인이 가느스름한 눈을 흘기며 욕했다.

"버르장머리가 그 모양이니 산속으로 유배 오는 게다."

노부인은 한숨 돌릴 틈도 없이 해야 할 일을 늘어놓기 시작했다. 뒷마당의 장작 패기, 부엌의 모든 그릇 닦기, 장롱 속 이불 빨래, 옷 빨래, 울타리 새로 만들기. 그리고 산 곳곳에 걸어놓은 수액 주머니 회수까지.

겨울에 수액이 나오면 얼마나 나온다고. 차언이 한숨을 참으며 듣고 있자, 노부인이 눈을 부라렸다.

"주머니는 백여덟 개. 하나라도 빠져선 아니 될 것이야!"

요지는 온 산을 누비며 고생을 하라는 거다. 숨은 그림 찾기,

아니, 숨은 주머니 찾기가 되겠다. 이제 반박할 마음도 안 들었다. 죽은 사람을 살려서 오라고는 안 하나. 냉담한 표정으로 서 있는데 노부인이 처소를 안내해 주겠다고 하였다.

끼이익. 귀신 곡하는 소리가 따로 없다. 금방이라도 쓰러질 것 같은 문을 열자 낡은 침상과 먼지 쌓인 솜이불 하나가 보였다. 좁은 방엔 그게 전부였다.

"머슴 쓰는 방이 이 정도면 됐지. 안 그러냐?"

차언은 제 어깨만큼도 오지 않는 노부인을 응시했다. 그리고 조용히 소매를 걷어붙였다. 차디찬 겨울 산바람도 느껴지지 않았다. 이 노파가 내 오기를 자극하는군. 차언이 말없이 빙긋 웃었다. 숱한 아가씨의 마음을 앗아간 미소였지만, 노부인은 코웃음으로 응수하였다.

"흥, 이번 놈은 얼마나 갈지."

차언의 눈이 얼음산보다 차갑게 빛났다.

숲에 들어온 지 꼬박 열흘이 지났다. 차언은 그동안 잠자는 시간만 빼고 쉼 없이 일하였다. 노부인의 입은 험하고 성격은 괴팍했다. 그리고 시키는 일은 하나같이 그를 골탕 먹이기 좋은 것이었다.

울타리를 새로 만들라고 해서 만들었더니, 마음에 들지 않는다며 망가뜨렸다. 거짓말이나 과장이 아니다. 열흘 동안 울타리만 열 개를 만든 것 같았다. 변덕은 어찌나 죽 끓듯 한지. 이걸 만들어라 저걸 만들어 올려라, 식사 요구가 끝이 없었다.

하지만 차언은 이 모든 것을 해냈다.

'샘물만 얻을 수 있다면.'

밥상을 앞에 두고 차언은 딴생각에 잠겼다. 어젯밤 꿈에 나온 서효가 머릿속에서 사라지질 않았다.

"제사 지내냐?"

맞은편에 앉은 노부인이 눈을 부라렸다.

"늙은이 죽으라고 주술이라도 거는 게야? 밥상 앞에서 무슨 짓이냐."

노부인 앞에 차려진 다채로운 요리와 대조적인 차언의 밥상. 보리밥에 두부 몇 조각 떠 있는 된장국이 전부였다. 물론 노부인의 지시였다. 차언은 군말 않고 이에 따랐다.

"무슨 생각을 하는 게지?"

머슴 취급에 궂은일 하는 처지라도 서효를 입 밖에 내긴 싫었다. 다른 누군가의 입에 함부로 오르내릴 이름이 아니었다. 차언이 대답하지 않고 젓가락을 들자 노부인이 콧방귀를 뀌었다.

"주인 말 무시하는 머슴에게 샘물 따위 줄까 보냐."

참자. 참아야 한다. 차언은 안간힘을 다해 살기(殺氣)를 눌렀다. 서효 곁에 있을 땐 거의 소멸된 줄만 알았던 본능이 이제는 하루에도 수십 번씩 끓어올랐다.

"서효라고 있습니다."

아아, 하고 노부인이 아는 체를 했다.

"정명님과 혼인한다는 그 아이?"

차언의 손에 쥔 젓가락이 이쑤시개보다 쉽게 뚝 부러졌다. 일순간 그의 눈빛이 변했다.

"그놈과 혼인할 일은 없을 겁니다."

"없긴 왜 없어. 곧 좋은 소식 있을 거라고 온 사방에 알리고 다니시는데."

"누가요? 천제가요?"

"말본새하고는, 쯧쯧."

정명과 서효. 나란히 서 있으면 그보다 아리따운 한 쌍이 없을 것이다. 둘 다 화사하고 상냥하니 한 묶음의 꽃다발이겠지. 놈이라면 서효에게 실수할 일도, 상처 줄 일도 없다. 그걸 알기에 더더욱 화가 치밀었다.

"나를 죽일 듯이 보는구나. 왜, 죽이려느냐? 죽이려고?"

"……안 죽입니다."

차언이 부러진 젓가락을 내려놓고 나무 숟가락을 들었다. 숨을 깊이 들이쉬었다 내쉬며 평정을 찾으려 애썼다.

서효가 꺼려할 일은 하지 않는다. 그러기로 마음먹었다. 노부인이 구시렁대는 소리가 이어졌지만 차언은 꿋꿋하게 밥을 삼켰다. 정명과 서효. 서효와 정명. 더는 생각하지 말자.

'하, 잘도 그러겠다.'

남은 숟가락마저 부러뜨리기 전에 그냥 빨리 먹는 게 낫겠다는 생각이 들었다.

집에 있을 땐 집안일 빼먹을 생각만 했는데, 막상 귀빈 대접을 받으니 좀이 쑤셨다. 얼마 전까지만 해도 차언의 눈치를 살피며 뺀질거렸으면서 말이다. 책 읽고 산책하고 궁녀들의 일까지 도왔는데도 시간이 남았다.

정명은 언제든 서효를 반겨주지만, 둘 사이엔 아직 묘한 거리감이 남아 있었다. 그건 전부 서효에게서 나온 것이었다.

'난 한 사람에게 너무 익숙해졌나 봐.'

정명이 싫은 건 절대 아니다. 다만 차언만큼 편하지가 않았다.

'안 돼. 나쁜 사람 생각은 그만하기로 했지?'

서효는 스스로를 일깨운 다음, 혼자 궐 안 구경에 나섰다. 정명의 궁궐도 매우 넓어서 자세히 둘러보려면 시간이 한참 걸릴 듯하였다. 괜히 궁녀들 틈에 끼어 잡담도 하고 지저귀는 새를 구경하기도 했다. 그러다가 점점 인적이 드문 곳으로 접어들었다.

"이런 곳도 있구나……."

동백은 어디든 안전하다고 믿기 때문인지, 사람이 안 다녀도 무섭지 않았다. 오히려 궁궐 내에 이런 장소도 있나 신기한 생각이 들었다.

별채? 창고? 현판도 걸리지 않은 전각을 발견했다. 서효는 보물찾기를 하는 기분으로 다소 낡은 문을 열었다. 넓은 방 안에는 여러 물건들이 가지런히 진열되어 있었다.

"다들 깨끗하게 관리되고 있긴 하네."

난초가 그려진 접부채부터 우아한 연적, 청화백자, 이국의 향료까지 종류도 다양했다. 그중에서도 서효의 시선을 잡아끈 것은 가면들이었다. 언뜻 보기엔 축제 때 쓰는 가면들과 다를 게 없었다.

"여우탈도 있고, 각시탈이랑 하회탈도 있네. 이건 좀…… 이상하게 생겼다."

아무것도 그려져 있지 않은 하얀 가면. 종이를 겹쳐 만든 다른 가면과 달리 이건 소재부터 독특했다. 얇은 가죽 같기도 하고, 미끄러운 천 같기도 하다. 흐늘대지 않고 얼굴 형태를 갖추고 있는 게 신기했다.

"어?"

시간 가는 줄 모르고 이것저것 만져 보던 서효가 벽 앞에 섰다. 족자가 하나 걸려 있었는데 이것도 이상하긴 마찬가지였다.

"아무것도 없어?"

보통 꽃이나 대나무, 새 같은 게 그려져 있지 않나? 산수화 족자도 많이 보았다. 한데 이 족자는 어째서 비어 있는 채로 걸려 있을까.

"무슨 뜻이 있나."

하얀 가면, 하얀 족자. 이상하기도 해라. 별생각 없이 제자리에 서서 텅 빈 족자를 들여다보고 있었다. 그리고 다음 순간, 서효는 제 눈을 의심했다. 족자에 그림이 그려지기 시작했다.

깊고 험한 산기슭에 눈이 쌓였다. 나뭇가지에도 묵직하게 내려앉았다. 먹물로 그려진 바위는 어찌나 생생한지. 텅 빈 족자가 그림으로 가득 참과 동시에 갑자기 이 모든 게 실제처럼 변했다.

휘이이잉. 족자 안에서 겨울바람이 휘몰아쳤다.

"말도 안 돼……."

눈으로 보고도 믿기지가 않는다. 서효는 떨리는 손을 족자에 가져다 대었다. 종이 질감이 느껴져야 정상인데, 서효의 손은 족자 속으로 쑥 들어갔다. 겨울바람에 손이 시렸다.

이번에는 조심스레 고개를 들이밀어 봤다. 눈 내린 산속 풍경이 보였다. 뺨에 닿는 차가운 공기는 거짓이 아니었다.

"이거 진짜인가 봐."

도둑질을 하는 것도 아닌데 갑자기 몸이 움츠러들었다. 서효는 고개를 족자 밖으로 빼고 주변을 살폈다. 사람이 들어올 기미는 느껴지지 않았다. 정명이 신기한 물건 모으는 취미가 있는 줄은 몰랐는데. 문득 든 의문이 머리를 스치고 지나갔다.

"그런데 여긴 어디지?"

잠깐의 망설임 끝에 서효는 족자 속으로 얼굴을 들이밀었다. 딱 한 걸음, 아니, 딱 다섯 걸음만 걸어 들어가 보자. 눈밭을 밟아 보기만 하는 거야.

작은 발이 문지방 넘듯 족자를 넘어갔다. 곧이어 눈부시게 아름다운 설경이 서효를 맞이했다.

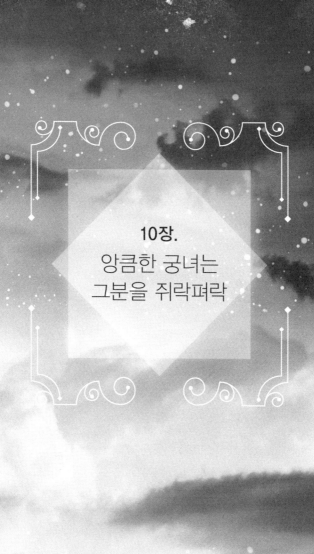

10장.
앙큼한 궁녀는
그분을 쥐락펴락

뽀드득 뽀드득. 눈을 밟자 귀여운 소리가 났다. 온몸에 닿는 차가운 공기, 발밑이며 나뭇가지에 쌓인 눈. 모든 것이 진짜였다.

약재함 속의 영들을 관리하고 무지개 너머로 보내주는 신이지만 대단한 능력은 없다. 그렇기에 서효는 평범한 인간들처럼 신기하기만 할 따름이었다.

"족자는 일종의 연결 통로인가?"

눈을 집어 손가락으로 비벼봤다. 서효가 알고 있는 눈의 감촉이 맞았다.

"여기도 인간계일까? 아니면 천계로 통하는 문?"

설마 지옥일 리는 없겠지.

서효가 저도 모르게 움찔했다. 지옥에 가본 적은 없지만 이렇게 환하고 고요한 곳이 지옥은 아닐 것이다. 아니어야만 한다. 아무리 백화약방의 주인 아가씨가 사고뭉치라지만, 제 발로 지옥에 들어가는 것만은 피하고 싶었다.

"엇, 다섯 걸음만 걷기로 했는데."

오랜만에 보는 눈에 너무 심취하고 말았다. 고개를 돌리자 하얀 눈밭 위 아홉 개의 작은 발자국이 보였다. 이만큼이나 걷고 말았나.

서효는 힐끗 족자 쪽을 쳐다보았다. 제 몸통보다 굵은 나무가 족자와 연결된 모양인 듯, 나무가 삐끔 뚫려 있었다. 나무 안쪽으로는 궁궐 방이 보였다. 멀리 가지만 않으면 괜찮을 것 같았다.

"일단 사람도 없는 것 같고……."

나무 근처에서만 놀자고 마음먹었다. 서효는 이내 추위도 잊고 눈을 한 움큼 집어 들었다. 시린 손을 호호 불어가며 눈으로 공을 만들었다. 눈사람을 만들어볼까, 하던 참이었다.

바스락. 서효가 눈을 쥔 채로 굳었다. 바람 소리는 아니다. 바람에 뭔가 휘날리는 소리도 아니고.

사락사락. 몸이 움츠러들었다. 간신히 고개만 움직여 주변을 살폈다. 보이는 것은 그저 하얀 눈과 갈색 나무뿐.

'산짐승인가?'

서효의 손에서 눈이 녹았다. 그때 또 바스락거리는 소리가 들렸다. 이번엔 고개를 내밀고 소리 나는 쪽을 제대로 살펴보았다.

'헉.'

서효의 눈이 커다래졌다. 하마터면 소리를 지를 뻔했는데, 다행히 그것만은 참았다. 서효는 눈덩이를 버리고 나무의 튀어나온 부분에 걸어둔 가면을 집어 들었다. 모든 동작을 소리 내지 않고 신속하게 해야 했다.

안 그러면 차언에게 들킬 테니까.

'대체 왜? 도대체 여기에 왜!'

이것은 말 그대로 소리 없는 아우성. 이건 또 무슨 하늘의 장난이냐고 소리치고 싶었다. 신기한 마음에 족자 속으로 들어왔을 뿐인데 차언과 마주치다니.

'아, 어떡하지? 발견 못 할 리가 없는데 어쩌지?'

일단 바위 뒤로 숨자. 그리고는 기회를 봐서 나무 쪽으로 줄행랑치는 거다. 절대 뒤돌아보지 말고. 손바닥으로 얼굴 가리고.

'아니면…… 가면이라도 쓰든가?'

얼떨결에 여기까지 들고 온 가면에 눈길이 닿았다. 색도 칠해져 있지 않은 밋밋한 가면. 큰 기대는 없었지만, 아예 안 쓰는 것보단 나을 듯했다. 손바닥으로 미처 가리지 못하는 부분만 가려준다면야.

사박사박. 불행히도 차언이 이쪽으로 오고 있었다. 서효는 울상을 지으며 가면을 썼다. 그런데 서효 얼굴에 좀 클 것 같았던 가면은 얼굴에 쓰자마자 진짜 피부처럼 착 달라붙었다.

'으아아, 이건 또 왜 이래. 무슨 감촉이지?'

젖은 가죽을 얼굴에 댄 기분이었다. 거울이 없어서 자신이 어떤 모습인지 확인할 수가 없었다. 이 가면도 족자처럼 기이한 물건인가 보다.

숨죽인 채 나무 쪽만 쳐다보던 서효는 어느 순간부터 차언의 소리가 들리지 않음을 깨달았다. 두꺼운 옷 아래로 소름이 돋았다. 불길했다.

"언제 나올 거냐?"

바위 바로 앞에서 익숙한 목소리가 들렸다. 너무, 너무, 너무 가까웠다. 차언이 목을 쭉 빼기만 하면 당장에라도 자신을 확인

할 수 있었다. 발소리도 내지 않고 다가오다니 귀신같은 집사. 서
효는 분한 마음에 눈을 흘겼다.

"인간이 아닌 건 알고 있다. 계곡을 오르기 전부터 느껴지더군."

어쩌지? 어떻게 해야 들키지 않고 나무까지 뛰어가지?

"바위를 쪼개주랴?"

차언이 눈 하나 깜짝 않고 을러댔다. 이번 생의 서효 앞에선 절
대 보이지 않던 모습이었다. 하지만 서효는 이런 차언에 대해 알
고 있었다.

강하면서도 냉혹한 차언. 그의 본성은 변하지 않았다. 바위를
쪼개다가 바위 뒤의 존재까지 반쯤 쪼개져도 그는 아무렇지 않을
것이다. 변하지 않았어. 내 앞에서만 그런 척한 거야. 서효의 눈
에 힘이 들어갔다. 더더욱 자신의 정체를 들켜선 안 된다는 생각
이 강하게 들었다.

"세 번쯤 말했으면 알아들었……."

차언의 말이 끝나기도 전에 서효가 벌떡 일어섰다. 시위에 겨눈
화살처럼 팽, 하고 튀어나갈 기세였다. 그 기세에 차언이 흠칫했
다. 신(神)인 것은 알아챘지만 여자인 줄은 몰랐던 모양이다.

그의 눈이 서효 얼굴에 고정되어 있다가 찬찬히 아래로 내려갔
다. 눈 내린 숲속과 어울리지 않는 다소 가벼운 옷차림이었다. 그
가 이성을 되찾기 전에 기선을 제압해야 했다. 서효는 두 주먹을
불끈 쥔 채 만세를 외치듯 들어 올렸다.

"으아아아아아악!"

온 산이 떠나가라 소리를 질렀다. 괴이한 행동에 차언이 화들
짝 놀랐다. 이때다. 이때를 놓치면 안 된다. 서효가 두 발을 쿵쿵
구르며 재차 소리 질렀다.

"으아아아아아아!"

"뭐, 뭐야."

그대로 나무를 향해 달렸다. 발바닥에 불이 나도록 뛰었다.

"으아아아아아아!"

숨이 턱 끝까지 차오를 무렵 나무가 나타났다. 다행히도 입구가 닫히거나 하진 않았다. 서효는 뒤도 돌아보지 않고 몸을 던졌다. 순식간에 훈기가 도는 궁궐 방 안으로 떨어졌다.

혹시 따라오진 않을까 걱정된 나머지 방문 앞까지 달려갔다. 숨을 고르며 돌아보자, 입구가 스르르 닫히더니 아무것도 그려져 있지 않던 원래의 족자로 돌아갔다. 차언은 따라오지 못했다.

"하아……. 성공했네."

다리에 힘이 풀려 주저앉은 서효는 한참이 지날 때까지 일어나지 못했다. 도대체 자신은 무슨 일을 겪은 걸까. 어디에 다녀온 걸까. 약방이 있던 동네에도, 혼례 치를 저택 근처에도 저렇게 깊은 산은 없었다.

차언은 지금 어디 있는 걸까.

방문이 열리더니 늘 곁에서 시중을 들어주는 궁녀가 고개를 들이밀었다. 바닥에 주저앉아 있던 서효와 눈이 마주쳤다.

'이런, 곤란하게 됐네.'

정명이 궁궐 안을 자유롭게 돌아다녀도 된다고 허락해 주긴 했다. 그래도 사람이 드나들지 않는 전각에 들어와 진기한 물건을 멋대로 쓰는 건 실례일 터. 만져 보는 것까진 그렇다 쳐도 직접 얼굴에 쓰는 건 또 다르다. 차언과 마주치지만 않았더라도 이런 일은 없을 테지만.

'사과해야겠지.'

서효가 쭈뼛거리며 일어났다.

"처음 뵙는 분인데 누구신지요?"

궁녀가 조심스럽게 물었다. 일부러 놀리는 건가 싶었다. 물건을 함부로 만져서 미안하다며 사과하자 궁녀가 고개를 갸우뚱하였다.

"혹시…… 서효님?"

"심심해서 돌아다니다가 그만 여기에 들어오고 말았어요. 물건들도 신기하고."

"그러니까 서효님이신 거죠?"

"네, 미안해요."

거듭 사과하던 서효는 그제야 상대에게서 이상한 기미를 알아차렸다. 궁녀는 농담을 하는 게 아니었다. 잠깐이지만 진짜 서효를 알아보지 못했던 거다.

"네, 머리끈과 옷을 보니 알겠어요. 오늘 아침에 제가 단장해 드린 그대로네요."

"저를…… 못 알아보시겠어요?"

"옷차림을 보고 알았어요."

이게 무슨 일인가 하던 서효는 자신이 아직 가면을 쓰고 있다는 것을 깨달았다. 가면을 홱 벗자 궁녀의 얼굴이 완전히 밝아졌다.

"아아, 역시."

이제야 이해가 간다는 듯 미소를 지었다. 하지만 서효는 이해가 가지 않았다. 가면 하나 썼다고 사람을 몰라보는 게 말이 되냔 말이다. 천이 달려 있어서 머리카락까지 다 덮는 것도 아니고 얼굴만 가리는 건데? 목소리랑 다른 건 그대로인데?

"이곳은 진기한 물건이 가득하지요. 서효님이 쓰신 가면도 그렇고요."

"이걸 썼더니 감촉이 이상했어요."

"쓰고 나서 거울을 보셨나요?"

고개를 도리도리 젓자 궁녀가 웃었다. 그녀는 서효가 다시 가면을 쓰게 한 다음 거울 앞으로 데려갔다.

"헉, 투명해!"

서효가 기겁하며 가면 쓴 얼굴을 만졌다. 어쩐지 젖은 가죽같이 이상한 감촉이 느껴지더니, 투명하게 되어버리는 거였나? 그럼 어쩌지? 차언이 내 얼굴을 제대로 봤다는 건데?

"지금 서효님 눈엔 서효님 얼굴이 보이지요?"

궁녀가 가면을 벗게 했다. 그러더니 이번엔 자기가 가면을 썼다. 서효의 눈이 다시금 휘둥그레졌다.

"지금 제 모습이 어떤가요?"

"달라요……."

"다른 사람처럼 보이지요? 한데 제 눈엔 제 얼굴이 그대로인 것처럼 보이거든요."

"심지어 목소리도 좀 달라진 것 같아요."

"가면을 한번 통과해 나오면서 달라진답니다."

궁녀가 가면을 벗었다. 이제 완전히 본인 얼굴로 돌아왔다. 서효는 가면에서 눈을 떼지 못했다.

"정말 신기한 물건이네요."

"그렇죠? 저도 처음 봤을 때 귀신에 홀린 줄만 알았답니다."

궁녀가 가면을 제자리에 돌려놓았다. 그러고는 정명이 함께 차를 마시자 한다고 알려주었다. 방에 들어와 물건을 만진 것에 대해 뭐라 할 생각이 없는 모양이다.

이는 분명히 좋은 이야깃거리였다. 정명에게 진기한 물건 모으

게 된 연유를 들으면 재미날 것이다. 딴 세상으로 넘어가는 족자
와 다른 사람으로 보이게 해주는 가면. 그럼 이밖에 다른 물건은
어떻게 쓰나.

그 화제만으로도 한나절은 거뜬히 보낼 수 있을 터.

하지만 서효는 다과 드는 자리에서 물건 이야기를 꺼내지 않았
다. 딱 꼬집어 얘기할 순 없지만 왠지 기분이 묘했다. 정명에게는
알리고 싶지 않았다. 말할 수 없는 비밀 하나가 제 안에서 조용히
움튼 기분이었다.

'나를 알아보지 못해.'

족자 안에 들어갔다 나온 이후로 서효는 계속 이 생각에 사로
잡혀 있었다. 이러면 안 되는데, 안 되는데 하면서도 정신 차리면
또 가면(假面) 생각 중이었다.

얼굴도 목소리도 달라져서 상대방이 알아채지 못한다. 그럼 다
른 사람 행세를 하며 차언 옆에 있을 수 있다는 건데. 이까지 생
각한 서효는 고개를 내저었다. 표현이 마음에 들지 않았다.

"옆에 있으려고 이러는 게 아니야."

굳이 소리 내어 말했다. 스스로에게 들으라는 듯.

"제대로 뉘우치고 있는지 확인하고 싶어. 괴로워하고 있다면
그 모습도 보고 싶고. 그래, 후회하는 꼴도 보고 싶어."

맞다. 이거다. 서효는 주먹을 그러쥐었다. 뜨거운 것이 목구멍
끝까지 울컥 치밀어 올랐다. 그가 후회하는 모습을 보고 싶었다.

세 번의 환생과 이번 생을 통해 차언은 서효를 절절히 사랑하

게 되었다. 자신에 대한 그의 애정이 깊다 못해 땅속을 뚫고 내려
갈 지경이라는 것을 잘 알았다. 특히 이번 생에서 차언은 헌신이
무엇인지 보여주었다. 잘 알고 있다.

그러니까.

"못되게 변했다고 해도 상관없어. 솔직히, 누가 내게 뭐라 할
수 있겠어?"

서효의 눈이 불그스름하게 젖어들었다. 너무나 오랜만에 기억
을 되찾았다. 마치 해일처럼 쏟아져 들어온 기억에 매일 밤 가슴
앓이를 했다.

잠을 청하면 반드시 차언이 꿈에 나타났다. 다정한 집사 차언
이 한 번 등장할 것 같으면, 냉혹하고 무정한 정혼자 차언은 다
섯 번 등장했다. 서효의 가슴을 파고들었던 날카로운 말들이 여
전히 기억 속에 생생했다.

그러니까 이제 차언이 괴로울 차례다. 좋아하는 사람에게서 외
면 받는 기분이 무엇인지, 그게 얼마나 스스로를 비참하게 만드
는지 경험할 차례다.

"다시 가보자."

서효는 궁녀들 눈을 피해 전각으로 향했다. 두꺼운 외투를 걸
치고 가면을 썼다. 족자 앞에 서자 숲으로 향하는 문이 열렸다.
그동안 눈이 꽤 녹았다. 서효는 심호흡을 한 다음 족자 안으로 걸
어 들어갔다.

"어디 있는 거야?"

생각지도 못한 때에 마주치더니 막상 찾으러 오니까 안 보인다.
서효는 불퉁한 표정이 되어 계곡 아래로 내려갔다. 나무 근처에

자기만 알아볼 수 있는 표시를 해둔 터라, 위치를 까먹을까 걱정되지는 않았다.

무엇보다 오늘은 단단히 믿는 구석이 있다. 감쪽같이 얼굴과 목소리를 감춰주는 가면을 쓰고 있으니 말이다.

"무슨 이런 산골짜기에 들어와서는……."

투덜대며 아래쪽으로 발을 내딛는데 어디선가 짤따란 죽창이 날아왔다. 목표물을 헤매지도 않았다. 거침없이 직선으로 날아온 죽창은 서효의 발 바로 옆에 꽂혔다. 자칫 발이 꿰뚫릴 뻔했다. 순간 전생의 기억이 떠올라 그대로 몸이 굳었다.

콱, 콱, 콱.

연달아 세 개의 죽창이 날아와 서효의 앞에 꽂혔다. 나타나기만을 벼른 기세다. 아슬아슬하게 발을 비껴 나간 것도 고의였을 것이다. 내가 마음만 먹으면 너를 다치게 할 수 있다는 기선 제압이었다. 서효의 미간에 힘이 들어갔다.

"넌 누구지?"

나무 사이에서 차언이 나타났다. 서효는 오히려 입을 다물었다. 순간 몸이 굳긴 했지만 차언 자체가 무서운 건 아니었다. 이제 그는 더 이상 서효에게 두려움의 대상이 아니었다.

"누군데 불쑥 나타나서 여기저기 헤집고 다니는 거냐?"

저 고압적인 태도 좀 보라지. 서효의 마음이 점점 더 비뚤어졌다. 본성은 하나도 변하지 않았다니까.

"대답해."

"……무슨 상관이야."

"뭐?"

"무슨 상관이냐고 했다. 왜?"

차언의 표정이 볼만하게 일그러졌다. 뭐 이런 미친 여자가 다 있나 싶은 심정일 거다. 서효는 날카롭게 쏟아지는 시선을 고스란히 받아냈다. 접고 들어가 줄 생각 따윈 없었다.

"그 머리 모양."

차언이 문득 양 갈래로 땋은 머리에 눈길을 주었다. 서효는 뭐가 문제냐는 듯 턱을 치켜들었다.

"머리끈."

"이게 뭐?"

"너…… 정체가 뭐지?"

차언이 성큼 다가왔다. 큰 키만큼 보폭도 커서 고작 서너 걸음만에 서효 코앞까지 왔다. 갑자기 가까이 오니까 긴장이 되긴 하였다. 그러나 순순히 넘어가진 않을 것이다. 서효는 미리 해명거리를 생각해 두고 왔다. 그야말로 차언을 꼼짝 못하게 만들 해명을.

"정명님의 궁녀거든."

전혀 뜻밖의 이름이 나왔다. 차언의 얼굴에 당황한 기색이 스쳐 지나갔다. 서효는 이에 그치지 않고 쐐기를 박았다.

"서효님을 옆에서 모시고 있기도 하고."

"뭐라고?"

차언의 표정이 단번에 바뀌었다. 그가 서효의 어깨를 움켜잡았다. 그게 정말이냐, 방금 서효라고 하였느냐. 그가 원하는 답을 모두 얻을 때까지 어깨를 잡아 흔들 기세였다. 서효는 주저 없이 차언의 손등을 때렸다.

"감히 내 몸에 손을 대다니."

그럼에도 놓지 않자 팔을 휘둘러 그의 손을 뿌리쳤다. 눈을 똑바로 마주하며 한 음절씩 힘주어 말했다.

"다시는 허락 없이 손 올리지 마."

"……아가씨?"

서효의 말문이 막힐 차례였다. 그저 떠보는 것일 수도 있는데 차언의 한 마디에 가슴이 내려앉았다. 그의 목소리가, 그의 눈빛이, 그의 표정이 순식간에 애절하게 바뀌었기 때문에. 너무도 조심스럽고 더없이 애타게 변했기 때문에.

이런 모습을 보고 싶어서 온 건데, 왜 벌써 흔들리는 걸까. 바보 같은 서효.

"무, 무슨 소리야?"

"방금, 손이 닿았을 때."

차언이 짧게 끊어 말했다. 그녀 입을 열기 위해서라면 죽창이건 화살이건 얼마든지 더 날릴 것 같던 사람이다. 한데 그의 목소리가 꽉 잠겨 있었다. 애써 감정을 눌러 삼키는 듯이.

"온기나 감촉, 느낌이."

"착각이겠지."

"이 어깨도."

또다시 손을 대려 하기에 노려보았다. 차언이 움찔했다. 한 번쯤은 강하게 의심받으리라 예상했다. 서효는 자신이 세게 나가야 하는 시점임을 깨달았다.

"이러니까 서효님이 싫어하시지."

차언이 날카로운 숨을 들이켰다. 서효는 세상에서 제일 넌더리난다는 표정을 지었다.

"몰아세우는 것도, 만지는 것도, 의심하는 것도 다 제멋대로야."

"그건……."

"정명님과 완전 천지 차이야."

차언의 표정 변화는 아주 천천히 이루어졌다. 처음에는 서효의 말에 그저 어찌할 바를 모르다가, 의심스러운 눈으로 그녀를 살폈다. 그러다가 정명과의 비교에 이르렀다. 다시 입을 열 때쯤엔 서효를 향하는 눈빛이 완전히 달라져 있었다.

"정명의 궁녀라?"

속아 넘긴 모양이다. 서효는 속으로 안도의 한숨을 쉬었다.

"한데 궁녀 주제에 어찌 내게 이리 무도(無道)한가?"

차언이 그녀를 내려다보았다. 아랫것을 대하는 눈이었다.

"나는 네 주인의 윗사람이다. 그걸 모를 리 없을 텐데."

"알고는 있지만."

"하대가 익숙하구나."

분하게도, 작전상 후퇴였다. 이런 식으로 나오면 존대를 할 수밖에 없다. 하지만 착각은 금물이다. 말을 높여도 괴롭힘은 그만두지 않을 것이다. 서효는 자신이 어떤 말을 해야 그가 밤잠을 못 이룰지 알고 있었다.

"예, 예, 차언님. 정식으로 인사드리죠. 정명님의 궁녀 서효입니다."

차언이 눈썹을 지그시 치켜올렸다.

"제 이름도 서효예요."

"······바꿔라."

"싫은데요."

다시 강조하지만, 말을 높이는 것과 괴롭힘은 별개였다.

차언이 그녀를 지그시 바라보았다. '지그시'라고 하지만 아까 보았던 그윽한 눈빛은 아니었다. 차언은 지그시 노려보고 있었다.

이걸 죽일까, 살릴까. 참아야 할까, 안 참아도 될까. 그의 치열

한 백팔번뇌가 눈앞에 선했다. 서효는 해볼 테면 해보라는 듯 턱을 들어 올렸다.

"서효님은 제 이름을 들으시더니 좋아하셨어요. 쌍둥이 자매가 생긴 기분이라고도 하셨죠."

서효가 차언을 응시했다.

"어쨌든 부모님이 지어주신 제 이름이에요. 차언님이 이래라 저래라 하실 순 없어요."

그의 턱에 힘이 들어갔다. 서효는 이다음 순서를 알고 있다. 조만간 어깨까지 힘이 들어가서 꿈틀할 테고, 그다음엔 주먹을 그러쥘 것이다.

"아가씨가 좋아했다고?"

차언이 조용히 물었다. 서효는 아무렴 내가 거짓말을 하겠냐는 양 어깨를 으쓱했다.

"일단 알겠다."

"알겠다는 표정이 아니신데."

"알겠다만, 내가 널 그 이름으로 부르는 일은 없을 거다."

"멀쩡한 이름을 두고 어찌 부르실지 궁금하네요."

차언의 얼굴 위로 서늘한 기운이 스쳐 지나갔다. 혹자는 그걸 두고 살기(殺氣)라고 부른다.

"정명이…… 성인군자이긴 한가 보군."

또 무슨 말을 하려나 귀를 쫑긋 기울였다.

"너처럼 방자한 녀석을 그대로 두다니."

"당연하죠. 정명님이 누구 같은 줄 아세요?"

서효가 흥, 하고 코웃음을 쳤다. 정명에 대해 속속들이 잘 아는 것은 아니지만 차언 앞에서 대충 뻐길 만큼은 되었다. 어쨌든 속만 뒤집어놓으면 된다는 말씀.

"더없이 온화하시고, 절대 언성을 높이지 않으시고."

차언의 냉정함에 균열이 가기 시작했다. 고작 이것만으로? 아직 시작도 하지 않았다. 서효는 완벽한 주인에게 매료된 궁녀 연기를 하였다. 중간에 한 번씩 달콤한 한숨을 끼워 넣는 것도 잊지 않았다.

"외모는 아름다운 백옥과 진주 그 자체에."

차언이 눈을 가느스름하게 떴다.

"귀한 신분임에도 손수 아픈 환자들을 돌보시죠. 게다가."

"아직 안 끝났나."

"낭자들에게는 얼마나 다정하신지. 특히 서효님께 하시는 걸 보고 있으면 제 마음이 다 말랑말랑해진다니까요."

결정적인 한 마디에 차언의 안색이 달라졌다. 서효와 정명 두 사람을 나란히 떠올리는 것만으로도 기분이 바닥까지 추락하는 듯 보였다. 차언이 눈을 감고 숨을 골랐다. 온 힘을 다해 평정을 찾으려 애쓰지만 힘든 모습이었다. 전신에 힘이 들어가 있었다. 저러다 펑 터지지는 않을까 염려스러울 정도였다.

'저렇게 눈이 돌아갈 줄이야.'

덫을 친 당사자면서도 새삼 놀라는 서효였다. 이거 수위 조절을 잘 하지 않으면 자신이 진짜 서효임을 밝힐 새도 없이 죽임을 당할 수도 있겠다.

"정명은 아버지에게 순종하는 착한 아들이지."

차언이 말을 짓씹듯 내뱉었다.

"여태 혼자 지내긴 했지만 아버지가 며느릿감이라고 데려온 이상, 두말없이 기쁘게 받아들일 터."

잠깐, 지금 며느릿감이라고? 서효는 차언의 말에 당황했다. 천제는 공기 좋은 바닷가에서 요양하라는 말만 하였지, 정명과 혼인하라는 말은 따로 하지 않았다.

그러고 보니 정명의 다정함이 다소 과할 때가 있긴 했다. 하지만 원래 모두에게 친절한 사람이니까, 하고 넘겼다. 아버지가 부탁한 손님이라 더욱 신경 써주는 것이라 생각했다. 혼인이라니 당혹스럽다. 무엇보다 정명은…….

"한데 그건 알고 있을까?"

차언이 쓰게 웃었다.

"서효와 난 이미 초야를 치른 사이인데."

"헉."

"아가씨가 그것에 대해서는 이야기해 주시지 않더냐?"

"그, 그, 그걸 왜 저한테 말씀하시겠어요?"

말을 더듬고 말았다. 제발 가면에 안색까지 가려주는 효과가 있기를 빌고 또 빌 뿐이다. 왜냐면 지금 자신의 얼굴은 달아오른 나머지 터질 것 같으니까.

대체 그걸 왜 얘기해? 난 지금 궁녀야. 정명님의 궁녀라고. 서효 아가씨 모시는 궁녀라니깐? 그런 부끄러운 이야기를 잘도.

차언은 그녀가 애써 기억 저편에 묻어버린 일을 떠올리게 만들었다. 세 번째 환생, 그의 호위무사 백화운이었던 생(生).

서효는 부드러우면서도 강하게 다가오는 그에게 마음을 빼앗겼고, 그의 정혼녀가 되어 혼례 날을 잡았다. 분에 넘치는 혼인이었다. 당시 서효의 신분으로는 그랬다. 그리고 다디단 애정에 취해 혼례식을 며칠 앞둔 날 초야부터 치러 버렸다.

물론 세 번째 몸은 죽어서 지금 백오강 옆에 묻혀 있다. 아주 오래전 흙이 되었을 것이다. 지금의 서효는 새로운 몸이다. 그렇다고 해서 기억까지 사라진 것은 아니었다.

"난 꽤 집요했지."

차언이 옛 기억을 떠올리는 듯한 표정으로 말했다.

"이러다 혼례 올리기도 전에 신부가 쓰러지지 않을까 싶을 정도로 아가씨를 괴롭혔거든."

서효의 시선은 정확히 차언이 보고 있는 반대 방향으로 돌아갔다.

알아. 나도 기억하니까. 지나치게 생생히 떠올라서 부끄러울 정도야. 그러니 제발 그만 말해. 간곡한 바람에도 불구하고 차언의 말은 끝나지 않았다.

"한데 그렇게 밤낮없이!"

차언이 서효에게 다가섰다. 서효의 시선은 더욱 옆으로 돌아갔지만 목을 꺾지 않는 한 이상 돌리기는 불가능했다.

"물고 빨고 난리도 아니었는데. 그런 아가씨가 정명의 짝이 되는 건 좀 껄끄럽지 않나?"

"으음."

"천제께선 대체 무슨 생각이신 걸까?"

"흐음."

"기어코 내가 앓다 죽는 꼴을 봐야 속이 시원할는지."

마지막 말은 질문이 아니었다. 그는 한숨을 쉬며 서효에게서 멀어졌다. 이에 서효의 숨통도 트였다. 어쨌든 차언이 너무 가까이 있으면 제대로 된 생각을 하기가 힘들었다. 특히나 과거의 진한 기억을 떠올리게 한 다음엔 말이다.

'분하지만 이연패야. 하필 초야를 운운할 건 뭐람.'

돌발수도 아니고 이건 거의 반칙에 가까웠다. 열 오른 뺨을 식히고 있는데, 차언이 쓸쓸한 목소리로 물었다. 그는 어느새 어둡게 가라앉은 모습이었다. 계속되는 서효 이야기가 차언을 그리 만든 모양이다.

"아가씨는 어찌 지내시나?"

잘 먹고, 잘 자고, 잘 대접받아서 피부에 윤기가 자르르 돈다. 차언의 존재를 까맣게 잊고 정명과 깊이 어울린다. 이런 대답을 할 줄 알았다면 오산이다.

서효는 누군가를 슬프도록 좋아해 본 경험자로서, 무엇이 상대의 가슴을 헤집어놓는지 알고 있었다. 자신이 몇 번이나 죽은 다음 차언은 괴로워했을 것이다. 하지만 정작 서효는 그 모습을 보지 못했다. 환생하면 이전 기억을 잃고, 죽고 나면 그다음 일을 모르니까 어찌 보면 당연한 일이었다.

그리고 서효는 지금, 차언이 슬퍼하는 모습을 보고 싶었다. 맨 처음 생에서 자신이 아팠던 만큼 차언도 아픈 것을 눈으로 확인하길 원했다. 그럼 기분이 나아질 것 같으냐는 의문은 접어 두자.

서효는 새치름한 표정을 지었다.

"사실 하루하루 시들어가세요. 입맛 없으신지 밥도 제대로 안 드시고, 그러다 보니 픽픽 쓰러지시죠."

"……쓰러지다니. 아가씨가 얼마나 건강했는데."

"첫날부터 안색이 파리했는걸요."

차언이 헛웃음을 터뜨렸다. 제 말을 안 믿는 건가 싶었는데, 실소할 만큼 화가 난 모양이었다.

"동백궁에 넘쳐 나는 게 진귀한 약초다. 정명 놈은 죽어가는 것도 살릴 수 있지. 한데 제 짝이 그리 될 때까지 방치해?"

언제는 형수 훔쳐 가는 놈 취급이더니 이제는 자기 입으로 짝이란다. 어쨌든 차언이 화내는 맥락이 이해 갔다. 서효는 주인을 비호하는 궁녀 역할에 충실하기로 했다.

"정명님 탓하지 마세요. 그분이 힘을 넣어주셔서 아가씨가 그나마 버티시는 거라고요."

"놈의 치유력도 별것 아니었군."

"솔직히 차언님은 화낼 자격조차 없으시면서."

당장 동백으로 쳐들어가 궁궐을 엎을 기세이던 차언이 서효의 그 한 마디에 움직임을 멈췄다. 서효는 그의 눈이 검게 죽는 것을 지켜보았다.

'흥, 쌤통이다.'

이렇게 고소해야 하는데 복수의 달콤함이 느껴지지 않았다. 서효는 어디서부터 잘못된 걸까 되짚어갔다.

"······내 안부를 궁금해하진 않겠지."

질문인 듯 질문이 아닌 듯. 차언이 자신 없는 말투로 중얼거렸다. 서효의 대답이 너무 궁금하면서도, 한편으로는 어떤 답을 들을지 두려워하는 모습이었다. 서효가 짧게 한숨 쉬었다.

"못 들으셨어요? 하루하루 버티기도 힘들어하신다고."

"정말 그 정도인가."

"밥술 뜰 힘도 없는 분이 나쁜 사람 안부는 무슨."

팔짱을 끼고 혀를 찼다. 고개까지 저으며 차언 앞을 지나쳤다. 그의 안색은 이제 완전히 먹빛으로 변했다.

"우리 애들 요리 잘하는데 말이에요. 매일 귀한 보양식 올려도 입을 댈까 말까 하시니."

"잠깐."

"응? 왜요?"

"잠깐 기다려. 아니, 그냥 따라와라."

"둘 중 하나만 하세요. 뭘 어쩌란 말인지."

"따라와."

으르렁대듯 내뱉더니 서효가 주변을 살피는 고새도 참지 못하고 손목을 잡아끌었다. 함부로 건드리지 말라고 했지 않느냐. 날카롭게 쏘아붙이니 손을 거둔다. 그냥 따라오기만 하면 된다는 태도였다.

차언의 관심은 이미 다른 데 있었다. 마치 평지를 걷듯 엄청난 속도로 계곡을 내려가더니 어딘가로 향했다. 겨우 그의 뒤를 쫓던 서효는 갑자기 나타난 초가에 당황했다. 누가 봐도 한 사람 이상이 사는 모양새였다.

"여기서 잠시만 기다려라."

뭐지, 누구랑 같이 살고 있어? 여긴 뭐하는 곳이지? 탐색하는 눈으로 초가를 살피던 서효는 그대로 집에 들어가는 차언을 향해 물었다.

"명령인가요?"

문을 열고 들어가려던 그가 멈춰 섰다. 두세 마디 오갈 정도의 시간차를 두고 말했다.

"……부탁이다."

소리 내어 대답하진 않았지만 차언은 그녀의 답을 들은 듯 안으로 들어갔다. 나무문이 닫혔다. 서효는 앉을 만한 그루터기를 찾아 주변을 살폈다.

"뭐야. 안에서 대체 뭘 하는 거람?"

서효는 차가워진 두 손을 마주 비볐다. 입김을 불었다가 외투 안에 집어넣었다가 여러 시도를 해봤지만 얼어붙은 손끝은 좀처럼 녹지 않았다.

차언이 집 안에 들어간 지 벌써 오랜 시간이 지났다. 체감상 반시진쯤 된 것 같았다. 그동안 초가집 뒤쪽으로 난 작은 굴뚝에선 쉼 없이 연기가 피어올랐다.

먹을 것을 만드나 보다. 처음엔 이 생각에 느긋이 기다렸다. 한데 부엌문이 열릴 기미가 보이지 않는 거다. 한 식경이 지나고 결국 반 시진이 되도록 차언은 고개 한 번 내밀지 않았다. 날 완전히 잊어버린 건가. 그렇지 않고서야 추운 바깥에 이리 오래도록 세워둘 리가.

"못 기다려. 아니, 안 기다릴래."

부아가 치밀었다. 자리에서 일어나 외투를 툭툭 털고 이만 가겠다고 외쳤다. 몇 걸음 떼기도 전에 부엌문이 열렸다.

"잠깐!"

반응이 바로 돌아온다. 이럴 줄 알았으면 진작 재촉할 걸 그랬다. 서효는 부루퉁한 표정으로 차언을 돌아보았다.

"다 됐다고. 잠깐만."

"얼어 죽겠거든요……."

"잠시만."

낯선 모습이었다. 차언은 행여 서효가 가버릴까 봐 서두르고 있었다. 급하게 움직이다가 뭔가를 건드렸는지 우당탕 소리가 났다. 그는 스물이 넘는 아희네 무리를 대접할 때도 이처럼 당황하지 않았다.

진짜 마지막이다. 정말 잠깐만 기다려 주다가 바로 가겠다고 마음먹은 서효는 팔짱을 낀 채 그를 기다렸다.

차언이 양손에 찬합(餐盒)을 들고 부엌을 나왔다. 안에서 무슨 음식을 만들었는지는 모르겠지만 열린 문 사이로 한겨울 목욕탕처럼 김이 무럭무럭 나오고 있었다.

"뭐 이리 오래 걸린 거예요?"

서효가 끝이 빨갛게 언 제 손을 내밀었다.

"이거 보세요. 꽁꽁 얼어붙었다고요."

"미안."

"그렇게 성의 없는 한 마디로 넘어갈 일이 아니죠. 잠깐만 기다리래서 진짜 잠깐이면 될 줄 알았더니."

"나도 이리 오래 걸릴 줄 몰랐다."

"아니면 안에 좀 들여보내 주든가."

차언이 흘깃 주변을 살폈다.

"어떤 수를 써서 정반대편 서쪽 숲까지 왔는지는 모르겠지만, 네가 정명의 궁녀인 이상 네 정체를 숨겨야 되거든."

"숨겨요? 누구한테?"

"이거 받아라."

차언이 찬합을 넘겨주었다. 서효는 이것만큼은 머뭇거리지 않고 바로 받았다. 받아 드는 동시에 차언이 경고했다.

"무거워."

농담이 아니라 진짜 무거웠다. 안에 음식이 아니라 달군 돌덩이를 넣었나, 싶을 정도로 무거웠다. 나무까지 가기도 전에 팔이 빠지지 않을까.

"뭘 이렇게 많이 만들었어요?"

"급히 하느라 별것 없는데."

서녘이 밝아오면

차언이 다시금 주변을 살폈다. 아무래도 함께 지내는 이가 자리를 비운 모양새인데, 차언은 상대를 매우 경계하는 듯 보였다.

"오늘 내 언행이 기분 나빴다면 사과하지."

서효는 찬합을 떨어뜨릴 뻔했다. 차언이 '서효 아가씨' 아닌 다른 사람에게 사과한 적은 이제껏 단 한 번도 없었다. 잘못을 저지른 쪽이 차언 본인이었대도 말이다. 한데 한낱 궁녀인 내게 사과를? 그것도 정명의 궁녀인 내게?

차언이 그녀의 이상한 표정을 알아차렸다. 하지만 이 이상 설명을 덧붙이진 않겠다는 듯 다른 말을 하였다.

"그러니 또 와라. 다음에도 와."

본 목적은 이쪽이었던 거다. 안 그래도 다시 올 생각이었지만 서효는 괜히 곤란한 척을 했다.

"들키면 혼나는데……. 허락 없이 문 열어서 온 거란 말이에요."

"그래, 네 힘으로 온 게 아니겠지."

"이거 참 난감하네."

"제발."

차언의 입에서 믿기지 않는 소리가 또 나왔다.

"부탁이니까."

서효의 시선이 그에게 얽매였다.

"다시 와라."

"어……."

"부디 아가씨를 잘 보살펴 드리고."

그의 눈이 간절해졌다. 서효가 눈빛을 받아내지 못할 정도로.

"다시…… 올 거지?"

조심스레 서효의 심기를 살피며 자신을 낮췄다. 그 모습을 보고 있자니 왠지 불편해져서 서효는 애매하게 고개를 끄덕이고 말았다. 원래는 더 버티려고 했는데.

"네, 그렇게까지 말씀하시니."

아주 오랜만에 차언의 미소를 보았다. 다행이다. 정말 다행이라고 수없이 되뇌는 그의 모습. 안도하는 얼굴이 환했다.

마음이 물러지고 있다. 서효는 자꾸만 약해지는 자신이 마음에 들지 않아서 괜히 딱딱한 표정을 지어 보였다. 여기서부터는 혼자 갈 테니 절대 뒤 밟을 생각 말라고 엄포를 놓았다.

만약 그리하면 다신 오지 않겠다고 할 필요도 없었다. 차언은 서효를 안심시키기 위해서인지 다시 부엌으로 들어갔다. 그리고 그녀가 족자 밖으로 나와 입구가 닫히는 걸 볼 때까지 꿈쩍도 하지 않았다.

"아, 팔 아파."

서효는 그제야 찬합을 내려놓았다. 뚜껑을 열자 향기로운 냄새가 솔솔 풍겨 나왔다. 달콤하고 향긋한 배꿀찜부터 서효가 즐겨 먹던 요리가 그 안에 다 들어 있었다.

"하나만 맛볼까."

어차피 저 먹으라고 준 것 아닌가. 젓가락도 없이 맨손으로 버섯탕수를 집어 먹었다. 너무도 익숙한 맛이 입안에 퍼졌다. 차언에게 철저히 길들여진 입맛이다. 동백의 요리도 뛰어난 편이나 늘 먹던 것과는 다를 수밖에 없었다.

"하나만 더?"

곧 점심시간이라 궁녀들이 상을 차릴 텐데. 그것도 잊고 찬합을 비우기 시작하는 서효였다.

"새우가 보이지 않는구나."

하루 동안 백 가지 트집을 잡지 않으면 입안에 가시가 돋는 게 틀림없다. 노부인은 천재지변이라도 당한 표정으로 차언을 쏘아보았다. 그가 폭풍우와 벼락과 우박을 뭉쳐서 자신에게 내리꽂기라도 했다는 듯이.

"내 오늘은 새우가 먹고 싶다고 말했을 텐데?"

"안 했습니다."

"했거든."

"나이 들면 정신이 오락가락하는 거, 크게 흉 될 일은 아닙니다만."

"고얀 놈."

노부인이 젓가락으로 식탁을 여러 번 내리쳤다.

"내가 했다면 한 게다. 자, 말해봐라. 새우가 어디로 갔느냐?"

차언이 그릇을 들어 조용히 국을 마셨다. 번거롭게 숟가락을 쓸 만큼 건더기가 들어 있는 것도 아니었다.

"어느 머슴이 주인보다 먼저 밥술을 뜬다 하더냐?"

"숟가락 안 썼습니다."

"괘씸하고 고얀 놈. 분명히 새우도 네가 빼돌린 것이렷다?"

그저께 올린 새우가 전부였다는 소리는 먹혀들지 않았다. 노부인은 남은 재료 양을 정확히 기억하고 있었다. 차언은 찬합에 넣은 새우를 떠올렸다. 궁녀가 서효에게 제대로 전달했을까. 내가 만든 거라는 걸 알아차릴까. 몸 상태가 조금이라도 나아져야 할 텐데.

"마을 장터에 가서 사와라. 빠진 만큼 채워야 하느니."

"예."

"내일 동트자마자 내려가."

"예."

차언의 정신은 온통 서효에게 빼앗겨 있었다. 그의 상태가 평소와 다름을 인지한 노부인이 문득 묘한 눈으로 차언을 보았다. 언제부터 이런 식으로 보고 있었나. 차언은 심술기 걷힌 노부인의 얼굴을 낯설게 응시했다.

"내가 지키는 샘물은 소원 한 가지를 이뤄주지."

초가에 온 이후 처음으로 노부인의 입에서 샘물 이야기가 나왔다. 여전히 그것이 필요하냔 물음이 돌아왔다. 차언은 두 번 생각할 것도 없이 고개를 끄덕였다.

"그렇다면…… 이제 진짜 과업을 내주마."

노부인은 절대 쉽지 않을 거라는 듯 슬며시 미소를 지었다. 어쩐지 불길했다.

이제 산길의 눈도 녹았다. 눈이 녹자 한결 움직이기가 편했다. 하얀 눈밭이 예쁘긴 해도 자칫 미끄러질 위험이 있었다. 게다가 발자국이 남기도 하고 말이다.

서효는 주변을 둘러보며 계곡 아래로 내려갔다. 중간에 콧노래를 흥얼거렸다가 자신이 너무 신나 보인다는 걸 깨닫고 그만두었다. 걸음걸이도 너무 발랄했던 것 같다.

"크흠, 기분 탓이야. 사람들 시선이 닿지 않는 곳에 와서, 편해서 그런 거야."

마치 나들이라도 가는 양 찬합을 앞뒤로 흔든 것도 같은 맥락이었다. 서효는 괜히 목소릴 가다듬은 다음 아까보다 얌전한 태도로 걸었다.

수풀 사이로 초가집이 보일 만큼 내려가자 차언이 있었다. 그는 불쏘시개로 쓸 마른 나뭇가지를 모으는 중이었다.

머슴이다. 그리 말하며 자조하는 것을 저번에 들었다. 노예도 아니고 집사도 아니고 머슴이라? 왜 앞선 두 처지에 비해 훨씬 보잘것없이 들리는지 모르겠다. 솔직히 신분만 놓고 보면 노예가 최악인데.

"저 왔어요."

서효가 낭랑한 목소리로 말했다. 깨끗이 설거지까지 한 찬합을 내밀었다. 어디서 누구한테 받은 거라 말할 수도 없어서, 혼자 다 먹느라 제법 고생하였다.

"받아요."

차언이 서효를 힐끗 보더니 별말 없이 찬합을 받아 들었다. 뭐야, 분위기가 왜 이렇지. 그녀가 다시 오지 않을까 봐 애타 하던 모습은 어디 가고 서늘한 기운이 돌았다. 아니다. 자세히 보니 이건 서늘함이 아니라.

"왜 이렇게 가라앉았어요?"

"……아가씨가 다 드신 거냐?"

"사람 말 무시하는 건 여전하신데."

"입에 맞으시다 하던가?"

서효가 다른 쪽으로 시선을 돌리며 고개를 주억거렸다. 입에 맞아도 너무 맞아서 탈이었다. 어느 것 하나 질리지 않았고 간도 딱 좋았다.

항상 먹던 거. 차언이 만든 요리. 신나서 먹다가 갑자기 탁자 너머를 물끄러미 보게 된다. 비어 있는 앞자리가 신경 쓰였다. 그거 하나만 빼면 완벽했다.

"달리 하신 말은 없고?"

"그냥 뭐, 이렇게 딱 맞는 음식이 오랜만이라는 정도요."

"그리고 또?"

"좀 신기하다든가."

"또."

"없어요. 무슨 칭찬을 듣고 싶어서 자꾸 캐물으시는 거예요."

서효가 턱으로 찬합을 가리켰다.

"비워 왔으면 됐잖아요."

주인 아가씨 입에서 나온 말은 한 마디라도 더 듣고 싶었던 모양이다. 그대로 두면 달이 뜰 때까지 반응을 물었을 터. 서효의 타박에 차언이 흠칫했다가 이내 엷게 웃었다.

"그래, 그렇지. 비워 왔으니 됐지."

쓸쓸해 보이는 얼굴이 마음에 걸렸다. 이보다 훨씬 열광적으로 서효를 맞아줄 줄 알았다. 어째서 온 세상 짐을 혼자 짊어진 표정으로 있단 말인가.

"무슨 일 있죠?"

차언이 찬합 손잡이를 자꾸 쓸었다. 잠깐이나마 아가씨에게 닿았던 물건. 그렇게 해서라도 만져 보고 싶은 것일까.

바보, 난 이미 차언 옆에 있는데. 알아채지도 못하고. 바보. 감쪽같이 숨겨주는 가면에 감탄할 땐 언제고, 서효는 제 거짓말에 넘어간 차언을 괜히 탓해보았다. 지금 가면을 벗으면 그는 어떤 표정을 지을까. 어떤 반응을 보일까.

"좀 더 나를 반가워해야 되는 거 아니에요? 오늘 아가씨가 무슨 옷을 입었는지, 뭘 보고 웃었는지 궁금하지 않으세요?"

"궁금하지."

차언이 픽 웃었다.

"서효에 관한 거라면 늘."

"한데 궁금하단 사람 태도가 왜 이래요. 역시, 무슨 일 있죠?"

차언이 천천히 시선을 돌려 서효를 보았다. 그녀의 집요한 질문이 차언을 깊은 바닥에서부터 수면 위로 끌어 올리고 있었다. 답하지 않으면 원하는 답을 들을 때까지 귀찮게 할 태세다.

"정명의 궁녀가 다 너 같은 거냐. 아니면 그중에서도 네가 유별난 건가."

"갑자기 웬 딴청?"

"어디까지 기어오르나 궁금할 지경이군."

차언의 미간이 모였다.

"낄 데 안 낄 데 분간 못 하고 뛰어드는 건 정말 똑 닮았어."

어, 이거 누구 말하는 건지 알겠는데. 서효는 불리한 의심 앞에서 입을 닫았다. 아무것도 모른다는 표정으로 차언의 다음 말을 기다렸다. 잠시 뒤, 차언이 한숨처럼 말을 이었다.

"여긴 별다른 지명 없이 서산(西山)이라고만 불리는 곳인데, 내게 온갖 일을 시키는 자는 샘을 지키는 노부인이다. 서효가 사라진 날 천제께서 이곳으로 가라 하셨지."

차언은 오래도록 살아온 자신도 이 노부인에 대해선 처음 듣는다고 덧붙였다.

"샘물의 효능이 뭔지도 듣지 못했어. 한데 그저께 노부인이 말하더군."

신비의 샘물. 그것은 물을 뜨는 자의 소원을 이뤄준다. 소원의 경중에 상관없이 무조건 꼭 하나를 들어준다. 그런 게 실제로 존재하느냔 서효의 물음에 차언이 입꼬리를 올렸다.

"모르겠다. 그런 게 있다면 천제의 아들인 내가 모를 리 없는데."

하지만 차언은 자신에게 두 번째 길은 없다고 말했다. 노부인의 말을 흘려들을 수 없었다. 왜냐하면 지금 그에겐 샘물만이 유일한 해결책이기 때문에.

"예전의 나라면 냉소했겠지. 그런 게 어디 있냐고. 신(神)조차 함부로 거슬러선 안 되는 게 순리인데, 경중과 상관없이 소원을 들어준다니."

차언이 어이없다는 듯 말했다.

"그리 편리한 게 있다면 지금쯤 모두가 이 산을 파헤치지 않았겠느냐?"

"그렇겠죠……."

"한데 우습게도."

그의 눈이 아련히 젖어들었다.

"절실해지더구나."

시선은 여전히 찬합에 둔 채.

"매달리고 싶더군. 그리고 내가 매달릴 수 있는 게 하나라도 남아 있다는 사실에 기뻐졌다."

바람이 두 사람 사이를 스쳐 지나갔다.

"희망은 잔인한 것이다. 그렇지 않느냐?"

차라리 일말의 여지없이 암담하면 포기라도 하련만. 작디작은 희망이 하나 생기자마자 가슴이 미친 듯 뛰기 시작했다고 하였다. 뻐근하게 죄어들어서 숨조차 쉬기 힘들 지경이었다고. 서효는 그런 이야기를 담담히 늘어놓는 차언을 보았다.

"기뻐졌다고 하셨는데. 왜 제 눈엔 그리 보이지 않죠?"

"하."

차언이 답답한 숨을 뱉었다.

"여기서 내 고뇌가 시작되거든."

"고뇌요?"

샘물을 허락하는 데엔 조건이 있었다. 바로 자신의 한계를 뛰어넘는 자에게만 기회를 준다는 것. 노부인은 차언에게 이와 관련된 과업을 내려주었다.

"변치 않는 가치를 증명할 수 있겠나?"

"……에?"

서효에게서 우스꽝스러운 소리가 새어 나가고 말았다. 너무 뜬금없고 애매한 질문이었기에.

"변하지 않는 가치."

"예에."

"그걸 찾아오라고 한다."

"네에."

얼빠진 대꾸밖에 나오지 않았다. 서효의 표정이 대꾸만큼이나 우스웠는지, 얼굴을 본 차언이 소리 죽여 웃었다.

"소원 이야길 들었을 땐 심장이 터질 듯하더니, 조건을 듣자마자 얼음물을 뒤집어쓴 것처럼 온몸의 열기가 식더구나."

그는 천제의 첫째 아들로 아주 오랜 세월을 살았다. 서효가 네 번이나 다시 태어날 동안 계속 이 땅에 발을 붙이고 있었다.

차언은 단언했다. 변치 않는 가치 같은 건 없다고.

진귀한 황금도 때에 따라 값어치가 떨어지게 마련이고, 선인(先人)의 뜻은 후대에 오면 얼룩지고 훼손된다. 눈에 보이지 않는 감정도 세월에 따라 계속 변한다. 이 세상 모든 것이 변한다. 그게 좋은 방향이든 나쁜 방향이든, 어쨌든 변하는 거다.

"변치 않는 가치라니 그런 게 어디 있나."

만약 있다 해도 자신은 찾을 수 없을 것이라 말했다. 저처럼 차갑고 비뚤어진 시선에는 그 답이 보일 리 없다며.

서효는 저도 모르게 차언의 말을 곱씹었다. 변치 않는 가치를 증명해 보이라. 노부인이 어떤 뜻에서 그런 조건을 내걸었는지는 모르겠다. 하지만 차언이 비관하는 만큼 어렵지는 않을 것 같았다. 아예 답이 없는 걸 문제랍시고 내놓진 않았을 테니.

'어떤 식으로 해결하길 원하는 걸까?'

서효는 아랫입술을 지그시 깨물며 머리를 굴려보았다. 차언은 괜히 너까지 골치 아프게 만들었다며 고개를 저었다. 웃는 얼굴에 힘이 없었다. 벌써 포기한 건 아니겠지.

그때 초가집 문이 확 열리더니 머리가 희끗희끗한 노부인이 걸어 나왔다.

"이 고얀 놈!"

작은 체구에 비해 목소리가 대단히 우렁찼다. 너무 순식간에 일어난 일이라 어디 몸을 숨길 데도 없었다. 가면을 썼건 안 썼건 상관없이 차언과 함께 있는 모습을 들키고 싶지 않았다.

서효는 냉큼 차언의 품으로 뛰어들었다. 안긴 게 아니라 숨은 거다. 그가 몸을 틀지 않는 이상 저쪽에서 서효가 보일 리 없었다.

"몸 돌리지 마요. 그대로 있어요."

재빨리, 그러면서도 조용히 속삭였다. 차언은 서효를 기묘한 눈으로 내려다보더니 슬쩍 고개만 돌려 초가집 쪽을 보았다.

"뭐가 이상하다 했더니 여태 새우를 사다놓지 않았구나!"

노부인이 길길이 날뛰었다.

"난 오늘 저녁으로 새우 요리를 꼭 먹어야겠다. 당장 사오너라, 이 괘씸한 놈아!"

"어제도 눈치 못 챘잖습니까. 그리 절실하진 않은 모양입니다만."

"당장 뛰어가지 못하겠느냐!"

"……까다로운 노인네."

노부인이 발을 굴렀다.

"다 들린다!"

초가집이 부서져라 문이 세게 닫혔다. 서효는 두 사람의 대화가 끝날 때까지 숨도 제대로 쉬지 못했다.

귀중한 샘을 지키는 노부인이라기에 막연히 점잖은 사람을 떠올렸다. 한데 방금 전 자신이 보고 들은 것은 심술과 억지뿐이었다. 상대를 아주 달달 들볶기로 작정한 모습이었다. 굉장한 강적이잖아. 못 본 새 차언이 좀 마른 것 같더니 저런 부인에게 들볶이고 있었나.

"언제까지 안겨 있을 거냐?"

머리 위에서 차언의 목소리가 들렸다.

"가슴에 손은 왜 대고 있고?"

"네?"

"네 손이 어디 있는지 정도는 알고 있겠지?"

말간 눈으로 차언을 올려다보던 서효는 그 말을 듣고 시선을 내렸다. 아니, 언제 손이 올라갔지? 당혹스럽게도 양손이 차언의

가슴팍을 짚고 있었다. 어디 짚고 있다 뿐인가. 무의식중에 슬금
슬금 쓸어내리고 있었다.

"아, 이건."

"손버릇이 나쁘구나."

"고의가 아니라."

"모르고 그랬다면 더욱 의심스럽지. 평소에도 스스럼없이 사내
몸을 만지고 다니나?"

서효가 홱 떨어져 나갔다. 사람에게 누명을 뒤집어씌워도 정도
가 있지. 어디서 말도 안 되는 소릴 하고 있냔 말이다. 불쾌한 표
정을 짓자 차언은 가소롭다는 얼굴로 응수했다.

"좋다고 만질 때는 언제고 이제 와서 기분 나쁜 척이라?"

"제가 언제 좋다고 그랬어요?"

"손길이 꽤 집요하던데. 내가 지적하고도 바로 떼지 않던데."

서효가 입술을 오물거렸다. 입이 있는데 왜 말을 하지 못하니!
목소리가 있는데 왜 말을 하지 못해! 오랜만에 안긴 품이 너무 자
연스럽고 좋았다고 할 순 없었다. 손이 저절로 움직여 버렸다고
어떻게 말하나. 그건 스스로도 용납 못 할 대답이었다.

차언이 이번만은 봐주겠다는 투로 말했다. 자신의 몸은 오직
한 사람만이 마음대로 건드릴 수 있다면서.

'그게 나라고!'

하늘이 두 쪽 난대도 이렇게 말할 순 없을 터. 서효는 간지러
운 입을 단속하느라 혼쭐이 났다. 답답하고 분한 마음에 있는 대
로 눈만 흘기고 있는데 방심한 순간 몸이 홱 끌려갔다. 차언이 제
허리를 끌어안고 있었다.

저기, 이보세요. 방금 본인 몸에 손대지 말라고 하셔놓고 왜 저

를 끌어안으시는지? 그리고 뭔가 착각하고 있나 본데, 저 지금 서
효 아가씨가 아니라 정명님 궁녀거든요?

'이게 어디서 외간 여자를 덥석 안아?'

차언이 그녀를 곁눈으로 보았다.

"너도 들었잖느냐. 노부인께서 새우가 드시고 싶다 하신다."

"그게 이거랑 무슨 상관인데요?"

"장에 갈 테니 아가씨가 특별히 잘 드시던 걸 짚어라."

함께 산 아랫마을로 가자는 뜻이다. 이토록 깊은 산을 걸어 내
려가려면 오랜 시간이 걸릴 게 분명하다. 차언은 아마 제 힘을 쓸
모양이다. 설마 막 날아가고 그러진 않겠지. 하늘로 솟구친다거
나. 생각만으로도 아찔했다. 서효가 불안한 눈으로 쳐다보자 그
가 빙긋 웃었다.

"만졌으면 값을 내야지."

다음 순간, 서효의 눈앞이 하얗게 변했다.

시골 장터지만 있을 건 다 있었다. 서효는 차언과 나란히 걸어
가다가 적당한 재료를 몇 개 가리켰다. 그럼 차언은 주저 없이 그
것을 샀다.

노부인이 시킨 건 새우뿐인데 서효 손에 들린 바구니 속엔 온
갖 재료가 가득했다. 차언은 그녀가 가리킨 것 말고도 좋아 보이
는 물건이 있으면 바로 구입하였다.

천제의 아드님답게 씀씀이가 크시다. 시골 장터쯤은 일도 아닐
터. 이것도 모르고 혼례 준비할 때엔 파산을 걱정하였다. 매일같
이 쏟아져 들어오는 보석과 비단에 한숨지었다.

토끼가 호랑이 걱정을 열심히도 해준 나날이었다. 천제에게 망

월을 통째로 빼앗겼다 한들 차언은 이후로도 아주 오랜 세월을 살았다. 서효가 그의 호위무사로 들어갈 쯤에 차언은 이미 근방에서 따라올 자가 없는 대부호였다.

평범한 서예 작품도 대를 건너뛰면 그 값어치가 오른다. 몇백 년을 인간계에서 보낸 차언의 재력이 어느 정도일지 감히 상상도 되지 않았다.

"기울어지잖아. 제대로 들어라."

"엄청 무겁거든요."

"얼마 사지도 않았는데 엄살은."

귀찮게 고르지 말고 장을 그냥 통째로 사지 그러냐. 이 말이 목구멍 끝까지 치밀었다. 서효는 지친 기색 없이 곡물상으로 향하는 차언을 보며 고개를 저었다.

"자기가 좀 들면 어디가 덧나나?"

아무리 동생의 궁녀라고 해도 사람이 힘든 티를 내면 도와줄 수 있지 않느냔 말이다. 어쩜 저리 들은 척도 안 하나.

"하긴 약방 시절에도 똑같았지."

서효는 미안한 기색 없이 주인 아가씨도 똑같이 짐을 들게 하던 집사를 떠올렸다. 그러고 보면 달라지지 않은 점도 있었다.

약방 시절. 서효가 입안에서 조그맣게 되뇌었다. 그렇게 머금어보는 것만으로도 가슴 한구석이 찡해졌다. 아무 걱정 없이 행복하던 시간이었는데. 그때는 몰랐다. 평범하고 나른한 하루하루가 그토록 소중한 것인 줄. 그때를 그리워하는 날이 올 줄 전혀 몰랐다.

"오랜만에 거리를 같이 거닐어서일까. 기분이 되게…… 이상하네."

서효는 차언을 따라 들어가지 않고, 곡물상 입구에 서서 발장난을 쳤다. 발끝을 세워 흙바닥에 원을 그리고, 별을 그리고, 차언의 이름을 써보았다.

"들어."

"악!"

안 그래도 무거운 바구니가 돌덩이처럼 묵직해졌다. 순간 균형을 잃은 서효가 바구니를 놓칠 뻔했다. 차언이 찹쌀이 가득 든 포대를 올린 탓이다.

"솔직히 이건 차언님이 들어주세요."

"한 섬을 올린 것도 아니고 작은 포대다. 못 들 게 뭐가 있어."

"그러니까 차언님이 드시라고요."

"다음은…… 과일."

"아, 진짜."

서효가 발을 마구 굴렀다. 아련한 마음으로 썼던 차언의 이름이 발길질에 지워졌다. 잘해주면 뭐해? 저 남자는 따뜻하게 대해 줄 필요가 없다니까? 마음을 딱 누그러뜨리는 즉시 배신으로 갚아버린다.

어차피 이거 내가 다 먹을 거 아냐? 이렇게까지 고생하면서 받아먹을 생각은 없다고! 마지막 필살의 반항. 서효는 차언을 향해 바구니를 집어 던지려고 자세를 취했다.

"손님, 손님! 거스름돈이오!"

하필 그때 곡물상에서 주인이 달려 나왔다. 엽전 한 움큼을 차언에게 내밀었다. 서효는 진한 아쉬움을 달래며 차언이 할 말을 대신 하였다.

"괜찮아요. 거스름돈은 그냥 가지세요."

"예?"

"이분은 오히려 잔돈 짤랑거리는 걸 싫어하실 거예요. 그냥 가지셔도 돼요."

차언의 표정이 오묘하게 바뀌었다. 그와 서효의 시선이 마주쳤다. 차언은 낯빛 한 번 바꾸지 않고 말을 하였다.

"주시죠."

서효의 표정이 바뀔 차례였다. 보석 박힌 비녀와 팔찌를 척척 사면서 제법 큰 거스름돈도 거부했던 차언이다. 한데 오늘은 어째서 엽전을 받는다고 하는 건가.

"왜 이래요? 언제부터 잔돈 받았다고?"

"무슨 헛소리냐. 난 늘 이래왔는데."

"아니, 저번엔."

서효가 황급히 말을 고쳤다.

"돈도 많은 사람이 무슨 엽전까지 꼬박꼬박 받는다고 그래요? 아저씨, 그냥 가져가세요."

"주인장, 주시죠."

중간에서 이러지도 저러지도 못하던 주인이 두 사람을 가만히 살피더니 허허 웃었다. 눈은 차언을 보면서 턱으로는 서효를 가리켰다.

"부인께서 보기보다 통이 크십니다."

부부로 오해받고 말았다. 순간 서효는 이와 비슷한 기억을 떠올렸다. 약방으로 돌아가는 길, 새로 이사 온 부인에게 신혼부부라는 오해를 샀었다. 그때 차언이 뭐라 둘러댔던가.

"힘닿는 데까지 노력해 보겠습니다."

부인네를 녹이는 달콤한 미소와 함께 그리 말했는데 지금은.

"……부인이라니. 얜 하녀입니다."

가게 주인이 당황할 정도로 싸늘하게 철벽을 세웠다. 오히려 서효의 낯이 달아올랐다. 차언은 기어코 거스름돈을 받아 챙긴 다음 자리를 떴다. 오늘 장 보는 동안 한 번도 거스름돈을 받지 않은 남자의 기행이었다.

서효는 뒤를 따라가며 주인의 편을 들었다. 굳이 아저씨를 민망하게 만들어야 했느냐고 투덜대자 그가 칼 같이 선을 그었다.

"내 사람은 한 명뿐이라고 했다."

그게 오해나 실수일지언정 그냥 둘 순 없다고 한다. 서효는 웃어야 할지 화내야 할지 알 수가 없었다. 그러니까, 지금 내가 '그 사람'이라고! 이러다 화병이 날 것만 같다.

서산으로 가는 내내, 서효는 차언의 등을 뚫어져라 보았다. 맛있는 요리 해 바치면 뭐해? 주인 아가씨 향한 일편단심 지키면 뭐하느냐고? 자기 옆 사람 정체도 못 알아채면서. 잘도 무거운 짐을 혼자 들게 했겠다. 게다가 사람 무안하게 하녀라고 딱 잘라 말했어?

진짜 정체가 들통 나면 곤란에 빠진다는 것쯤은 알고 있었다. 하지만 그건 그거고 지금 당장 분한 것은 별개였다.

'뭔가 잘못되어도 한참 잘못됐어.'

서효는 자꾸 밑으로 처지는 바구니를 추스르며 생각했다.

'내가 주인 아가씨가 아니라도, 내가 정명님의 궁녀라도 싹싹 빌어야 하는 쪽은 차언 아니야? 아가씨와 닿을 수 있는 유일한 사람에게 이런 취급이라니.'

서효가 제자리에 멈춰 섰다. 차언은 그녀가 멈추고도 한참을 걸었다. 뒤도 안 돌아보고 걸었다. 괘씸한 마음에 어디까지 걸어 가나 하고 지켜보았다.

알고 있을 텐데. 내가 따라 걷지 않는다는 거, 당장 알아챘을 텐데. 멈춰. 그만 서라고, 이 바보야. 내가 누군지 알게 되면 지금 그 자리에서부터 무릎걸음으로 기어올 거면서.

하지만 차언은 멈추지 않았다. 진짜 이렇게까지 하고 싶지 않았지만, 서효는 제 이름을 팔았다.

"서효님께 일러바치는 수가 있어요."

차언의 반응은 즉각적이었다. 바로 옆 사람에게나 들릴 정도로 말했는데 저만치 앞서 걷던 그가 멈춰 섰다.

"사실 저번에 드신 것, 차언님 요리였다고. 그리고 그분이 절 함부로 대한다고. 선의(善意)에서 두 곳을 오가고 있는데 차언님 은 제게 요만큼도 고마워하는 것 같지 않다고."

"무슨 소리냐."

"그럼 착한 서효님은 당장 그만두라고 하시겠죠."

"지금."

"차언님에 대한 실망감은 더욱 깊어질 테고."

"……날 협박하는 건가?"

한 마디 할 때마다 차언이 성큼성큼 다가왔다. 서효는 코웃음 을 치며 시선을 딴 데로 돌렸다.

"협박이라뇨. 말씀 한번 살벌하게 하시네요."

"그게 협박이 아니면 뭐지?"

서효가 피곤하다는 듯 한숨 쉬었다. 들고 있던 바구니를 슬쩍 차언 쪽으로 밀며 말했다.

"협박하려고 한 말은 아닌데 그렇게 들린다면 뭐 어쩔 수 없고."

이렇게까지 말했는데도 냉큼 바구니를 받아가지 않았다. 서효는 차언과 바구니를 번갈아 쳐다보며 눈짓했다. 속으로 열(十)을 셀 동안 가져가지 않으면, 그대로 흙바닥에 놓을 용의까지 있었다.

"제가 참아보려 했는데 말이죠. 아무래도 차언님께서……."

아직 숫자를 세지도 않았다. 서효가 할 말도 좀 더 남아 있었다. 한데 예상치 못한 곳에서 방해가 들어왔다. 흐느껴 우는 소리, 말리는 소리, 어린아이들이 우는 소리 등등이 섞여 들렸다.

시장이 서는 번화가를 벗어난 지는 오래다. 두 사람은 마을을 거의 벗어난 지점에 서 있었다. 대부분의 마을이 그렇듯 변두리로 갈수록 대문에서부터 빈한한 티가 났다. 서효 눈에 보이는 몇 채의 집 역시 그러했다.

내일이라도 무너질 것 같은 문짝을 겨우겨우 고쳐서 대문이라고 달아두고 있었다. 울음소리는 그중 한 집에서 흘러나왔다.

'무슨 일이지?'

서효의 고개가 자연스레 그쪽으로 기울었다. 순간 두 손이 가벼워졌다.

"되었느냐?"

"어……."

차언이 바구니를 가져간 것이다. 아니, 아직 할 말이 남았는데. 차언의 만족스럽지 않은 대우에 대해 한참 더 성토해야 되는데.

"가지."

차언이 걸음을 옮겼다. 생각보다 순순히 말을 들었다. 이걸 좋아해야 되나 말아야 되나 하는 고민도 고민이지만.

"다시, 다시 제비를 뽑아주시면 안 되나요?"

"미안하지만 우리도 좋아서 이러는 게 아니외다."

"이렇게 간청 드리네."

"하, 어쩔 수 없다는 거 자네도 알지 않나. 이게 모두를 살리는 길이야."

"으아아앙, 누나아아."

뭔가 안 좋은 일이 터진 것 같았다. 어린아이들의 서러운 울음이 마음에 걸렸다. 그때 앞서간 줄 알았던 차언이 옆에 다가와 말했다.

"관심 거둬라."

"……네? 뭐, 뭘요?"

"방금 뜨끔했지?"

"네?"

"저 집에 가보고 싶은 것이지 않나. 가서 뭘 할까? 무슨 일이냐고 물어보겠지. 딱 몇 마디만 들어도 번거로운 사정이 얽혀 있는 걸 알 수 있는데 거기 괜히 개입하려고."

차언이 눈을 가느스름하게 뜨며 서효를 보았다.

"해결해 줄 수도 없는 일에 끼어들지 마."

"누가 끼어든다고 했어요."

"아가씨가 너와 같았거든. 그녀 옆에서 수백 년을 지켜보았지. 번거로운 남 일에 개입하려는 조짐, 눈 감고도 알아챌 수 있다."

적어도 본인 앞에서 거짓말을 시도하지 말라고 으름장을 놓았다. 하늘에서 떨어졌나, 땅에서 솟았나. 어느 날 갑자기 나타나서 서효님을 모시는 궁녀라고 주장하는 제 정체는 못 알아채는 주제에 이런 눈치는 뛰어나다.

서효가 인상을 북 쓰며 차언의 뒤를 따르려 했다. 으앙으앙 우는 소리가 발목을 잡았다.

"……함부로 연민하지 말래도."

차언이 시선을 앞쪽에 둔 채 말했다.

"좋지 않아."

"그것도 서효님 곁에서 얻은 깨달음인가요?"

그의 표정이 바뀌었다. 뒤에서는 차언의 얼굴이 보이지 않았지만 왠지 그럴 것 같았다. 차언은 먼 곳에서 시선을 떼지 않고 답했다. 목소리가 낮게 잠겨 있었다.

"그녀가 떠나고 얻은 깨달음이다."

"떠나고?"

"연민할 가치 없는 자를 마음에 담았어. 그냥 제 갈 길을 가면 되었는데 약한 모습 좀 보았다고 물러져서는."

지금 서효가 죽은 게 결국 자업자득이라는 뜻이냐고 되물으려 했다. 그러나 조금만 더 생각하면 차언이 서효를 비난하는 게 아님을 알 수 있었다.

"그렇게나 잔인하게 굴었는데도 고작 곪은 상처를 보았다는 이유로 마음이 약해져서……. 그 당시 나는 조금도 감사해하지 않았는데."

과거로 돌아간들 현재 기억을 갖고 가는 게 아닌 이상, 차언은 서효에게 또 상처를 줄 것이다. 제 아픔을 들여다보는 존재를 낯설어 하면서도 수단 방법 가리지 않고 상처 입힐 것이다.

절대 열리지 않을 문. 그리고 끝까지 문손잡이를 놓지 않았던 서효.

어찌할 수 없는 안타까움이 그의 그림자에서까지 묻어났다. 차언의 목소리가 먹먹해졌다. 그가 깊고 낮은 한숨을 흘려냈다.

"어쨌든, 함부로 마음 주지 않는 게 좋다."

그의 말이 끝나기 무섭게 대문이 열렸다. 한 무리의 사내들이 밖으로 우르르 나왔다. 나이 지긋한 부인이 따라 나와 옷자락을 잡고 매달렸다. 눈물로 얼룩진 얼굴이었다.

"어허, 이러면 우리가 뭐가 되오? 그만하고 들어가시오."

"제발 이렇게 부탁할 테니……."

"어머니, 그만하세요."

앳된 얼굴의 아가씨가 집 안에서 나왔다. 어머니라고 부르며 부인을 잡는 것을 보니 그 집 딸인 모양이었다.

"이미 결정되었다지 않아요. 그리고…… 보상을 해주신다니 그걸로 되었어요. 어차피 저는 곧 시집가야 했으니까요. 한데 우린 당장 내일 먹을 쌀도 부족하니."

"흐윽, 흑, 시집을 가는 것과 죽는 것은 다르지 않느냐."

"아주 먼 곳으로 간다고 생각해요."

어머니를 설득하듯 차분히 말하고 있지만 아가씨도 겨우 울음을 참고 있는 표정이었다. 사내의 옷자락을 잡고 있던 부인이 옆으로 쓰러졌다. 아가씨가 부인을 부축했다. 부인은 거친 손으로 입을 막고 서럽게 울었다.

사내들이 복잡한 얼굴로 집 앞을 떠났다. 서효와 차언이 있는 아래쪽으로 걸어 내려왔다.

"실례지만 무슨 일인가요?"

차언이 몸을 휙 돌렸다.

"너."

"아가씨가 제비…… 에 뽑혔나 봐요?"

그리 말했는데도 듣지 않다니. 차언의 표정이 굳었다. 서효는 차언에겐 눈길을 돌리지 않고 오로지 사내들을 쳐다보았다. 예의에 어긋나지 않는 선에서 최대한 궁금한 표정으로 답을 기다렸다.

당연하게도 '누구냐'는 반문이 돌아왔다.

누가 봐도 마을 사람들인 것 같은데 이사 왔다는 핑계를 댈 순 없었다. 서효는 사정이 있어서 떠돌다가 인적 드문 곳에 초가를 지었다고 말했다. 그러자 사내들의 표정이 한꺼번에 바뀌었다.

"설마 강 가까이 짓진 않았겠지?"

"초가에서 강이 보이나?"

갑자기 달려들 듯 물었다. 조금 당황한 서효가 아니라고 대답하자 다들 약속이라도 한 양 가슴을 쓸어내렸다.

"강 근처에 지으면 안 되나요? 무슨 문제라도 있나 봐요."

차언이 그만하라는 듯 눈치를 주었으나 이에 굴복할 서효가 아니었다. 아무래도 사람 목숨이 달린 문제인 것 같단 말이다. 못 보고 지나쳤으면 모를까, 바로 제 앞에서 일어난 일이었다. 사내들이 서로 눈치를 보다가 그중 한 명이 한숨을 쉬며 털어놓았다.

"처녀 제물이네."

금방 알아들을 수가 없었다. 사내가 설명을 덧붙였다.

"우리 마을은 장마철만 되면 강이 범람하지. 한동안 괜찮더니 삼 년 연달아 끔찍한 수해를 입었다네. 윗분들에게 읍소해도 도리가 없는 모양이야."

"도리가 없긴 왜 없어. 없는 건 돈이겠지."

누군가 불퉁한 얼굴로 내뱉었다. 틀린 말은 아닌 듯 아무도 말리지 않았다. 그저 혀를 차거나 한숨을 내실 뿐. 나라에서 해결책을 주지 않으니 답답한 마음에 점쟁이를 찾아갔다고 한다.

"강(江)의 신을 달래기 위해 처녀 제물을 바치기로 했네."

서효의 눈동자가 점점 커졌다.

그러니까 이 사람들 말은, 강이 범람하는 것을 막으려고 멀쩡한 생사람을 거기 던져 넣겠다는 뜻이렷다?

누가 봐도 빈궁한 집 딸이 뽑혔지. 마을 유지의 딸이 뽑혔어도 여전히 제비를 다시 뽑지 못하겠다고 했을까? 애초에 유지의 딸 이름이 제비에 들어가긴 했을까? 무엇보다도, 범람하는 강물 신의 성별은 알고 바치는 제물이냐고! 제대로 알지도 못하면서 생사람 목숨을 풍덩풍덩!

"거기까지."

차언이 서효의 목깃을 잡아끌었다. 어어어, 하는 소리와 함께 새끼 고양이처럼 옮겨졌다. 놓으라고 버둥대자 이번엔 손목을 잡았다. 그는 사내들과 거리를 두고서야 서효의 손목을 놓았다.

"이름이 같은 걸로 충분하다."

그가 피곤하다는 표정을 지었다.

"행동까지 같을 필요는 없어. 똑같은 이름으로 똑같은 행동하는 거, 두고 볼 생각 없다."

"차언님도 들었잖아요? 얼토당토않은 이유로 사람을 죽이려는데!"

"말까지 비슷하게 하는군."

"……족쳐요."

서효가 눈빛을 바꾸며 으르렁댔다. 참으로 기품 넘치는 표현에 차언이 그녀를 쳐다보았다.

"차언님 특기잖아요? 여기 강물 신을 족쳐서 다신 그러지 못하게 하죠."

"아무리 봐도 너는 참."

"제가 왜요?"

"정명의 궁녀라는 게 믿기지가 않아."

무슨 말을 하나 했다. 서효가 웃는 얼굴로 대꾸했다.

"제가 궁녀로 남기엔 아까운 미모이긴 하죠. 네, 알아요. 한데 지금 그런 말을 할 때가 아니잖아요?"

차언의 입가가 파르르 떨렸다. 곧이어 눈 아래도 떨리더니 전체적으로 이상한 표정이 되었다. 너야말로 그런 말할 입장이 아니지 않느냐고 하였다. 들을 가치가 없는 말은 무시해 주기로 한다.

이대로 생사람 잡는 거 보고만 있을 거냐, 천제의 아들이자 위력을 지닌 신으로서 옳은 처사가 아니다. 결국 이야기의 끝은 '족치자'였다.

"네가 모르나 본데 그건 강의 신 탓이 아니다. 품을 수 없어서 흘려보내는 건데 그걸 하지 말라고 하면 어떡하나. 강바닥을 파서 끌어안아? 아니면 물기둥이라도 만들어서 하늘로 돌려보내?"

차언이 미욱한 존재를 보는 눈으로 서효를 보았다.

"그리고 아무나 족치다가 내가 이 꼴 된 거 모르느냐?"

혀를 쯧, 차더니 산에 오를 준비나 하라고 하였다. 서효는 완전히 분한 표정이 되어 발을 굴렀다.

"왜 하필 지금 논리적이고 그래요?"

평소엔 잘만 이성 잃어서 상대 목 조르고 칼질하고 난리더니, 왜 하필 지금? 빨리 허리에 매달리기나 하라는 답이 돌아왔다.

"속이 편하도록 죽부터 드려라. 다소 뜨겁다 싶을 정도로 데워야 드시는 동안 식지 않으니까."

"네네."

"내 말 듣고는 있는 거냐?"

"물론이죠, 네네."

차언이 눈을 흘기더니 다시 찬합 채우기에 집중했다. 어차피 음식을 데우려면 찬합에서 꺼내야 한다. 그것은 궁녀 서효의 몫.

아가씨 서효가 찬합을 직접 들여다보지 않음은 차언도 알고 있었다. 그런데도 차언은 열을 맞추어 가지런히 담았다. 음식 하나 담는 것에 어찌나 공을 들이는지. 그 모습을 보니까 괜히 차언 보는 앞에서 찬합을 한 바퀴 돌리고 싶어졌다. 무슨 짓이냐고 길길이 날뛰겠지.

'어차피 내 입에 들어갈 건데 말이야.'

서효는 입술을 삐죽이다가 매작과(梅雀菓) 하나를 집어 먹었다. 달짝지근한 게 차 마실 때 곁들이면 좋을 듯하였다.

"지금 뭐 하는 거지?"

오물오물 씹고 있는 와중에 차언과 눈이 마주쳤다. 그의 눈빛이 대번에 달라졌다.

"무슨 짓이냐고."

"맛보기?"

"누가 음식에 손대라고 했나."

"겨우 매작과 한 개인데요? 서효님께 드리면 어차피 제게도 나눠주시는데."

"받지 마. 혼자 드시게 해."

서효가 젓가락을 내려놨다. 이거 듣고 있으려니 기분이 나빴다. 오늘따라 유난히 차언의 태도가 거슬렸다. 차언은 주인 아가씨를 생각하여 하는 언행일지 몰라도 정작 당사자의 기분이 상해 버렸다. 이걸 네 글자로 뭐라 그러는지 알아, 차언?

'멍텅구리!'

서효는 온 산이 떠나갈 듯 외쳤다. 속으로 말이다.

"너 먹으라고 만든 것 아니니 손대지 마라."

더 듣고 자시고 할 것도 없다. 기분이 상할 대로 상한 서효는 부엌문을 쾅 열어젖히며 나갔다.

노부인이 자리 비운 틈을 타 살금살금 들어온 것인데, 지금 생각하니 들켰을 때 혼나는 건 차언이었다. 어디 한번 혼나보라는 생각이 들었다.

푸대접을 참는 것도 끝이다. 무슨 좋은 꼴을 보려고 배알도 없이 건너왔담? 무안하고 화난 나머지 스스로에 대한 화까지 치밀었다. 뒤돌아보지 않고 나무 있는 곳으로 가고 있으려니 뒤늦게 쫓아 나오는 소리가 들렸다.

"잠깐! 잠깐만!"

내가 정말 네 하녀인 줄 알아? 서라면 서게? 서효는 들은 척도 않고 발을 재게 놀렸다.

"기다려!"

일부러 더 빨리 걸었는데도 차언에게 따라잡혔다. 그가 서효의 앞을 막아서며 말했다.

"왜 갑자기 이러지?"

"왜 갑자기? 지금 왜 갑자기라고 했어요?"

"아직 음식을 다 담지도 않았는데 왜 이러는 거냐?"

"이 남자 말귀 진짜 못 알아먹네."

차언의 표정이 볼만해졌다. 어린 궁녀가 그를 부른 방식이 자못 새로웠을 것이다.

"아까 바구니 넘겨줄 때 말을 하다 말았죠. 그거 지금 마저 할 게요. 전 차언님이 저를 대하는 방식이 마음에 들지 않아요."

서효가 차언의 눈을 똑바로 보았다.

"아주 불쾌해요."

그가 끼어드는 것을 용납할 생각은 없었다. 서효는 곧장 말을 이었다.

"제가 시간 남아서 이러는 줄 아신다면 착각이에요. 서효님이 안된 마음에, 그래도 곁을 오래 지켜온 차언님이라면 방법을 알 것 같아서 여기로 왔어요. 한데 제게 이러신다?"

그의 싸늘한 면모를 처음 본 지 수백 년이 지난 지금. 서효는 슬프지 않았다. 가슴 아프지도, 상처 입지도 않았다. 서효는 화가 났다. 그동안 달라진 게 있다면 이것이다. 서효는 이제 그에게 화를 낼 수 있었다.

"선의를 가진 사람을 내치는 모습이 낯설지 않네요. 서효님께 들은 그대로예요."

그를 쳐다보며 또박또박 말했다.

"당신은 변하지 않았어."

차언의 몸이 기우뚱 기울었다. 의아함과 성가심만이 어려 있던 표정이 바뀌었다. 안색이 하얗게 질리더니 그가 허둥대었다.

미안하다 거듭 말했다. 그러니 제발 그 말만은 서효에게 전하지 말아달라 하였다. 여전히 상대를 실망시키지만, 죽을 만큼 노력해도 악한 본성을 다 버리지는 못했지만 그래도 바뀌었다고 했다.

간절히 청했다. 혼례식 날 서효의 방에서 그랬던 것처럼.

차언이 잠시만 기다려 달라더니 부엌으로 뛰어갔다. 그사이 서효가 가버릴까 염려됐는지 부엌문을 닫지도 않았다. 반 각도 되지 않아 그가 달려 나왔다. 손에는 찬합 두 개가 들려 있었다.

"하나는 네 것이다. 똑같이 나눴어."

"······제가 먹는 것 때문에 이러는 줄 아세요?"

"아니지. 그런 게 아닌데."

"차언님은 지금 진심으로 미안한 게 아니라 그냥 제가 다시 오지 않을까 봐 두려울 뿐이잖아요?"

서효가 찬합을 홱 낚아챘다. 일주일? 열흘? 얼마나 오랫동안 안 와야 제대로 후회할까. 그냥 까마득한 시간이 흐를 때까지 오지 않아 버릴까.

"먹고 떨어질게요. 그러니까."

너도 이거나 먹고 떨어져라. 서효는 온 힘을 다해 차언의 종아리를 걷어찼다. 수백 년 묵은 분노를 담아 힘껏 찼건만.

'아, 내 발이야······.'

수백 년 묵은 분노를 담아 힘껏 찼건만 도리어 아픈 쪽은 서효의 발이었다. 차마 아픈 티를 내지는 못하고 애먼 흙바닥에 발만 꾹꾹 눌러댔다.

'저놈의 다리, 쓸데없이 단단해서는.'

한데 차언의 기색이 이상했다. 마치 숨 쉬는 것도 잊은 사람처럼 완전히 굳어버렸다. 아주 이상한 눈으로 서효를 쳐다보면서. 서효의 깨달음은 한발 늦게 찾아왔다.

'어쩌지?'

평소 습관대로 차언의 종아리를 차고 말았다. 늘 차던 오른쪽 발로, 늘 겨누던 왼쪽 다리를 찼다. 그동안 키가 큰 것도 아니기에 항상 차던 지점을 정확히 맞추었다. 서효 '아가씨'의 습관대로 해버린 것이다.

"너……."

차언이 간신히 입을 열었다. 일단 핑계가 생각나지 않을 때는 내던 화를 마저 내고 자리를 뜨는 게 좋다. 서효는 한동안 찾아오지 않겠다고 소리친 뒤 몸을 틀었다. 걸음을 떼기도 전에 그에게 잡혔다.

"이거 놔요."

"너, 지금. 다리를……."

"한 대 더 차기 전에 당장 놓으라고요."

"방금 한 거."

"왜요? 한 대 더 차줄까요?"

그사이에 둘러댈 말이 떠올랐다. 도망치듯 떠나는 게 아니라 그럴 법한 핑계를 댈 수 있어서 다행이었다. 서효는 차언을 빤히 보다가 그가 이러는 이유를 알았다는 듯 고개를 끄덕였다.

"설마 서효님도 비슷한 습관을 갖고 계신 거예요?"

정곡을 찔린 차언이 움찔했다. 그러면서도 여전히 의심스러운 눈길을 거두지 못했다. 서효는 강하게 나가야 할 때란 걸 깨닫고 픽 웃었다.

"오래 사셨어도 맞은 적은 드물 테죠. 저나 서효님처럼 키 작은 여자가 차언님을 때리려면 발로 차는 편이 나아요."

"우연의 일치다?"

"상식적으로 생각하세요, 차언님."

서효는 모자란 상대를 가르치는 투로 핀잔했다.

"지금 서효님이 자기 모습을 바꿔가면서 차언님을 보러 올 것 같나요?"

의심스러운 점을 더 깊이 파고들려던 차언이 굳어버렸다. 무언가를 말하고 싶지만 목소리가 나오지 않을 터. 서효는 비난의 강도를 높였다.

"그런 걸 감수할 만큼 애틋하게 여길 것 같으세요? 서효님이, 차언님을?"

서효의 손목을 잡고 있던 그의 손이 떨어져 나갔다.

"셀 수 없이 많은 상처를 입히셨잖아요."

"그건."

"무엇으로도 갚을 수 없다고요."

차언이 고개를 떨어뜨렸다. 서효가 다시는 제 얼굴을 보고 싶어 하지 않을 거란 걸 스스로도 알고 있다고 하였다.

그럼에도 불구하고 아주 잠깐 동안 희망을 품었다고 했다. 하루에도 몇 번씩 희망과 낙담을 오가는 게 자신의 일상이라고. 오해가 기분 나빴다면 미안하다고. 그 말을 내뱉는 표정이 지독하리만치 괴로워 보였다.

서효는 사과를 받아주지 않고 걸음을 옮겼다. 차언의 손이 그녀를 잡으려는 듯 움직이다가 제자리로 돌아갔다. 몇 걸음 걸어가던 서효가 뒤를 돌아보았다. 빈틈을 보여 버렸으니 어쨌든 다시는 이런 일이 없게 못을 박아야 했다.

"그래도 차언님을 생각해 이 말은 전하지 않으려고 했는데요."

서효가 찬바람 부는 얼굴로 말했다.

"정명님과의 혼인에 대해 들으셨을 때, 서효님은 상대가 누구라도 상관없다고 하셨어요."

일부러 힘을 주어 강조했다.

"차언님만 아니라면 누구든 괜찮다고."

검은 눈동자가 흔들렸다. 차언의 마음이 어둡고 차가운 늪 바닥으로 천천히 가라앉는 것을 지켜본 서효가 몸을 돌렸다. 한동안 오지 않을 거라는 말을 끝으로 자리를 떠났다. 서효가 통로 너머로 사라질 때까지, 차언은 얼어붙은 듯 그 자리에 매여 있었다.

"……읏."

못질을 하던 중 망치로 손가락을 내려치고 말았다. 주의가 흐트러진 것이다. 차언은 피 나는 손가락 끝을 아무렇게나 동여매었다.

어제 궁녀를 그렇게 돌려보낸 뒤로 계속 이런 상태였다. 노부인의 식사 시중을 들 때에도 정신을 딴 데 팔아서 뜨거운 국을 쏟고 말았다. 피부에 바로 닿은 것은 아니었지만, 옷을 갈아입으려고 보니 국을 쏟은 부분이 벌겋게 익어 있었다.

늙은이를 죽일 셈이냐, 어디 정신을 놓고 있느냐. 노부인의 질책이 쏟아지는 중에도 차언은 반쯤 정신이 떠난 상태였다. 멍했다. 모든 것이 의미 없고, 그중에서도 자신이 가장 쓰레기 같았다.

"서효님은 상대가 누구라도 상관없다고 하셨어요."

눈을 감으면 궁녀의 말이 떠올랐다. 시간이 지날수록 눈을 뜨고 있는 동안에도 생각나기 시작했다. 수백, 수천 번 귓가에 맴돌았다.

"차언님만 아니면 누구든 괜찮다고."

틀린 말 하나 없었다. 사실 궁녀가 한 말 모두 어긋나는 점이 없었다. 상식적으로 생각해 보면 서효가 자신을 그리워할 이유는 없는 것이었다.

'네가 뭐라고.'

차언이 쓰게 자조했다.

'네가 저지른 짓을 까맣게 잊고 또 욕심을 부렸지. 지긋지긋하지도 않나? 지금 서효는 하늘이 무너진다 해도 네게 오지 않아.'

손가락 통증 따윈 아무렇지도 않았다. 녹슨 갈퀴가 속을 할퀴고, 덜 아문 상처를 긁어 피를 내고 있었다. 숨 쉬는 것조차 사치인 것 같았다. 자신은 이렇듯 멀쩡하게 살 자격이 없는데.

"넌 그토록 아픈 시간을 어찌 견뎠을까."

차언은 첫 번째 생에서의 서효를 떠올렸다. 백화약방에서 소중하고도 행복한 일상을 보낼 때는 저도 모르게 종종 잊곤 했던 기억이었다. 혼례식 날 서효가 사라진 뒤로, 차언은 형벌처럼 그 기억을 떠올렸다.

이제는 떠올리는 것만으로도 고통스러운 기억이었다. 잔인한 괴롭힘에 시들어가던 서효의 모습이 그의 심장을 난도질했다.

"한 번도 받아보지 못한 소중한 마음이었는데……. 어리석은 나는 그저 반발심에 눈이 어두웠지."

단 한 번도 흔들린 적 없다면 거짓이다. 첫 번째 생에서의 차언은 분명 서효의 진심에 흔들렸었다. 낯설고 이상한 감정이었다.

대체 저 미물이 품고 있는 감정이 무엇인가. 동정? 연민? 지나치게 선량한 마음? 저와 비교할 수 없을 만큼 강한 상대를 안타까이 여긴다는 건 어떤 감정일까. 미친 척하고 곁에 두어볼까. 저

마음이 변하는 날이 올지 두고 볼 겸.

그러다가 늙은이 바람대로 정말 정이 붙으면 어쩌하나. 정말 죽고 못 사는 사이가 되어버리면. 만약 그런 상대가 이 세상에 존재한다면 어떤 기분이려나.

거봐라, 아비 말 듣길 잘했지 않느냐. 어리석고 부족한 아들을 내려다보는 눈빛. 그걸 받으면 기분이 잡치겠지만, 그래도 애틋하게 여겨주는 사람이 있다는 것은.

"다 부질없는 짓이지."

현실로 돌아온 차언이 스스로를 비웃었다.

"흔들리면 뭐하나. 다시 멍청한 상태로 돌아가서 꿋꿋하게 그녀를 죽음으로 내몬 주제에."

미안하다.

흔히 사과를 할 때 쓰는 말이지만, 차언은 그 말이 죄의 무게를 담아내기에 부족하다고 생각해 왔다. 아무리 진심을 담아 미안하다고 말한들, 무릎 꿇고 눈물 흘리며 사죄한들. 어떤 방법으로도 씻을 수 없는 죄가 있다. 사실 모든 잘못이 그런 것이겠지만.

'서효를 행복하게 해줘야 한다. 이건 내 힘을 되찾는 것과 무관한 것. 단 한 번도 아버지의 뜻에 동의한 적 없지만 이것만큼은 그가 옳아.'

서효의 행복을 위해 애쓰는 것만이 그녀가 입은 상처를 조금이나마 위로하는 길이었다. 행여 서효가 기억하지 못한다 해도.

그리고 백오십 년의 시간 동안 차언은 서효라는 이에 대해 깊이 알게 되었다. 누군가를 행복하게 만들려면 상대가 진심으로 즐거워하는 것을 알아야 했다. 좋다는 말이 그저 인사치레에 불과한 건지도 알아야 했다.

"고마워, 차언! 생일 선물로 받고 싶었던 거야."

몇 번 입에 담았던 책을 선물했을 때, 서효는 환히 웃으며 기뻐했다. 한데 차언에게 힘이 돌아오지 않았다. 힘이 돌아오느냐 아니냐는 서효의 행복을 판단하는 잣대였다.

겉으로는 기뻐하지만 실제로는 그게 아니다. 아니면 힘이 돌아올 만큼 좋은 건 아닌 거다. 결국 차언은 서효를 더 세심히 관찰했고, 그녀가 갖고 싶은 건 예쁜 칠보반지임을 알아냈다. 그걸 말하기 꺼린 이유는 자신이 반지는 함부로 사는 게 아니란 말을 무심코 흘렸기 때문이란 것도 깨달았다.

동곳과 마찬가지로 보통 정혼한 사이에서나 주고받는다는 말을 그토록 신경 쓰고 있는 줄 몰랐다.

실은 진짜 선물은 이거라며 반지를 내민 날, 서효는 먼저 집사의 눈치를 보았다. 그가 안심시키는 미소를 짓기도 전에 아가씨는 팔짝팔짝 뛰며 즐거워했다.

"예뻐! 어디서 산 거야? 어떻게 알고?"

고작 이 정도로 이렇게나 행복해하면 어쩌나. 눈앞이 살짝 휘청할 만큼의 힘이 돌아왔다. 널 기쁘게 만들기가 이토록 쉬운 것이었는데. 작은 것에도 기뻐해 주는 사람이었는데. 그런 네게 나는 무슨 짓을 저지른 건가.

'자격 없는 놈.'

차언은 스스로를 무참하게 깎아내렸다.

'행복해질 자격이 없으면서, 그녀 옆에서 잘도 소중한 나날을 보내고 있지.'

이번 생에서는 그녀를 얽매지 않겠다. 서효와 혼인하지 않겠다. 저와 남녀 간의 관계로 얽혔을 때, 서효는 번번이 슬픈 죽음을 맞았다.

그렇다면 이번에는 서효를 자유롭게 해주겠다. 오직 최선을 다해 행복하게 만드는 것만이 제 몫이다. 백화약방의 집사가 된 지 오 년쯤 지났을 때, 차언은 이런 다짐을 하였다.

그래서 일부러 적당한 거리를 두려고 행동했다. 저 원하는 대로 서효의 몸을 건드리지 않았다. 저절로 뻗어나가는 손을 애써 참았다. 진짜 집사처럼 잔소리를 시작한 것도 이때쯤이다. 하지만 사람 마음이란 게 그리 쉽게 거둬질까. 저도 모르는 새 서효를 제 사람처럼 대하고 있었다.

"올해는 진짜 시집갈 거야. 나도 낭군께 사랑받으며 살고 싶다고."
"사랑 사라앙 사라아앙."
"혼례복은 어떤 게 어울릴까?"

서효가 혼인을 입에 올릴 때마다 인상을 구겼다. 서효에게 어울리는 '완벽한 자'를 찾는다는 핑계로, 뒤로 손을 써서 혼담 상대자들을 모조리 쳐냈다. 죽이지는 않았다. 죽이면 상(喪) 치른다는 소식이 약방까지 날아오기 때문이다. 그저 일 년쯤 자리에서 못 일어날 상태로만 만들어줬다.

모순이란 걸 자각하면서도 멈출 수가 없었다. 행복과 미안함과 소유욕과 양심이 뒤엉켜 미친놈처럼 굴었다. 그래서 마지막의 마지막까지 서효와의 혼례를 선뜻 마음먹지 못한 것이었다.

'또 그런 일을 겪게 할 순 없어.'

서효의 미래가 걱정되었다. 그것만 생각하면 가슴이 쥐어뜯기는 듯하였다. 최대한 알려지지 않게, 그러나 모든 격식을 갖추어서 완벽하게. 어디선가 보고 있을 천제의 심기를 거스르지 않도록 혼례를 올리는 거다. 아버지가 또 서효의 생을 끝내지 않도록. 그리고 첫 밤을 보내기 전에 과거를 털어놓으며 사죄하자.

이것이 갑작스러운 혼례의 전말이었다.

"내가 아니면 누구라도 상관없다고……."

차언이 다시금 궁녀의 말을 중얼거렸다. 그래, 이제 와서 혼례 뒷이야기가 무슨 소용 있을까. 자신이 사죄하기 전에 서효가 기억을 찾았다. 그리고 온 힘을 다해 차언을 증오하고 있다.

미안하다고. 용서할 필요는 없다고. 아니, 제발 용서해 달라고. 죽이고 싶으면 죽이라고. 아니, 먼 곳에서 훔쳐볼 수라도 있게 살려만 달라고 말하고 싶었다.

"나는 왜 비겁하고 이기적이어서……. 널 그렇게……."

차언이 시리도록 푸른 달을 올려다보았다. 눈시울이 붉어지더니 이내 그의 안에서 괴로운 울음이 밀려 나왔다.

서효는 부지런히 젓가락을 놀렸다. 차언의 요리는 분할 만큼 맛있었다. 백오십 년 넘게 길들여진 입맛 탓도 컸다. 한 칸을 야무지게 비운 찰나, 누군가 문을 두드렸다. 목소리를 들으니 정명이었다. 도토리를 욱여넣은 다람쥐처럼 입안에 먹을 것을 물고 있어서 기다리라는 말을 하지 못했다.

"서효님?"

정명이 문을 열며 서효를 불렀다. 찬합을 아직 치우지 못했는데 여지없이 시선을 마주치고 말았다.

정명의 눈이 찬합 뚜껑을 들고 있는 서효의 손과 볼록한 볼과 음식이 가득 담긴 찬합을 찬찬히 오갔다. 그동안 서효가 할 수 있는 최선은 입안의 것을 오물오물 삼키는 일이었다. 차 한 모금으로 깨끗이 넘긴 다음 애써 웃어 보였다.

"정명님, 어쩐 일로 오셨나요?"

"그게…… 궁녀들이 서효님의 상태를 걱정해서요."

"제 상태라면."

"식사를 계속 남기신다 하여."

"아."

서효가 눈 둘 데를 찾지 못하다가 정명을 보며 애매한 미소를 지었다. 정명이 흥미로운 눈으로 찬합을 들여다보았다. 호화로운 진미와 온갖 건강식으로 채워져 있는 찬합. 뭐라 둘러대야 하나. 열심히 머리 굴리는 중인 서효를 향해 그가 넌지시 말을 흘렸다.

"공이 많이 들었겠네요."

"저기…… 정명님도 같이 드시겠어요?"

"저는 괜찮습니다. 그리고 이만큼 정성 들인 음식을 나눠 먹으면 만든 이가 속상해할 것 같군요. 상대는 서효님이 드실 줄 알고 만들었을 텐데."

무슨 큰일 날 소리람. 서효가 얼른 고개를 가로저었다.

"이거 제가 만든 거예요!"

"서효님이 직접요?"

정명의 표정이 야릇해졌다. 그녀가 이토록 번듯한 요리를 만들지는 못한다고 생각하는 것 같았다. 아니면 의심 가는 사람이 있거나. 하지만 다음 말에서, 정명이 야릇한 표정을 지은 이유가 드러났다.

"그럼 그릇에 담으시면 될 텐데 굳이 찬합을 쓰십니까."

"어…… 나들이 기분을 내려고?"

"나들이 기분이라?"

"네, 동백이 따뜻해도 아직 밖에서 밥을 먹긴 좀 그러니까요."

열심히 둘러대면서도 제 핑계가 허술함을 아는 서효였다.

좀 더 그럴듯한 핑계를 생각해 내지 그랬어? 하지만 너무 갑자기 들어오셨는걸. 깜짝 놀라 찬합을 던지지 않은 것만도 다행인 줄 알아야 한다고. 그녀 안에서 여러 목소리가 치열하게 싸웠다.

정명님이 속아 넘어가 주시면 좋겠다. 그게 아니라면 서효의 곤란한 사정을 알아차리고 모른 척해 주시면 좋겠다. 속으로 그리 생각하였다. 너무 내가 편한 결과를 바라는 것이려나?

"흐음."

정명이 서효를 가만히 바라보다가 입술을 늘려 미소 지었다. 장난꾸러기를 대하는 어른의 표정이었다.

"이거, 속아드려야 합니까?"

서효는 눈만 깜빡깜빡하였다. 어떤 말도 섣불리 할 수 없었다.

"제가 순종적인 아들이자 온화한 이로 알려져 있긴 한데요. 그것과 눈치는 별개입니다. 이에 대해서는 일전에 말씀드렸지요."

필사적으로 눈을 깜빡깜빡. 순진함을 연기하는 것도 제법 힘이 드는 일이란 걸 깨닫는 순간이었다.

"지금 서효님, 앞뒤 안 맞는 티 폴폴 나는 핑계를 둘러대고 계신데 말이죠."

정명이 눈을 가늘게 좁혔다가 다시 제대로 떴다. 가벼운 눈 흘김 한번. 이걸로 봐주겠다는 듯이.

"넘어가 드리겠습니다."

"헷."

"그렇게 대놓고 안심하시면 더 놀리고 싶어집니다."

서효가 손을 내저으며 진짜 자신이 만든 거라고 거듭 말했다. 정명은 알았으니 거기까지 해두라고 하였다. 그 이상 말하면 애써 넘어가 준 의미가 없어질 것 같다고. 서효가 끝내 말실수를 해버릴 것 같다고.

일리 있는 말에 서효가 입을 다물었다.

정명이 결국 소리 내어 웃었다. 귀엽다는 말을 들었다. 사랑스러운 존재를 보는 눈으로 정명이 그리 말했다. 서효의 기분이 이상해졌다. 간지러우면서도 불편하고 어색한 그런 기분이었다.

"달콤한 찬사가 익숙지 않으신가 보군요."

괜히 젓가락만 집었다 놓길 반복하는 서효에게 정명이 말했다.

"앞으로 꾸준히 해야겠습니다. 서효님이 제게 익숙해지도록."

무시하려야 할 수 없는, 모종의 의미가 담긴 말이었다. 문득 차언의 말이 떠올랐다. 그는 서효와 정명의 혼인을 입에 담았다. 일단 이에 대해 천제는 아무 말도 하지 않았다. 정명 역시 그러했다.

천제가 큰아들을 속인 것은 아닐 텐데 왜 두 사람 모두 서효에게 말하지 않았을까. 아마 천제는 정명이 알아서 하리라 믿기 때문이고, 정명은 서효에게 부담을 주기 싫어서일 것이다.

그게 이제까지 서효의 추측이었다. 한데 다음 순간 정명이 두 사람의 혼례를 언급했다.

"놀라지 않으시네요."

정명이 서효의 반응을 살피며 말했다. 정명이 아는 그녀는 혼례에 대해 처음 듣는 것인데도 잠자코 있음을 이르는 말이었다. 드디어 말을 되돌려 줄 때가 왔다. 서효는 자신이 밝고 다정한 이로 알려져 있지만, 그 정도 눈치는 있다고 대꾸하였다.

"그런데 정명님, 제가 큰형님의 정혼녀였던 건 알고 계시죠?"

정명이 선선히 고개를 끄덕였다.

"두 번이나 혼례 직전까지 갔다는 것도 아세요?"

"예, 들었습니다."

정명이 이것까지 알고 있을지는 모르겠으나 서효와 차언은 이미 전생에 초야를 치르기도 하였다. 모르더라도 추측은 가능할 터. 신경 쓰이지 않느냐고 물으려는 찰나였다. 이번엔 정명이 더 빨랐다.

"전 상관없습니다."

그리 말하는 정명의 말투는 제법 단호했다.

"정말로요."

마치 서효의 모든 과거를 알고 있는 것 같은 말투였다. 그 정도로 단호하다는 뜻이다. 정명은 새어 나갈 틈 없이 완전히 매듭지었지만, 서효는 여전히 할 말을 정하지 못했다.

제가 싫어요, 라고 말해도 되는 건가? 아무 문제없는 거야? 또 내 쪽의 의견이 무시당하는 건 아니겠지. 정작 신부 될 사람 의견은 물어보지 않은 과거가 기억났다.

정명은 서효의 머뭇거림을 짚어냈다. 하여간 이 형제들, 눈치 하나는 빠르다.

"차언 형님은 말이죠."

정명이 운을 뗐다.

"서효님이 미혼으로 남아 있는 이상 절대 미련을 거두지 않을 겁니다. 본인 선에서 끊어낼 수가 없을 거예요."

"하지만."

"네, 물론 서효님이 누군가와 혼인을 해도 형님은 포기하지 못하겠지만요."

서효가 정명을 물끄러미 보았다. 잘 알면서도 혼인에 대한 의지를 보이는 정명이 조금 이해되지 않았다.

"그렇다 해도, 다를 겁니다."

정명이 힘주어 말했다.

"더욱이 제 아내가 되신다면."

"하하……. 정명님 입에서 아내라는 말을 들으니까 많이 어색하네요."

"그런가요? 역시."

온화하면서도 적극적인 구혼이 당황스럽다. 제 상태를 에둘러 표현했는데 정명의 응수가 만만치 않았다.

"종종 해야겠다니까요. 서효님이 익숙해지시도록."

굳이 그럴 필요는 없다고 말하고 싶다. 계속 적당한 거리를 유지하면서 좋은 분으로 남아 있어 달라고 청하고 싶다. 상대는 서효의 과거가 상관없을지 몰라도 서효는 아니었다.

인간들의 고대국가도 아니고, 정혼자의 동생과 다시 혼인하는 건 좀 이상했다. 그렇다고 정혼자가 죽은 것도 아닌데 말이다. 듣자 하니 왕족 사이에선 사촌의 아내를 빼앗거나, 보위에 오른 아들이 선왕(先王)의 어린 후궁을 자기 비빈으로 삼는 일이 있다고는 한다.

그건 그거고 서효는 아니었다. 관계가 그물처럼 얽히는 것은 사양이다. 게다가 옆에서 지내는 시간이 늘수록 정명의 얼굴에서 차언과 비슷한 점을 발견하게 되었다.

'처음엔 완전히 다른 것 같더니 아니었어.'

형제는 형제였다. 정명의 행동이나 말투, 표정에서 차언의 모습이 엿보일 때가 있었다. 그럴 때마다 서효는 흠칫 놀랐다. 정명이 의아한 얼굴을 하면 얼른 아무것도 아니라고 둘러대고.

이런 데도 그와 혼인을 하라고?

내일까지 아무나와 혼인하지 않으면 죽는 게 아니고서야 내키지 않는 일이었다. 괜히 찻잔만 만지작거리고 있자 정명이 말했다.

"따스하고 행복하게 해드릴 자신이 있습니다."

"아무렴요. 정명님은 지금도 따뜻하게 대해주시는데."

"성에 덜 차신다면 따뜻함의 강도를 좀 올릴 수도 있고요."

예상치 못한 공격에 서효가 혀를 깨물자 정명이 어깨를 들썩일 정도로 웃었다. 귀엽다는 소리도 두 번째로 들었다. 딴 건 몰라도 귀엽다는 소리만큼은 정말 익숙해지지 못할 것 같다.

"그러니 저와의 혼인도 고려해 주시면 좋겠습니다, 서효님."

"네에……."

"그럼 마저 드세요. 편히 쉬시고요."

"예에. 살펴 가세요."

얼떨떨한 상태로 인사를 하였다. 방문이 부드럽게 닫혔다. 서효는 정명이 나가고도 한참 동안 멍하니 앉아 있다가 머리를 헝클어뜨렸다.

정명님은 또 왜 저러신대. 우리가 안 지 얼마 되지도 않았는데, 아버지가 혼인하란다고 해서 군말 없이 받아들이다니. 심지어 정들어서 사귀다가 혼인하는 것처럼 달달한 농담도 하고.

그냥 단순히 말을 잘 듣는 거예요? 정명님 정도면 '지나치게' 순종적인 것 같다고요.

"내가 막 첫눈에 이성을 잃어버릴 만큼 굉장한 미녀도 아니고."

정명처럼 정중하면서도 다정하게 구혼을 해오면 어떤 식으로 거절을 해야 할까. 이 와중에 서효가 걱정하는 건, 자신이 거절하더라도 상대가 순순히 물러설 것 같지 않다는 점이었다.

혼인하기 싫다고 아버지께 간청해라! 그리할 때까지 잔인하게 괴롭혀 주지! 냉혹하게 몰아세우는 유형은 이미 겪어봤다.

"다시 한 번 고려해 주세요, 서효님."

온화한 말투로 끝까지 물러서지 않는 유형에는 어찌 대처해야 하느냔 말이다.

"으으!"

머리가 복잡하다. 터질 것만 같다.

서효는 침상으로 달려가 푹신한 보료 위에 몸을 던지며 소리 질렀다. 단순하던 제 삶이 어디서부터 꼬인 것인지. 공연히 애먼 베개에 주먹질을 하는 아가씨였다.

새해를 맞이한 사람들 사이에선 설렘과 들뜸이 넘쳤다. 동백 땅에 사는 사람들뿐만 아니라 평소 조용하던 정명의 궁궐 사람들도 기쁜 얼굴을 하였다.

궁녀들은 새해맞이 음식을 만드느라 바빴고, 하인들은 대청소와 단장에 힘썼다. 정명은 궐문 앞에서 떡과 말린 과일, 술을 베풀도록 했다. 서효도 가만있을 수만은 없어, 여기저기 일을 돕다가 저녁을 맞았다.

풍성한 식사를 마치고 나니 궁녀들이 널찍한 전각으로 안내해주었다. 다들 거기 모여 있었다. 각자 새해 다짐을 쓰고 낭독할 예정이라고 했다. 매해 치르는 작은 행사인 듯하였다.

"다 쓰셨나요?"

먹물 묻힌 붓을 들고 한참 고민하는데 정명 옆에 앉은 궁녀가 좌중에게 물었다. 잠깐 기다려 달라는 사람은 몇 명 안 되고, 대부분이 종이 위 먹물을 말리고 있었다.

"그럼 저부터 돌아가면서 말하겠습니다."

서효의 반대 방향이었기 때문에 한 바퀴 돌려면 아직 여유가 있었다.

선량하고 단아한 사람들만 모여 있어서 선행에 관련된 다짐만 나올 줄 알았는데, 의외로 개인적인 이야기가 이어졌다.

"너무 아끼고 베푸느라 새 옷을 지어 입지 않은 지 두 해나 되었어요. 올해는 고운 비단옷을 네 벌 마련하려고요."

그러니까 제 생일 때 좋은 비단을 좀 내려달라며 주인을 향해 생긋생긋 웃어 보였다. 가장 좋아하는 색은 짙은 보라색과 은은한 비둘기색이라고 덧붙였다. 정명이 웃으면서 꼭 기억해 두겠노라 하였다.

차례가 돌아온 다른 궁녀는 토실토실한 젖살을 뺄 거라고 말하였다. 낭독이 끝나자마자 다들 까르르 웃으며 말을 보탰다.

"구십 년이나 산 애가 여태 젖살 타령을 하면 어쩌니?"

"그쯤 됐으면 인정하자. 그건 그냥 살이래도."

"아니라니깐요? 인간 나이 아흔이랑 여기 나이가 같나요?"

"매일 먹는 꿀사탕만 반으로 줄여도 괜찮지 않을까?"

"안 돼요. 그건 예외예요."

생각보다 재미있는 자리였다. 다른 사람들 다짐을 들으며 함께 웃고 떠들다 보니 어느덧 서효 차례가 되었다.

아직 덜 썼는데 어쩐담.

대충 적당한 것을 발표하면 되겠지만, 저마다 나름의 각오가 서려 있는 자리에서 그러기는 싫었다. 정명이 서효 쪽을 힐끗 보더니 자신이 낭독할 동안 쓰라고 하였다.

시간을 벌어주었다. 고맙다는 눈짓을 한 다음 다시 붓을 먹물에 적시는데 깨끗한 목소리가 들려왔다. 정명의 다짐은 단순 명료했다.

"혼인성사."

누구와의 혼인인지 말하지는 않았지만 다들 짐작 가는 상대를 아는 눈치였다. 괜히 본인이 부끄러운 얼굴을 하고 서효를 힐끔힐끔 쳐다보았다. 흐뭇한 표정들이었다. 정명의 낭독을 들은 한 어린 궁녀가 꺄, 탄성을 질렀다.

"우리 정명님, 은근히 박력 있으세요."

"새삼 반한 거니? 너무 깊이 빠져들면 안 되는걸."

"그래, 어떤 분이 보고 들으실라."

왜 나는 그 '어떤 분'이 누군지 알 것 같지? 왜 나처럼 들리지?

서효는 애써 딴청을 피우며 속으로 중얼거렸다. 이제 정명은 대놓고 구혼을 하였다. 조용하고 정결한 얼굴로 저런 대담한 말을 아무렇지 않게 하다니 역시 피는 못 속인다 할까.

"이제 서효님 차례예요!"

왠지 모두가 혼인성사에 대한 답을 들려주길 바라는 눈치지만, 서효는 최선을 다해 그 기운을 무시했다. 다소간의 고민 후 서효가 붓을 움직였다.

"제 다짐은요."

이게 뭐라고 목소리가 가늘게 떨릴 만큼 긴장이 되었다. 서효는 목을 가다듬은 뒤 또박또박 낭독했다.

"절벽 끝에 서기예요."

사람들이 고개를 갸우뚱했다. 탑 꼭대기 같이 높은 곳은 괜찮은데, 절벽처럼 높게 튄 곳에 서면 다리가 풀리고 몸에서 피가 빠져나가는 기분이라 하였더니 더욱 아리송한 얼굴이 되었다.

"어떤 연유인지는 모르지만 무리하실 필요는 없어요, 서효님."

"그럼요. 저도 벌레만 보면 소름이 돋고 온몸이 굳어버리지만, 굳이 무섬증을 극복하려고 한 적은 없는 걸요."

"저희들 말은, 억지로 견디실 필요는 없다는 거예요. 제대로 걷지도 못할 만큼 다리가 풀리시는 거라면 더더욱."

착한 사람들은 역시 서효를 먼저 염려하였다. 두려움은 자연스러운 감정이니 억지로 극복하지 않아도 된다. 뭐든 '이겨내는 것'을 좋게 보는 바깥사람들과는 참 다른 의견이었다.

맞는 말이긴 하다. 그러나 서효는 조금 무리를 해서라도 이겨내고 싶었다.

누구의 도움도 받지 않고 절벽 끝에 선다면. 깎아지른 듯 날렵한 바위 위에 서서 아래쪽과 먼 곳을 차례로 내다본다면. 여러 생을 걸쳐 두려움의 대상이었던 존재가 사라지는 것이다. 차언과 얽힌 기억으로부터의…… 독립이랄까.

"내일이라도 절벽에 가보시지 않겠습니까? 제가 모시죠."

정명이 다정하게 말을 건넸다. 서효는 가만히 고개를 끄덕이며 그의 새해 다짐을 다시 한 번 떠올려 보았다.

"손을 잡지 않아도 괜찮겠습니까?"

"네, 아직 열 걸음이나 남았는걸요."

"그런데도 떨고 계시니 드리는 말이죠."

정명의 말에 서효가 흠칫했다. 시선을 내리자 손끝이 파르르 떨리는 게 보였다. 이러는 줄도 몰랐다. 모든 게 너무 긴장한 탓이다. 궁궐을 나설 때까지만 해도 괜찮은 것 같았는데 해안 절벽 가까이 다가갈수록 몸이 굳었다.

시원한 파도 소리는 서효를 집어삼킬 준비를 하는 듯했다. 서효의 작은 몸이 굴러떨어지기만 하면 기다렸다는 듯 덥석 삼켜서.

'안 돼. 나쁜 생각은 그만해.'

정신을 차리려고 뺨을 찰싹 두드렸다. 심호흡을 크게 하자 맑고 차가운 바닷바람이 폐 속까지 들어가는 기분이었다.

"여기서부터는 저 혼자 갈게요."

서효의 보폭으로 다섯 걸음쯤 남았다. 정명은 더 이상 부축을 권하거나 말리지 않았다. 대신 응원의 미소를 지어주었다. 서효는 애써 마주 웃으면서 절벽 끝에서도 지금처럼 웃을 수 있기를 빌었다. 주먹을 꼭 쥐고 발을 내디뎠다.

한 걸음.

추위와 굶주림, 가슴 아린 슬픔에 떨던 밤. 짙은 밤안개에 오도 가도 못하고, 그저 얼른 날이 밝기를 간절히 기다리던 밤이 떠올랐다. 너무 추웠지. 그땐 한겨울도 아니었는데 뼛속까지 스며든 밤공기가 얼마나 시리던지. 더도 말고 덜도 말고 딱 솜이불 한 채만 주어진다면 하고 바랐다.

힘겨운 옛 기억이 떠오른 탓일까. 동백의 겨울은 따스한 편인데도 서효의 몸이 한기에 든 듯 떨리기 시작했다.

"한 걸음 더."

일부러 보폭을 크게 해서 앞으로 나아갔다. 짙푸른 바다가 성큼 더 다가왔다. 푸른빛을 보고 있으니 차언의 힘이 떠올랐다.

수시로 발산해야 하는 번거로움. 그럴 때마다 어딘가의 산이 무너지거나 큰불이 일어나는 파괴력. 친아버지조차 경계하게 만드는 위력.

강한 것만이 좋은 것은 아니란 걸 차언을 통해 알게 되었다. 어느 하루, 그토록 강한 힘이 서효 바로 옆의 나무에 떨어지던 날 어찌나 무섭던지. 나무는 벼락 맞아 불탄 모양새가 되었고 서효의 마음은 나무보다 검게 졸아붙었다. 무서운 사람. 잔인한 사람.

'내게 그런 짓을 했는데 왜 나는 아직도⋯⋯.'

정명은 서효가 미혼으로 남아 있는 이상 차언이 미련을 거두지 못할 거라 말했다. 하지만 진짜 연을 끊어내지 못하는 쪽은 자신이 아닐까?

뒤에서 정명이 놀라는 소리가 들렸다. 서효가 단번에 두 걸음을 옮겼기 때문이다. 거의 뛰듯이 걸었다. 자칫 발을 잘못 디뎌 절벽 아래로 떨어져도 상관없다는 듯 대담하게.

서효는 엄청난 기세로 뛰는 가슴을 꾹 눌렀다. 마지막 한 걸음이 남았다.

"두렵지 않아. 더 이상, 무섭지 않아."

절벽 가까이만 가면 얼굴이 하얗게 질려 주저앉는 삶을 계속하고 싶지 않았다. 차언은 망월을 다스리는 무정한 지배자에서 그녀의 안위를 걱정하는 사람이 되었다. 아직 그를 용서하지 못했지만 그것과는 별개로 차언은 바뀌었다. 변화에 성공했다.

서효 역시 변했다. 더는 차언을 두려워하지 않게 되었다.

"나 자신에게 보여줘야 돼. 그때와는 달라졌음을 깨닫게 해줄 거야."

서효는 마지막으로 깊은숨을 들이쉰 다음 걸음을 옮겼다.

완전히 벼랑 끝에 선 것은 아니기에 다칠 위험은 없지만, 이전의 서효는 똑바로 쳐다보지도 못한 곳이었다. 그런 곳에 두 발로 섰다. 누구의 도움도 받지 않고 꼿꼿하게 서서 바람을 맞았다.

푸른 바다와 수평선, 맞닿은 하늘을 바라보며 성공을 자축했다. 이마를 따라 흘러내린 옅은 색의 잔머리가 바람에 흩날렸다.

"느낌이 어떤가요?"

뒤에서 정명이 물었다. 서효는 돌아보지 않은 채 웃는 얼굴을 하였다. 여전히 팔다리가 가늘게 떨리긴 하지만 벅차오르는 감정에 비하면 견딜 만한 축이었다.

"신기해요."

서효가 먼 곳을 바라보았다.

"저 절벽 끝에 섰어요, 정명님."

"예, 새해 다짐을 한 지 하루 만에 거기 서셨군요."

웃음이 터져 나왔다. 깊은숨을 들이쉴 때마다 바다와 소나무 냄새가 났다. 아까는 차디차게 느껴질 뿐이던 바람이 달았다.

"이상한 일이죠. 연이은 환생에서 다 다르게 죽었어요. 검과 창과 화살에 찔려 죽었지만 저는 그것들이 무섭진 않아요."

오직 절벽만이 서효를 무섭게 했다. 왜 하필 그곳일까. 수시로 떠올린 질문이었지만 이렇다 할 답을 얻지는 못했다. 아마 그게 차언의 손에 떠밀리다시피 한 유일한 죽음이어서 그랬나 하고 생각할 뿐.

"높은 곳만이 예외였죠. 한데 오늘 절벽 끝에 서봤네요."

"그렇군요."

"기분이 묘해요."

이것으로 차언과의 과거를 끊어낸다고 할 순 없을 터다. 내일 혼자 오면 오늘처럼 똑바로 서 있지 못할 수도 있다. 내일은 실패할 수도 있다. 그렇기 때문에 오늘의 성과가 더욱 중요했다. 한 번 해냈다는 것은 아예 시도하지 못한 것과는 천지 차이였다.

내일도 힘내서, 용기를 내서 한 걸음 한 걸음 내디디면 된다. 그렇게 하루하루가 쌓이도록 하면 된다.

벅찬 마음으로 바다를 바라보고 있으니 옆에 정명이 다가와 섰다. 한동안 그대로 있던 서효는 문득 절벽에 부딪쳐 산산이 부서지는 파도에 시선이 얽매였다. 절벽 가까이 다가서지 못했을 땐 보지 못한 광경이었다.

그때는 아래를 내려다보는 것조차 불가능했으니까.

"오늘따라 바람이 좀 세네요."

정명이 말했다. 귀로 들었으나 마땅한 대꾸가 떠오르지 않았다. 지금 서효의 주의는 온통 파도에 쏠려 있었다. 단순히 신기해서가 아니었다. 뭔가 조금만 손을 뻗으면 예상치 못한 진실에 닿을 것 같은 기분이었다.

짙푸른 빛깔의 거센 파도. 그대로 두면 저기 저 모래사장에 보이는 것처럼 밀려들어 온다. 사람 발이 닿는 데까지 들어온다.

하지만 서효의 시선이 꽂혀 있는 절벽에서는 파도가 도리어 물러났다. 단단한 절벽이 파도를 가로막기 때문이다.

"변치 않는 가치."

"……방금 뭐라고 하셨습니까?"

"새로 만들 필요 없어. 찾아 나서지 않아도 돼. 원래 있는 것을 바꾸어 생각해 보면."

"서효님?"

그 순간, 무언가가 서효의 머릿속을 섬광처럼 스치고 지나갔다. 옆에서 정명이 조심스럽게 부르는 것도 들리지 않았다. 서효의 주먹에 힘이 들어갔다.

"어쩌면 이걸로 될지도 몰라."

변치 않는 가치.

차언이 안색이 파리해질 정도로 고민하던 것을 풀어낸 듯하였다. 의외의 발견에 서효의 가슴이 두근거렸다. 얼른 반가운 소식을 알리고 싶었다.

'한데 그가 샘물을 얻게 되면 앞으로 어떻게 되는 거지……'

당장에라도 몸을 돌려 궁궐로 달려갈 것 같던 서효가 다시 바다 쪽으로 시선을 돌렸다. 하나를 해결하고 나니 또 다른 문제가 생겨났다.

뜻밖의 답을 준 바다는, 이번에는 침묵을 지키며 철썩철썩 부딪칠 따름이었다.

"힘은 약하지만 꽤 오래 살아온 것 같던데 얼마나 더 오래 살려고."

차언은 수액 주머니를 거두면서 중얼거렸다. 이것이 백 번째 주머니다. 아직 여덟 개가 남았고, 나머지 여덟 개는 가장 먼 곳에 흩어져 있었다.

노부인은 겨울나무를 쥐어짜듯 짜낸 수액을 차곡차곡 모아서 매일 마시고 있다. 솔직히 이걸 다 마시는 건지도 모르겠다. 차언은 그저 시키는 대로 할 뿐이었다. 멀쩡한 울타리를 무너뜨리고 다시 만들라고 할 때부터 차언은 이미 노부인의 뜻 파악하기를 포기했다.

생각을 할수록 이해는 안 되고 머리만 아프기 때문이다.

"그나저나 그 녀석은 정말 안 오려는가."

차언은 조그만 궁녀를 떠올렸다. 그의 태도에 화를 내며 돌아간 지도 열흘 가까이 되었다. 처음엔 화가 풀어지는 데 시간이 걸리는 법이라 생각했는데, 제 생각보다 훨씬 오랜 시간이 지났다.

오늘이면 올까. 영영 안 오려는 건 아니겠지. 가슴 졸이는 나날이 이어졌다. 그리고 오늘에 이른 것이다.

사박. 누군가 움직이는 소리가 들렸다. 노부인은 여기까지 내려올 일이 없다. 게다가 노부인의 기척이 아니었다.

"혹시."

차언이 움직임을 멈췄을 때 저 아래에서 자그만 머리가 쑥 튀어나왔다. 눈물범벅이 되어 울고 있는 아이였다. 상대는 깊은 산속에서 사람과 마주친 것에 놀랐는지 소리를 지르며 뒤로 자빠졌다.

"누, 누, 누구세요?"

애초에 서산은 노부인밖에 살지 않는 곳이다. 지금은 차언도 함께 머물고 있지만, 어쨌든 인간은 이곳에 살지 않았다. 그 말인즉 남이 사는 곳을 침범한 것은 꼬마 자신이었다. 한데 제 앞마당에 불쑥 들어온 낯선 사람을 보듯 차언을 보고 있었다.

"설마 벌써 저를 찾으러 온 거예요?"

영문 모를 소리를 하며 굵은 눈물을 떨어뜨렸다.

"흑흑……. 제발 못 본 척해 주세요. 절 데려가지 마세요."

"내가 왜 널 데려가는데."

차언은 전혀 궁금하지 않으면서 분위기 때문에 애써 묻는 듯 질문했다. 그를 골몰하게 만드는 문제는 지금으로도 충분했다.

"네가 누군지도 모르는 것을."

"모, 몰라요? 모르세요?"

열 살쯤 되어 보이는 사내아이는 차언의 말에 눈물을 닦았다.

"마을 사람 아니에요?"

"아니."

"그럼 누구예요?"

"그러는 넌 누구지?"

사내아이의 눈동자가 흔들렸다. 차언을 믿을지 말지 고민하는 것이다. 그는 아이의 환심을 사려는 노력은 손톱만큼도 하지 않은 채 그저 묵묵히 기다렸다.

"저는 산 아래 우(于)씨네 다섯째예요. 큰누나가 절 찾아다니라고 산에 들어왔어요."

"숨바꼭질하기에 이 산은 깊고 험한데."

"그래서 들어왔어요. 여기 있으 마을 사람들도 못 찾겠지요?"

"누가 여기 있으래. 허락 따위 한 적 없다."

사내아이가 코를 훌쩍 들이켰다. 다시 울려는 것인가. 차언은 조금 귀찮았지만 이보다 날카롭게 대하지는 않기로 했다. 이미 나쁜 태도로 일을 그르친 전적이 있으니까.

"큰누나는 널 찾아야 되고, 마을 사람과 마주치면 안 되는군."

차언이 이제까지의 대화를 한 마디로 정리하자 아이의 입이 벌어졌다. 그걸 어떻게 아느냐고 하려는 것 같았다.

"양쪽 다 번거롭게 만들 셈이구나."

"그, 그래야."

"네 목적이 뭔지 들어볼까."

아이가 소매로 얼굴을 마저 닦은 뒤 말했다.

"그래야 사람들이 누나를 잡아가지 않을 테니까요!"

"잡아간다?"

"사람들이 강의 신을 달래기 위해 제(祭)를 올릴 거래요. 큰누나…… 큰누나가 이번 제의 제물이에요."

"소오(小五)!"

"대체 어딜 갔다 이제 오는 거니! 무슨 일 당한 줄 알고 얼마나 놀란 줄 아니!"

"숙부님과 사촌들도 널 찾아다녔다고!"

아이가 대문 안으로 들어서자 가족들의 말소리가 쏟아졌다. 언뜻 화를 내는 것 같지만 거기엔 안도와 걱정이 섞여 있었다.

"너까지 잘못되면 어쩌란 말이냐!"

어머니로 보이는 여인이 반쯤 울먹이며 작은 몸을 껴안았다.

"한데 이분은 누구……."

사람들은 뒤늦게 차언을 발견했다. 차언이 가볍게 고개 숙인 다음, 산속에서 귀댁 아이를 발견했다고 하였다. 말이 떨어지기 무섭게 여인이 아이의 엉덩이를 때렸다.

"겁도 없이! 이 녀석이 겁도 없이! 거기가 어디라고 들어가!"

"그렇지만…… 그러면 누나가 나 찾을 줄 알고."

아이가 또다시 울먹이기 시작했다.

"그럼 누나가 안 보일 테니까, 누나 못 끌고 갈 테니까!"

아이가 서럽게 울었다. 여인은 아이의 말에 망연한 표정을 짓다가 눈시울을 붉히며 작은 등을 쓸었다. 걱정되고 무서운 마음에 때리고 만 엉덩이도 거듭 어루만지며 미안하다 하였다.

큰누나가 산 제물로 뽑혀 강에 빠진다. 마을 사람들은 강의 신께 시집을 가느니 어쩌니 했지만, 사실 발목에 무거운 돌을 달고 차디찬 겨울 강물 속에 뛰어드는 것이다. 그대로 죽는 것이다.

다시는 큰누나를 볼 수 없다.

누나를 잃고 싶지 않은 어린 마음에 짜낸 생각이 그것이었다. 어떻게 야단을 칠 수 있을까.

이 자리에 있는 모두가, 할 수만 있다면 장녀를 살리고픈 심정이었다.

"어머니, 손님이 계세요."

꽃다운 나이로도 숨길 수 없는 어두운 눈 그늘. 우씨 집안의 장녀 소일(小一)이 어머니를 일깨웠다. 먼젓번에 본 것보다 안색이 더 파리해졌다.

"동생을 데려다주셔서 감사합니다."

허리를 깊이 숙여 인사해 왔다. 차언은 묵례로 답했다. 소일은 집안 사정이 좋지 않아 고마운 분께 대접할 것이 없다며 사과했다.

보답을 바라고 한 일이 아니라고 한 뒤 몸을 돌렸다. 아이를 집에 데려다주었다. 부모가 안심했다. 이대로 대문을 나서면 된다. 하지만 발이 떨어지지 않는 이유가 뭘까.

"관심 거둬라."

저번에 궁녀더러 뭐라 그랬더라.

"해결해 줄 수도 없는 일에 끼어들지 마."
"함부로 연민하지 말래도."

그리 말해놓고 정작 자신은 이들의 일에 개입하려 했다. 이미 아이를 데려다준 것으로 차언이 할 수 있는 최대치를 마쳤는데도.
소일의 슬픈 미소가 눈에 밟혔다. 누나에게 죽지 말라고 엉엉 우는 아이의 목소리가 귓가에 맴돌았다. 차언은 지옥 끝에 떨어지던 날, 천제가 묻던 말을 떠올렸다.

"하루아침에 소중한 사람을 빼앗긴 이들의 심정을 아느냐?"

압니다. 심장이 갈가리 찢기는 그 심정. 대신할 수만 있다면 기꺼이 고통을 대신 받고 싶은 그 심정. 이제는 압니다.
차언이 옅은 한숨을 내쉬었다.
"재물을 넉넉히 드리죠. 차라리 도주하는 게 어떻습니까?"
"……네?"
뜬금없는 제안에 소일을 포함한 일가족의 표정이 의아해졌다.
가장 어린 막내는 말뜻 자체를 이해하지 못하고 눈만 깜빡였다.
차언이 몸을 돌려 그들을 바라보았다.
"가진 것이 땅에 묶여 있어 도망가지 못하는 것 아닙니까. 실은 그마저 변변치 못하고요. 그러니 재물을 드리겠다는 말입니다."

소일과 그의 눈이 마주쳤다.

"여길 떠나세요."

"안 될 말씀이십니다."

두 사람의 입에서 말이 나온 것은 거의 동시였다.

차언은 천천한 걸음으로 산을 올랐다. 힘을 쓰면 훨씬 빨리 초
가에 도착하겠지만 지금 그는 여러 생각에 잠겨 있었다.

머릿속이 복잡했다. 걸음걸음마다 소일의 말이 떠올랐다. 그녀
는 일단 감사를 표한 뒤 재차 자신의 뜻을 밝혔다. 차언은 어차피
넉넉한 재산에서 조금 덜어주는 것일 뿐이니 부담 가지지 말라고
하였지만 아가씨의 뜻은 확고했다.

오히려 흔들린 쪽은 부모였다. 하지만 그들도 장녀의 굳은 뜻에
고개를 떨어뜨렸다.

"여기서 마을 쪽으로 더 가면 숙부님네가 있습니다. 저보다 한
살 많은 사촌 오라버님과 고운 여동생이 둘 있지요."

소일이 쓴웃음을 지었다.

"저희가 도망치면 남은 사람들이 그 책임을 집니다."

자신은 목숨을 건질 수 있을지 몰라도 사촌 여동생이 제물이
된다. 친자매처럼 함께 지낸 아이들인데 그런 짓을 저지를 순 없
다고 하였다. 이에 차언은 숙부 일가도 함께 떠나길 권했다. 두
일가가 자리 잡기에 충분한 돈을 줄 수 있다고 했지만, 이번에도

소일은 고개를 가로저었다.

"벗들이 있어요. 조막만 할 때부터 울고 웃으며 정이 든 애들이
지요."
"그래서 겨울 강에 몸을 던지시겠다?"
"누군가는…… 해야 하는 일입니다."

재물이 문제가 아니다. 생판 모르는 이라도 누군가 저 대신 죽
는 것을 방관할 수는 없다. 소일은 예의 바르지만 고집스럽게 답
했다.
그 꿋꿋함이, 그 올바름이 차언의 깊은 곳을 건드렸다.
조금만 생각해 보면 알 수 있지 않은가. 신을 달래기 위해 제를
드리는 것? 좋다. 자기들 힘으로 불가능하니 그런 제라도 올려서
답답한 마음을 달래는 건 나쁘지 않다. 그래봤자 어차피 장마철
이 되면 강은 또 흘러넘치겠지만 말이다.
문제는 거기에 생목숨을 희생시킨다는 거다. 어디서 굴러먹다
왔는지 모를 점쟁이가 처녀 제물을 운운했다는 이유 하나만으로.
"이기적인 놈들."
다시금 생각해도 이가 갈렸다.
왜 하필 제물은 어린아이나 처녀인 건데. 그건 다 네놈들이 편
한 식으로 선택한 것 아니냐. 내 한 번도 멀쩡한 장정을 제물로
바쳤다는 이야기는 듣지 못했어. 늘 힘없고 약한 쪽이 희생되지.
그리고 거기엔 항상 가난함이 함께했다.
"그래서 돈을 주겠다고 한 건데……. 정말 말도 안 되는 이유로
거절하는군."

정말 말도 안 되게 옳은 이유로.

파리한 낯빛, 짙은 눈 그늘, 가끔씩 떨리는 손끝. 소일은 말은 의연하게 하면서도 실제로는 두려운 게 분명했다. 차언이 몰아세운 순간 가족 앞에선 보이지 않은 울음이 터져 나왔다.

"무서워요. 떠올리는 것만으로도 너무 무서워서."

"제물로 뽑히고부터 계속 악몽을 꿔요."

"올해 강이 넘치든 넘치지 않든지, 어느 쪽이든 걱정돼요. 넘치지 않으면 사람들은 희생제의 효과를 믿고 해마다 제비를 뽑을 테지요."

"하지만 강이 넘치면……."

"정성이 부족했나 싶어 더 많은 제물을 바치지 않을까요?"

그렇게 되면 목숨 바쳐 지키고자 했던 동생과 벗들이 죄다 그녀의 뒤를 따를 터. 소일은 죽는 것도 너무 무섭지만 그 후가 더 무섭다고 울었다.

"무력하군."

차언이 저도 모르게 걸음을 멈추고 중얼거렸다. 자신은 땅을 가르고 수백 개의 벼락을 내릴 수 있지만 모든 힘이 파괴에 한정되어 있을 뿐, 가난한 일가족을 구해낼 수조차 없다.

"대체 과거의 난 뭘 믿고 위세를 떨었던 거지."

돌이켜 보니 실소가 나올 만큼 어리석었다. 참으로 어리석었다.

서효는 주위를 두리번거리며 살금살금 초가 쪽으로 향했다. 지금은 대낮. 보통 차언이 계곡 쪽에서 일을 하고 있을 때였다. 한데 오늘은 이 아래까지 내려오는 동안 코빼기도 보이지 않았다.

안에 있나? 더 가까이 가볼까? 노부인에게 들키면 안 되는데. 그렇다고 차언에게 들키기도 싫어. 너무 궁금한 모양새를 보이긴 싫단 말이야.

"너."

부엌에서 고개를 빼고 차언의 처소에 귀를 대보는 찰나, 뒤쪽에서 서효를 지목하는 목소리가 들렸다.

"머슴 놈 찾느냐?"

"꺅!"

너무 가까이서 들려서 외마디 비명을 지르고 말았다. 노부인이었다. 노부인은 서효의 비명에 투덜대며 가슴을 쓸어내렸다.

"먼저 내 집을 기웃댄 건 네 녀석인데 어째 늙은이를 놀라게 하는 게야? 내가 잡아먹기라도 한다든?"

그러나 노부인의 눈빛은 말과 달랐다. 눈빛만으로 서효를 조각조각 뜯을 기세로 쳐다보았다. 입술을 축이는 행동은 꼭 입맛을 다시는 것처럼 보였다.

"넌 누구냐?"

서효가 눈을 깜빡깜빡했다. 차언에겐 정명의 궁녀라 둘러댔다. 노부인에게도 똑같은 핑계를 댈까?

차언에게 듣기로 노부인은 만만치 않은 성정이었다. 혹시 정명과 아는 사이인지, 손녀가 정명의 궁녀로 있다거나. 그래서 거기 궁녀 이름을 줄줄이 꿰고 있진 않을지. 순간 여러 가지 가정이 서효 머릿속을 스쳐 지나갔다.

어떡하지? 어떡한다?

이럴 때 정답은 뭐다? 바로 삼십육계 줄행랑인 것이다. 이건 차언과 처음 마주쳤을 때도 효과를 톡톡히 발휘했다. 소리 빽 지를 준비 완료.

"달아나기만 해봐라."

고함 소리가 목구멍에 딱 걸렸다.

"내 머슴과 각별한 사이인 것 같은데, 놈을 죽을 때까지 굴려주마."

"괜찮아요. 그분은 원체 튼튼해서."

서효가 즉각 대꾸했다.

"별로 각별한 사이 아니고요. 더 굴리셔도 돼요. 그래도 싸요."

고함은 생략이다. 서효는 바로 도망치기로 결심했다. 다람쥐처럼 날쌘 몸이 노부인 앞을 지나 마당을 질러갔다. 게 섰거라 소리 지르던 노부인은 지팡이로 바닥을 찍으며 분을 토했다. 온갖 욕이 쏟아져 나왔다.

그러나 서효의 걸음을 멈춰 세운 건 차언을 찢어 죽이겠다는 유의 협박이 아니었다.

"머슴 놈, 딴 계집에게 장가보낼 테다!"

끼이이익.

내리막길을 달리던 마차가 멈추듯 서효가 그대로 멈춰 섰다. 벌써 마당을 지나 계곡의 초입이었다. 쭉 달려 올라가기만 하면 되었다.

"늘씬하면서도 참한 미녀 후보가 있지."

어느 쪽에도 해당되지 않는 서효는 볼을 뿌루퉁하게 부풀릴 수밖에 없었다.

"거짓말 마세요!"

"놈은 내 머슴이다. 놈이 샘물을 얻으려고 여기 온 건 알고 있지? 바꿔 말하면 내가 시킨 건 무조건 들어줘야 한다는 말씀."

"이미 문제를 내셨잖아요? 그거 풀면 샘물 주시겠다고 약속했으면서 이제 와 다른 조건 내거는 건 반칙이에요!"

"샘 주인이 너냐? 아니면 머슴이냐?"

노부인이 입가를 실룩거리며 웃었다.

"둘 다 아니지. 주인은 나지."

"듣던 대로 심보가 고약하시네요, 할머니."

"요 계집애가 어디서 할머니 운운을 한단 말이냐? 머슴 놈도 날 그리는 안 부른다."

서효가 팔짱을 끼며 입술을 삐죽였다.

"분명 더 심한 말로 부를걸요. 혼자 있을 때."

다 들린다고 소리친 노부인은 좋은 말로 할 때 냉큼 가까이 오라고 명했다. 무시하고 도망치기엔 노부인의 협박이 신경 쓰였다.

차언이 순순히 노부인의 말을 따르진 않겠으나 또 모를 일이다. 멍청한 바보가 샘물에 정신이 팔려서 어처구니없는 명에 고개를 끄덕일 수도 있다.

그 시커먼 꿍꿍이속. 누가 모를 줄 알고. 실타래처럼 꼬인 계략 안에 노부인을 속이는 위장 혼인 같은 게 들어 있을지 알게 뭐야. 차언을 용서할지 말지와는 별개로 그가 다른 여자와 엮인다는 상상 자체가 싫었다.

서효는 인상을 북 쓴 채 노부인의 곁으로 다가갔다.

"쯧쯧쯧, 표정 봐라."

노부인이 서효를 손가락질했다.

"떫은 땡감이라도 억지로 먹인 줄 알겠구나."

"그거랑 다른 게 뭔데요."

"쯧쯧, 말본새하며. 내 머슴 놈을 쏙 빼박았구나. 둘이 왜 친한지 알겠다."

서효의 입술이 닷 발이나 나왔다.

"네 녀석의 정체부터 밝혀야지?"

"……정명님의 궁녀입니다만."

노부인이 눈을 크게 떴다가 이내 흥미로운 표정을 지었다. 정명이라면 천제의 막내 아드님을 말하는 거냐. 가까이서 뵙진 못했는데 소문처럼 진짜 수려하시냐.

온갖 시시콜콜한 질문을 쏘아대다가 갑자기 목청을 가다듬었다. 스스럼없이 서효의 옆구리를 찌르며 정명과 정혼녀의 관계에 대해 질문했다.

정명의 정혼녀. 현재로선 서효 자신을 일컫는 말이었다.

"관계랄 게 뭐가 있어요. 그냥 잘 지내시지."

"잘 지내? 오호호, 잘 지낸다고? 머슴이 들으면 배 좀 아플 소리구나."

시큰둥하게 대꾸한 건데 노부인은 그저 자기 듣고 싶은 대로 받아들였다. 고소하다는 듯 손뼉을 치며 다음 질문을 했다.

"서효라는 정혼녀는 머슴 놈을 잊은 것 같더냐?"

"그걸…… 제가 어떻게 알아요."

"모르긴 왜 몰라. 정명님 궁궐에서 일한다면서 그런 것도 안 들여다보고 뭘 했느냐?"

어떻게 이 자리를 빠져나갈 방법이 없을까. 노부인으로부터 차언의 혼인을 명하지 않겠다는 약속도 받아내고서 말이다.

당장은 떠오르지가 않았다. 그런 게 있으면 벌써 동백으로 도 망쳤지.

서효는 쉼 없이 이어지는 질문에 뚱하게 대꾸하며 그런 생각을 하였다. 그러던 어느 순간, 노부인이 이야기의 방향을 틀었다.

"정명님께 조심하라고 말씀드려라. 정혼녀를 항시 눈 닿는 곳에 두시라 당부해."

"세 살 아기도 아니고 다 큰 아가씨를."

"늑대가 벼르고 있으니까 그렇지. 기회만 되면 잡아채 갈 기세 라니깐."

여기서 늑대란 차언을 가리키는 말일 터. 잡아채 가긴 누가 뭘 잡아채 가요. 신가한 가면 좀 썼다고 못 알아보는데.

"그보다 무릎 꿇고 빌지 않을까요?"

차언이 가면 너머의 자신을 마주하게 되면 가장 먼저 용서를 구하지 않을까. 혼례식 날에도 그리하였다. 한데 노부인은 아주 순진한 생각이라는 듯 서효의 말을 비웃었다.

"만나기만 해봐라. 아주 눈이 돌아갈걸?"

눈이 돌아간다라.

"정신 놓고 덮치지나 않으면 다행이지."

"설마요. 그래도 아가씨에게만큼은 예의를 지키는 것 같던데."

"흥, 보아하니 너도 한참 멀었구나."

약속은 받아내지 못하고 핀잔만 들었다. 서효는 귀에 딱지가 앉을 때쯤에야 간신히 풀려날 수 있었다.

11장.
내 행복마저
미안함이 되어

갈까, 말까.

저답지 않게 이른 아침에 눈을 뜬 서효는 오전이 다 지나도록 고민 중이었다. 지난번 서산에 갔을 땐 차언을 만나지 못했다. 대신 노부인을 만나 시시콜콜한 질문의 답을 해주어야 했다.

"제물로 뽑힌 아가씨 일이 신경 쓰여."

서효는 스스로를 설득하듯 소리 내어 말했다.

"게다가 차언이 노부인의 문제를 해결했는지도 궁금하고."

그래. 벌써 서산에 가볼 이유가 두 개나 생겼다. 둘 다 서효에게 중요한 일이었다.

"가보자."

궁궐 안 처소에 가만히 틀어박혀 있다고 해결될 일은 없다. 지난번 서산에 간 게 사흘 전 일이다. 차언을 보지 못한 날을 헤아려 보면 제 화난 상태를 전달하기에 충분한 것 같았다. 이만하면 제법 마음고생을 시켰다고 볼 수 있다.

아니면 오늘 하는 거 봐서 다시 으름장을 놓을 수도 있고.

서효는 흥, 하고 허공에 눈을 흘겼다. 머리를 매만진 다음 처소의 뒤쪽으로 돌아 이동했다. 이젠 남들 눈에 띄지 않고 전각으로 가는 법을 찾아냈다.

"어, 과자 만들어놨구나."

부엌 뒤편으로 지나가는데 한구석에 쌓아놓은 과자가 눈에 띄었다. 찻잎 가루를 섞어 만들었는지 향긋한 차(茶) 냄새가 났다.

"많이 달지 않아 보이네."

문득 차언에게 가져다주면 괜찮겠다는 생각이 들었다. 집사는 아가씨가 직접 만든 음식을 기가 막히게 알아차렸다. 특유의 부족한 맛이 있다고 했다. 정명의 궁녀들이 만든 과자를 가져다주면 여러모로 좋지 않을까.

궁녀 서효와 아가씨 서효 간의 의심스러운 고리도 확실히 끊기고, 화해 선물이라고 하면 듣기도 좋고. 서효는 돌려주려고 들고 가던 찬합 맨 위에 과자를 옮겨 담았다.

"많이 먹지 않을 테니까 조금만."

그리고 궁궐 사람들에게 들키지 않기 위해서라도 조금만 담아야 했다. 좋았어. 그럴듯해. 만족스런 미소를 띤 서효는 이내 전각으로 달려갔다.

가면을 쓰고 족자 앞에 서자 익숙한 풍경이 화폭 위에 그려졌다.

오늘도 차언이 보이지 않았다. 계곡에도 초가 마당에도 없었다. 이제 정체도 들통났겠다. 서효는 곧장 노부인의 처소 문을 두드렸다. 노부인은 어이없어 하면서 왈칵 성을 냈다.

"볼일이 있다며 방금 나갔다. 시킨 일을 내팽개쳐 두고 갔어!"

"가다니. 어디로요?"

"어딘 어디야. 산 아래로 가지, 무엇하러 꼭대기 쪽으로 가겠느냐?"

"잡아오겠습니다."

"흥!"

노부인이 웃기지 말라는 듯 코웃음을 쳤다.

"너처럼 쪼그만 게 저 더러운 성질머리를 잡아온다고? 끌려가지나 말려무나."

노부인이 그러거나 말거나. 서효는 아랑곳 않고 마당을 지나 산길을 달렸다. 차언이 힘을 써서 이동했다면 서효가 아무리 뛴들 따라잡지 못했을 거다. 다행히 차언은 평범하게 걸어 내려가고 있었다. 물론 그것도 엄청 빠른 속도여서 서효는 소리를 쳐 그를 불러 세워야 했다.

"차언님! 차언님!"

그가 즉시 멈춰 섰다. 서효는 차언이 서 있는 곳까지 달려 내려온 다음 말도 제대로 잇지 못하고 숨을 몰아쉬었다. 어찌나 급히 뛰었는지 눈앞이 어지러웠다.

"왔구나."

서효가 고개를 끄덕였다.

"하필 오늘이라니."

아래위로 움직이던 고개가 멈췄다. 뒤에 덧붙은 말이 마음에 들지 않았다. 차언은 반가움보다 난감함이 앞서는 것 같았다.

"뭐예요, 그 태도는. 뛰어내려온 사람 무안해지게. 그럼 다시 돌아갈까요?"

"아니다. 기다려."

차언이 손을 뻗었다. 그런 뜻이 아니었다며 미안하다고 하였다. 다시 와줘서 고맙다는 말도 들었다. 그제야 조금 기분이 풀린 서효는 선심 쓰듯 찬합을 열었다. 차언 쪽으로 내밀자 그가 내용물을 내려다보았다.

"과자예요. 직접 만들었어요."

차언은 아무런 대꾸도 하지 않고 시선만 이동해 서효를 보았다. 여기는 산이고, 위로 보이는 건 하늘이고, 이건 과자다. 하나마나 한 설명이라는 핀잔이었다. 이게 과자란 것은 알고 있다는 눈빛이었다.

그래서 어쩌란 거냐고 묻지 않는 건 말조심 교육을 시킨 성과였다.

"만들어온 성의가 있잖아요. 하나쯤은 드세요."

"이렇게……."

차언이 과자 하나를 집어 서효의 앞에다 들이밀었다. 자, 먹는다. 됐지? 확인시켜 주는 듯한 동작이었다.

"떠밀려서 받는 화해 선물도 처음이군."

"군말 말고 그냥 먹어요."

"뭔가 억지로 강요받는 기분까지 들지만."

차언의 입속으로 과자가 사라졌다. 얼른 싸 갖고 오느라 직접 맛을 보진 못했다. 정명의 궁녀들 솜씨야 두 번 말하면 입 아플 정도니까 맛 걱정은 없었다.

그래도 '웬만큼 맛있는 정도'로는 합격점을 주지 않는 차언이라 이리 물을 수밖에 없는 것이다.

"어때요?"

차언이 천천히 고개를 끄덕였다.

"맛있어요? 많이 달지는 않을 텐데? 괜찮죠?"

말버릇 교육은 아직 끝나지 않았다. 아니, 끝낼 수가 없었다. 서효는 차언을 올려다보며 고개를 까닥했다.

"맛있게 먹었으면 맛있었다고 말하세요. 그게 예의예요."

"맛있어."

"고맙다고도 하고."

"진심으로 고맙다. 솔직히 말해서 목이 좀 멜 정도거든."

오, 설마 그 정도? 서효가 과자와 차언을 번갈아 보며 눈을 동 그랗게 떴다.

"차(茶)가 필요하다는 소리다. 맛은 좋은데 보기보다 퍽퍽해. 아 가씨는 녹신녹신한 식감을 좋아하니 딴 걸 드려라."

그럼 그렇지. 웬일로 칭찬을 하나 싶더니 대번에 표정 하나 안 바꾸고 말을 번복했다. 서효는 괜히 못된 놈 생각해 줬다고 투덜 대면서도, 과자를 건드리지 않고 찬합을 닫았다.

차언의 말이 맞았다. 서효는 촉촉하고 녹녹한 식감을 좋아했 다. 떡처럼 쫀득하면 더 좋고.

"한데 어딜 가세요? 노부인께 여쭤보니 일도 팽개치고 나가셨 다던데."

둘이 언제 인사를 했냐고 중얼거리는 것을 보니, 노부인은 저 번 만남을 차언에게 말하지 않은 모양이었다.

"내일 오시 말(午時 末: 오후 1시), 강의 신에게 바치는 제가 열 린다."

서효가 짧게 숨을 들이켰다. 그 말뜻은 제물로 뽑힌 아가씨 목숨이 하루도 남지 않았다는 거다. 서효의 표정이 급격하게 어두워졌다. 고민만 하느라 시간이 흘러가는 줄도 몰랐다.

차언은 아가씨의 어린 동생과 마주쳤던 일을 들려주었다. 소일이라는 아가씨는 마을을 뜰 수 없다고 했지만, 지금 당장으로서는 다른 방법이 없다. 하다못해 시간이라도 벌어야 하지 않겠나. 소일을 가볍게 기절시킨 뒤 마차에 태워 식구들과 마을을 떠나게 하겠다는 게 차언의 생각이었다.

"한데 아가씨는 떠나길 원치 않는다고 했다면서요."

"그럼 어쩌란 말이냐."

차언이 즉각 맞받아쳤다.

"그래, 족치는 게 전문이라 그날 강가로 가봤다. 내일이라도 독액을 풀어 물고기를 죄다 죽이겠다고 협박하자, 인간으로 치면 열대여섯쯤 보이는 소년이 올라오더라고."

그새 또 가봤어. 진짜 족치러 갔어. 서효는 아연한 얼굴로 차언의 말을 들었다.

"겁 많고 눈물 많고 어찌나 사시나무 떨듯 떠는지."

차언이 냉소하며 말을 이었다.

"처녀 제물이랍시고 시체가 강바닥에 가라앉으면 제일 먼저 울 녀석이다."

아무리 고민해도 제 힘으로 할 수 있는 건 재물을 주어 도주시키기, 그뿐이라 하였다. 천제의 아들이라도 이처럼 무력하다고 자조했다. 서효는 해결책을 알고 있었지만 지금 당장 말하기는 주저되었다.

"안겨라."

차언이 그녀를 보며 말했다.

"숙부 가족까지 도주시키려면 시간이 필요하니까."

저번에 산을 오르내릴 때 그러했듯 힘을 쓸 모양이었다. 떨어지지 않게 단단히 매달리라는 뜻인데, 그 말을 뭐 저리 오해하기 쉬운 투로 하는지.

서효가 차언의 허리를 끌어안았다. 달리는 마차 밖으로 고개를 내밀면 이런 느낌일까. 찬바람이 서효의 뺨을 스치고 지나갔다. 차마 눈을 뜰 용기는 없었다. 처음에 뭣도 모르고 눈 뜬 채 버렸다가 어지러워 죽는 줄 알았다.

일각쯤 지났을까.

"읍…… 큭!"

차언이 예고도 없이 멈춰 서더니 허리를 꺾었다. 서효는 그대로 옆에 나동그라지고 말았다. 온몸이 욱신거리며 아팠다. 이게 무슨 짓이냐고 따지려는데 차언의 상태가 이상했다.

"우욱, 욱!"

그가 경련을 일으키더니 시커먼 피 한 움큼을 토해냈다. 서효가 깜짝 놀라 달려갔지만 그는 옆에 사람이 온 줄도 모르고 고통에 몸부림쳤다. 순식간에 살갗이 싸늘하게 식었다. 눈에 실핏줄이 불거지다가 급기야 한 곳이 툭 터지고 말았다.

"왜 이래요? 무슨 일이에요, 갑자기?"

서효는 어쩔 줄 모르고 차언의 너른 등만 쓸었다. 맥을 짚으려고 해도 워낙 날뛰는지라 손목을 잡고 있을 수조차 없었다.

"욱!"

또다시 피를 토해낸 차언이 가쁜 숨을 몰아쉬었다. 가장 지독한 고통은 지나갔나 보다. 한동안 심호흡에 집중하던 그가 주먹을 그러쥐었다. 그러더니 믿을 수 없다는 표정을 지었다.

"이제 좀 괜찮아요?"

"이건······."

"일어설 수 있겠어요? 부축해 줄 테니."

더 이상 말을 이을 수가 없었다. 다음 순간 차언이 멱살을 잡아당겼기 때문이다. 저항할 새도 없이 끌려가 그의 손아귀에 목이 잡혔다. 숨통이 조여들 때까지 목이 졸렸다.

"네 정체가 뭐야. 누구의······ 웃, 누구 사주를 받고 있지?"

"그게 무슨 소리예요. 이거 좀 놔요!"

"누가 시켰어? 누가 날 중독시켰냐고!"

차언의 손을 떼어내기 위해 바르작거렸지만 조금의 소용도 없었다. 차언의 손등에 붉은 손톱 자국이 났다. 한편 서효는 숨이 턱에 닿을 지경이 되었다.

"정명인가? 아, 아니지. 녀석은 아무리 불가피하다고 해도 이런 수를 쓸 리 없다."

"으웃, 이거 놔······."

차언이 서효를 놓아주었다. 의심을 거둬서가 아니라 다시 경련이 시작되어서였다. 턱이 엇나가지 않을까 싶을 만큼 이를 악물고 있는데도 딱딱 맞부딪치는 소리가 났다. 경련은 서효가 안정을 찾은 다음에도 계속되었다.

중독(中毒). 차언은 자기가 중독되었다고 말했다.

"내가 이곳에 온 뒤로 먹은 외부 음식이 아까 네가 준 과자뿐인데 불가초 중독 증상이 발현되는군. 우욱······. 이런데도 발뺌을 하시겠다?"

"불가초요?"

어디서 들어본 것 같기도 하고 아리송한 이름이었다. 차언이 입가의 피를 닦으며 말했다.

"정명의 궁에서는 배울 일이 없더냐? 오장육부를 찢어발기는 고통의 독초다."

무시무시한 설명에 서효의 낯빛이 창백해졌다. 아닌 게 아니라 차언은 여전히 온몸에 힘을 넣은 채 고통을 버티고 있었다.

안 되겠다. 일어설 수만 있다면 얼른 초가로 돌아가자. 잠시만 누워 있으면 내가 정명님께 얼른 해독약을 구해 오겠다. 허둥지둥하는 서효를 보며 차언이 픽 웃었다.

"네 연기가 기가 막히게 뛰어나거나, 넌 정말 모르거나. 둘 중 하나군."

"무슨 뜻이죠?"

"이건 해독약이 아예 없거든."

서효의 입이 서서히 벌어졌다. 도대체 무슨 일인지 영문을 모르겠다. 차언이 정말 과자를 먹고 중독되었는지. 만약 그렇다면 왜 궁궐 부엌에 위험한 음식물이 쌓여 있었던 건지. 누가 함부로 집어 먹으면 어쩌려고.

"그, 그럼 어떻게 해요? 이대로 죽어요?"

"재수 없는 소리."

차언이 면박하는 투로 내뱉었다.

"열 시진(대략 20시간)이 지나면 자연히 해독된다. 언제 그랬냐는 듯 깨끗하게."

"열 시진······."

"달리 말하면 열 시진 동안 사람 하나를 못 쓰게 만들지. 갈퀴로 속을 갈기갈기 찢는 것 같은 통증도······. 망할."

차언의 어깨가 부들부들 떨렸다. 통증이 너무 심한 듯 보였다.

다시 초가로 올라가지도, 그렇다고 산 아래로 내려가지도 못한다. 그야말로 오도 가도 못하는 처지가 된 것이다.

서효는 이대로 손 놓고 열 시진을 기다릴 순 없다고 생각했다. 할 수 있는 한 고통을 덜 방법을 찾아봐야겠다. 불가초에 대해서는 모르지만 진통제 역할을 하는 약초는 잘 알았다.

"약초 좀 캐어올게요. 잠시만 기다리세요."

고통에 신음하는 차언을 둔 채 서효는 풀숲 쪽으로 달려갔다.

제 주인에게 낭보를 전하러 간 겐가. 중독시키는 데 성공했다고? 그렇지 않고서야 약초 한 뿌리 캐는 데에 이렇게 오랜 시간이 걸릴 리 없다.

궁녀가 캐어오려는 약초가 무엇인지 차언도 알고 있었다. 진통을 완화시키고 잠시간 사람을 멍하게 만드는 약초다. 궁녀가 뛰어간 방향에 숱하게 나 있는 것을 차언이 직접 눈으로 보았다. 고작며칠 전의 일이다.

한데 궁녀가 앞이 안 보이는 것도 아니고, 떡하니 나 있는 약초를 못 찾을 리 없었다.

"이번에도 자만했나. 혹은 서효와 관련된 거라 물러진 거냐."

차언은 돌아오지 않는 궁녀를 떠올리며 스스로를 비웃었다. 속았다고 해도 할 말이 없다. 다만 예전과 달라진 게 있다면.

"왜 이리 안 오는 거지……."

의심과 냉소 끝자락에 희미한 걱정이 깃든다는 점이었다. 그리고 차언이 염려를 내비침과 동시에 저쪽 편에서 날카로운 비명 소리가 들렸다.

"꺄악!"

궁녀의 목소리였다.

나무에서 나무로, 쓰러지듯 몸을 옮겼다. 이따금 밀어닥치는 통증이 극심해 걸음을 내딛기가 힘들었지만 차언은 멈추지 않았다. 겨우 다다른 곳은 협곡 아래로 떨어지는 낭떠러지. 그 끝에 궁녀가 간신히 매달려 있었다.

"대체 어쩌다가⋯⋯."

"차언, 차언님. 도, 도와주세요."

튀어나온 바위 끄트머리를 온 힘을 다해 잡고 있으나 버텨내는 손가락이 너무도 가냘팠다. 덜덜 떠는 손가락은 당장에라도 몸의 무게를 못 이기고 떨어질 것 같았다.

차언의 눈에 진통제 약초가 들어왔다. 이까지 오는 길에도 몇 포기를 더 보았지만 눈앞의 것처럼 실해 보이지는 않았다. 하필 낭떠러지 근처에 난 게 가장 좋은 상태였다. 궁녀는 이를 캐려다가 변을 당한 게 틀림없었다.

"어리석기는."

내뱉는 말의 끝에 안타까움이 묻어났다. 소일의 가족들이 집으로 돌아온 다섯째를 책할 때와 같은 말투였다.

원래 몸 상태라면 지금 서 있는 자리에서 궁녀를 끌어 올릴 수 있었다. 손 하나 대지 않고서 말이다. 하지만 지금은 독에 당해 힘을 잃은 상태. 억지로 힘을 쓰려 했다간 온몸이 터져 죽고 말 것이다.

"내가 그쪽으로 가지. 조금만 더 버텨라."

"차언님, 조심하세요."

궁녀가 울먹였다. 차언은 지독한 통증을 각오하고 걸음을 옮겼다. 저까지 발을 헛디디지 않게 조심해야 했다.

그때 반짝, 하고 눈에 들어온 것이 있었다. 여기 있을 수 없는 물건이었다. 왜 낭떠러지 끝에 아슬아슬하게 걸려 있는 건지 설명이 불가한 물건이었다.

서효의 진주 비녀.

넝쿨에 엉켜 낭떠러지 쪽으로 절반쯤 내밀려 있는 물건은 다름 아닌 서효의 것이었다.

진주 비녀와 궁녀. 둘 다 아슬아슬한 상태였다. 어느 한쪽을 끌어 올리려 한다면 그 뒤척임에 다른 한쪽이 떨어질 터였다. 그리고 차언의 지금 몸으로는 둘 다 구하기가 불가능하였다.

진주 비녀. 서효의 물건. 두 사람의 정혼을 증명하는 물건이자 과거를 떠올리게 만드는 정표. 저것이 있으면 비녀를 돌려주겠다는 핑계로 서효를 만나볼 수도 있다.

어쨌든 서효가 정명의 궁에 있는 것은 확실하고, 차언은 궁궐 위치를 아니까. 천제의 심기를 거스르지 않느라 찾아가지 않고 있을 뿐이다. 힘이 돌아오는 대로 동백으로 달려가 서효 앞에 무릎을 꿇으면. 진주 비녀를 보여주며 애타게 간청하고. 그립고 그리운 얼굴을 보고.

"흑……."

울먹이는 소리에 그의 고개가 돌아갔다. 궁녀가 팔을 달달 떨고 있었다. 동생의 궁녀. 예전이었다면 눈앞에서 죽든 말든 신경도 안 썼을 존재.

하지만 자신은 예전의 차언이 아니었다.

혼례식 날, 천제에게는 수단 목적을 가리지 않는 악독한 성정이 살아 있다고 으르렁댔다. 어차피 아버지는 큰아들의 변화를 믿지 않을 테니 상관없었다. 보고 싶은 대로 보라지. 당신이 원하는 대로, 원하는 거짓 허물을 내게 뒤집어씌우라지.

그토록 간청했는데도 아비는 아들을 돌아봐 주지 않았다. 그런 자에게는 비딱하게 굴고 싶은 법이다.

하나 자신은 변했다.

서효가 없는 곳에서도 서효라면 했을 행동이 떠올랐다. 선량하고 약한 자들이 불의를 당하는 것을 보면 분이 치밀었다. 나서서 도와주고 바로잡고 싶어졌다. 누가 그리하라 시킨 것도 아닌데 차언의 마음이 스스로 움직였다.

"우욱……"

밀려든 통증에 차언의 눈앞이 아찔해졌다. 한계가 닥친 궁녀의 손가락이 떨어져 나가는 게 느릿하게 보였다. 저쪽 편의 진주 비녀 또한 같이 튀어 올랐다. 차언은 몸을 던져 한쪽을 낚아채었다.

"꺅!"

"으윽……"

궁녀의 가느다란 손목이 차언의 손아귀에 잡혔다. 진주 비녀는 그대로 떨어졌는지 이제 더는 보이지 않았다. 차언이 다른 팔을 뻗어 궁녀의 팔 아래로 밀어 넣었다. 둘 다 전력을 다해 버렸다.

"후우, 됐어요. 저 거의 됐어요."

상반신의 절반쯤 올라오자 궁녀가 안도의 숨을 돌렸다. 이제 단 한 번, 힘껏 끌어당기는 일만 남았다.

그 순간 차언의 경련이 시작되었다. 균형을 잃는 것은 찰나였다. 거의 다 올라온 것이나 다름없던 궁녀는 아래로 떨어졌고, 여전히 손을 놓지 않은 차언도 함께였다.

두 사람은 바닥에 닿기도 전에 의식을 잃었다.

❖

"윽······."

차언이 신음을 흘리며 깨어났다. 협곡 틈새로 달빛이 쏟아져 들어왔다. 벌써 밤인가. 여기는 어디지. 어찌 된 일이지. 주변을 살펴본 차언은 협곡으로 떨어지고도 살아난 이유를 알게 되었다.

차언과 궁녀, 두 사람은 가을 내내 푹신하게 쌓인 낙엽 위로 떨어졌다. 하필 가장 푹신한 곳으로 떨어진 점은 운이 좋았다고 할 수 있다. 협곡 끝으로 갈수록 낙엽의 두께도 줄어들었다.

"이봐, 정신이 드나?"

"아야······."

궁녀가 머리를 짚으며 몸을 일으켰다. 여기가 어딘지 확인하고, 어디 부러진 곳이 없는지 몸을 확인하는 모습이 제법 침착했다. 울고불고 난리를 피우면 어쩌나. 한편으로 그런 생각을 했는데 아무래도 저가 잘못 판단한 모양이었다.

차언은 간신히 몸을 움직여 서늘한 벽에 등을 기대앉았다. 궁녀는 문제없는 듯 보였다. 문제가 있는 쪽은 자신이다. 통증을 무시하며 힘을 썼더니 이제 몸이 제 것 같지 않았다.

겨우 호흡을 이어갈 수 있을 뿐. 한동안 숨 고르는 것에만 집중하던 그는 협곡의 벽을 더듬는 궁녀를 향해 물었다.

"왜 네가 진주 비녀를 갖고 있었지?"

"네?"

궁녀가 천진한 얼굴로 차언을 돌아보았다.

"진주 비녀. 낭떠러지 끝에 걸려 있는 비녀를 보았다. 그건 서효의 물건이야. 한데 왜 일개 궁녀인 네가 그걸 가지고 있느냐고."

"무슨 말씀이신지."

"아까 독에 대해 물을 때부터 한결같은 방법을 고수하는군."

나쁘지 않다. 아예 모르쇠로 일관하는 것. 혐의를 벗을 순 없지만 괜한 실수를 줄이는 방법이기도 하다. 하지만 언제까지 시치미를 뗄 작정인가.

과자에 독이 든 것은 그저 전달자로 이용당했다고 볼 수도 있다. 과자를 식히려고 잠깐 밖에 내놓았을 때 독을 뿌린다면 가능한 일이었다.

하나 진주 비녀는 완전히 다른 이야기였다. 서효가 아무리 이 궁녀를 아낀다 한들 선물로 내어줄 만한 물건이 아니었다.

"혼자 움직이는 건 아닐 테고, 배후가 있지? 정체가 뭐냐?"

"떨어질 때 머리가 다치기라도 하셨나 봐요. 자꾸 아까부터 말도 안 되는 소리를."

"내가 할 소릴 하는군."

몸을 일으키진 못하지만 상대를 얼려 버릴 듯 차가운 눈빛으로 쏘아보는 것은 할 수 있었다. 차언은 궁녀를 차디찬 눈으로 바라보았다.

"서효님이 가지고 있는 진주 비녀, 저도 알아요. 어떻게 생긴 건지, 어디 두시는 건지 안다니까요?"

"그래서 훔쳤나."

"멍청한 소리 마세요. 그걸 제가 왜 훔쳐요?"

"그런 게 아니고서는 설명이 안 되잖나. 왜 낭떠러지에 매달린 네 근처에 그게 있었느냐 말이야."

"진짜 사람 속 터지게 하시네."

궁녀가 발을 구르며 화를 냈다. 구석까지 몰린 게 분통 터지는 모양이었다.

"전 물건을 훔치지 않았다고요! 제가 갖고 온 건 산길에 놔두고 온 찬합이 전부라니까요?"

억울한 눈을 하고 차언을 쏘아보았다.

"이렇게 의심할 것 같으면 왜 구했어요? 네? 잘난 진주 비녀나 잡아채지."

차언이 중독된 몸만 아니라면 수차례 종아리를 걷어차고도 남을 기세였다.

"제 말이 틀려요? 저 같은 일개 궁녀 따위 골짜기로 떨어져 죽든 말든 상관하지 마시고 물건부터 잡지 그러셨어요."

"그 물건은."

"네, 네, 저도 잘 알거든요. 서효님한테 다 들었거든요?"

진주 비녀의 의미에 대해 설명하려 했으나 궁녀가 틈을 주지 않고 말을 낚아챘다.

"잘못된 판단을 하셨네요. 의심스러운 궁녀 따위 구하지 마셨어야죠. 추억 깊은 진주 비녀를 잡아서 동백으로 가셨어야죠."

궁녀가 픽 웃었다.

"한데 어쩌나. 다른 사람들 눈에는 비녀가 보이지 않을 텐데."

"⋯⋯내가 거짓말을 한다는 소리냐?"

"알 게 뭐예요. 잘못 봤든 의심병이 도졌든, 지금 무고한 사람에게 뒤집어씌우는 것만은 분명해요."

궁녀는 그런 오해를 샀다는 것 자체가 견딜 수 없는 듯 파르르 떨었다. 다시는 차언을 보지 않을 기세로 등을 지고 앉았다.

도대체 왜 구한 거야? 왜 내 쪽이야? 황당함과 분노가 혼잣말에서 묻어났다. 목숨 구해줘서 고맙다는 말이 쑥 들어간다고 중얼거렸다. 잠자코 궁녀의 뒷모습을 쳐다보던 차언이 입을 열었다.

"다시는 실수하고 싶지 않았거든."

궁녀가 혼잣말을 멈췄다. 그렇다고 해서 몸을 돌려 이쪽을 보지도 않았다. 차언은 아무래도 좋다는 듯 협곡 위를 올려다보았다. 청량한 달이 밤하늘에 걸려 있었다.

"두 번 다시…… 잘못된 선택을 하고 싶지 않아서 그랬다."

안개 속에 묻혀 있던 과거의 기억이 떠올랐다. 차언의 눈빛과 목소리가 천천히 물기를 띠었다. 궁녀는 모를 이야기. 지금 동백에 있을 서효도, 어느 누구도 모를 이야기.

이미 백 년도 더 지난 일이었다.

"아가씨는 첫 번째 생에서 절벽으로 떨어졌다. 그렇게 목숨을 잃었지."

그 때문인지 서효는 다음 환생에서도 절벽 가까이 가는 것을 무서워했다. 환생할 때마다 신분이나 이름이 달라졌지만 절벽을 두려워하는 것만은 한결같았다.

"그리고 백 년도 더 전쯤, 나는 망월 근처 산으로 가봤어."

궁녀의 어깨가 움찔했다. 차언이 고개를 끄덕였다.

"그래, 서효가 죽은 그곳이었지."

"가까이 갈 수…… 있어요? 천제님이 결계를 쳐 놓았다던데."

"망월은 결계에 묶여 들어갈 수 없어. 존재하지 않는 땅이 되어 버렸다. 한데 그 산은 결계 바깥에 있더라고. 하긴, 성과 조금 거리가 있긴 했지."

궁녀는 어떻더냐고 감상을 물어왔다.

차마 두렵고 죄스러워서 찾을 수 없던 장소였다. 거기에 있음을 알면서도 갈 수가 없었다. 서효의 무덤은 기일마다 찾으면서 이쪽으로는 발길이 돌려지지 않았다.

깊디깊은 산. 그곳에 홀로 남은 서효가 얼마나 무서웠을지, 겁이 났을지, 자신을 원망했을지 떠올리면 심장이 욱신거리며 조여들었다. 그리고 결국 차언은 언덕 아래에 섰다.

서효가 밤길에 발을 헛디뎌 굴러떨어진 곳. 언덕 아래에서 위를 올려다본 차언은 다른 의미로 주먹을 말아 쥐었다. 절벽이라는 말을 쓰기 아까울 정도의 비탈길이었다. 그냥 언덕이었다. 사람이 죽을 만한 곳이 아니었다.

곳곳에 나무가 빽빽해서 구르다가도 나무둥치에 걸려 완전히 아래까지는 떨어지지 않을 곳이었다. 높이도, 경사도 그리 험하지 않았다.

"아주 오랜 시간이 지났으니까 그동안 산이 둥글어진 것은 아닌가 싶었어. 왜냐면…… 믿을 수가 없었으니까. 그런 곳에서 죽었다는 걸, 믿기 힘들었으니까."

마침 근처에 사는 작은 신이 있었다. 가진 힘에 비해 오래 살아온 신은 자기가 삼백 년을 이곳에서 살았는데, 저 산은 예전과 다름없다고 말해주었다.

"얼마나 허약한 상태였으면."

떠올리는 것만으로도 고통스러웠다. 몸의 고통은 마음의 고통에 비할 바가 아니었다.

차언의 목소리가 젖어들었다.

"얼마나…… 약했으면. 그 많은 넝쿨이나 나무를 잡을 힘도 없이 부딪치면 부딪치는 대로 굴러떨어져서."

많이 아팠을 것이다. 아무도 다니지 않는 밤의 산 아래에서 두려움에 떨었을 터다. 어느 누구도 자신을 구하러 오지 않는다. 그 사실을 알면서 죽음을 기다리는 기분은 과연 어떨지. 차언은 상상조차 되지 않았다.

서효를 그렇게 보내는 게 아니었다. 여비도 한 푼 쥐어주지 않고, 화살을 쏘아가며 쫓아내어선 안 되었다. 이미 허약한 상태였는데. 어머니가 사는 곳은 마차를 타고 가도 몇 날 며칠을 가야 하는 먼 곳이었는데.

말은 살려준다 하였으나 행동은 죽으라는 것과 다를 바 없었다.

서효는 제 손에 죽었다. 여린 몸을 비탈길로 밀어낸 것은 맨몸으로 쫓아낸 차언 자신의 손이었다. 소중한 마음을 농락하고 꺾어버린 제 탓이었다. 그는 언덕 아래에 쓰러져 오열했다.

"미안하다고, 어떤 방법으로도 갚을 수 없는 죄를 저질렀다고. 숱하게 사죄하고 또 사죄했다. 용서는……."

차언이 고개를 가로저으며 실소했다.

"감히 용서를 구해서는 안 된다고 생각했어."

가슴이 억만 갈래로 찢기는 슬픔이 그의 몸을 집어삼켰다. 한참의 시간이 지났다. 간신히 몸을 일으켜 약방으로 돌아온 그는 감기 몸살로 누워 있는 서효를 보게 되었다.

약을 먹이고 나갔는데 여전히 깨어나지 않은 채 잠들어 있었다. 쌕쌕 더운 숨을 내쉬며 자는 모습.

"그 모습을 보는데 너무 미안한 거였다. 내가 네게 어떤 짓을 저질렀는데. 얼마나 끔찍한 짓을 저질렀는데 이번 생에 또 너를 곁에 잡아두고 있나."

온기가 느껴지는 손가락. 달아오른 두 뺨. 숨을 들이쉬고 내쉴 때마다 오르내리는 이불. 모든 게 너무 소중하고 미안해서 차마 얼굴을 바라보기가 힘들었다.

"천제는 내 힘을 앗아가며 서효를 행복하게 해줄 때마다 조금씩 힘을 되찾을 거라 했다. 처음엔 그 큰 힘을 빼앗긴 것 자체가 징벌인 것 같았지."

하지만 아니었다. 서효를 소중히 여기기 시작하자, 그녀를 기쁘게 만드는 과정 자체가 차언의 행복이 되어 돌아왔다. 서효의 미소를 보는 것만으로도 충분한데 힘까지 되찾다니. 뭔가 이상했다. 자신은 얻어가기만 하는 것 같아서.

"이건 징벌이 아니야. 이렇게나 행복한 게 어찌 징벌이 될 수 있어."

불안하면서도 행복했다. 미안하면서도 고마웠다. 남은 생을 온전히 서효만을 위해 바치기로 결심했다. 그러던 어느 날, 붉은 혼례복을 입고 서효를 신부로 맞이하던 날.

그는 진짜 징벌이 무슨 의미인지 절절히 깨닫게 되었다.

서효는 곧바로 몸을 돌리지 않았다. 차언이 울고 있었다. 소리를 내진 않았지만 간간이 끊기는 호흡이 몸의 통증 때문만은 아님을 알 수 있었다.

차언, 어느새 소리 죽여 우는 법을 배웠구나. 슬픔과 아픔이 가슴에 사무쳐서, 속으로만 삭이고 또 삭이는 울음을.

알고 있구나.

그녀는 차언이 안정을 찾을 때까지 기다렸다. 차언은 자신을 궁녀로 알고 있다. 서효 아가씨에겐 한없이 낮은 사람이지만, 궁녀에게까지 눈물을 보이고 싶지 않을 터다. 서효는 그의 호흡이 평소처럼 돌아왔을 때 조용히 말을 꺼냈다.

"제게…… 방법이 있어요."

말뜻을 파악하지 못한 차언이 이어질 말을 기다렸다.

"소일 아가씨도 구하고, 노부인의 문제도 풀 수 있는 방법이요."

그 말을 하면서 몸을 돌리자 차언이 믿을 수 없다는 눈을 하고 그녀를 쳐다보았다.

"완전한 확신은 없지만 아마 맞을 거예요."

"그런 게 있다고?"

"네."

"그게 대체 뭐지?"

차언의 눈이 형형하게 빛났다. 통증으로 흐려졌던 눈에 돌연 생기가 깃드는 것 같았다. 하지만 서효는 어차피 이곳을 빠져나가지 못하면 소용이 없다고 대꾸했다.

힘이 돌아오기까지 아직 오랜 시간이 남았다. 강에 도착할 때쯤이면 소일은 차가운 강물 속일 터. 사실 노부인의 문제야 그 뒤에 해결해도 된다. 이것은 시간을 다투는 사안이 아니다.

"그렇지만 무고한 목숨을 잃은 다음이잖아요."

서효의 눈이 어둡게 가라앉았다.

"노부인의 문제를 해결하면 모두가 원하던 것을 얻을 거예요. 차언님은 샘물을 얻을 거고, 사람들은…… 이기적이고 어리석긴 하지만 어쨌든 더는 죽어 나가지 않아도 돼요."

그러나 헛되이 죽고 만 소일이 남는다. 소중한 가족을 잃고 만 이들의 슬픔이 남는다.

"막고 싶어요."

서효가 차언을 마주 보며 말했다.

"저는 그 슬픔을 막고 싶어요, 차언님."

어느 순간부터 말없이 그녀를 보던 차언이 한숨을 내쉬었다.

이윽고 벽의 튀어나온 부분을 짚고 일어난 그는 바닥에서 무언가를 찾는 듯한 행동을 했다. 방금 진심을 보인 사람을 앞에 두고.

'설마 자기 눈에만 보이는 진주 비녀를 찾는 건가?'

슬슬 어이가 없어지려는 찰나에 그가 서효에게도 쓸 만한 것을 찾아보라고 말했다.

"쓸 만한 거? 어디에 쓸 무엇인데요?"

"넝쿨 말이다."

차언이 흙바닥에서 무언가를 주워 들었다. 엄지 굵기의 넝쿨은 질기면서도 유연했다.

"위로 올라가야지 않겠느냐."

"아……."

"마침 달빛이 들어오는구나."

구석구석에서 모은 넝쿨을 엮으니 밧줄 비슷한 모양새가 되었다. 여러 번 잡아당겨 질긴 정도를 확인한 차언은 서효의 낭창한 허리에 넝쿨을 묶어주었다.

그런 다음 반대쪽에는 돌을 매달았다. 돌팔매질을 하듯 둥글게 획획 돌리더니 자신들의 키보다 높은 곳에 위치한 부분에 넝쿨을 한 번 감았다. 마치 나뭇가지처럼 툭 튀어나온 벽이었다. 차언이 해주는 대로 가만히 있던 서효는 점점 기분이 이상해짐을 느꼈다.

싸하다. 이거 좀 싸하다.

"조심해서 위로 올라가라."

아니나 다를까 싸한 예감에 방점을 찍는 명이 떨어졌다. 서효가 차언을 똑바로 올려다보았다.

"거짓말이죠?"

"이 상황에 내가 거짓말을 할 것 같으냐?"

"저보고 위로 올라가라고요? 저보고?"

"완전히 깎아지른 협곡은 아니다. 발 딛는 곳만 주의하면 충분히 올라갈 수 있어."

서효가 비단잉어처럼 입을 뻐끔거렸다. 하지만 차언의 주문은 그게 전부가 아니었다.

"올라가서 날 끌어 올려라."

"얼씨구?"

"그냥 생으로 끌어 올리라는 게 아니다. 방법이 있어. 먼저 넝쿨을 회수한 다음 근처에 있던 튼튼한 나무에 한 번 걸어라. 내가 방금 했던 것처럼……. 듣고 있나?"

두 번째로 입을 뻐끔거렸다. 절벽 공포를 극복한 게 겨우 얼마 전의 일이다. 한데 차언은 지금 서효더러 협곡을 올라가라고 하고 있었다.

"눈빛이 갑자기 변하시기에 묘수가 있는 줄 알았더니."

"무슨 묘수? 여기서 모든 걸 포기하고 노부인이 찾아올 때까지 기다리는 묘수? 다시 말하지만 불가초는 해독약이 없다."

아무리 그래도 이건, 뭐랄까, 이건 너무.

"내가 신호하면 협곡을 등지고 넝쿨을 당겨라."

"어버버."

"이상한 소릴 입 밖으로 내지 마."

아무래도 서효가 정신을 차리지 못한다 싶었는지 차언이 고개 숙여 눈을 맞추었다. 한쪽 어깨를 잡고, 다른 쪽 손으로는 서효의 뺨을 감쌌다.

비록 가면이 중간에 가로막고 있었지만 익숙함을 느끼기에 부족함이 없었다. 서늘하면서도 다정한 손길. 그는 다그치지 않았다. 정신 차리라고 재촉하지 않았다. 서효가 마음을 먹고 명료한 눈을 할 때까지 조용히 시선을 마주하고 있었다.

"힘들 거란 거 안다."

그가 나직하게 말했다.

"하지만 지금으로선 다른 방법이 없구나. 그렇잖아도 무언가를 깨부술 줄이나 아는 무력한 놈인데, 몸까지 이리 되어 미안하다."

네게 신세를 지게 되었다고 담담하게 말을 이었다.

지금 나는 서효 아가씨가 아닌데. 차언이 그리 꺼려하는 정명의 궁녀인데. 그는 마치 주인 아가씨를 대하듯 부드럽게 다독여 주었다. 다른 이를 향한 그의 따뜻함이 서효의 안을 가만히 건드렸다.

"네 혼자 힘으로 나를 버티기는 불가능할 거다. 그렇지만 내가 말한 방법대로 하면."

"할 수 있단 말이죠."

"힘들 거다."

"……어쨌든 힘은 들 거라는."

"그렇지."

서효의 눈동자가 옆으로 굴렀다가 다시 돌아왔다.

"내가 너보다 키가 얼마나 더 크고 무게가 얼마나 더 나가는데 당연한 거 아니냐."

"그렇긴 하죠."

서효가 어쩔 수 없다는 듯 대꾸하자 차언의 입꼬리가 호를 그렸다. 참으로 오랜만에 보는 해사한 미소였다.

"그래도 협곡 밖으로 꺼낼 수는 있을 거야."

차언이 제 옷자락을 길게 찢더니 서효의 손바닥에 꼭 맞도록 감아주었다. 오른손 다음에는 왼손이었다. 풀리지 않도록 여물게 매듭을 지었다. 행여 땀이 손바닥으로 흐를 것을 염려한 것이었다.

차언의 말을 머릿속으로 다시 되풀이한 뒤 절벽 쪽으로 다가가던 서효가 돌연 멈춰 섰다. 뒤늦게 궁금한 점이 떠올랐다.

"그러니까 지금 차언님 말씀은."

차언이 듣고 있다는 듯 눈짓을 하였다.

"일단 밖으로 나가서 최대한 마을 가까이 가보자는 말이죠? 해독이 되어 힘이 돌아올 때까지?"

"그렇지."

"지금 다 죽어가는 몰골인 거 아세요? 옷은 완전히 피로 물들어서……. 제대로 서 있지도 못하잖아요."

"걸을 수는 있다. 다만, 빨리 걷진 못할 뿐."

"왜 이렇게까지 하세요?"

서효가 물었다.

"서효님이 원하실 것 같아서요? 차언님이 변화했다는 걸 증명해 보이려고?"

차언이 질문을 곱씹다가 대답했다. 은은한 달빛이 비추는 그의 미소가 부드러웠다. 서효는 복잡한 관념에 대해 잘 모르지만, 만약 깨달음을 얻은 미소가 있다면 방금 차언의 것과 비슷하리라 생각했다.

"내가 그러길 원해서."

아직 시간이 남아 있고 내 숨이 붙어 있는데 시도해 보지도 않고 포기하고 싶지 않다고 덧붙였다.

"너도 말했지 않느냐. 그 슬픔을 막고 싶다고."

차언이 서효의 두 손을 맞잡고 힘을 주어 움켜쥐었다. 꼭 힘을 불어넣어 주는 것처럼.

"무고한 목숨, 살려야지."

"……만약 제가 떨어지면요?"

차언이 대답했다. 뼈가 부러지는 한이 있어도 무조건 잡아주겠다고. 그 말을 들은 서효는 숨을 고른 뒤 차언의 손을 놓았다. 절벽 가까이 다가섰다. 차갑고 딱딱한 돌이 서효의 작은 손안에 들어왔다. 다시 한 번 크게 숨을 들이켠 다음.

첫 발을 내디뎠다.

"윽……."

"괜찮으세요? 거의 다 왔어요."

"하아……. 내 몸뚱이가 이토록 거추장스레 느껴진 건 처음이다."

"그런 말할 힘이 있으면 조금이라도 더 빨리 걸으시라고요."

서효가 차언을 타박했다. 하지만 속내는 달랐다. 둘은 이미 할 수 있는 한 빨리 움직이고 있었다. 협곡에서 기어 올라온 한 명과 극독에 당한 한 명. 결국 이 조합으로 산 아래까지 내려오는 데 성공하였다.

그렇다. 두 사람은 산길을 밤새 걸어 내려온 것이다.

"저한테 더 기대세요. 혼자 걸으려니까 처지잖아요."

그는 간신히 걸음을 뗄 수 있는 상태였으나, 서효에게 완전히 몸을 기대지 않으려 애쓰고 있었다. 그렇게 하면 자신은 좀 더 수월하겠지만 서효가 힘들 것을 염려하는 것이다. 그냥 내 생각 말고 더 기댈 것이지. 아플 텐데. 정말 힘들어 보이는데.

"벌써 해가 중천이야. 웃, 바로 강으로 가야겠어."

"잠깐만요. 잠깐, 저기."

서효가 멈춰 섰다. 차언이 그녀가 가리키는 쪽을 돌아보았다.

"저 아이 울고 있어요. 혹시……."

"우씨 집안 아이다. 소일의 동생이야."

흙길에 쪼그려 앉아 서럽게 울던 아이가 두 사람과 눈이 마주쳤다. 아이는 차언을 알아보았다. 눈이 휘둥그레졌다. 아이는 엉망이 된 얼굴을 닦을 생각도 못한 채 허겁지겁 이쪽으로 달려왔다.

"도와주세요!"

"누나는 어디로 갔느냐? 벌써 강으로 갔나?"

"네, 동이 트자마자 데려가서는……. 흐으으, 단장을 시키고. 흑흑……. 아까 전에 가마를 타고 지나갔어요."

"아까 전이라면 얼마나 됐지?"

아이의 얼굴이 일그러졌다.

"한 식경은 지났고……. 아직 반 시진은 안 된 것 같은데."

"이런."

차언이 이를 악물었다. 서효는 차언의 반응에 목소리를 낮춰 물었다.

"왜요? 늦었어요?"

괜찮을 것 같았다. 아슬아슬하지만 그래도 어떻게든 시간을 댈 수 있을 거라 생각했다. 이렇게나 필사적으로 내려왔는데 설마 헛수고로 돌아가는 걸까. 서효는 강까지 가본 적이 없었다. 위치도 몰랐다. 거기에 가본 이는 차언 뿐이었다.

"완전히 늦은 건 아니지만 지금 이 상태로는 힘들어."

차언이 분하다는 듯 짧게 뱉었다. 다음 순간 아이의 얼굴이 돌연 밝아졌다.

"형님! 형님! 여기예요!"

반가운 사람을 맞이하듯 상대에게 달려갔다. 청년이 말에서 내려 아이의 어깨를 잡았다. 소일의 행방을 묻자 아이는 차언에게 말한 그대로 대답하였다. 청년도 차언과 똑같은 반응을 보였다.

차언이 청년에게 다가가기에 서효는 얼른 그의 몸을 부축했다. 어른들의 틈에 낀 아이가 서로를 소개했다.

청년은 소일의 사촌이었다. 아무리 생각해도 이건 아니다 싶어, 일하는 집의 말을 훔쳐 타고 왔다고 하였다. 신을 달래는 제라고는 하나 어쨌든 사촌 누이가 죽는 것이다. 그냥 손 놓고 두고 볼 수만은 없었다.

일단 목숨을 살리고 보자. 사촌 누이는 분명 고집을 피울 테지만, 일단 마을에서 빼내고 난 다음에 뒷일을 생각하자. 그리 마음먹고 달려왔단다.

"하지만 벌써 강으로 갔다니……."

청년의 안색이 시커멓게 어두워졌다. 분위기가 돌이킬 수 없을 만큼 가라앉았다. 그러나 서효는 여기서 멈출 생각이 없었다. 아직 끝이라고 믿고 싶지 않았다. 소일의 죽음을 눈으로 확인하기 전까지는 그만두지 않을 것이다.

"앗."

그때 차언이 나서더니 청년이 타고 온 말 위로 올랐다. 통증이 엄습한 듯 얼굴을 일그러뜨렸지만 말을 탄 자세는 흐트러지지 않앉다. 오히려 말 위에 올라앉은 자세는 몸이 멀쩡한 청년보다도 뛰어났다.

차언이 서효에게 손을 내밀었다. 저도 모르게 손을 뻗어 마주 잡자 순식간에 몸이 끌어 올려졌다.

"이랴!"

말이 쏜살처럼 달려 나가기 시작했다. 한 번도 말을 탄 적이 없는 서효는 금방이라도 떨어질 것 같았으나 등 뒤의 차언을 믿기로 했다. 서효의 불안을 알고 있기라도 한 듯, 그가 몸을 잡아주었기 때문에.

"말했잖아. 네가 떨어지게 두지 않겠다고."

차언이 점점 속도를 높였다. 그의 힘으로 가는 것보다는 느렸지만 몸도 성치 않은 두 사람이 걷는 것보다는 훨씬 빨랐다.

서효는 몸의 긴장을 풀었다. 제 안전을 완전히 차언에게 맡겼다. 흙길을 한참 달리자 차츰 풀이 무성해졌고 이윽고 풍경이 달라졌다. 옆으로 휙휙 지나가는 풍경을 보면서, 서효는 조금씩 차오르는 희망을 느꼈다.

소일에게 가까워지고 있어. 이렇게 계속 달린다면 가능할지도 몰라. 무고한 목숨을 잃기 전에, 늦어버리기 전에 도착할 수 있을지도. 조금 더. 조금만 더 빨리.

"저기다."

차언이 낮게 잠긴 목소리로 말했다. 서효가 고개를 돌렸다. 저 멀리 울긋불긋 천으로 장식한 제단이 보였다. 한 무리의 사람들이 제단 앞에 모여 무언가를 중얼대고 있었다.

드디어 강에 도착했다.

"잠깐만요!"

서효는 차언의 도움을 받지도 않고 말에서 뛰어내렸다. 자칫 바닥에 구를 뻔했지만 지금 중요한 건 그런 게 아니었다. 서효는 제단 앞으로 달려가며 얼른 소일의 모습을 찾았다.

하얗고 가냘픈 아가씨. 애써 눈물을 삼키며 슬픈 미소로 어머니를 부축하던 아가씨. 어디 있지? 얼굴을 똑똑히 기억하고 있는데 왜 안 보이지? 서효의 애탄 시선이 무리를 헤집고 다녔다. 소일이 보이지 않았다.

"소일은요? 아가씨는 어디 있죠?"

"……엄숙한 제단 앞에서 이 무슨 짓인가?"

제삼자의 개입에 마을 사내가 눈살을 찌푸렸다. 사내와 서효의 눈이 마주쳤다. 어, 하고 짧게 내뱉는 걸 보니 상대는 서효의 얼굴을 기억하는 모양이었다.

"그쪽은 저번에 마주쳤던."

"이렇게 하지 않아도 돼요. 아니, 이런 방법으로 수해를 막으려고 해선 안 돼요! 수해 때문에 이미 많은 사람이 죽었다면서요? 한데 또 누군가를 죽여서 제물로 바친다고요?"

서효의 목소리가 높아졌다. 그러면서도 눈은 계속 무리를 훑고 있었다.

"강의 신이 원하는 게 시체일 것 같아요?"

"그, 그 무슨."

"소일 아가씨는 어디 있죠?"

사람들이 웅성대기 시작했다. 처음 보는 여자가 갑자기 뛰어들더니 제물을 찾아댔다. 이건 옳지 못한 짓이라고 소리쳤다. 무겁고 엄숙하던 분위기가 차츰 분노로 바뀌어갔다.

"뭐야, 저 계집앤 누구지?"

"사정을 알지도 못하는 외부인 주제에 어디서 이래라저래라."

"우리라고 원해서 하는 일인 줄 아나?"

사람들의 말을 일일이 받아칠 여유는 없었다. 이곳에 소일을 도와줄 사람은 단 하나도 없는 걸까? 서효가 애타게 두리번거렸다. 그때 구석에서 입을 틀어막은 채 울고 있던 한 아가씨가 앞으로 튀어나왔다.

"살려주세요! 제발 도와주세요!"

눈물 젖은 손으로 서효의 팔을 잡고 매달렸다.

"방금 전 강에 뛰어들었어요. 발목에 돌을 매달고……."

서효의 고개가 팩 돌아갔다. 소일을 삼킨 강은 동백의 바다와 비교도 할 수 없을 만큼 고요했다. 어디로 가라앉았는지조차 파악할 수가 없었다.

"안 돼."

서효가 정신없이 강으로 뛰어들려 했다. 사내들이 무슨 짓이냐며 서효를 붙잡았다.

"이거 놔요!"

"그만두라고! 이미 끝난 일이야!"

"이제 제를 마무리하기만 하면 되는데 갑자기 이 무슨!"

"뛰어든 사람의 희생을 헛되게 할 작정인가!"

아닌데. 내게 방법이 있는데. 이렇게 누군가를 죽이지 않고도, 모두가 살 수 있는 방법이 있단 말이야.

서효의 눈이 붉어졌다. 눈물이 가득 차올랐다. 내가 조금만 더 일찍 차언에게 알려줬어도 소일을 구할 수 있었는데. 서효가 입술을 깨물었다. 내 고민에 빠져 있느라 다른 사람 생각을 못 했어.

"컥!"

서효의 팔을 잡고 있던 사내가 짧은 비명과 함께 떨어져 나갔다. 이어서 다른 사내도, 다음 사내도 바닥으로 쓰러졌다. 영문 모르는 서효 옆으로 주먹이 뻗어나왔다. 단단한 주먹은 앞을 막아선 사내의 얼굴에 적중했다.

"……차언?"

"물러서 있어."

짤막한 한 마디. 그러나 그것으로 충분했다. 차언의 얼굴을 본 순간 서효는 바뀐 눈빛을 알아차렸다.

차언의 힘이 돌아왔다.

서효에게 정신이 팔려 있던 사람들은 있는 줄도 몰랐던 차언의 등장에 당황했다. 서효가 소리 높이며 제물로 바쳐진 아가씨를 찾는 동안, 차언은 곧 죽을 듯한 몰골로 간신히 서 있었다.

한데 갑자기 딴사람처럼 눈빛이 바뀌어 주먹을 날려대니 어떻게 대응해야 할지 모르고 눈치만 보았다. 하지만 이들은 앞으로 더 놀라게 될 터였다. 서효는 차언의 말에 뒷걸음질을 쳤다. 그가 무엇을 할지 몰라도 '물러서라'고 한 데엔 이유가 있을 테니까.

강 바로 앞까지 다가간 차언이 물 쪽으로 손을 뻗었다. 간절한 눈으로 차언의 등을 쳐다보던 서효는 멀리서부터 다가오는 소리에, 옆에 선 아가씨를 덥석 잡았다.

횡, 휘이이, 휘이이잉.

바람이다. 거센 바람이 강 너머에서부터 몰아치고 있었다. 그냥 강풍이 아니었다. 땅에서 시작한 바람은 거대한 회오리처럼 하늘로 솟구쳤다.

"억, 으억! 제단이!"

"조심해!"

회오리바람은 아직 이쪽으로 오지도 않았는데 이미 몸을 가누기 힘들 지경이었다. 서효는 날아가는 제단과 바람을 일으키는 차언을 번갈아 보았다.

"앗, 강으로 뛰어드셨어요!"

서효를 부둥켜안고 있던 아가씨가 비명을 질렀다. 차언이 강으로 뛰어들었다. 그리고 그가 뛰어듦과 동시에 회오리바람도 강으로 달려들었다. 마치 둘이 하나의 끈으로 이어져 있는 듯한 모습이었다.

바람이 강 중간으로 오고 있어. 차언 가까이 다가오고 있어. 서효의 가슴이 터질 듯 쿵쾅거렸다. 지금 자신이 할 수 있는 게 기도뿐이라는 사실이 안타까울 따름이었다.

제발 무사히 올라올 수 있기를. 두 사람 다 아무 일 없기를.

"흐읏……."

이제는 눈을 제대로 뜨고 있기도 힘들었다. 마을 사람들 대부분이 바닥에 납작 엎드린 가운데 서효만이 끝까지 강에서 눈을 떼지 않았다. 회오리바람이 강의 정중앙에 도착한 순간.

콰아아아앙!

거대한 바람이 두 갈래로 나뉘더니 그 기세를 몰아 강물까지 두 쪽으로 갈라 버렸다. 깊은 강물은 거의 서산 꼭대기에 닿을 높이로 벽을 세우다가, 철썩 하는 소리와 함께 다시 잔잔해졌다. 바람이 사라진 자리엔 적막함만이 남았다.

"차언……."

서효의 입에서 힘없는 소리가 새어 나왔다. 사람이 떠오르지 않았다. 그 난리를 쳤는데 물 밖으로 나와야 할 사람의 모습이 보이지 않았다. 무슨 일이야. 어디 있어. 서효의 여린 몸이 덜덜 떨리기 시작했다.

모든 것을 집어삼킬 듯한 회오리바람을 마주할 때도 겁나지 않았다. 한데 지금은 두 다리로 버티고 서 있기도 버거웠다. 그만해. 이런 걸로 장난치지 마. 빨리…… 나오란 말이야.

그리고 서효의 무릎이 꺾이기 직전.

"푸흡!"

차언이 수면 위로 고개를 내밀었다. 그가 강가로 헤엄쳐 나오고 있었다. 안색이 하얗게 변한 소일을 한 팔로 끌어안고서.

"차언!"

"소일아!"

서효와 아가씨는 합심하여 두 사람을 끌어 올렸다. 차언은 풀밭으로 올라오자마자 소일의 상태를 확인하더니 가슴께를 누르기 시작했다. 서효는 소일의 손을 힘주어 잡았다. 가느다란 손가락이 싸늘하게 식어 있었다.

영원이라고 느껴질 만큼의 시간이 지난 다음이었다.

"콜록! 콜록!"

"소일아, 정신이 들어?"

소일이 한 움큼의 물을 뱉어내며 인상을 찡그렸다. 아가씨는 눈물을 흘리며 살아난 벗을 껴안았다. 살아났구나. 숨이 돌아왔어. 끝났어. 이젠 괜찮아.

서효의 몸에서 긴장이 훅 빠져나갔다. 무언가가 그녀의 뺨을 타고 흘렀다. 따뜻하고 촉촉한 것은 눈물이었다. 그때 물에 흠뻑 젖은 차언과 눈이 마주쳤다.

그 순간 서효는 깨달았다.

겁이 난 것도, 안도한 것도, 기쁜 것도, 눈물이 나는 것도 모두 눈앞의 사람 때문이란 것을. 찰나였지만 이대로 그를 잃어버릴까 봐 너무나 두려웠다는 것을. 다시는, 영원히 못 보게 될까 봐. 상상만 해도 끔찍한데 그게 현실이 될까 봐.

"울지 마라."

차언이 그녀를 보며 픽 웃었다.

"무사하지 않느냐. 내 아버지도 그리 울지는 않을 거다."

"……우는 거 아니거든요. 그냥 눈물 한 방울 흘린 거 가지고 과장하긴."

"한 방울? 지금 네 상태가 어떤 줄 알고 그런 소리냐?"

서효가 코를 훌쩍였다.

"제 상태가 뭐 어때서요."

"통곡 직전이다."

차언이 앞머리에서 물기를 쭉 짜내며 말했다.

"조만간 오열할 기세라고."

"오열, 쿵, 오열 같은 소리. 말도 안 되는……."

그 말을 듣자 본격적으로 울음이 터지려고 했다. 어이없는 일이었다. 어쩌면 차언이 진짜 무사하다는 걸 실감해서 그런 걸지도 모르겠다.

"난 주인이 있는 몸이니 함부로 반하거나 하면 곤란해."

울음이 뚝 멎었다. 순식간에 뱁새눈이 된 서효를 보며 차언이 어깨를 떨었다. 소리 죽여 웃는 것이다.

"이제 널 어떻게 다뤄야 되는지 슬슬 감이 온다."

그런 감 같은 거 잡지 말라고. 서효는 가면이 벗겨지기 직전까지 얼굴의 물기를 박박 닦았다.

말로 설명할 수 없는 기이한 일을 겪었다. 정성껏 공들여 만든 제단이 날아갔건만, 마을 사람들은 함부로 입을 열지 못했다. 서로 눈치를 보며 차언을 힐끔거렸다.

그의 등장과 엄청난 회오리바람을 떼어놓고 생각할 수 없을 것이다. 거기다 돌을 매단 채 몸을 던진 처녀를 구해냈으니 이 또한 예삿일이 아니었다. 강물 속에서 사람이 보이긴 하는가? 어디로 가라앉은 줄 알고 잡았단 말인가. 돌풍이 몰아치는 물속에서 무사히 나온 것은 또 무엇인가?

괴이하다. 신묘한 존재다. 절대 보통 사람은 아닌 거다.

"지금부터 내가 하는 말을 잘 듣고 따르면."

차언이 입을 열자 사내들이 움찔하였다.

"무고한 목숨을 희생하는 일 없이, 범람을 해결할 수도 있다."

"어떻게……."

믿을 수 없는 말에 한 사내가 입을 떼었다가 다시 자라목처럼 몸을 움츠렸다. 고개 숙인 사내들이 서로 눈짓을 주고받았다.

"방법은 간단해. 한데 당신들이 지킬 수 있을지 모르겠군."

낮게 수군대는 소리가 퍼져 나갔다. 아까 차언에게 얼굴을 맞은 사내가 슬쩍 고개를 들더니 대꾸하였다.

"이미 제를 올리는 것도 그른 마당에 우리가 뭘 거부하겠소이까? 사실 우씨네 딸로도 해결이 되지 않으면 어찌해야 하나 막막한 참이었습니다."

"범람은 그만큼 우리 마을에 중요한 문제예요."

"여기 있는 사람들 모두가 가족이든 친척이든 이웃이든, 어느 하나는 수해로 잃은 경험이 있습니다."

저마다 답답함을 토로하였다. 개중에는 뒤늦게 눈물을 훔치는 자도 있었다.

이들은 분명 잘못을 저질렀다. 그러나 이기적이고 어리석다며 이들만 탓할 순 없었다. 애초에 나라에서 문제를 해결해 주었다면, 근본을 알 수도 없는 점쟁이에게까지 찾아가지 않았을 것이기에. 차언이 손을 들어 사람들을 조용히 시켰다.

"내가 요구하는 것은 딱 하나."

그가 사람들과 일일이 시선을 맞추며 말했다.

"오늘 해가 지고 난 다음부터 내일 새벽 동이 트기까지 집 밖으로 한 발짝도 나오지 말 것."

한 마디 한 마디에 힘을 실어 강조했다.

"무슨 소리가 들리든. 아무리 궁금하든. 절대로. 단 한 명도."

그가 좌중을 다시금 훑었다.

"밖으로 나오지 않고 집에 틀어박혀 있을 것. 이것만 지킨다면 앞으로 범람 때문에 사람이 죽는 일은 없을 거다."

"……정말입니까?"

사람들이 술렁였다.

"정말 그러기만 하면 수해가 해결된다고요?"

다들 더 캐묻고 싶은 눈치였지만 차언의 눈빛에 압도되어 말을 잇지 못했다. 하여간 저 사람 잡아먹는 눈빛은 수백 년이 지나도 달라지지 않는다니까.

뒤에서 지켜보던 서효가 고개를 내저었다. 자신은 이제 차언이 아무리 날카롭게 노려봐도 무섭지 않다. 차언이 제게 위해를 끼치지 않는다는 확신이 있어서 더 그렇다. 하지만 저걸 처음 겪는 사람들은 숨도 제대로 못 쉴 것이다.

집에 가서 잠은 잘 자려나. 악몽이라도 꾸지 않으면 다행이다.

"이만 해산…… 이라는 말까지 내가 해야 되나?"

과연 천제의 아들이요, 망월의 지배자이신 차언님다운 마무리
였다. 이걸 믿어야 돼, 말아야 돼. 사람들은 어쩔 줄 모르다가 결
국 하나둘씩 흩어졌다. 소일은 뒤늦게 쫓아온 사촌 오라버니의
도움으로 친구와 함께 귀가하였다. 그렇게 모두가 돌아가고, 강가
에는 서효와 차언 둘만이 남았다.

"그 눈빛은 무슨 뜻이지?"

차언이 서효를 향해 물었다.

"아주 이상한 눈을 하고 있는데."

"아, 그냥 뭐. 굉장히 지배력이 넘치시는구나, 권위가 돋보이시
는구나. 이런 뜻이죠."

"너 나 욕했지 지금."

뜨끔했다.

"에둘러서 비꼬면 내가 못 알아들을 줄 아나?"

눈치 하난 끝내주게 빨라요. 서효는 얼른 시선을 딴 데로 돌리
며 입술을 삐죽거렸다. 입 실룩거리는 거 다 보인다는 말이 뒤에
서 날아왔다.

둑을 쌓는 것. 그게 서효가 생각해 낸 방법이었다.

벌써 얼마 전의 일이다. 새해 다짐을 이루겠다며 동백의 절벽
끝에 섰을 때였다. 우연히 높은 파도가 절벽에 부딪쳐 스러지는
것을 보게 되었는데 그때 문득 깨달음을 얻었다.

절벽이 막고 있으면 파도는 뒤로 물러난다. 막는 것이 없는 백

사장에는 그대로 밀려들어 온다. 차언의 힘이라면 야트막한 언덕을 부수고 그것을 강 옆에다 옮길 수가 있다.

둑을 만드는 거다.

"슬슬 어두워졌지 않아요?"

서효가 주변을 둘러보며 말했다.

"사람들이 얼씬도 않는데요. 그냥 시작해도 될 것 같은데."

해 저문 이후부터 동 트기 전까지. 시간을 그리 정한 데엔 이유가 있었다. 아무리 엄포를 놓았대도 궁금함을 못 이기는 사람이 있게 마련이다. 언덕을 무너뜨리면 하늘이 무너지는 것에 버금가는 소리가 날 터.

혹시 들판까지 기어 나오더라도 어두워서 무슨 일이 일어나는지 제대로 보지 못할 것을 노렸다. 그런데 문제는 서효도 다른 사람들과 다를 바 없다는 것이다. 차언이 가볍게 혀를 찼다.

"네가 어쩌다 정명 아래로 들어가게 됐는지 모르겠군."

서효가 눈을 도르륵 굴렸다. 이걸 안 받아칠 순 없지.

"그럼 차언님 아래로 들어가면 잘 어울렸을까요?"

차언이 서효를 물끄러미 쳐다봤다. 지금 한 말이 진심이냐고 되묻는 눈이었다. 농담도 가려가면서 하라는 뜻이 전해졌다. 서효는 순진한 소녀처럼 눈을 깜빡깜빡하였다.

"망월궁이었으면 넌 예전에 죽었다."

깜빡거리던 눈이 멈췄다. 그렇군. 난 어쨌건 죽을 운명이었어. 눈치 보며 오들오들 떨어도 죽고, 입을 나불대며 깐죽거려도 죽는 거였어. 뚱한 표정을 짓자 차언이 엷은 미소를 띠었다. 그러고는 서효를 제 뒤쪽으로 밀었다.

"밤눈도 어두운데 멀찍이 떨어져 있다가 바위에라도 깔릴라."

"은근한 속마음을 드러내신 것 같은데……."

"내가? 설마."

그가 언덕을 쳐다보았다. 대충 어느 정도의 힘을 어떻게 쓸지 가늠하는 듯하였다. 바로 힘을 발동하려던 차언이 갑자기 멈칫하더니, 주먹을 쥐고 바닥을 강하게 내리쳤다. 어둠 속에서 검푸른 빛을 본 것 같았다.

"으앗!"

한 발짝 뒤에 서 있던 서효는 깜짝 놀라 차언의 등에 붙었다. 지진의 전조처럼 발아래가 공명하기 시작했다.

아니, 사실 지진의 전조 같은 건 몰랐다. 서효는 지진을 겪어본 적이 없으니까. 일단 지금 분명한 것은 땅속 깊은 곳에서부터 묵직한 울림이 느껴진다는 거였다. 뭐 하는 거야. 언덕을 가져오라니깐. 우리가 서 있는 곳을 건드리면 어떡해.

그 상태대로 반 각쯤 지났을까. 서효는 어둠 속에서 푸다닥 날아가는 무언가를 보았다. 형체를 알 수 없는 어떤 존재들이 황급히 언덕을 떠나고 있었다. 언덕에서 더는 아무것도 나오지 않을 때서야, 차언이 진동을 멈추었다. 그는 비로소 제 힘을 발산하기 시작했다.

'혹시 지금…… 저기 사는 작은 존재들을 신경 써준 건가?'

서효는 차언의 옷자락을 잡은 채 가만히 그를 쳐다보았다. 차언에겐 기대할 수 없던 면모였다. 심지어 방금 전에는 서효조차 그의 뜻을 알아채지 못했다. 그래서 더욱 믿기지가 않았다.

"언덕 떠나라고 알려준 거예요?"

쿵! 마차 크기의 흙덩이가 들판 한가운데로 떨어졌다.

"아, 진짜."

차언이 성가시다는 표정으로 돌아보았다. 자기가 뒤에 있으라고 해놓고는 불쑥 말 걸어서 놀랐나 보다. 샘물이 걸린 문제라 그런가. 엄청 집중하고 있었네? 이 또한 놀라운 부분이라 서효는 혀를 쏙 빼어 물었다.

"죄송."

"한 번만 더 말 걸면 진짜 가만 안 둔다."

"워낙 신기해서 그랬죠."

차언이 눈을 가느스름하게 떴다. 또 사람 잡아먹는 눈이 나왔다. 이건 어둠 속에서도 알아보겠다. 서효는 모른 척 다른 곳을 쳐다보았다.

그러나 동이 터오기 전까지, 언덕이 무너지는 소리 말고도 중간에 몇 번이나 쿵 내려앉는 소리가 이어졌다. 어차피 마을에 얌전히 박혀 있는 사람들에겐 그 둘을 구분할 재주가 없겠지만 말이다.

하늘의 검은빛이 차츰 옅어져 갔다. 천지가 푸르스름하게 변하고 있었다. 두 사람은 이미 모든 일을 마치고 산으로 향하는 중이었다. 차언이 잠깐, 하고 서효를 부르더니 방향을 틀었다. 그가 향한 곳은 소일 가족의 집이었다.

"인사하고 가게요?"

"아니."

차언은 짤막하게 답한 다음, 집의 출입문이 아닌 창가로 다가갔다. 그러고는 창턱에 작은 주머니를 내려놓았다. 서효는 그것이 전낭(錢囊)임을 알아차렸다.

불을 안 켜고 있다 뿐이지 사람들은 깨어 있을 터였다. 멀쩡한 언덕을 부수고 옮기는 소리가 얼마나 컸는데, 그걸 무시하고 자는 사람은 없을 것이다. 하지만 차언은 주머니만 내려놓고 집을 빠져나왔다.

이번에는 서효도 말을 더 걸지 않았다. 두 사람은 한동안 조용히 산길을 걸었다.

"둑은 둑이고, 재물은 재물이니까."

먼저 입을 연 쪽은 차언이었다.

"둑이 생긴 건 다행이지만 그렇다고 해서 저 집 살림이 나아지는 건 아니지. 애초에 보상은 목숨 값으로 주는 거였으니."

"한데 소일은 멀쩡히 살아 있죠."

서효가 말을 받았다.

"준 쪽이 돌려달라고 하지 않아도 받은 쪽에서 갖고 있기 찜찜할 수도 있겠네요."

"저 아가씨 성격이라면 그럴 법해."

"하지만 신묘한 능력의 은인이 준 거라면 또 다를 수도요?"

차언이 말 대신 미소를 지었다. 서효는 그의 뜻을 정확히 읽어냈다. 그가 썩 만족스러운 얼굴로 서효에게 눈짓했다.

"무슨 뜻이에요, 그 눈은?"

"붙으라고."

차언이 느른하게 뒷짐을 지었다. 밑단이 찢긴 옷을 걸치고 있어도, 그에게선 은연한 기품이 배어 나왔다.

"서산, 걸어 올라갈 거냐?"

새벽 내내 온갖 고생을 다하며 걸었는데 그럴 수야 있나. 그 먼 길을 온전히 제 힘으로 올라간다면 서효는 계곡에 도착하기도 전에 이번 생을 마감할 터였다.

더는 군말 않고 차언의 허리에 찰싹 붙었다. 너무 가까이 달라 붙는다고 한 소리 들었다. 이번에도 사뿐히 흘려듣기로 하였다.

"뭔가 허무해요."

서효가 뾰로통한 얼굴로 중얼거렸다.

"엊그제 새벽에는 진짜 목숨 걸고 걸었는데…… 지금은 이렇게나 빨리 도착하다니."

"억울하면 다시 산 밑에 내려줄까?"

"아뇨, 그런 뜻은 아니고."

서효가 얼른 손을 내저었다. 이분이 큰일 날 소릴 하고 있어. 생각만으로도 온몸이 부르르 떨리는 일이다. 서효는 좀 더 크게 손을 저었다. 이만하면 알아듣겠지.

"조금만 더 열심히 저어봐. 곧 날아갈 것 같으니까."

서효가 움직임을 뚝 멈추었다. 바로 몸을 틀어 산길을 올라가는데, 또 차언이 원하는 대로 행동하고 말았다는 생각이 들었다. 조만간 무슨 수라도 짜내볼 것을 다짐했다. 어떻게 찾아온 주도권이냔 말이다. 순순히 건네줄 순 없었다.

뒷짐 진 자세로 천천히 걷던 차언이 서효를 불렀다. 흥, 이번엔 또 어떤 말로 놀리려고. 한 번 무시하고 두 번 무시했다. 서효는 그저 앞만 보고 걸었다. 하지만 세 번을 무시하기란 쉽지 않았다. 차언의 목소리가 차분하게 들린 까닭도 있었다.

"다시 한 번 제대로 듣고 싶구나. 둑을 쌓는 것과 노부인의 문제가 정확히 어떤 관련이 있는지."

"어제 해 지길 기다리면서 말씀드렸지 않나요?"

"그때 너 반쯤 졸면서 얘기했어."

서효는 기억나지 않는 일을 차언이 짚어냈다.

"기억이 없다고 말하지 마라. 졸았기 때문에 기억이 없는 거니까."

"그런 건가……."

하긴 해가 지기 전까지는 여유가 있었고, 당시 서효는 끔찍하리만치 피곤했다. 그도 그럴 것이 협곡에서 떨어지고, 맨손으로 벽을 오르고, 차언을 부축하며 밤새 산길을 내려온 것이다.

그게 단 하룻밤 새 일어난 일이었다.

차언이 모닥불을 피워줬다. 서효는 온기를 갈구하며 불 옆에 다가앉았다. 온몸이 사르르 풀리면서 졸음이 밀려왔다. 차언은 힘이 돌아온지라 아주 쌩쌩했는데 서효는 불 옆의 얼음처럼 녹아내렸다.

그때 그가 계속 말을 시켰던 것 같다. 최대한 대답을 해주다가 그만 졸아버린 모양이다. 어쩐지 어제따라 날이 되게 빨리 저문 것 같더라니. 이틀 밤을 꼬박 새었다면 지금 서효는 이렇게 걸어 다닐 수도 없을 터였다.

"둑을 쌓는 것과 변치 않는 가치가 어떻게 연결된다는 건지."

"그건 말이죠."

서효가 차언을 지그시 쳐다보며 말을 이었다.

"차언님은 벼락을 내리고 땅을 뒤집잖아요? 회오리바람도 일으킬 수 있고, 커다란 바위를 공깃돌처럼 움직이기도 하죠. 대단한 힘이에요. 아주 강력한 힘이고요. 만약 인간들에게 이 힘을 가지고 싶은지 물으면 선망하고 탐내는 사람이 많을 거예요."

신(神)이라고 다르지 않을 터.

신들 중에서도 미약한 힘을 지닌 자가 많다. 이미 적당한 힘을 갖고 있는데도 더 큰 힘을 원하는 자도 있다. 그들과 달리 차언은 비교 불가의 위치였다. 인간들이 으레 떠올리는 신이란 차언과 같은 모습일 것이다.

"전쟁을 예로 들어볼까요. 만약 아군들이 수세에 몰렸을 때, 적군을 엄청난 강풍으로 쓸어버릴 수 있다면 얼마나 대단하겠어요. 당장 그 사람은 왕으로 추대될걸요?"

여기까지 말한 서효가 살짝 한숨을 쉬었다. 자신이 가진 힘의 대단함은 차언 또한 잘 알고 있을 것이다. 문제는 그다음이었다. 언제나 그다음에 따라오는 게 문제의 핵심이었다.

"그런 한편 사람들은 쉽게 생각하는 것 같아요. 강한 건 악하다고. 악용될 여지가 너무 많다고."

조용히 이어진 말에 차언의 표정이 굳었다.

"반대로, 약하거나 선한 것은 따로 있다고 생각해요. 이들은 성질이 완전히 다르다고 구분 짓죠."

"그건 확실히……."

"다르다고요? 그렇게 말씀하시려는 거죠?"

서효가 선수를 쳤다. 사실 차언은 그저께 밤 협곡에서도 비슷한 말을 했다.

"차언님의 힘으론 사람들을 도울 수 없다고. 무언가를 때려 부수기나 할 수 있는 힘일 뿐이라고 하셨죠. 한데요. 그거 아세요?"

서효가 차언의 눈을 들여다보았다.

"오늘 차언님은 저들을 도우셨어요."

그의 눈가가 희미하게 떨렸다.

"무고한 목숨을 살렸고, 훗날 죽을 뻔한 사람들도 살렸죠. 소일 아가씨가 그랬다면서요. 자기 가족과 친척이 도망쳐도 벗들이 남아 있다고. 그들이 아니더라도 그 마을엔 '사람들'이 있다고. 물이 범람하면 속절없이 당할 사람들이요."

서효는 재차 강조했다. 차언이 납득할 때까지, 그가 받아들일 때까지 말해줄 작정이었다.

"한데 차언님은 문제를 근본적으로 해결했다고요. 오로지 차언님 본연의 힘으로요."

서효가 계속 말하는 동안 그는 입 한 번 떼지 못했다. 무언가 반박을 하고 싶어도 목소리가 나오지 않는 것 같았다.

그럴 수밖에. 그는 한 번도 이런 식으로 생각해 보지 못했을 테니까. 아무도 그에게 이런 말을 해주지 않았을 것이다. 서효는 차언의 이름을 불렀다. 부드러운 목소리로 주의를 끌었다.

"지금 차언님은 자신이 변해 버린 것 같으세요? 그저께와 다른 사람이 된 것 같나요? 아니지 않나요. 차언님은 그냥 그대로예요."

연달아 날아드는 질문에 밤하늘처럼 검은 눈동자가 흔들렸다.

서효는 가벼운 미소를 머금은 채 가장 하고 싶었던 말을 들려주었다. 스스로도 깨닫지 못했으나 아주 오래전부터 그에게 해주고 싶었던 말이었다.

"왜 다른 사람처럼 될 수 없는지. 정명님의 치유력처럼 다른 사람들의 존경과 감사를 받는 힘을 가지지 못했는지. 난 정말 악한 쪽으로 비틀리기 위해 태어난 건지……. 더는 스스로를 괴롭히지 마세요."

차언은 더 이상 걷고 있지 않았다. 숨조차 멈춘 상태로 제자리에 못 박혀 있었다.

"제발 자신을 그렇게 괴롭히지 말아요."

어느새 서효도 간곡히 청하는 중이었다. 자신의 마음이 차언에게 닿길 바랐다. 먼 옛날의 차언부터 이 순간 제 앞에 서 있는 현재의 차언에게까지.

깊이깊이 닿았으면. 해묵은 상처, 쓰라린 그곳까지 가만히 스며들었으면.

"힘의 방향을 틀기만 해도 선(善)을 이룰 수 있었잖아요. 차언님은 그저 방법을 모르셨던 것뿐이에요."

"선이라고……."

낯선 것을 대하듯 차언이 중얼거렸다. 감히 자신이 그런 것을 입에 담아도 되는지 불안해졌다. 희미하게 흔들리는 미소에서 모든 감정이 묻어났다. 서효는 고개를 끄덕여 그의 불안을 잡아주었다.

"변하지 않고도, 바뀔 수 있었어요. 바뀌었다 한들, 차언님 자신을 잃은 건 아니에요."

서효는 환한 미소로 말을 맺었다.

"이게 제가 생각한 '변치 않는 가치'예요."

놀란 것일까. 혹은 뜻을 깨닫지 못한 것이려나. 차언이 한동안 말을 잇지 못했다. 그러다가 서효를 향해 물었다. 도대체 왜 자신을 이렇게까지 도와주느냐고.

그것은 서효가 스스로에게도 숱하게 물었던 것이다. 그리고 이제 서효는 대답할 수 있게 되었다. 답을 찾게 되어 마음이 홀가분했다.

"차언님이 샘물을 구하셨으면 해서요."

일단은 이렇게 말할 수 있을 것이다. 당신이 샘물을 구하길 원한다고. 그래서 그것을 들고 내게 왔으면 좋겠다고.

천제님과 정명님과 다른 이들에게도 보여주면서 당당하게 말했으면 좋겠다. 다시는 내 삶에 관여하지 말라. 나는 용서를 구했고 깨달음을 얻었다. 우리 두 사람은 우리가 원하는 방식으로 맺어질 것이다. 그렇게 당당히 서면 좋겠다.

'왜냐면 내가 그렇게 해도 된다고 허락했으니까.'

차언을 용서한다고 말할 수 있는 유일한 사람. 서효 자신이 괜찮으니까.

'그 옛날, 누군가 단 한 명이라도.'

서효는 수없이 해본 '만약에'를 떠올렸다. 당신에게 따스하게 대했다면. 당신은 틀리지 않았다고 말해주었다면 어땠을까. 딱 한 명이라도 차언을 도와주었다면.

타인과 자신을 비교하면서 또 다른 사람의 기대에 부응하기 위해 스스로를 깎아내리고 실망하고 분노하지 않아도 됐는데. 어느 누구도 그런 고통을 겪어선 안 되는데. 당신은 당신 그 자체로 소중한 존재라고 말해주었다면, 참 많은 것이 달라지지 않았을까.

'……내가 두고두고 안타까웠던 게 뭔지 알아, 차언?'

서효는 가면을 쓴 채로는 할 수 없는 말을 속으로 건네보았다.

'우리 좀 더 일찍 만날걸.'

그래서 차언 당신이 돌이킬 수 없는 상처를 입기 전에 힘이 되어 줄걸. 나, 위로 정말 잘해줄 수 있는데. 약방의 약재함을 탈탈 털어서 당신이 잠깐 잃어버린 기쁨도 찾아줬을 텐데. 그게 참 많이 아쉬웠다.

"뭐예요. 이렇게 많은 말을 했는데도 이해가 안 가요?"

궁녀 서효로 돌아온 그녀는 여전히 침묵을 지키는 차언을 타박했다.

"지금 아무도 차언님을 도와주지 않잖아요. 그래서 그게 좀 안

타까웠다니까? 저, 이쯤 되면 무릎을 탁 치면서 감탄해야 될 거
아니에요?"

얼레? 이 남자 보게? 아직도 탄성 한 번 지르지 않는다. 설마
납득을 못 한 건 아니겠지? 서효의 안면 근육이 제멋대로 실룩이
기 시작했다. 지금껏 내 말을 어디로 들은 거냐고.

"아……."

한 마디 했네. 이제야. 서효는 '어디 자네 감상 한번 들어보세'
하는 표정으로 팔짱을 끼었다. 차언의 반응이 심상치 않았다. 자
못 기대가 되었다. 한데 그 반응이란 게 너무 진지해도 탈이었다.
서효의 심장이 쿵 내려앉으니까.

바로 지금처럼.

"서효."

차언이 그녀를 쳐다보며 말했다. 아니지. 그녀의 이름을…… 불
렀다?

"아가씨."

차언의 한 마디가 서효를 뒤집어놓았다. 그가 제 정체를 눈치챈
것 같았다. 하지만 어떻게? 어느 시점에서? 몹시 당황스러웠다.

저번에는 그의 종아리를 차는 버릇이 튀어나와 위기에 처했었
다. 열심히 둘러대서 상황을 잘 넘기긴 했지만, 어쨌든 그때는 서
효 자신도 변명의 여지가 없었다.

그렇지만 지금은 왜 이러는 건데? 힘을 내라고 했을 뿐이잖아.
너무 자신을 몰아세우고 깎아내리지 말라고. 자신을 왜 이렇게까
지 도와주냐는 말에 그냥 대답했을 뿐인데.

협곡에서 밤새 같이 있었을 때도 정체를 들키지 않았다. 서효
는 어찌 대답해야 할지 몰라 혀가 굳었다.

"······서효 아가씨도 그리 생각하실까?"

차언이 엷은 한숨과 함께 물었다. 응? 정체가 들켰다는 생각에만 빠져 있던 서효는 갑자기 달라진 상황에 또 당황했다. 이건 어찌 흘러가는 전개인고?

"말해봐라. 아가씨도 방금 네가 말한 것처럼 생각하실까?"

"에."

"뭐야."

차언이 서효의 아래위를 훑더니 얼굴을 들여다보았다.

"잘 말하다 왜 갑자기 이상한 소릴 내는 거지?"

"방금······ 아가씨라고."

"그래, 아가씨."

"서효라고."

"그래, 서효."

답답했다. 이 남자가 앵무새가 되는 약을 먹었나. 어째서 그 이상의 답을 들려주지 않는가 싶었다. 그러나 차마 제 입으로 '날 서효 아가씨라고 불렀잖아'라고 따져 물을 순 없어서 입만 뻐끔거렸다.

차언이 서효를 빤히 쳐다보다가 이제 알겠다는 듯 고개를 끄덕였다.

"지금 내가 널 서효라고 불러서 놀란 게냐?"

정확히는 '아가씨'라고 부를 때 그의 표정, 말투, 시선, 분위기가 너무 예전과 같았다는 것. 꼬리 밟히기 직전인 서효는 가만히 고개만 끄덕였다. 한 마디도 허술하게 할 순 없었다. 하지만 바들바들 몸을 사리는 쪽은 저뿐인 듯.

"네 이름도 서효라고 했잖느냐."

차언이 가볍게 웃으며 핀잔을 주었다.

"내가 가당치도 않다는 양 비웃긴 했지. 절대 그 이름으로 부르지 않기도 했고."

"하, 한데 왜 이제 와서."

"난 또 뭐라고 네가 이리 놀라나 했군."

차언이 서효의 앞을 질러갔다. 어리석고 귀여운 존재를 보는 눈빛을 하고서. 그의 목소리가 나무 쪼는 딱따구리처럼 서효를 일깨우는 것 같았다. 딱딱, 어서 정신을 차리렴. 딱딱, 언제까지 얼빠진 얼굴을 하고 있을 거니.

이에 서효도 천천히 반박할 여유를 되찾았다. 위기에 처할수록 선을 똑바로 그어야 했다.

"그러니까 제 말은, 왜 오해할 여지를 주느냐 이 말이에요."

"오해할 여지?"

차언이 그녀의 표현을 따라 했다. 굉장히 어이없다는 표정을 짓는 건 덤이었다.

"네 입으로 네 이름이 서효라고 했지. 내가 아가씨 이름과 겹친다며 제대로 이름을 부르지 않자 꽤 기분 나빠하는 티를 냈었다. 기억 안 나나? 마을에서 장을 볼 때 부부지간으로 오해받았는데, 난 그때 우리 관계를 확실히 했어."

차언이 서효를 보며 강조했다.

"넌 그때도 그렇게까지 무안하게 굴 건 없지 않느냐며 화를 냈고."

그가 말을 이었다.

"한데 이것 봐라."

그의 손가락이 서효를 짚었다.

"많은 어려움을 함께해 준 고마움에 내가 네 이름을 제대로 부르자마자."

"아니……."

손가락 끝이 서효의 볼을 톡 건드리고 지나갔다.

"대번에 오해하지 않느냐."

"으."

억울했다. 아까 전 차언이 지은 표정은 그게 아니라고 따지고
싶었다.

"아니면 이렇게까지 말해야 되나? 궁녀 서효야, 힘이 되는 말을
해주어서 고맙구나. 서효 아가씨께서도 너와 같은 생각을 하시려
느냐?"

차언이 말을 마친 뒤 고개를 저었다.

"설마 우리가 한두 살 어린아이도 아니고."

"오해하게 만든 쪽이 누군데……."

"행간을 읽을 줄 알아야지."

"능숙하게 내 탓으로 돌리네?"

"어른이 말씀하시면 귀 기울여 듣고."

어른이라는 말에 코웃음 치자 차언이 느닷없이 앞을 가로막고
섰다. 하마터면 그의 품에 안길 뻔했기 때문에 서효가 눈을 부라
렸다.

"몇 살이냐?"

"뭐예요, 갑자기."

"네가 정명의 궁녀라면 아무리 많이 쳐줘도 나보다 이백 살은
어릴 터. 한데 방금 어른 말씀이라는 내 말을 비웃었지 않나."

나이로 따지나 신분으로 따지나 차언 제가 훨씬 위라는 소리였
다. 그래, 누가 그걸 모르니. 그런데 지금 문제는 그게 아니잖니.

뒷맛이 영 찜찜했지만 더 파고들 수도 없는 노릇이었다. 오늘은 일단 이쯤에서 물러나기로 했다. 앞쪽에 초가집이 보였다.

"먼저 올라가라."

차언이 걸음을 멈추더니 서효에게 말했다.

"난 수액 주머니를 거두고 들어가야겠다. 본의 아니게 밖에서 이틀 밤을 보냈으니 노부인 화가 머리끝까지 치솟았을 거야."

헉, 그러고 보니 서효 자신도 이틀 외박을 한 거였다. 차언은 노부인의 닦달을 들으면 끝나지만 동백은 난리가 났을 수도 있겠다. 망했어. 이걸 어쩐다. 무슨 핑계를 대야 하지. 지금 정체를 들키니 어쩌니 할 때가 아니었다. 더 큰 문제가 남아 있었던 것이다.

서효는 심각한 얼굴이 되어 차언에게 인사했다. 밖에서 보낸 이틀과 엉망이 된 옷차림에 대한 변명을 떠올리느라 정신이 없었다. 그래서 깨닫지 못했다.

서효를 앞서 보낸 차언이 그녀의 뒤를 밟고 있다는 것을. 일정한 거리를 둔 채 그녀를 따르던 차언이 나무 뒤에서 한숨을 삼켰다는 것을.

"어리석은 놈……."

치미는 감정을 견디지 못하고 두 손에 얼굴을 파묻었다는 것을. 서효는 알아차릴 까닭이 없었다.

거짓말을 하려면 모든 것을 꾸며내는 것보다 가장 중요한 딱 한 가지만 하는 게 좋다. 서효는 그런 생각을 하며 새삼 자신이 타락했다는 것에 슬픔을 느꼈다. 나 원래 선량한 쪽이었는데. 어쩌다 이렇게 됐담? 아마 집사와 오래도록 살면서 익힌 기술이 아닐까 싶었다.

하여간 서효는 이것저것 복잡한 핑계를 생각해 내느니, 딱 한 가지만 거짓으로 둘러대자 마음먹었다. 그건 다름 아닌 '장소'였다.

"세상에, 서효님! 괜찮으신가요? 이게 어찌 된 일이에요."

"여기 따뜻한 물과 수건, 소독약을! 아, 붕대랑 연고도 많이 필요해!"

서효가 궁궐에 모습을 드러내자 궁녀들이 비명을 질렀다. 그도 그럴 것이 이틀이나 행방불명 상태였는데, 옷은 찢어지고 온몸에 긁히고 멍든 상처를 입은 채 나타난 것이다.

서효는 최대한 아픈 척 연기를 했다. 원래 아픈 사람에겐 함부로 질문하지 못하는 법. 물론 따스한 관심을 받으니 잠깐 잊고 있던 아픔이 실제로 몰려오는 효과도 있었다.

"이런, 손 좀 봐. 고운 손이 엉망이 되었어요……."

"걱정 마세요. 연고를 듬뿍 바르면 며칠 만에 나으실 거예요."

"자, 여기. 새 옷을 가져왔어요."

이거 참 황송하기도 하고 편안하기도 하다. 공주님처럼 가만히 있으면 모든 시중을 다 들어준다. 향초 피운 방에 깃털 이불을 덮고 누워 있자 온몸이 나른하게 풀리는 기분이었다.

미안해, 차언. 확실히 이쪽 대접이 좋긴 해.

"정명님, 오셨나이까."

못다 잔 잠이 솔솔 오는데 궁궐 주인이 행차하였다. 서효는 몸을 일으키려 애썼다. 너무나 당연하게도 정명이 달려와 가만히 누워 있으라 해주었다. 일어날 필요 없다고. 우선 쉬기부터 하라며.

응, 그럴 줄 알았어요. 서효는 속으로 대꾸했다. 한편으론 제대로 변명하기도 전에 이쪽에서 너무 잘해주니 죄책감이 좀 들었다.

"많이 걱정하셨죠? 죄송해요."

"걱정했습니다. 하지만 서효님이 돌아오신 게 중요하니까요."

정명이 서효의 흘러내린 머리카락을 쓸어 넘겼다.

"왠지 답답해서 몰래 궁을 빠져나갔어요. 여기저기 돌아다니다가 그만 발을 헛디뎌서……."

서효는 눈을 내리깐 채 말했다. 이러면 시선을 마주치지 않아도 되어서 부담도 적고, 반성하는 느낌도 줄 수 있었다.

"언덕에서 굴렀어요. 왜 몰래 나가서 다들 걱정을 시킨 걸까요."

"뼈가 부러진 곳은 없습니까?"

정명의 물음에 옆에 서 있던 궁녀가 대신 답했다.

"저희가 먼저 살폈는데 다행히 찰과상만 입으신 듯합니다."

"그렇군요."

정명이 안도의 한숨을 쉬었다. 서효는 잘못을 저지른 말썽꾸러기 같은 표정으로 그를 올려다보았다.

"제가 야단 못 칠 줄 알고 그렇게 보는 거죠. 안 그렇습니까?"

뭐야. 이분 또 자기 큰형처럼 구네. 사람 뜨끔하게 만들어. 서효는 순진함을 가장하기 위해 눈꺼풀을 팔락거렸다.

"일단 아무 말도 할 필요 없다고, 푹 쉬라고 하신 분은 정명님이세요."

"그렇죠. 한데 저라고 말을 번복하지 말라는 법은 없잖습니까."

"왜 갑자기 절 몰아세우는 기분이 들까요?"

뾰로통한 얼굴을 하자 정명이 입가를 늘려 웃었다. 다정한 손길로 서효의 머리카락을 쓸어주며 말했다.

"몰아세우는 거 아닙니다."

"약간 그런 느낌적인 느낌이 들었거든요."

"빤히 알면서 당해주는 기분도 나쁘지 않아서."

정명이 눈을 가늘게 뜨며 의미심장한 미소를 지었다.

"제가 아픈 사람을 못 살게 구는 위인이 아니란 것도 잘 알고 계실 테죠. 그래서 이렇게 귀여운 표정을 짓는 거고요."

다음 순간, 서효의 위쪽 볼에 무언가 가볍게 닿았다가 떨어졌다. 그게 정명의 입술이란 걸 깨닫기까지 약간의 시간이 필요했다.

"약았어요, 서효님."

잘 자라고 인사한 뒤 방을 나갔다. 궁녀들은 아무것도 못 본 척하며 서효의 잠자리를 살펴주었다.

"한숨 주무시고 일어나시면 식사를 올리겠습니다."

무릎 굽혀 예를 갖춘 뒤 방문을 닫았다. 꺄아, 수줍은 비명을 지르며 저들끼리 눈짓을 주고받는 게 방문 사이로 보였다.

걱정했던 것보다 위기를 수월하게 넘겼다. 이제 안심하고 푹 자는 일만 남았다. 협곡과 들판에서는 꿈도 못 꿨던 호화로운 침실이다. 깨끗한 향기, 부드러운 새 옷, 포근한 이불. 저녁이 될 때까지 곯아떨어져야 정상인데.

서효가 제 뺨을 더듬어보았다. 전혀 예상치 못한 순간에 당하고 말았다.

"정명님이…… 입을 맞췄어."

위화감이라고는 요만큼도 없어서, 이러다 정신 차리면 포옹이라도 하고 있는 거 아닌가 하는 생각이 덜컥 들었다. 위험해. 이 형제들, 정말 위험하다고. 서효는 이불을 턱 끝까지 올린 채 불안에 떨다가 이윽고 눈을 감았다.

꿈에 차언과 정명이 나와 서효를 중간에 두고 서로 쪽쪽대며 난리를 피웠다. 천제님까지 특별 출연하여 '얘도 네가 좋다 하고, 쟤도 네가 좋다 하니 둘 다 가져라'라는 말도 안 되는 소릴 하였다.

엄청난 꿈을 꿔버렸다.

❖

노부인이 머슴 앞으로 다가갔다. 코앞에 다가갈 때까지 머슴은 미동도 않고 가만히 있었다. 실은 그냥 가만히 있는 게 아니라 슬며시 웃음을 머금고 있었다.

"정신을 놓았느냐?"

노부인이 얼굴을 찌푸리며 말했다.

"이틀이나 소식이 없기에 도망친 줄 알고 천제님께 고하려 했더니, 오늘 아침에야 괴이한 몰골로 기어들어 오질 않나. 들어와서부터 상태가 아주 이상해."

마땅찮은 시선이 차언의 아래위를 훑고 지나갔다.

"틈만 나면 실실 웃고 말이다."

"다 드셨습니까?"

차언이 부드러운 미소를 띤 얼굴로 물었다.

"다 드셨으면 이만 상을 치우죠."

"넌 밥술을 뜨다 말았는데?"

"별로 배고프지 않습니다."

노부인이 흐응, 하는 소리를 내며 손가락으로 식탁을 두드렸다. 무언가 마음에 들지 않은 모습이었다.

"아사(餓死)는 썩 좋은 방법이 아니다?"

"그건 또 무슨 소립니까?"

"혼인이든 문제 풀기든 네 뜻대로 안 되니까 콱 죽으려는 거 아니냐? 그렇다면 아사는 좋은 방법이 아니라고. 오래 걸리거든. 특히 너 같이 쓸데없이 튼튼한 녀석들은 더하지."

"아."

차언이 납득했다는 듯 웃었다.

"무슨 뜻인가 했네요. 그런 거 아닙니다. 그럼, 치우겠습니다."

너무나 예의 바르고 흐트러짐 없는 태도인 것이다. 노부인이 고약하게 굴 때마다 한 마디도 지지 않고 대꾸하던 모습은 온데간데없었다. 게다가 하루 종일 은은한 미소를 띠고 있는 모습이라니. 머슴의 기행은 그걸로 끝이 아니었다.

"이것 좀 드시죠."

상을 다 치운 차언이 작은 쟁반에 다기(茶器)를 들고 나왔다. 노부인 앞에 옥색의 찻잔을 내려놓았다. 청아한 빛깔의 잔 안에는 붉고 어여쁜 차가 채워져 있었다. 노부인의 코가 실룩거렸다.

"독이냐?"

"섭섭하군요. 저희 꽤 오래 지낸 것 같은데 말입니다. 전 독 같은 거 쓰지 않습니다."

차언이 여전히 온화한 얼굴로 덧붙였다.

"목을 부러뜨리거나 바위로 깔아뭉개거나 뭐 그런 방식을 쓰죠. 그것도 아주 오래전 일입니다만."

아주 너 잘났다며 빈정대는 노부인을 향해 그가 말했다.

"오미자차입니다."

"이게 오미자차라는 건 나도 눈이 있어 안다."

"후식으로 만들어봤어요."

노부인이 코웃음을 쳤다.

"흥, 네놈이 언제부터 내 후식까지 챙겼다고? 다 죽어가는 노인 네가 많이 먹는다며 투덜댄 게 바로 얼마 전이 아니냐?"

욕을 해도 지팡이로 바닥을 쿵쿵 내리찍어도 차언은 그저 웃기만 했다. 내키지 않는 얼굴로 오미자차를 홀짝인 노부인이 돌연 눈을 흘기며 그를 쳐다보았다.

"정신을 놓은 척하려고?"

그러나 차언은 이미 딴 세상이었다.

그의 머릿속에는 계곡을 자박자박 올라가던 서효로 가득했다. 정명의 궁녀 서효이자 차언의 소중한 아가씨 서효. 왜 두 사람이 같은 인물이란 것을 알아차리지 못했는지. 아무리 생각해도 어이가 없을 따름이었다.

동그랗고 여린 어깨, 작은 몸, 특유의 걸음걸이. 그리고 간간이 드러난 버릇. 정체를 알아차릴 기회가 몇 번 있었지만 그때마다 서효의 변명이 통했던 까닭은 차언의 위치가 불리했기 때문이었다.

더 캐묻고 싶지만 혹시나 두 사람이 동일 인물이 아닐 경우, 궁녀 서효의 심기를 거스르게 된다. 동백과 이곳을 이어주는 유일한 매개체인 그녀를 잃고 싶지 않았다. 게다가 차언 스스로도 그건 있을 수 없는 일이라고 생각했다.

서효가 자신을 찾아온다니? 이 세상 끝날 때까지 차언을 보고 싶지 않다고 해도 할 말이 없는데, 그런 서효가 자신을 찾아와 말을 걸어주다니. 아닐 거야. 내 착각일 거야. 그런 일이 내게 일어날 리 없어.

하지만 왜 자신을 이렇게까지 도와주냔 말에 그녀가 대답한 순간, 차언은 발밑이 흔들리는 충격에 몸을 바로 세울 수가 없었다.

서효였다. 얼굴과 목소리를 바꾼 방법은 모르겠으나 제 앞에서 있는 사람은 그녀였다.

"뭐예요. 이렇게 많은 말을 했는데도 이해가 안 가요?"

그래, 참 많은 말을 했지. 서효는 입 밖으로 낸 것보다 더 많은
이야기를 눈으로 들려주었다. 서로만이 알고 있는 이야기. 서로이
기에 이해할 수 있는 감정. 미안함과 안타까움. 아주 오래전 달밤
에 그녀가 보여주었던 마음. 어리석은 자신이 외면했었던, 그 소
중한 마음.
　나는 그토록 잔인했는데. 또 용서해 주고 마는 나의 아가씨.
　행복하고 미안해서 견딜 수가 없었다. 서효의 얼굴을 똑바로
볼 수가 없었다. 그 와중에 간신히 이성의 끈을 놓지 않고 '어린
궁녀를 골려먹는 주인의 형' 흉내를 냈다. 다행히 서효는 거기에
속아 넘어갔다.

"차언님이 샘물을 구하셨으면 해서요."

서효가 자신을 받아들여 주었다. 차언은 숨 쉬고 있는 현실에
감사했다. 온 세상이 달라 보였다. 웃지 않을 이유가 없었다.
"드디어 미쳤구나, 네놈이."
　노부인이 차언의 코앞에 대고 손가락을 흔들었다.
"이것 봐라. 아까부터 미친놈처럼 웃기만 한다니까?"
"이렇게 좋은 분과 함께 있는데 당연한 일이죠."
"소름 끼치는구나."
　노부인이 일어나 외투를 찾았다. 사람이 하루아침에 홱 바뀐

걸 보니 오싹해서 견딜 수가 없다고 하였다. 차언은 기쁜 마음으로 외투를 가져다주었다. 친절히 노부인의 어깨에 걸쳐 주기까지 하였다.

"미치려면 곱게 미칠 것이지. 왜 안 하던 짓을 하고 그러느냐?"

조금만 주의를 소홀히 해도 서효의 생각이 났다. 어차피 그녀 입에 들어갈 음식인데 그리도 무안을 주면서 먹지 말라고 했으니 얼마나 화가 났을까. 미안하고 부끄럽다가도 뚱한 얼굴을 떠올리면…… 귀엽고.

죽겠다. 좋아 미치겠어서.

솔직히 지금 멀쩡하게 서 있기도 힘들 지경이었다. 서산의 나무를 죄다 주먹으로 치고 다녀도 끓어오르는 감정을 다 토해내기에 부족할 것이다.

어여쁜 내 아가씨. 동백에서 푹 쉬고 나면 또 오겠지?

"아무래도 안 되겠다. 난 이만 내 방으로 돌아가야겠어. 끔찍해서 못 봐주겠구나."

"편안한 밤 보내세요."

"네놈 때문에 꿈자리가 사납겠어!"

쾅! 문 닫히는 소리마저 달콤한 비파 연주처럼 들렸다. 차언은 이내 두 손에 얼굴을 묻고 어깨를 떨었다.

아, 심장이 터질 것 같다. 오늘 잠자긴 글렀다.

12장.
속고 속이는
달달한 연극

"노부인께 문제의 답 말씀드렸어요?"

닷새를 꼬박 쉬고 온 서효가 차언에게 물었다. 두 명의 서효가 동일 인물이란 것을 알게 된 순간부터 기분이 하늘을 날아다녔던 차언은 오백 년 같은 닷새를 보내야 했다.

하루는 마냥 행복에 젖어 보냈고, 이틀째엔 많이 고생했으니까 이쯤은 쉬어도 된다고 여겼다. 사흘째가 되니 서효가 보고 싶어 견딜 수 없었고, 나흘째엔 병이 난 게 아닌가 걱정이 되었다.

닷새째는…… 어떻게 보냈는지 기억이 안 났다.

겨우 어제의 일인데 어째서 안개 속처럼 흐린 것일까. 노부인은 네가 미친 게 분명하다는 소리만 거듭하였다. 그리고 오늘 아침이 밝았다.

아침부터 서효가 내려오는 계곡 쪽만 쳐다보고 있었는데, 다람쥐처럼 조그만 누군가가 두리번거리며 걸어왔다. 보는 순간 심장이 저릿했다. 예뻐서 숨을 쉴 수가 없었다.

"저기요?"

서효가 차언의 앞에 대고 손을 흔들었다. 저도 모르게 꽃잎 같은 손을 낚아채고 말았다. 보드라운 감촉은 그가 기억하는 게 맞았다.

"정신을 어디다 팔고 있는 거예요?"

"멀쩡한데."

"안 멀쩡한데? 하나도?"

종알거리는 입술이 귀여워서 웃었다. 물감이 번져 나가듯 빙긋 짓는 미소에 서효가 눈썹을 찡그렸다.

"오늘 상태가 왜 이러실까."

"밥은 먹고 오는 길이냐? 출출하진 않고?"

"이것 봐요."

정명 쪽 대접이 나쁘진 않겠지. 하지만 궁녀로서 처음 만났을 때 서효는 음식이 입에 맞지 않다고 말했다. 그 말을 떠올리고 보니 안 그래도 가냘픈 몸이 더 마른 것도 같았다. 당장 부엌으로 달려갈 기세로 일어서자 서효가 주의를 끌었다.

아래쪽을 향해 눈짓을 했다. 뜻을 파악하지 못한 차언이 가만히 있자 이번엔 턱으로 아래를 가리켰다.

"혹시 다리가 아픈가?"

"손."

서효가 말했다.

"손을 놓아주시지요, 차언님? 아까 잡아채신 이후로 자꾸 만지작거리고 있사온데 조금만 더 만지면 닳겠사옵니다."

"아."

차언이 아래를 내려다봤다. 과연 서효가 말한 대로 계속 손을 잡고 있었다. 놓기가 싫었다. 그래도 놓아야 했다. 아직 서효는 그를 성공적으로 속이고 있다고 믿고 있으니까.

그래, 자신은 동생의 궁녀보다 까마득한 위치의 존재다. 서효 '아가씨'에게만 애틋하게 구는 녀석이고. 차언은 당분간 서효의 연극에 맞춰주기로 마음을 먹었다.

자신이 알아챘다는 걸 서효가 알게 되면 둘 사이가 멀어질까 두려웠다. 비겁하다는 것, 알고 있다. 하지만 이렇게라도 가까이에 있고 싶었다. 조금 더 오래 보고 싶었다.

"손이 거칠구나."

차언은 일부러 덤덤하게 말했다.

손잡을 땐 귀신에 홀린 사람처럼 잡더니, 놓을 땐 다 먹고 난 사탕 막대를 버리듯 툭 놓는다. 일부러 그런 줄 모르는 서효는 어이없다는 표정을 지었다. 뭐 이런 이상한 놈이 있나 싶을 거다.

"팔자 좋게 아가씨 시중이나 든다더니 찬물 빨래라도 하는 거냐?"

"찬물 빨래라면…… 엄청 시킨 어떤 분을 알고 있죠."

직격! 직격입니다! 갑자기 아희의 무리가 튀어나와 뿔피리를 불며 폭죽을 터뜨리는 것 같았다.

서효는 이쪽이 모를 거라 생각하고 농담처럼 던진 말이었지만, 차언은 심장에 대못이 박히는 기분이라 가슴께를 지그시 눌러야 했다. 헛기침마저 터져 나왔다.

서효의 눈빛이 한층 이상해졌다.

"연고를 만들어줄 테니 수시로 발라라."

"화장품은 정명님이 많이 주시는데."

"정명니임?"

차언의 말끝이 아니꼽게 올라갔다. 방금 전까지 연고를 챙겨준 다던 사람답지 않게 남의 궁녀를 쥐 잡듯이 닦아세웠다.

"정명이 일개 궁녀에게도 화장품을 준다고? 서효 아가씨도 아니고, 아가씨를 시중드는 궁녀에게?"

"그게⋯⋯."

차언이 자신의 정체를 의심하는 줄 착각한 서효가 얼른 변명을 지어내려 했다.

"뭘 또 줬지?"

"그러니까 정명님이 아가씨께 주시고, 아가씨는 제게 또 주시는 거죠."

"화장품 말고 뭘 더 주더냐고."

"뭐⋯⋯ 이거저거."

서효가 눈을 도르르 굴렸다. 정명의 이름에 본능적으로 날카롭게 반응하고 말았다. 차언은 뒤늦게 냉정을 찾으려 애썼다. 물론 그딴 게 가능할 리 없다.

"화장품과 연고는 다른 거다. 전자는 꾸미는 용도고, 내가 줄 것은 치료용이니까."

괜히 두 가지 섞어 쓰지 말고 하나만 바르라고 하였다. 당연히 그 '하나'는 차언의 연고를 말했다. 이대로 넘어가나 싶었더니 서효가 경력에 대한 의혹을 제기했다.

솔직히 고치는 분야의 전문가는 정명이 아니냐 하였다. 차언은 백오십 년 정도 약 제조법을 익혔을 뿐이지만, 정명은 수백 년 동안 약, 침술, 뜸, 접골까지 다뤄온 점을 꼬집었다. 맞는 말이라서 심기가 더욱 언짢았다.

"널 위해서만 만든다지 않느냐. 내가, 너만을 위해서."

"얼씨구 감사합니다, 하고 받아야 하나요?"

수세에 몰렸다. 정명의 호의를 받지 말라고. 나만 봐달라고. 내가 준 것만 써달라고. 내 생각만 계속 해달라고 하고 싶은데 그럴 수가 없어서 애가 탔다. 차언은 초조한 한숨을 내쉬다가 서효의 앞을 더럭 막아섰다.

"복숭아 향도 넣어주겠다."

"……복숭아 향이요?"

"정명이 준 것 중에 그런 건 없지?"

서효가 가장 좋아하는 과일을 걸고 넘어졌다. 유치하다고 해도 할 말이 없었다. 서효에게 여러모로 닿고 싶어서 손에 바르는 연고를 운운했는데, 이제 차언에게 연고는 더없이 중요한 물건이 되었다.

정명이 주는 것을 거부하고 제 것을 써주었으면 했다. 그러겠다는 말을 듣고 싶었다.

"없지 않나?"

"확실히 그런 건…… 없죠."

복숭아를 들먹이자 솔깃한 듯하였다.

"한데 그런 것도 만들 수 있으세요?"

"널 위해서라면 뭐든."

"네?"

서효가 고개를 한쪽으로 비스듬히 기울였다.

"방금 하신 말씀은 굉장히, 오해의 소지가 있는데요."

오해가 아니다. 사실 그 자체지. 하지만 그리 말할 수 없는 차언은 서효의 이마 가운데를 톡 건드렸다. 망상에 빠진 어린 궁녀를 꾸짖듯 가볍게.

"내겐 네가 곧 아가씨께 통하는 길이니 잘해주는 게 당연하지. 오해 같은 소리. 잘도 하는군."

뒤돌아 걸으면서 서효에게 닿은 손가락을 제 입술에 대었다는 것을, 서효는 절대 모를 것이다.

두근두근. 손가락 끝에서 복숭아 향기가 나는 것 같았다.

서산(西山)이 노부인 소유가 된 것은 얼마 전의 일이다. 사실 원래 주인은 따로 있고, 지금은 그이의 자리를 빌려 쓰고 있다.

저녁 식사를 마치고 방으로 돌아온 노부인은 화장대 앞에 앉았다. 벽에 기대 놓은 면경과 탁자 위 미안수(美顏水) 한 병이 전부지만 그래도 제법 화장대 구실을 하고 있었다. 자기 전, 가면을 벗고 한숨 돌릴 때는 특히나.

노부인이 귀에서부터 흐늘대는 가면을 뜯어냈다. 비로소 피부가 숨을 쉬는 기분이었다. 그녀는 서랍 안에 가면을 잘 넣어둔 다음 면경을 쳐다보았다.

무조부인.

아주 오래전 그렇게 불리곤 하였다. 잃어버린 것들의 여신이자 서효의 어머니 무조부인이 바로 그녀였다. 하마터면 천제와 사돈지간이 될 뻔했으나, 무조의 슬픈 예감은 들어맞았다.

냉혈한으로 소문이 자자한 차언은 누군가를 마음에 들일 수 있는 자가 아니었다. 딸을 뒤로 빼돌리려 했지만 처참하게 실패했다.

"미안하구나."

헤어진 지 고작 한 달이 지났을 뿐인데 딸의 시신은 형편없이
말라 있었다. 곱던 두 손은 갈라져 차마 눈 뜨고 볼 수가 없었다.
하얗게 질린 뺨은 여전히 눈물 자국이 말라붙은 듯했다.
서효의 시신을 가져온 천제가 그렇게 말하였다.
미안하다고.
따스하고 덕망 높은 여신이라 불렸던 무조는 천제의 사과를 받
아주지 않았다.

"저는 이미 안식에 든 남편에게서 서효를 얻었습니다. 천제님께
선 슬하에 아드님이 다섯이고요. 감히 말씀드리건대 자식의 수
와 깨달음의 깊이는 일치하지 않는군요."

그녀는 조용히 천제를 질타했다.

"천제님은 본인의 자식을 모르십니다. 망월 안에서 둘이 어떻게
든 엎치락뒤치락하게 두면 미운 정이라도 들지 않을까. 태평하게
생각하셨나요?"

작은 직분의 여신이 할 말은 아니었으나 당시 그녀에겐 거리낄
것이 없었다.

"아이들에 대해서도 모르는 분이 어찌 천지의 균형을 잡으려 하
시는지요."

태연하게 말했지만 숨 쉬는 것조차 괴로웠다. 딸이 죽었는데 자신은 살아 있다는 사실이 견딜 수가 없었다. 도저히 직무를 수행할 수 없다며 깊은 안식을 청하였다. 그러면서 한 가지 청을 덧붙였다.

만약 차언이 개과천선한다면 그때 자신을 깨워달라는 부탁.

"악인을 괴롭혀 봤자 깨닫는 건 없을 테니까요."

그가 자신이 저지른 짓을 후회할 때 등장할 생각이었다. 목숨보다 귀한 딸을 잃고 어떤 심정이었는지 알려줄 작정이었다. 그가 딸을 괴롭혔던 것처럼 무조도 차언을 굴릴 셈이었다.

"때가 된 듯하다."

천제의 말에 무조는 수백 년의 잠에서 깨어났다. 그런 다음 정명이 가지고 있는 신비로운 가면을 넘겨받았다.

두 개가 한 쌍으로 이루어진 가면은 흐늘흐늘 특이한 소재였다. 얼굴에 쓰자마자 피부처럼 달라붙었고, 목소리를 따로 꾸며낼 필요도 없이 원래와 다른 소리가 나왔다. 남은 건 머리에 분가루를 발라 희끗희끗하게 만드는 일뿐이었다.

무조는 샘을 지키는 노부인으로 분한 뒤 차언이 오길 기다렸다. 그간 있었던 일은 천제에게 전해 들었다. 행복한 혼례식 당일에 신부를 빼앗겼다고 하였다.

행복이라니. 혼례라니. 네게 가당키나 한 일이더냐.

벌벌 길 때까지 머슴처럼 부려주겠다고 마음먹었는데, 전혀 예상치도 못한 일이 일어났다. 서효가 나타난 것이다. 요 배알도 없는 똥강아지가 정명님의 남은 가면을 쓰고 서산으로 홀랑 넘어온 게 아닌가!

서효는 자기도 가면을 쓰고 왔으면서 제 어머니를 알아보지 못했다. 하지만 그건 당연한 일이었다.

애초에 이 가면은 상대를 완벽하게 속이는 것이 목적이다. 그러니 차언이 서효를 못 알아본 것도, 서효가 어머니를 못 알아본 것도 당연했다. 그러나 무조는 딸을 알아보았다.

"요놈의 똥강아지가."

무조는 지끈거리는 이마를 누르며 속을 달래고자 했다.

"잘생긴 껍데기에 넘어가는 건 예나 지금이나 다를 게 없어. 이젠 기억도 돌아왔을 텐데 고놈이 배알도 없지. 아이고."

생각할수록 열불이 터졌다. 좀 냉담하게 구는 것 같더니 이내 차언 옆에 붙어 재잘거리는 게 아닌가 말이다. 시선이 차언에게서 떨어질 줄을 몰랐다.

"둘 다 맞아야 돼. 아주 엉덩이에서 불이 나도록 맞아야 돼."

솟구치는 화를 어쩔 줄 모르던 무조는 소리 질러 차언을 불렀다. 방으로 들어오지 말라고 엄포를 놓았기에, 그는 얌전히 문 앞에 서서 주문을 받았다.

"얼음처럼 차가운 물에 꿀을 개어 오너라!"

군말 없이 물러갔다. 어찌 하나 보자. 물이 덜 차가워도 안 되고, 꿀이 약간이라도 엉겨 있으면 땡이다. 오늘 밤이 새도록 차가운 꿀물을 만들라고 시킬 것이다.

"노부인, 가져왔습니다."

차언의 목소리가 들렸다. 방문 너머로 꿀물 대접을 넘겨받은 그녀는 또다시 치밀어 오르는 화에 발을 굴렀다. 완벽했다. 물의 차갑기도, 꿀의 달콤함도 모두 합격점이었다. 대체 이토록 차가운 물에 꿀은 어찌 풀었나 하고 어이가 없을 정도였다.

"아이고, 열불이야. 에고, 천불이야."

내일은 또 어떤 일로 들들 볶아야 하나 머리가 아파왔다. 일 잘하는 놈은 체력까지 괴물 같아서 웬만한 노동으로는 지친 기색조차 보이지 않았다.

"가만두지 않을 것이야……."

이가 시리도록 차가운 꿀물을 들이켜며 재차 전의를 불태우는 무조부인이었다.

연고 통에 코를 대고 냄새를 맡은 서효가 눈을 동그랗게 떴다.

"진짜 복숭아 냄새가 나네요?"

"내가 거짓 약속을 할 위인으로 보이나."

"달콤해. 와, 신기해라."

진귀한 보석도 아니고 그저 손에 바르는 연고일 뿐인데 저리도 좋아한다. 차언은 서효의 취향을 제대로 파악하고 있다는 뿌듯함에 미소 지었다. 서효는 곧장 연고를 발라보아서 차언을 더욱 기쁘게 했다.

두 사람 사이에 달달한 향기가 피어올랐다.

거기서 멈추는 게 좋았을까. 차언은 연고 하나로 만족하지 못하고, 아침에 만든 음식을 한가득 안겨주었다. 한눈에도 손이 많이 가는 음식이 찬합을 가득 채우고 있었다. 하여튼 대단하신 정성이라고 투덜대는 서효에게 이것은 네 몫이라 말해주었다.

"제 거라고요?"

서효가 이상한 표정으로 되물었다.

"언제부터 제 몫을 챙기셨다고."

"다 네 것이니 천천히 먹어라. 부족하면 말하고."

"서효님은요?"

"아가씨께는 많이 갖다 드리지 않았느냐. 한 번쯤은 네게 온전히 고마움을 표해도 괜찮겠지."

그 말을 하는 차언의 표정이 너무 다정했나 보다. 아니면 저도 모르게 너무 부드러운 시선으로 서효를 바라보았을지도. 서효가 납득이 안 간다는 얼굴로 찬합 뚜껑을 닫았다.

"그러고 보니 이틀 전에 제가 왔을 때도 서효님 안부를 묻지 않으셨죠."

은근히 날카로운 구석이 있다. 차언은 기억나지 않는 척 넘어가려 했다. 서효가 어림도 없다는 듯 재차 강조했다.

"제가 돌아갈 때까지 한 번도 묻지 않으셨다니까요?"

"네가 별말 없으니까 그저 잘 있겠거니 했지."

"이런 안일한 태도."

서효의 입술이 뾰로통해졌다. 대답이 마음에 안 드는 거다. 그러나 차언은 다른 이유로 입술을 빤히 보게 되었다.

예쁘고 탐스러운 입술. 한입에 쪽 삼켜 버리면 얼마나.

"심지어 딴생각을 하는 거예요? 무려 서효님 얘길 하고 있는데."

몽상이 거기서 끊겼다. 차언은 마주 앉은 서효를 쳐다보았다. 그가 서효 본인에 대해 좀 더 열심히 생각하지 않는다며 섭섭해하는 모습이 귀여웠다.

아주 그냥 숨만 쉬어도 귀엽지.

한편, 당장에라도 끌어안고 진심을 고백하고 싶은 마음이 솟구쳤다. 내가 왜 네 생각을 안 해. 동녘에서 해가 뜨고 밤하늘의 달이 질 때까지 한시도 널 그리워하지 않는 때가 없는데. 내 욕심대로 행동하면 혹시라도 네가 다칠까 봐, 치미는 뜨거움을 누르고 또 누르고.

"서효님 보고 싶다고 할 땐 언제고……. 순 거짓말이었어."

"부부라고 오해한 가게 주인, 무안 주지 말라고 할 땐 언제고?"

차언이 넌지시 말을 되돌려 주었다. 샐룩거리던 서효의 입가가 그대로 굳었다.

"아가씨 타령도 좋지만 주위 사람도 좀 둘러보라더니?"

"물론 그렇긴 한데."

"그래도 말 잘했다. 마침 고민이 있었거든."

그는 서효가 오래 생각할 틈을 주지 않고 바로 말을 이었다.

"아가씨께 고백하는 거 말이다."

갑자기 본인이 화제로 오르자 서효가 입을 다물고 차언을 주시했다.

"지금으로선 요원하기만 한 꿈이지만. 어쨌든 언젠가 아가씨를 만나게 되면, 제대로 사죄한 뒤 고백을 하고 싶은데."

이전에도 좋아한다고 말하긴 했었다. 하지만 그때와 지금은 다르다. 서효가 모든 기억을 되찾은 지금, 그는 진심으로 미안함을 전하고 싶었다. 더불어 그녀를 가슴에 담게 되면서 제게 일어난 변화를 알려주고 싶었다.

내가 감히 너를 계속 품어도 될까. 사랑해도 될까.

그녀의 뜻을 묻고 싶었다. 받아들여 주지 않는다 해서 고이 정리될 마음은 아니나, 서효의 끄덕임 한 번은 무엇과도 바꿀 수 없는 위안이 될 터였다.

"그때 아무래도 내가 입맞춤을 할 것 같거든."

"콜록!"

가만히 듣고 있던 서효가 기침을 했다. 먹거나 마신 게 없는데 참으로 뜬금없는 기침이었다. 침을 삼키다가 사레들기라도 한 것일까. 차언은 서효의 기침이 가라앉을 때까지 기다려 주었다.

"사죄한다면서요. 고백이라며…… 갑자기 입맞춤을."

"그러니깐."

"세 개를 동시에 하려고요? 하, 하나에만 집중하는 게 좋을 것 같은데."

"나도 아는데 '격정'을 제어할 수 없을 것 같아서."

특별히 격정이라는 두 글자에 힘을 주어 말했다.

"눈이 홱 돌아갈 것 같거든."

"허, 허허허, 허허."

서효가 애써 어색한 웃음을 지어 보였다. 굳어버린 안면 근육을 움직여 보려는 게 안쓰러울 정도였다.

"그래서 말인데 미리 연습을 해보려고 한다. 어떤 식으로 하는 게 좋을까? 네가 좀 도와주지 않겠나."

서효의 입이 비단잉어처럼 뻐끔거렸다. 갈 곳 잃은 손가락이 차언을 향했다가 본인을 향했다가 둘 사이를 분주히 오갔다. 자신이 제대로 들었는지 믿을 수 없어 하는 모습이었다.

"일단 부담스럽지 않게 이 정도……."

"잠깐, 잠깐만요!"

차언이 가까이 다가서자 서효가 두 손 들어 안전거리를 확보했다. 이 남자가 진짜로 할 생각이라는 걸 깨달은 것이다. 깜찍하고도 부질없는 시도였다.

"입맞춤 연습을 하겠다는 거죠, 지금? 진짜…… 닿으려고요?"

"아, 걱정 마라."

차언은 어쩜 자신이 이걸 빼먹을 뻔했는지 황당하다는 표정으로 무언가를 꺼내 들었다. 바스락거리는 소리가 났다. 서효에게도, 차언에게도 낯설지 않은 물건이었다. 일명 추억 팔이랄까.

물론 궁녀 서효의 입장에서는 아는 척을 할 수 없겠지만 말이다. 차언이 꺼내 든 것은 얇은 종이였다.

"네 입술은 지켜줄 테니까."

지켜주고 말고의 문제가 아니잖아, 라는 조그만 혼잣말이 들려왔다.

서효는 침착해 보려 애썼다. 어떤 식으로 말해야 차언이 말도 안 되는 짓을 멈출지 고민해 보기도 했다. 터무니없이 짧은 시간 동안 말이다.

결과는 '불가능'이었다. 도저히 정상적인 생각을 할 수가 없었다. 서효의 머릿속을 가득 채운 건 단 하나. 차언이 도대체 왜 이렇게 변했나. 그것뿐이었다.

갑자기 왜 이렇게 다정해졌지? 막 배려도 하고, 따스한 미소도 짓고. 남에게 오해 사는 걸로 치를 떨던 사람이 아무렇지 않게 달달한 말을 던지고 말이야. 게다가 곰곰이 생각해 보니, 저번에 정명이 어떤 물건을 주느냐고 따져 묻던 상황은 마치 차언이 질투를 하는 것처럼 보이는 면이 있었다.

질투라니. 그럴 리가 없는데.

"일단 가볍게 시작해 보지."

"워."

서효가 둘 사이 거리를 벌리고 있는 손을 재차 흔들었다.

"저 아직 동의 안 했어요."

입맞춤 연습이라니. 그런 거 순순히 도와줄까 보냐. 서효의 눈썹에 힘이 실렸다. 갑작스럽고, 당황스럽고, 뭐가 뭔지 모르겠고. 으으, 어쨌든 안 된다. 이렇게 갑자기는 곤란하다고.

"직접 닿지는 않는다니깐."

차언이 고집 피우는 어린아이를 달래듯 부드럽게 굴었다. 굳이 고개를 숙여 서효와 시선을 맞추면서 은근한 미소를 짓기도 했다.

"나쁜 놈 한번 도와주는 셈 치고, 응?"

"나쁜 놈은 도와주면 안 되거든요……."

불만을 담은 채 미적지근하게 대답하자 차언이 쿡쿡 웃었다.

"그렇긴 하지. 한데 난 나쁘지만 좀 짠한 놈이잖느냐?"

무서운 남자. 본인의 속성을 정확하게 파악하고 있다. 이걸 똑똑하다고 해야 하나, 아니면 교활하다고 해야 하나. 약았다는 표현도 애매하게 안 어울리는 것 같고. 서효가 우물쭈물하고 있으니 차언의 미소가 더욱 조르듯 변했다.

"넌 아가씨의 현재 상태를 제일 잘 파악하고 있으니까. 어떤 방식이 적절할지, 모든 판단을 네게 맡기겠다. 그러니…… 응?"

천제님, 저랑 면담 좀 하실래요. 혹시 큰아드님 교육 과정 중에 애교학 같은 거 있었나요? 교태론이나 아양법이라도? 네? 언제 어디서 배웠는지 모를 엄청난 기술을 제게 걸고 있다고요.

문제는 차언이 싫지 않다는 거였다.

한창 미워할 때조차 마음 한구석으로는 그를 보고 싶어 했다.

용서하지 않겠다, 뺨을 때려주겠다 벼르면서도 남은 평생 차언을 볼 수 없다는 말에 상심한 그녀였다.

그랬는데, 함께 위기를 넘긴 것을 기점으로 차언을 용서하기까지 했다. 마음의 벽이 완전히 허물어지고 만 것이다. 한데 입맞춤 연습을 하겠다고?

상황이 이상하게 돌아가고 있음을 알고 있는데도 그의 제안을 강하게 뿌리칠 수가 없었다. 뽀뽀 도둑. 첫 입맞춤의 달콤함. 가슴을 간지럽게 만드는 추억이 서효의 안에서 새록새록 피어났다.

"해도 되겠지?"

차언이 시선을 떼지 않은 채 동의를 구했다. 서효는 끄응 앓는 소리와 함께 고개를 살짝 끄덕였다. 나뭇가지 사이로 비치는 겨울 햇살처럼, 차언이 웃었다.

"그럼 가볍게 이마부터."

차언은 제 접근을 막고 있는 서효의 손을 잡더니 그대로 깍지를 꼈다. 손가락 사이를 파고드는 단단한 감촉에 서효가 놀란 눈을 하였다.

산을 내려갈 때 차언의 품에 안기기도 했다. 몸이 성치 않은 차언을 부축할 땐 거의 한 몸처럼 엉켜 걸었다. 하지만 둘 다 어쩔 수 없는 경우였다. 지금처럼 다정한 분위기에서 손을 잡은 적은 없었다. 진짜 정인이 된 기분이었다.

놀라서 굳은 사이 차언의 입술이 이마를 가볍게 스치고 지나갔다.

"어떠냐?"

차언이 손깍지를 풀지 않은 상태로 서효의 의견을 물었다. 서효는 그저 까만 눈을 깜빡거렸다.

"이상한가? 부담스러워? 이 정도인데 화를 낼 것 같아?"

"어……."

"아가씨가 화를 낼 것 같으냐고 물었다."

서효는 애써 목소리를 짜냈다.

"잘 모르겠어요."

"잘 모르겠다니. 그것 말고 다른 의견은 없나?"

"너무 빨리 끝나서 잘."

혹시 자신이 말실수를 한 걸까? 그런 게 아니라면 어째서 차언이 갑자기 저런 미소를 짓는 걸까. 음험하다고 하면 너무 나쁘게 표현하는 것 같다. 뭐라고 해야 좋을라나.

공들여 만든 덫에 토실토실한 토끼가 걸려들었을 때? 모든 것은…… 계획대로다?

"그런 문제라면 당장 개선이 가능하지."

차언이 서효의 눈을 그윽하게 들여다보며 다가왔다.

"이번엔 여기 해보려고."

그의 입술이 천천히 다가와서는 서효의 뺨에 살포시 내려앉았다. 마치 도장을 찍듯 꾸욱 내리찍는데 이마에 입 맞출 때보다 훨씬 많은 부분이 맞닿았다.

이 가면 이상해. 아무리 피부처럼 달라붙는다고 해도 이렇게 상대의 입술 온기까지 전해주면 안 되는 거 아니야? 조금만 더 얇았다가는 살갗이 스치는 감촉까지 느껴질 판이었다. 서효의 얼굴이 달아오르기 시작했다.

"어떻지? 너무 거칠었나?"

"딱히 거칠지는 않았는데요……."

"그래?"

차언이 바스락거리는 얇은 종이를 얼굴 가까이 들어 올렸다. 야화루의 추억을 떠올리게 하는 물건이었다. 아니, 이마랑 볼 다음에 바로 입술이야?

가면은 입술까지 덮어주진 않았다. 그 말인즉 서효는 얇은 종이를 사이에 두고 차언과 진짜로 입을 맞춘다는 뜻이었다. 서효가 허둥대는 모습을 보이자 차언이 의아해했다.

"이마에 하고 볼에 했지. 그다음에 발등에 입 맞추는 건 이상하잖아."

"누가 발등에 하래요?"

왜 그렇게까지 건너뛰는 거냐고. 난 그저 입술이 닿는 상황이 당황스럽고 헷갈리는 건데. 그러나 차언은 더 이상의 머뭇거림을 허용하지 않았다. 서로의 숨결이 닿기 직전까지 다가와 얇은 종이를 끼웠다.

'심장이 터질 것 같아.'

서효는 차언의 눈을 보다가 결국 마지막 순간에 눈을 감았다. 얇은 종이 너머로 따뜻한 입술이 닿는 게 느껴졌다. 새가 부리로 쪼듯 부드럽게 닿고 또 닿고. 고개를 틀어 느릿하게 비비자 종이 구겨지는 소리가 났다.

'훗, 언제까지 하려는 거지?'

너무 오래 이어지는 것 같아 힘이 들었다. 숨 쉬기도 벅차고 두근거림을 견디기도 힘겨운데.

"읍!"

순간 두 사람 사이를 막고 있던 종이가 아래로 떨어져 내렸다. 그와 동시에 차언이 손깍지를 풀고 서효를 강하게 끌어안았다. 차언은 이성의 끈을 놓아버린 것 같았다.

온화하고 상냥하게 입술을 대던 사람은 어디 가고 서효를 집어 삼킬 듯 빨아당기는 남자만 있었다.

'뜨겁고 말랑해서…… 머리가 어지러워.'

아까는 얼굴이 달아올랐는데 이제는 온몸에 열이 오르고 있었다. 귀를 막고 싶은데 자꾸 부끄러운 소리가 났다.

'더는 못 견디겠어.'

서효가 그만하라는 뜻으로 차언의 어깨를 콩콩 때렸다. 왜 그게 자극을 올리는 신호로 이어졌는지는 요만큼도 모르겠다. 그는 아예 서효를 바짝 껴안고 츄릅 소리가 나도록 몰아세웠다. 또, 또 이런다. 집사의 몹쓸 버릇이 나왔다.

'또 목으로 넘어가지!'

주먹이 아프도록 세게 때리고서야 차언이 입술을 떼어주었다. 그래봤자 늦었다. 가면이 덮어주지 않는 서효의 하얀 목에는 울긋불긋한 자국이 생겼다. 한동안 목감기 핑계를 대며 목도리를 하고 다녀야 할 지경이었다.

"이게 뭐예요!"

서효 아가씨와 겹치는 버릇이든 뭐든 상관없다. 서효는 차언의 종아리를 있는 힘껏 차버렸다.

"종이 대고 한다더니! 그리고 나, 나는 아가씨도 아닌데!"

"하아, 하."

차언이 손등으로 입술을 훔치며 호흡을 골랐다. 뭘 닦을 게 있다고 그렇게 닦는데. 손등을 써야 될 정도로 젖어 있지 않거든요? 게다가 전력 질주한 듯이 숨 고르지 마시죠? 누구는 숨 안 가쁜 줄 아나. 괜히 야릇하게 들리게끔 말이야!

생각할수록 화가 머리끝까지 났다. 지금 자신은 가면을 쓰고 있었다. 서효 아가씨도 아니고 아가씨를 모시는 궁녀란 말이다. 입맞춤 연습도 꺼림칙하긴 했지만 어영부영 넘어갔는데, 이게 미쳐서 궁녀한테 입술 박치기를 해?

서효의 속이 부글부글 끓기 시작했다.

야, 너 정신 차려요. 우리 아직 파혼 안 했고 넌 두 번이나 혼례식 올릴 뻔한 몸이거든요? 나랑 초야도 보냈거든요? 제발 곁에 있게 해달라고 무릎 꿇고 빈 쪽이 누군데 이러실까?

"하, 미안하다. 정말 아가씨와 한다고 생각하니 정신이 나가서."

"본인도 알고 있네요. 완전히 미쳐 버린 걸!"

"내가 우려한 '격정'이 이런 거다."

"격정 좋아하시네!"

서효가 분을 삭이지 못하고 발을 굴렀다. 한참 동안 차언의 순정과 자신의 실망에 대해 목소릴 높였다. 남자의 정절까지 언급하였다. 잠자코 듣던 차언이 문득 이상한 눈으로 서효를 보았다.

"한데 너는 어느 쪽에 더 화를 내고 있는 거지?"

서효가 씩씩 숨을 고르며 차언을 노려보았다.

"그게 무슨 말이에요?"

"정인도 아닌 내가 뜨거운 입맞춤을 해서? 아니면 일편단심 아가씨라던 내가 잠깐 정신을 놓고 네게 입을 맞춰서?"

그게 뭐야. 둘이 뭐가 달라. 짜증나.

"혹시라도 네가 아가씨 대용품처럼 느껴졌다면 정말 미안하다."

서효가 눈을 깜빡였다. 그런 식으로 생각한 적은 없는데, 차언의 말을 듣고 보니 그렇게도 말이 되는 것 같았다. 와, 이거 갈수록 화가 나네?

"어쨌든 네가 아가씨를 깊이 생각해 준다는 건 알겠어."

그런 거 알아주지 않아도 되거든요. 아, 화나. 속 터져. 내가
나라고 밝히질 못해. 너 지금 서효 아가씨와 서효 궁녀 양쪽에게
점수 왕창 깎인 거라고 말하고 싶은데! 왜 입이 있는데 말하질 못
하니! 왜 말하질 못해!

"으아아아아!"

서효가 제자리서 팔짝팔짝 뛰자 차언이 내가 그렇게 입맞춤을
못했느냐고 엉뚱한 질문을 하였다. 오늘 들은 말 중에 가장 황당
한 소리였다. 꿈에서 되풀이될 것 같아 무서울 지경인데 이 무슨
헛소린가 말이다.

그저 눈이 아프도록 차언을 흘겨봐 주는 수밖에 없었다.

"국수 한 그릇 말아오너라."

"탁월한 선택이십니다."

"주둥이만 산 놈. 곤장을 때려줄 놈. 얼간이 같은 놈."

노부인이 머슴을 노려보며 구수한 욕 한가락을 뽑아냈다. 노부
인의 옆에는 초가 가까이 내려왔다가 눌러앉은 서효가 있었다.
둘 다 차언을 쳐다보는 눈초리가 곱지 않았다. 그러건 말건 차언
은 반짝이는 햇살처럼 화사하게 웃을 따름이었다.

"뭐가 좋아서 저리 실실 웃느냔 말이야."

노부인이 불만스러운 얼굴을 하고 탁자를 두드렸다.

"언젠가부터 아주 미쳐서는 가만히 있다가도 웃고, 마음에도
없는 소릴 지껄인단 말이지."

"말발은 또 어찌나 좋은데요."

서효가 팔짱을 끼며 말을 받았다.

"수상하다 싶어서 캐물으면 구렁이 담 넘어가듯 화제를 돌린다 니까요?"

"그렇지. 암, 그렇고말고."

"저 꿍꿍이속 알 게 뭐야. 완전 짜증나요."

"누가 할 소리."

노부인이 탁자 위에 놓인 찻잔을 들어 단숨에 내용물을 비웠다. 그러다가 뭔가 짚이는 구석이 있는 것처럼 서효를 빤히 쳐다보았다.

한편 차언은 땔감을 가지러 마당으로 나왔다가 열린 창문 너머 서효와 눈이 마주쳤다. 서효가 자기를 어떤 눈으로 보고 있는지 깨닫지도 못한 채 그저 미소로 화답할 뿐이었다. 이에 노부인의 시선이 더욱 의심스러워졌다.

"저 녀석."

노부인이 차언을 가리켜 말했다.

"네게 꼬리 치고 있는 거 아니냐?"

"……네에?"

차언을 흘겨보느라 노부인의 말을 놓칠 뻔한 서효가 목소릴 높였다.

"너한테서 눈을 못 떼고 있질 않느냐. 네 숨 쉬는 소리 하나, 손끝 하나에 온 신경을 곤두세우고 있는 것 같은데."

"설마요."

서효가 그리 말했다가 이내 입을 다물었다. 노부인의 지적을 듣고 보니 요즘 차언의 언행이 심상치 않은 듯하였다. 이미 속으로 수상하다고 느끼고 있었는데, 외부에서 확신을 더해준 격이랄까.

이틀 전 입맞춤 연습을 잊으면 서운하지. 내면의 목소리가 서효를 일깨웠다.

그래, 꿈에서는 물론이고 눈 뜨고 있는 순간에도 자신을 괴롭힌 그때 그 사건. 이렇게 생각해도 기분 나쁘고, 저렇게 달리 생각해 봐도 화가 나는 사건이었다. 그때도 노부인이 말한 것과 비슷한 이유로 분노했던 것 같다.

"저 녀석도 나처럼 너를 정명님의 궁녀로 알고 있지 않느냐?"

노부인이 유달리 '나처럼'을 강조하며 말했다. 하지만 강력한 의혹에 빠진 서효의 귀엔 그런 것이 들어오지 않았다.

"네, 그렇게 알고 있죠."

"서효님 시중을 들고 있다고도 말했고?"

"애초에 그 이유 때문에 절 경계하지 않았는걸요."

"한데 왜 너를 아까워 죽겠다는 눈으로 보느냔 말이다. 온 세상이 무너지도록 아가씨만 외쳐 부르던 놈이."

노부인이 더는 생각할 것도 없다는 듯 잘라 말했다.

"분명 딴마음을 품은 거라니까?"

"우씨."

"온다, 온다."

부엌 쪽에서 소리가 들리자 노부인이 주의를 주었다. 서로에게 정체를 드러내지 않았다 뿐이지, 속내만큼은 한 마음 한 뜻이 된 두 모녀는 뱁새눈을 하고 차언을 기다렸다.

그가 너른 접시를 하나 들고 왔다. 청채볶음을 포함한 찬 서너 가지가 가지런히 올려져 있었다. 차언은 서효가 좋아하는 버섯조림이 정확히 서효 앞에 놓이도록 접시 위치를 맞추었다. 모녀는 소름 끼치는 물증을 발견한 듯 시선을 마주했다.

"육수를 내는 데 시간이 좀 걸리니 잠시만 기다려 주시죠."

분명 노부인에게 말하고 있는데, 시선은 서효에게 고정되어 있었다. 식탁에 가만히 앉아 차언이 내주는 밥을 기다리는 모습이 예뻐 미치겠다는 표정이었다.

그가 부엌으로 떠나자 모녀는 숨을 몰아쉬었다. 서효는 입술을 잘근 깨물었다.

"네가 버섯조림을 좋아한다고 말한 적이 있느냐?"

"없어요. 전혀요."

"수상하구나……. 혹시 만에 하나 저 녀석이 네 정체를."

여기까지 말한 노부인이 혀를 깨물었다. 하마터면 큰 실수를 할 뻔했다. 다행히 말을 끝맺은 게 아니라 다른 핑계를 댈 수 있었다.

"그러니까 내 말은, 너를 다른 사람으로 알고 있는 건 아니냔 소리지."

"다른 사람 누구요?"

"녀석이 저렇게 흐물흐물한 눈을 하고 볼 사람이 또 있을까."

노부인의 말을 되짚어보던 서효가 크게 놀란 표정을 지었다.

"저!"

이쪽도 큰 실수를 할 뻔했다. 다행히 말을 끝맺은 게 아니었고, 무조는 딸이 하려던 말을 눈치챘기에 오히려 철저히 못 들은 척을 해줄 수 있었다.

"저를 서효님으로 오해하고 있다고요?"

"뭐 어떻게든 모습을 바꾸었거니 하겠지."

혹시 그럴 가능성은 없냐고 진지하게 물어왔다. 서효는 열심히 고개를 내저었다. 이제껏 정체를 들킬 위기가 몇 번 있었다. 그때마다 혼신의 힘을 다해 위기를 넘겼다.

차언이 정말 속아 넘어간 걸까? 서효라고 의심해 보지 않은 건 아니다. 하지만 모든 의심에도 불구하고 차언이 아직 속고 있다고 믿는 까닭은, 역설적이게도 그의 태도 때문이었다.

아무렇지 않게 서효를 대하는 태도. 갑자기 거리를 좁히고 다정하게 굴지언정 안타까운 눈을 하지는 않았다.

서효가 아는 차언이라면, 제 앞에 아가씨가 있는 걸 깨달은 순간 제대로 서 있지도 못할 터였다. 감정이 북받쳐 눈물을 흘릴 것이다. 미안하다며, 잘못했다며 바닥을 길 터였다. 그러니까 차언은 지금 서효의 정체에 대해 모르는 게 맞았다.

"아니에요. 그럴 리 없어요."

"확신하느냐?"

"확신해요."

"그럼 남은 건 하나뿐이네."

노부인이 젓가락으로 탁자를 두드렸다.

"저놈이 반반한 얼굴값을 하고 있는 게지."

"……죽었어."

식탁에서 어떤 이야기가 오가는지 모르는 자가 쟁반을 들고 나왔다. 따끈한 김이 피어오르는 국수 그릇을 내려놓았다. 너무나 당연하다는 듯 제일 먼저 서효 앞에 그릇을 내려놓더니, 노부인에게도 주었다.

기분 탓인지. 서효 그릇에 담긴 고명이 더 수북해 보였다.

"드시죠."

이번에도 노부인에게 말하면서 시선은 서효를 향했다. 서효가 마음에 들지 않는다는 표정으로 국수를 호로록 삼켰다.

"간이 맞느냐?"

그녀가 먹기만을 기다렸다는 듯 서효를 쳐다보던 차언이 물었다.

"싱겁진 않고?"

"괜찮은데요."

"다행이구나."

비로소 안심이라는 양, 그제야 젓가락을 드는 것이다. 하지만 차언의 젓가락이 향한 곳은 자신의 국수 그릇이 아니었다. 그는 버섯조림을 집어다 서효의 국수 위에 얹어주었다. 노긋하게 휘어진 눈매에는 하루 종일 웃음기가 걸려 있었다.

"내 입은 입이 아니냐?"

노부인이 퉁명스럽게 타박했다.

아무래도 놈이 서효의 정체를 눈치챈 것 같은데 딸은 아니라고 딱 잡아뗀다. 만약 눈치를 챘다면 팔불출이고, 서효 말대로 아직 모른다면 딸이 아닌 계집에게 알랑거리는 꼴이었다. 어느 쪽이든 괘씸하기는 마찬가지. 노부인은 평소보다 더욱 심통 맞게 굴었다.

"어르신을 앞에 두고 어린 계집애부터 챙기는 건 어디서 배운 버르장머리냐?"

"물론 노부인을 홀대할 생각은 없었습니다."

좋아하는 여자 앞이라고 태도까지 바꿔먹은 건지. 차언이 저답지 않게 노부인의 시중을 들었다. 그녀가 즐겨 먹는 숙주볶음을 정확하게 짚어내 국수 위에 올려 주었다. 그 와중에 취향을 파악당해서 기분이 상한 무조였다.

'귀신같은 놈.'

한편 서효는 이렇게 벼르고 있었다. 순정 하나만큼은 굳건한 줄 알았는데 너 딱 걸렸다고. 이 모든 것이 아가씨만 보면 녹아내리고 마는 집사 탓이었다.

❖

서효는 면경을 들여다보며 입술연지를 고쳐 발랐다. 연고 통을 열어 달콤한 복숭아 냄새를 맡아보고는 손등에 잘 펴발랐다.

오늘 옷 색깔이 얼굴빛과 잘 어울리는지 확인하던 서효는, 자신이 정인과의 약속을 앞둔 여자처럼 굴고 있다는 것을 깨닫고 황급히 면경 앞에서 물러났다.

안 되지, 벌써부터 이렇게 물러지면 안 돼. 비록 차언이 이상하리만치 온화하게 굴고 있지만 나까지 넘어가선 안 된다고.

"나도 도도한 아가씨가 되어보겠다 이거야."

어깨 뒤로 머리카락을 찰랑 넘기며 전의를 가다듬는 서효였다.

마지막으로 외투를 걸치고 방을 나서는데, 궁녀 한 무리가 앞을 지나갔다. 서효에게 인사하는 것도 잊은 채 걸음을 재촉하고 있었다. 하인의 어린 아들까지 깍듯하게 예의를 지키는 동백에서 이는 몹시 드문 일이었다.

약초 바구니를 들고 뒤늦게 동료들을 쫓던 한 궁녀가 서효에게 고개를 숙였다. 무슨 일이 생겼냐고 물어보자 어두운 목소리로 답이 돌아왔다.

"정명님이 쓰러지셨습니다."

"정명님이요? 어쩌다가……."

"어제가 환자들을 보는 날이었다는 건 아시지요?"

서효가 고개를 끄덕였다.

"한데 멀리서 오느라 하루 늦은 환자 가족이 있었나 봐요. 상태도 아주 위중했다 하네요. 환자를 본 다음 날에는 푹 쉬셔야 하는데."

"힘을 쓰셨나 봐요?"

"네, 거의 숨넘어가기 직전의 사람을 살린 거라 기력을 완전히 소진하시고 말았어요. 지금 처소에 누워 계세요."

궁녀가 다시 인사를 하고 떠나려다 서효를 쳐다보았다.

"서효님도 함께 가시겠어요?"

"네?"

"아…… 어디 나가시려던 게 아니라면."

궁녀가 제 생각이 짧았다는 듯 한발 물러났다. 서효는 외투 자락을 만지작거리며 고민에 빠졌다. 차언과는 이틀 건너 한 번씩 만나기로 했다. 오늘은 그를 만나러 가는 날이다. 아마 노부인이 시킨 일을 하면서 자신을 기다리고 있을 것이다.

하지만 사람이 아프다는 소식을 들었는데 저 혼자 놀러 나가는 건 좀 적절치 않은 행동 같았다. 정명의 상태가 걱정스럽기도 하고.

잠깐만 얼굴을 비추고 갈까. 서효는 이내 마음을 정하고 궁녀에게 미소 지었다.

"아뇨, 가볼게요. 앞장서 주세요."

"감사합니다. 정명님이 기뻐하실 거예요."

궁녀가 환히 웃으며 걸음을 재촉하였다.

정명의 처소는 궁궐 안에서도 가장 정결하고 고상한 분위기였다. 안으로 들어서니 정신을 맑게 하는 향내가 났다. 침상에 누워 있던 정명이 서효를 보고 몸을 일으키려 했다.

"그냥 누워 계세요."

서효가 그의 가슴께를 누르며 만류했다.

"부끄럽네요. 원래는 이처럼 병약한 남자가 아닌데 말입니다."

"병약한 게 아니죠. 아픈 사람을 돕느라 힘을 쓰신 거잖아요."

둘은 다르다고 강조하자 그가 엷게 웃었다.

"문병 와주신 겁니까?"

두 사람이 대화하는 동안 궁녀가 정명의 손에 꽂힌 약침을 뽑아갔다. 다른 궁녀가 탕약을 가져와서 서효가 자연스레 이것을 받았다. 숟가락으로 떠먹이려 했더니 정명이 그렇게까지 위중한 건 아니라며 웃었다. 스스로 몸을 일으켜 탕약 그릇을 비웠다.

"왠지 유난 떠는 것 같지만 이리 하지 않으면 다음번 환자를 보기가 힘들어서요."

"자꾸 병약하다니 유난이니 그런 소리 하실래요?"

서효가 정명을 향해 눈을 흘겼다.

"저번에 다리 다친 궁녀 번쩍 안아 드는 거 봤거든요."

"질투…… 입니까?"

"그게 어떻게 질투가 돼요?"

"흐음."

정명이 시선을 딴 데로 돌리며 턱을 긁었다.

"아쉽군요. 서효님이 질투하신 거라면 더 기분 좋았을 텐데."

"훌륭한 일을 하고 계신 거니까, 자신을 깎아내리지 않았으면 좋겠어요. 저는 그 말이 하고 싶었던 거랍니다."

기운을 북돋아주기 위해 옆에 앉아 한참을 재잘거렸다. 문득 정신을 차려보니 곁에서 시중들던 궁녀들이 죄다 밖으로 물러나 있었다. 얼마나 오래 얘기한 거지? 시간을 가늠하기가 어려웠다.

정명의 첫인상은 천민이 말을 섞기 힘든 고결한 선인(仙人)이었다. 하지만 깊이 알아갈수록 말이 통하는 구석이 있어서, 저도 모르게 대화에 푹 빠지고 말았다. 편안하고 조곤조곤한 말투도 좋았다. 듣고 있으면 몸의 긴장이 저절로 풀린다 할까.

심장을 곤두박질치게 했다가, 곧 정신을 혼미하게 만드는 누구와는 참 많이 달랐다.

"큰형님이 들으시면 어이없어 할지 모르겠지만요."

정명이 미소를 머금은 채 말을 이었다.

"저는 늘 형님들이 부러웠습니다. 아, 정확히 말하면 형님들의 체력이 부러웠죠."

다섯 형제 중 막내만 힘의 속성이 달랐다. 성격 또한 달랐다. 정명은 남을 치유할 수 있는 힘을 가졌고, 힘을 과도하게 사용하면 제 몸이 쇠약해짐에도 눈앞의 환자를 지나치지 못하는 심성을 소유했다.

어찌 보면 다섯 형제는 참으로 완벽한 조합이었다.

"아주 예전에, 그러니까 첫 번째 생의 서효님이 태어나시기도 전의 일이네요. 제법 많은 상급 신들이 연루된 전쟁이 있었습니다."

신들의 전쟁인 만큼 규모가 대단했다고 한다. 최대한 인간들과 멀리 떨어진 곳에서 싸웠으나 하늘이 울리고 땅이 뒤흔들리는데 인간들이라고 이를 못 알아챌 리 없었다.

다만 그들은 망국의 징조가 아닌가 하며 제사를 드릴 뿐이었지만. 어쨌든 그 전투에 천제의 다섯 아들이 모두 참전했다.

"둘째 형님은 지략 담당이었고, 셋째 형님은 적들의 정신을 교란시켰죠. 넷째 형님은 형체를 투명하게 바꿀 수 있었고요."

그때를 추억하는 듯 정명의 눈이 뿌옇게 흐려졌다.

"그리고 큰형님이 선봉에서 군대를 이끌었답니다."

승리하기 위해 태어난 자. 정명은 차언을 그런 말로 표현했다.

"몇 날 며칠을 잠도 자지 못하고 싸웠습니다. 저야 끝없이 밀려드는 부상자를 돌보느라 전장은 구경하지도 못했지만요."

"……거기도 전장이에요."

서효가 가만히 끼어들었다. 정명이 있었던 그곳도 전장이라고 되짚어주자 그가 천천히 고개를 끄덕였다.

"형님들은 정말 강철 체력이더군요. 결정적인 전투를 앞두고 제 힘을 나눠주러 다가가니, 먼저 가서 주안상부터 차리고 있으라며 웃었지요."

"허세들은."

서효가 입술을 삐죽였다. 이에 정명의 눈이 둥그레졌다가 반달처럼 접혔다. 한 번도 형님들을 그리 생각해 본 적 없고, 천제의 아들들을 그런 식으로 표현한 사람도 없다며 한참 동안 웃었다.

왜 없었을까요. 딱 들어도 형제들의 허세구만. 막내가 기껏 힘 나눠주겠다는데 고맙다 하고 받을 일이지, 누이동생 따돌리듯 웃고 말이야. 서효가 종알거릴수록 정명의 웃음소리가 커져 갔다. 어쩌면 형들을 시원하게 '까주는' 사람을 기다렸을지도 모르겠다는 생각이 들었다.

"제 힘이 불만스러운 건 아닙니다. 단지 가끔은, 고갈되지 않는 형님들의 힘이 부럽다는 거죠."

그리고 차언은 자꾸 커지기만 하는 힘 때문에 괴로워했다. 한 번씩 밖으로 발산해야 된다며 피를 토하던 모습이 떠올랐다.

"물론 형님들께도 그들만의 어려움이 있겠지만 말입니다."

어쨌든 그런 시절도 있었다며 이야기를 마치는 정명이었다. 너무 오래 말을 하게 둔 걸까. 그가 잔기침을 하였다. 서효는 얼른 찻물로 목을 축이게 한 다음 자리에 눕혔다. 이불을 고쳐 덮어주고 상태를 살피자 정명이 연한 미소를 지었다.

"방금 깨달은 건데요. 아픈 상태가 좋은 쪽으로 작용할 수도 있군요."

"무슨 말도 안 되는 소리실까요."

"이렇게 서효님의 보살핌을 받을 수 있지 않습니까."

"치……."

서효가 일부러 힘을 주어 정명의 팔뚝을 꾹 찔렀다.

"아무리 그래도 몸져누운 정명님보다는 쌩쌩하게 걸어 다니는 정명님이 좋네요. 푹 쉬고 얼른 일어나세요."

그래야 또 다른 사람들을 돌보지 않겠느냐고 하였다. 이후 정명이 잠들 때까지 서효는 환자의 곁을 지켰다. 처소를 나설 때쯤엔 이미 노을이 지고 있었다.

잠깐 얼굴만 보고 헤어지더라도 약속은 지키고 싶었다. 서효는 발밑에 주의하며 저녁 어스름이 깔린 계곡을 내려갔다. 마음을 찡하게 건드린 한 가지가 있다면, 산길을 따라 나무에 걸린 조그만 등이었다. 작은 등불들이 서효를 차언에게 안내하는 듯하였다.

이제 노부인과도 얼추 친해졌으니, 초가집까지 가서 문을 두드려도 괜찮을까나.

"어라……."

계곡 초입까지 걸어 내려왔는데 검은 형체가 서효를 맞았다. 나무에 등을 기대고 팔짱을 낀 채 이쪽을 쳐다보는 이는 차언이었다.

"왜 여기 있어요?"

"그러게, 내가 왜 여기 있을까."

그런 답을 들으려고 물은 게 아닌데 차언은 삐딱한 투로 질문을 되돌렸다. 그를 빤히 보던 서효는 설마 하는 심정으로 입을 열었다.

"설마 계속 여기서 기다린 건 아니죠?"

"재밌는 질문이군."

차언은 눈곱만큼도 재밌어 하지 않는 표정으로 말을 받았다.

"왜 내가 기다리지 않을 거라고 생각한 건데. 오늘, 만나기로 약속한 날 아닌가?"

"그렇긴 한데……."

서효가 쭈뼛거리며 차언에게 다가갔다.

"노부인이 시키신 일도 하면서 겸사겸사 기다릴 줄 알았죠. 지금쯤이면 방에 들어가 있을 거라 생각했는데."

"미안하군. 겸사겸사 기다리지 못해서."

차언이 날선 말투로 덧붙였다.

"온종일 목 빼고 기다려서 미안하다고."

"에, 그게 약속을 까먹거나 한 게 아니라요. 정명님이 몸져누워서."

"거기까지."

차언이 갑자기 손을 들어 말을 막았다. 날카로운 눈매가 한층 더 사납게 보였다. 등불에 반사된 눈빛은 과하게 형형해서, 어두운 숲속이었다면 범과 마주쳤다고 오해할 정도였다. 말이 끝나지도 않았는데 차언의 기분은 이미 나락까지 떨어진 듯하였다.

그가 뻐근한 어깨를 이리저리 풀었다. 우둑거리는 소리가 살벌했다. 영문 모르는 사람 눈엔 그가 서효를 곤죽으로 만들려는 것처럼 보일 것이다.

"정명이 몸져누웠다……. 그래서 간호를 하다 온 건가?"

서효는 천진하게 고개를 끄덕였다.

"위중한 환자를 돌보느라 힘을 많이 쓰셨대요. 본인은 괜찮다고 하는데 낯빛이 창백해 보였어요. 사람 아프다는 말을 들어놓고 날름 오기가 그렇더라고요."

"거기 궁녀가 몇인데 하필 네가 시중을 들어?"

"간호하는데 너 나 따질 게 있나요, 뭐."

"그러니까 왜 하필."

차언이 여기까지 말하다가 답답한 듯 한숨 쉬며 앞머리를 쓸어 올렸다. 저건 정말 속 터질 때 나오는 버릇인데 어쩐 일이람. 기약 없이 기다린 것은 화가 나겠지만, 이게 답답할 일인가? 그는 심호흡을 하며 적절한 말을 고르는 것 같았다. 할 말을 정했는지 이내 입을 열었다.

"정명은 예전부터 그랬어. 제 몸 생각 안 하고 힘을 막 퍼주니 그렇지. 하나 그 녀석도 천제의 아들이자 손꼽히는 상급 신이라, 이틀 정도 요양하면 자리를 떨치고 일어난다."

서효는 '아, 그러시냐'는 표정으로 차언을 보았다. 말이 통하지 않는다고 여겼는지 그가 초조한 기색을 드러냈다.

"네가 달라붙어 간호하지 않아도 자연히 낫는다고."

"그래도 아픈 건 아픈 거잖아요."

서효가 눈을 동그랗게 뜨며 반문했다.

"늘 그래왔다고 해서 오늘 아픈 게 거짓은 아니잖아요. 게다가 좋은 일 하다가 그리 되었는데 마음이 쓰이기도 하고……."

아마 차언이 바라는 것은 약속 늦은 사람의 사과일 터. 서효는 그가 원하는 말을 들려주기로 하였다. 실제로 미안한 마음도 담겨 있었다.

"기다리게 해서 미안해요."

차언이 뭔가 말을 하려다 말고 입을 다물었다. 자꾸 한숨을 쉬는 게 이상해 보였다. 한동안 말이 없던 그가 침묵을 깨고 뱉은 말은 다음과 같았다.

"나도 아프다."

"네?"

"나도 아프다고."

사람 말 두 번 하게 만들 거냐며 눈을 가늘게 뜨는데, 왜 그 모습이 투정 비슷해 보이는지 모르겠다. 차언은 여태 이 말을 하지 못해 답답했다는 듯 짧은 말을 연이어 쏟아냈다.

"여기 찬바람 부는 데서 온종일 서 있었더니 한기가 드는구나. 나도 아프고, 열이 나는 것 같다. 어디 한번 이마 좀 짚어봐라."

"그럴 리가."

"거짓말하는 것 같나? 하, 내가 거짓말을 한다고?"

차언이 서효의 앞에 성큼 다가섰다. 손을 잡은 다음 제 이마로 이끌었다. 서효는 엉겁결에 차언의 이마에 손을 대게 되었다.

"이것 봐. 열이 난다니깐?"

"열은…… 제가 더 높은 것 같은데요."

손바닥 아래로 느껴지는 그 피부 참 곱기도 고와라. 백자 항아리처럼 윤택하고 온도 또한 정상인의 그것과 다를 바 없었다. 아프다는 건 순 뻥이었다. 일부러 비꼬려고 그리 말했는데 차언의 표정이 순식간에 굳었다.

서효의 어깨를 잡고 이마를 짚었다. 옷소매를 걷어 맥을 확인하기도 했다. 서효가 멀쩡하다는 사실에 확신이 설 때까지 그의 얼굴은 누그러지지 않았다. 그냥 던진 농담을 농담으로 받아들이지 못했다. 진심으로 그녀를 신경 쓰고 있었다.

'묘한 기분이야.'

서효는 한바탕 확인이 끝나고도 미간의 힘을 빼지 못하는 차언을 바라보았다.

"괜찮은데?"

"당연히 괜찮죠."

차언이 그제야 안도의 한숨을 쉬었다. 서효가 저를 놀리고자 한 말이란 걸 깨달은 것이다. 괜찮으면 그걸로 됐다며 더는 몰아세우지 않았다. 순간 자신을 걱정시킨 것에 대해 타박하지도 않았다.

오히려 서효는 그 모습을 보고, 다시는 차언에게 제 건강과 관련한 농담을 하지 말아야겠다고 마음먹었다. 일개 궁녀에게 지나치게 신경 쓰는 태도가 이상하긴 하다. 네게 꼬리 치는 게 아니냐는 노부인의 말을 쉽게 흘려들을 수 없었던 데엔 이유가 있었다.

하지만 그 모든 의혹에도 불구하고, 차언을 걱정시키고 싶지 않았다. 그의 얼굴에서 핏기가 빠져나가는 모습을 다시는 보고 싶지 않았다.

꼬르륵. 분위기 파악을 못한 배가 굶주린 소리를 냈다. 밥 주세요, 밥 주세요. 서효는 자신이 정명을 돌보느라 점심 거른 것을 깨달았다.

꼬르륵. 두 번째 소리에 저녁 먹을 때도 놓쳤다는 것을 알아차렸다.

"배고픈 게냐?"

차언이 서효를 향해 물었다.

"제발 부탁이니 놈을 간호하느라 식사 걸렀다고 답하지 마라."

"……그럼 입 다물고 있을래요."

"하아."

차언이 이마를 짚은 채 눈을 감았다. 고뇌의 시간 뭐 그런 건가 보다. 서효는 이만 궁궐로 돌아가서 남은 밥이라도 얻어먹어야 하나, 아니면 차언에게 국에 만 밥 한 그릇이라도 부탁할까 고민하였다.

그가 생각을 마쳤는지 서효의 손을 잡아끌었다. 초가로 들어가나 싶었는데 어째 산길을 따라 걸었다. 제게 안기라는 눈짓을 하였다.

"뭐예요?"

"산 아래 마을에 내려가 보지 않겠느냐?"

지금 이 시간에? 조금 뜨악한 표정을 지었더니 어차피 눈 깜짝할 새 도착할 건데 뭐 어떠냐며 어깨 으쓱했다.

한데 차언이 밤 나들이를 가자 한 이유가 있었다.

하루아침에 둑이 생겨 범람이 해결되었다. 마을 사람들은 더이상 장마를 두려워하지 않아도 되었다. 이것만으로도 기쁜데 마을 유지의 장남이 혼례식을 치른단다. 유지는 사흘 내내 먹고 마시고 떠들썩한 잔치를 벌일 거라 예고하였다.

경사는 한꺼번에 찾아왔다. 큰 성(城)에서나 볼 수 있는 유랑 곡예단이 마을을 방문한 것이다. 이왕 이렇게 된 김에 아예 이번 사흘을 축제처럼 보내자는 합의가 있었다고 한다.

밤의 축제.

서효의 가슴이 일순간 두근거렸다. 둘이서 약방을 꾸리며 살던 시절, 축제란 축제는 빼놓지 않고 다닌 추억이 떠올랐다.

사람들이 한창 꽃놀이를 다닐 때면 두 사람 또한 찬합을 챙겨 화원으로 갔다. 시시한 물건이 걸린 시시한 놀이도 죄다 하였다. 집사의 도움 없이 헝겊 인형을 얻어보겠다고, 반나절 동안 원 안으로 동전을 집어 던진 날도 있었다.

그중에서도 서효가 가장 좋아한 것은 단연 밤의 축제였다.

불꽃이 펑펑 터지고 아름다운 등불이 여기저기 걸린다. 축제의 여신 아희와 친구가 된 데엔 이유가 있는 법이었다. 마을이 작아서 불꽃놀이는 힘들겠지만 그래도 폭죽 정도는 터뜨리지 않을까.

"저 그럼 가판(街販)에서 파는 음식 다 먹어도 돼요?"

새알팥죽도? 구운 떡도? 맵게 볶은 국수랑 달콤한 과일사탕도? 다? 서효가 눈을 반짝이자 차언이 웃으며 고개를 끄덕였다.

"이런 거 먹느니 만들어주겠다 뭐 그런 말 하기 없어요?"

예전에 차언이 종종 하던 말이었다.

"참, 저는 땡전 한 푼 없는 궁녀니까 돈은 차언님이 내주시기예요."

"알았다."

차언이 팔을 벌렸다.

"내가 가진 게 힘과 재물뿐이니. 그 정도야 해줄 수 있지 않겠느냐."

"와, 방금 눈 하나 깜짝 않고 뻔뻔한 말을 하셨어."

그가 어서 안기라는 듯 재차 눈짓을 했다. 서효는 함박웃음을 지으며 그의 품에 안겨들었다.

평소라면 다들 저녁을 먹은 뒤 방으로 들어갈 시간이었지만, 오늘은 마을 곳곳에 등불이 켜져 있었다. 신년도 아닌데 어디선가 폭죽을 터뜨렸다. 타닥타닥, 요란한 소리가 울려 퍼졌다. 아이들은 난생처음 맞이하는 밤 축제에 흥분해 이리저리 뛰어다녔다.

옆 마을 사람들도 놀러 왔고, 어두운 밤이기도 해서 평소보다 외부인이 눈에 띄지 않았다. 덕분에 두 사람은 한결 자유롭게 쏘다닐 수 있었다.

서효는 마을로 들어서는 순간부터 입이 계속 귀에 걸려 있었다. 가판에서 파는 모든 물건을 구경할 기세로 돌아다녔다.

"차언님, 저도 바람개비!"

"저거 맛있어 보이죠?"

"차언님, 목마르지 않으세요?"

처음엔 그래도 돈 내주는 사람 의견을 묻는 눈치더니 나중에는 그조차 생략하기 시작했다.

손톱 크기의 구슬 안에 꽃이나 나무 조각을 넣어 파는 가판이 있었다. 큰 성이라면 모를까, 산 아랫마을에 정교한 세공을 하는 장인이 있을 리 만무했다. 아마 훤한 낮에 보면 조악한 품질일 것이다. 하나 축제 등불 아래 말간 빛을 반사하는 구슬은 어여뻤고 서효의 시선을 잡아끌었다.

연신 감탄사를 내뱉으며 구경하던 서효는 주인장을 보며 말했다. 손가락으로 가판 왼쪽 끝을 가리킨 채.

"여기서부터 여기까지 다 주세요."

굉장한 부자가 된 기분이었다. 주인이 싱글벙글하며 주머니에 구슬을 담는 동안 차언이 몸을 기울여 말했다.

"구슬치기라도 하려느냐?"

"이리 예쁜 구슬로 구슬치기라니 말도 안 되거든요."

"낮에 다시 보면 어딘가가 찌그러져 있거나 할 거라는 건 알지?"

"기분 망치지 마시고, 얌전히 계산이나 해주시죠?"

궁녀치고 상당히 건방진 말투였으나 차언은 입술을 늘려 웃기만 할 뿐이었다. 그는 주인장에게 주머니를 받아 챙긴 뒤 걸음을 옮겼다. 서효는 자연스럽게 다음 가판으로 넘어갔다.

"이거…… 약속에 늦은 쪽이 누군데 왜 내가 비위를 맞추고 있는지 모르겠군."

"늦은 건 늦은 거고."

잡아떼는 말투와 달리 슬쩍 차언을 쳐다보는 서효였다.

"사준다고 하셨잖아요. 이제 와서 무르기 없어요."

"하."

차언이 허공을 올려다봤다. 서효의 대답에 충격까지는 아니고 그 비슷한 것을 느끼는 듯 보였다.

"지금까지 네가 산 게 바람개비 하나, 모과차 두 잔, 머리끈 하나, 그리고 어디서 떼어왔는지 알 수 없는 불량 구슬 여덟 개인데."

"하여간 끝까지 트집을 잡아요……."

"마을을 통째로 사달라면 사줄 수도 있다. 그러니 제발 이 정도로 눈치 보지 마."

"마을을 사서 뭐해요?"

"예를 든 거야. 예시."

예시 한 번 이상하게 든다며 눈을 굴리는 서효였다. 차언의 의도를 추측하면서 시선을 딴 데로 돌리다가 사람들이 모여든 가판을 보게 되었다. 차가운 밤공기를 사이로 맛있는 냄새를 머금은 더운 김이 피어올랐다. 서효가 차언을 쳐다보았다.

"그 말뜻은 마음 놓고 다 사도 된다. 이거죠?"

"그래, 제발."

하긴, 이 남자의 물건 구매 씀씀이를 깜빡했어. 서효는 두 사람의 혼례 준비를 하던 때를 떠올렸다.

차언은 비취와 진주와 홍옥과 금붙이, 은붙이, 기타 등등 보석이란 보석은 모조리 주문하여 그리 크지도 않은 약방 창고에 쌓아 넣었다. 그렇지, 저택은 또 어떻고.

아담한 빈집을 빌려 혼례식을 올린다더니 대부호가 살 만한 저택을 보여주었다. 서효는 아직도 그 저택이 '빌린 것'인지 '산 것'인지 알아내지 못했다. 차언의 과거 행적을 떠올렸더니 거리낌이 좀 줄어드는 기분이었다.

서효는 정말 동전 한 푼도 갖고 오지 않았으므로.

"그러면 저 본격적으로 시켜요? 아주머니, 여기 볶음국수랑 튀김, 만두 두 개씩 주세요!"

달려가 빈자리에 냉큼 앉았다. 배고프니까 빨리 주셨으면 좋겠다. 이미 젓가락까지 꺼내 들고 준비 완료하였는데 뒤늦게 따라오는 차언이 고개를 절레절레 젓고 있었다.

서효를 보는 눈빛이 귀여운 이를 보는 그것과 닮아 있어서 흠칫했다. 이 남자가 뭘 잘못 먹었나. 어디에 씌었나. 왜 자꾸 묘한 눈으로 보는 거야?

고백 연습한답시고 엄청난 입맞춤을 한 것, 아직 제대로 캐묻지 않았다. 서효는 좋은 때를 노리고 있었다. 그러니까 차언의 수상함에 대해서 '보류' 상태라는 말이다.

"요리 나왔습니다!"

하지만 켜켜이 쌓여 있는 의문도 국수 가락에 말려 사라졌다. 허기에는 장사 없다. 일단은 먹고 생각하자. 허락이 떨어졌으니까 사고 싶은 것도 다 사자. 설마 나중에 빼앗으려 하겠어?

차언이 그 정도로 속이 좁지는 않을 거라 생각하며 젓가락을 놀렸다. 호로록, 호로록. 행복한 밤이었다.

"아, 배불러. 더는 못 먹겠어요."

뒷짐 진 채 걷던 차언이 당연하다는 듯 대꾸했다.

"더는 못 먹어야 하는 게 당연하지 않나. 국수에 튀김에 만두까지 싹 비우고, 일각도 되지 않아 냉차를 마셨지."

"짭조름한 거 먹고 나니까 단 게 끌려서요. 배가 터질 것 같아도 후회는 없네요. 달고 시원한 차 마시니까 입안도 개운한 게……."

서효의 눈이 앞쪽에 가 멎었다. 안 그래도 큰 눈이 더더욱 커졌다. 한 무리의 아이들이 서효의 뒤에서 달려 나와 앞을 향해 뛰어갔다.

"곡예단이야!"

"우와, 저것 좀 봐!"

"칼을 하나, 둘, 셋, 넷…… 여덟 개나 돌리고 있어!"

마을 축제의 꽃, 유랑 곡예단이었다.

번화가 한가운데에 너른 자리를 차지하고 기예를 선보이고 있었다. 단도(短刀) 여덟 개를 동시에 던지고 받던 자가 인사를 하니, 이어서 또 다른 자가 불붙인 칼을 휘두르기 시작했다. 서효는 단번에 홀리고 말았다.

"저게 신기한가? 넌 항상 저자의 기예를······."

차언이 말실수를 깨닫고 얼른 서효를 쳐다보았으나 아가씨의 정신은 이미 곡예단에 팔린 다음이었다. 그가 엷은 한숨을 쉬었다.

"저런 시답잖은 재주에 빠지다니."

"제 옆에 서 계신 분, 조용히 좀 해주실래요?"

"네 옆에 서 있는 자는 화염으로 검을 만들 수도 있는데."

"자꾸 떠드시네요."

재주꾼이 불붙인 칼을 허공 높이 던지더니 공중제비를 돌아 낚아채었다. 구경꾼들 사이에서 박수가 터져 나왔다. 이에 고무된 재주꾼은 입을 벌리고 불붙인 칼을 높이 쳐들었다.

"으으, 설마."

서효를 포함한 모두가 인상을 찡그렸다. 바로 다음 순간, 재주꾼이 든 칼은 천천히 그의 목구멍으로 사라졌다.

"목 안에 관을 넣고 견디는 거다."

"아, 좀."

"왜 그걸 모르지? 다들 모르는 척해 주는 건가?"

서효가 힘껏 눈을 흘겼다. 이분이 오늘따라 유치하게 구시네. 마침 서효의 눈에 과일사탕 가판이 들어왔다. 한입 크기의 과일에 꿀을 뿌려 굳힌 간식이었다. 서효가 그것을 가리키자 차언의 눈썹이 위로 치켜 올라갔다.

"지금 저걸 사오라는 뜻이냐?"

"그럼 무슨 뜻이겠어요? 주인 아저씨 대신 팔아주라고?"

두 개 사오라고 주문하자 차언이 어이없다는 웃음을 흘렸다.

"방금 전까지 배 터진다고 한 게 누구더라."

"냉큼 가세요."

차언을 보내고 자유의 몸이 된 서효는 조금 더 앞으로 나아갔다. 곡예의 난도(難度)가 올라감에 따라 구경꾼 사이의 긴장감도 높아지고 있었다. 정신없이 손뼉 치며 구경하던 서효는 어느새 자신이 맨 앞까지 나온 것을 깨달았다.

처음부터 앞에 서 있던 어린 소녀와 눈이 마주쳤다. 둘 다 곡예에 정신이 팔려 있던 상태였다. 풉, 하고 웃음이 터졌다.

"이번에는 세 명이 목말을 탄 채 횃불을 주고받겠습니다!"

"우와아!"

사람들이 기대의 박수를 보냈다. 현란하게 공중제비를 돌던 재주꾼이 다른 한 명의 어깨 위로 올라갔다. 세 번째 재주꾼은 중간을 괸 널빤지의 도움을 받아 꼭대기로 올라갔다. 횃불이 천천히 돌아갔다. 차츰 주고받는 속도가 빨라지자 사람들의 박수 소리도 커졌다.

"차언은 아직인가? 재밌는 장면 다 놓치겠네."

비록 그 입에서 좋은 말이 나오지는 않겠지만, 나란히 서서 구경을 하고 싶었다. 예전에 그랬던 것처럼 말이다.

가판 쪽을 쳐다보자 훤칠한 그와 시선이 마주쳤다. 차언이 슬쩍 웃으며 손에 든 과일사탕을 들어 보였다.

'빨리 와요.'

소리 없이 입 모양으로만 말한 뒤 다시 고개를 돌렸다. 맨 꼭대기의 재주꾼이 횃불 하나를 든 채 숨을 크게 들이쉬었다. 불을 뿜으려나 보다. 모두의 기대감이 정점을 찍었다.

그때 두 번째 재주꾼이 균형을 잃었다.

"으어어!"

"피, 피해!"

횃불들이 떨어졌다. 맨 꼭대기의 재주꾼은 불을 뿜으며 아래로 떨어져 내렸다. 서효는 그의 품에서 떨어진 술이 원래의 불과 만나 더 큰 불길이 되는 것을 지켜보았다. 그리고 그 불길이 제 옆의 어린 소녀를 향하고 있다는 것을 알아차렸다.

실로 순식간에 일어난 일이었지만, 서효에게는 기묘하게 느린 시간이었다. 더는 망설일 것 없이 소녀를 옆으로 밀쳤을 때, 얼굴로 뜨거운 기운이 확 쏟아졌다.

"아앗!"

우왕좌왕하는 사람들 사이로 서효가 주저앉았다.

"제게 왜 이러세요?"

"정말…… 가요?"

"울지 마세요."

"무사하셔서…… 다행입니다."

"차언, 가지 마."

차언의 귓가에 여러 말들이 맴돌았다. 각자 다른 시간대의 서효였지만 슬픈 목소리는 똑같았다. 그가 상처 입혔던 서효. 지켜주지 못했던 서효. 더 이상 아프게 하지 않겠다고 다짐하고 또 다짐했는데.

방금 전까지 자신을 보며 환히 웃던 서효가 사람들 사이로 쓰러졌다. 작고 여린 몸 위로 불길이 쏟아지는 것을 목격했다.

제가 보는 앞에서 서효가 또 변을 당했다.

"안 돼……."

차언의 손에서 과일사탕이 뚝 떨어졌다. 시간이 너무도 느리게 지나갔다. 서효는 모습을 감추었는데 자신은 아직 제자리에 굳어 있었다. 여기서부터 저기까지. 그리 먼 거리도 아닌데.

"아니야……. 더는, 안 되는데. 아닌데."

피가 싸늘하게 식는 기분이었다.

"서효."

차언이 사람들을 헤치며 걸어갔다. 갑작스런 사고에 아이들이 울었고, 어른들은 아이를 달래며 길가로 나가려 했다. 엄마를 찾는 소리와 괜찮으냐는 질문이 엇갈렸다. 그런 와중에 차언의 시선은 오직 한 곳에만 묶여 있었다.

"서효!"

그가 달렸다.

"아야……."

서효가 몸을 일으켰다. 뜨거운 불길이 덮쳐 놀랐던 것 같다. 고개를 돌리자 엄마 손에 끌려가는 소녀가 보였다. 동료들의 부축을 받으며 절뚝거리는 재주꾼도 보였다. 재주꾼은 다리가 부러진 것 같지만 어쨌든 다들 크게 다치지 않은 듯하였다.

다행이야.

아직 정신이 멍한 서효는 한동안 그 자리에 가만히 있었다. 사람들이 이리저리 움직이면서 서효를 치고 지나갔다.

얼굴이 화끈했는데 화상을 입지는 않았겠지? 서효가 머리와 얼굴을 더듬었다. 어디서 타는 냄새가 난다 싶더니 그슬린 앞머리가 손바닥에 떨어졌다. 많이 타지는 않은 게 다행이었다.

얼굴, 내 얼굴은. 그래도 가면이 한 겹 덮어줘서 다치진 않은 것 같은데.

"어."

서효가 얼어붙었다. 어쩐지 찬 공기가 바로 닿는 기분이라 했다. 손바닥 아래 느껴지는 것은 가면이 아닌 제 피부였다. 순간 심장이 쿵 떨어져 내렸다.

가면이 어디 있지? 열기 때문에 떨어졌나? 어떡해, 안 보여. 어디 있지?

너무나 중요한 물건이었다. 지금 가면을 쓰지 못하면 차언에게 정체가 들통 난다. 게다가 본래 가면은 정명의 소유물이다.

정명이나 궁녀들은 신기한 물건이 있는 전각을 자주 들여다보는 것 같지 않지만, 여하튼 가면을 제자리에 돌려놓지 않으면 서효에게 책임이 전가될 터였다. 그러다 보면 서효가 가면을 어떤 용도로 썼는지도 추궁당할 것이다.

서산으로 길을 열어주는 족자와 모습을 바꿔주는 가면. 이 둘을 연결시키는 데엔 그다지 많은 시간이 필요치 않을 터.

"어떡해……."

서효는 허둥지둥 바닥을 살피기 시작했다. 사람들의 발이 분주히 지나가는 밤거리. 흐늘거리는 재질의 흰 가면을 찾기란 예삿일이 아니었다. 그래도 주변에 떨어져 있을 거라 여겼는데 쉬이 눈에 들어오지 않자 마음이 급해졌다.

"서효."

사람들 사이로 차언의 목소리가 들렸다. 서효의 손이 떨렸다.

"아, 안 되는데."

"서효!"

"가면…… 써야 되는데."

눈물이 고이려 했다. 눈물이 나는 게 화끈거리는 얼굴 때문인지, 차언에게 들켜선 안 된다는 초조함 때문인지 알 수 없었다. 서효는 손이 더러워지는 것도 개의치 않고 마구 흙바닥을 더듬었다. 보이지 않아. 어떡해. 잃어버렸나 봐.

"안 돼. 안 돼."

"서효!"

차언이 서효 앞으로 달려들었다. 그녀의 몸을 안고 일으키려 했다. 서효는 소매로 얼굴을 가린 채 바닥에 주저앉아 버렸다. 지금 일어날 순 없다. 가면을 찾지도 못했는데.

하지만 차언은 서효가 일어나지 않는 것을 크게 다친 것으로 오해한 듯했다. 서효가 몸을 웅크릴수록 그녀의 상태를 확인하려는 손이 조급해졌다.

"많이 다친 건가? 어디가 아픈 거야? 얼굴? 다리? 다친 곳을 보여줘."

"아뇨, 괜찮아요. 혼자 일어설 수 있어요."

"거짓말! 몸을 가누지도 못하잖아."

"그게 아니라……."

그 와중에도 서효는 열심히 바닥을 탐색했다. 가벼운 종이도 아닌데 바람에 날아갈 리 없었다. 분명히 근처에 떨어졌을 텐데.

사람들의 발이 손가락을 밟고 지나갔다. 너무 아픈 나머지 소리조차 나오지 않았다. 하지만 서효는 흙바닥을 헤집는 손을 멈추지 않았다. 차언이 그만하라는 듯 힘을 주어 일으켰다.

"불길이 얼굴을 덮치는 걸 봤어."

"아니, 아직은……. 잠깐만요."

"그만."

서효의 팔을 잡고 아래로 내리려던 그가 안타까운 목소리로 말했다.

"이걸 찾고 있는 거라면."

그가 서효 앞으로 하얀 무언가를 들이밀었다. 서효의 숨이 멎었다. 제 얼굴에서 떨어져 나온 가면이었다. 이걸 차언이 어떻게. 목이 메어 조그만 소리도 낼 수 없었다.

"제가 주웠으니까 그만두세요."

차언이 속삭였다.

"아가씨."

아무 생각도 나지 않았다. 순간 서효의 머릿속은 백지장으로 변했다. 어서 이곳을 빠져나가야 한다는 생각뿐이었다. 동백으로 돌아가야 해. 어떡해. 정체를 들켜 버렸어. 바보 같이. 서효가 필사적으로 고개를 저었다. 여전히 팔을 들어 얼굴을 가린 채였다.

"뭔가…… 오해하고 계신 것 같은데요, 차언님. 저는 원래 얼굴에 큰 흉터가 있어서요. 네, 그래서 정명님이 가면을 내어주신 거예요."

뒷걸음질 치려 했지만 이내 차언에게 잡히고 말았다.

"차, 찾아주셔서 감사합니다. 일단 흉터부터 가리고……."

"아가씨."

"절 이상하게 부르지 마세요."

차언이 안타까운 한숨을 쉬었다. 얼핏 본 그의 눈가가 젖어 있었다. 눈물을 흘린 걸까? 그의 얼굴에서 두려움과 절망, 아주 약간의 안도가 비쳤다. 오랜만에 보는 표정이었다.

두려움과 절망에 질린 차언.

서효는 그 모습에서 차언이 무엇을 떠올렸는지 알아차렸다. 그가 겪었던 서효의 죽음들. 무력하게 지켜볼 수밖에 없었던 그때를 떠올린 게 분명했다. 그가 서효에게 간청하듯 말했다.

"제발 부탁이니까 다쳤는지 아닌지만 확인할 수 있게."

"아······."

안 되는데. 아직 준비를 못 했는데. 이렇게 갑자기 정체를 알릴 생각은 없었는데. 서효가 얼굴을 가린 채 떨었다.

"아가씨."

"······언제부터야."

차언은 가면이 서효의 것인 줄 알고 있었다. 놀라는 모습을 보이지도 않았다. 그저 서효가 다쳤는지에만 신경 썼다. 그는 방금 전 서효의 정체를 깨달은 게 아니었다.

"처음부터였으면 좋겠지만."

차언이 쓴웃음을 지으며 말했다.

"아시다시피 어리석은 놈이라, 가면 뒤의 소중한 진상을 일찍 깨닫지 못해서요."

단지 지금의 상황만을 가리키는 말은 아니었다. 그가 오들오들 떠는 서효의 몸을 끌어안았다. 무리하게 힘을 주면 부서지기라도 할까. 다친 새를 보듬어 안듯 조심스러운 몸짓이었다.

"죄송합니다. 일찍 깨닫지 못해서."

서효의 떨림이 심해졌다.

"혼자 두어서, 지켜주지 못해서. 결국, 아프게 해서."

"흑······."

"너무 오래 걸려서."

그가 온몸으로 서효를 감싸 안았다.

"죄송합니다, 아가씨."

서효의 손이 천천히 아래로 떨어뜨려졌다. 차언은 서효의 눈물이 잦아들 때까지 기다렸다. 어깨 떨림이 덜해질 때쯤 그가 조심스레 서효를 떼어냈다. 얼굴을 살피는 두 눈엔 짙은 걱정만이 담겨 있었다.

"일단 눈에 띄는 외상은 없군요. 그래도 물수건으로 피부를 식히는 게 좋겠습니다."

"으응."

"다른 데는 괜찮은가요? 달리 불편한 곳은 없습니까?"

"괜찮아……."

그가 안도의 한숨을 내쉬었다. 그제야 두 사람은 오롯이 마주 볼 수 있게 되었다. 차언이 안쓰러운 눈으로 서효의 젖은 뺨을 닦아주었다. 이렇게 만질 수 있다는 게 믿기지 않는 표정을 한 채 슬피 웃었다.

"저는…… 받아들여진 건가요?"

서효의 눈에서 미처 거두지 못한 눈물방울이 뚝 떨어졌다. 먹먹하게 잠긴 목소리가 나왔다.

"이미 알고 있잖아."

차언의 웃음이 더욱 깊어졌다. 슬픈 듯 기쁜 듯 몹시도 이상한 웃음이었다.

13장.
드디어
하나가 되다

"서효님, 외출하시게요?"

"일단 궐 안부터 한 바퀴 돌고요."

전각으로 가는 도중, 궁녀와 마주쳤다. 서효는 최대한 자연스럽게 미소를 지었다. 다행히 궁녀는 수상한 점을 눈치채지 못한 것 같았다. 연지를 바르지 않아도 상기되어 있는 두 뺨이라든가, 묘하게 빛나는 눈 같은 것.

"그럼 잘 다녀오세요."

"네, 감사합니다."

정원의 조각상을 들여다보는 척하다가 슬쩍 전각으로 빠졌다. 족자가 있는 방으로 향하는 발걸음이 가벼웠다. 차언과 서효, 두 사람은 이틀 전 마음을 확인했다.

"죄송합니다. 일찍 깨닫지 못해서."

"저는…… 받아들여진 건가요?"

이렇게 갑자기 정체를 들킬 생각은 없었지만, 그를 용서하는 거라면 서효는 이미 예전에 차언을 받아들였다. 별 의식 없이 가면으로 손을 뻗은 서효가 이내 손을 거두었다.

그렇다, 오늘은 진짜 서효로서 차언을 만나는 날. 모든 거짓을 내려놓고 서로의 얼굴을 보며 이야기할 것이다.

"이상한 기분이네."

족자 안에서 불어 나오는 사늘한 공기가 양쪽 볼에 느껴졌다. 서효는 서산으로 처음 넘어갈 때도 가면을 썼었다. 단 한 번도 가면 없이 이 문을 넘지 않았다.

오늘은 다른 것이다. 오늘부터 달라지는 거다.

"후, 가볼까."

차언을 보면 무슨 말을 먼저 하지? 가슴이 평소보다 크게 콩닥거렸다. 서효의 발이 안으로 들어가고, 도톰한 외투 자락이 사라질 무렵 족자가 원래 모습대로 돌아왔다.

끼이익.

전각의 문이 열렸다. 기이한 물건으로 가득찬 방에 누군가 발을 들였다. 하얀 가죽신을 신은 발이 뚜벅뚜벅 안으로 향했다. 서두를 것 없는 천천한 발걸음이었다.

붓을 잡거나 금(琴)을 타면 좋을 듯 곱고 아름다운 손가락이 선반 위를 죽 훑었다. 무언가를 찾는 것 같은 움직임이었다. 혹은 물건이 모두 제자리에 있나 확인을 하는 것도 같았다.

"흠."

맥을 짚거나 침을 놓아도 여전히 고울 손가락 끝이 한 지점에서 멈추었다. 흐늘거리는 소재의 하얀 가면이었다. 손가락이 가면을 톡톡 건드리다가 멈추었다.

"사람은 사라졌는데 가면은 남아 있다……."

천제의 다섯째 아들, 정명이 엷은 미소를 지었다. 의미를 종잡을 수 없는 묘한 미소였다. 그가 벽에 걸린 족자를 보며 고개를 저었다.

"이런, 이런."

그의 시선이 족자를 향했다. 한동안 그는 아무 말도 하지 않은 채 그저 족자를 빤히 바라보았다.

계곡을 따라 내려오던 서효는 걸음을 멈추었다. 콩닥거리는 가슴이 좀처럼 가라앉지 않는 까닭이었다. 서서 심호흡을 하고 있자, 차언이 느리게 걸어 올라왔다. 맨 얼굴의 서효를 보고 잠깐 감격한 표정을 짓다가 뭔가 이상함을 깨닫고 걸음을 빨리 했다.

"무슨 일입니까? 어디 아픈가요?"

"……뭐만 하면 아프냐고 묻네."

"그게 가장 신경 쓰이는 일이니까요."

이대로 두었다간 서효의 온몸을 살필 기세이기에, 걸음을 멈춘 이유를 말해주었다. 왠지 부끄러우니까 시선은 딴 데로 둔 채.

"아픈 게 아니라 가슴이 많이 뛰어서. 이렇게 심호흡을 하면 좀 나아지지 않을까 해서."

차언이 말없이 서효를 보았다. 으, 이러면 얼굴까지 빨개지잖아.

"그만 보지?"

"어떻게 그래요. 예뻐 죽겠는데."

이런 직설 화법.

한동안 냉담한 차언님에게 익숙해져 있던 서효다. 그는 최근 들어, 아마 서효의 정체를 깨달은 뒤부터 부드럽게 굴었지만 그래도 둘 사이엔 지켜야 할 마지막 선이 있었다. 어쨌든 서효는 궁녀이지 서효 아가씨가 아니었다.

그리고 이제 가면이 사라졌다. 서효는 자신의 집사가 눈 하나 깜짝 않고 사람을 홍당무로 만들어 버릴 수 있는 위인이란 사실을 새삼 깨달았다.

그래, 우리 집사는 이런 남자였지.

"굳었군요."

"부끄럽잖아. 적응도 안 되고……."

말을 끝까지 이을 수가 없었다. 차언이 더는 견디지 못하겠다는 듯 와락 끌어안았기 때문이었다. 그가 서효의 향취를 흠뻑 들이마셨다. 제 안의 모든 것을 서효로 채우고 싶다는 양 그렇게.

"은근슬쩍 목에 뽀뽀하지 말아줄래?"

서효가 눈을 흘기자 차언이 웃으며 몸을 떼었다. 들켜 버렸네, 혼잣말을 하며 가볍게 웃었다. 마음의 짐을 내려놓은 그의 웃음이 참 싱그러워 보였다. 늘 이렇게 웃기를, 서효는 마음속으로 간절히 바랐다.

"한데 노부인이 시키신 일은? 나랑 놀아도 괜찮은 거야?"

"우리가 만나지 못하는 동안 제가 뭘 할 거라 생각하십니까?"

당연히 모든 일을 처리했다고 하였다. 그 때문인지 노부인이 아침부터 골을 낸 것 같다고도 덧붙였다. 노부인이 무슨 일을 시켰든 차언은 완벽하게 해냈을 것이다. 이는 차언을 백오십 년 넘도록 집사로 부려온 서효가 보증하는 부분이었다.

하여튼 두 사람의 발목을 잡는 일은 없다는 소리다. 서효가 밝은 목소리로 물었다.

"그럼 오늘은 뭘 할까?"

가면을 벗고 처음 마주하는 날. 특별하다면 특별한 날이다. 차언이 서효의 질문을 예상했다는 듯 산 위를 가리켰다.

"늘 초가 근처에 머물거나 산 아래로 내려가기만 했죠."

오늘은 서산을 돌아다니자고 하였다. 서효가 고개를 끄덕였다. 사실 차언과 함께라면 어디든 좋았다.

서산의 눈이 녹은 지 오래다. 바싹 마른 나뭇가지가 서효의 발 아래서 또각또각 소리를 내며 부러졌다. 차언의 도움을 받아 개울을 건너기도 하고, 경사진 곳을 오르기도 했다. 가쁜 숨을 돌리기 위해 멈춰 선 서효가 문득 생각났다는 듯 그에게 물었다.

"아무리 생각해도 좀 얄밉네."

"뭐가 말입니까?"

"왜 나한테 빨리 말하지 않았어? 내 정체를 알았다고."

한눈에도 거리가 상당히 떨어진 나무를 작은 돌멩이로 맞추던 차언이 시선을 슬쩍 피했다. 누가 모를 줄 아나. 눈 돌리는 거 딱 걸렸다.

"오랜만에 아가씨를 놀리니 귀여워서요?"

땡. 좋은 답이 아니다.

서효는 바른 대로 대라는 표정을 지으며 가슴 앞으로 팔짱을

졌다. 어차피 방금 전은 진짜 대답이 아닌 듯하다. 차언이 픽 웃으며 다시 답했다.

두려워서라고.

술법이든 뭐든 서효는 모종의 방법을 써서 얼굴과 목소리를 바꾸었다. 차언이 그녀를 알아보지 못하기에 계속 서산으로 넘어온 것이었다. 거기서 차언이 실은 당신의 정체를 알고 있다고 밝히면 서효는 그대로 달아날 가능성이 컸다.

실제로도 서효는 그러려고 했고.

차언이 가면을 넘겨준 순간, 서효는 어디로든 달아나고자 뒷걸음질을 쳤다. 가면이 떨어진 것은 양쪽 모두에게 사고와도 같았지만, 어쨌든 차언은 서효의 그런 행동에서 제 예상이 맞아떨어졌음을 깨달았다.

"놀란 아가씨가 다시 오지 않을까 봐 겁이 났습니다. 함께 있는 시간이 달콤하기도 했고요. 그래서 하루만 더, 이틀만 더, 하고 미뤘죠."

"그 고백 연습…… 할 때는 정체를 알고 있는 상태였지?"

차언이 충격 받았다는 표정을 지었다.

"제가 아무리 망할 놈이로서니 아가씨 외의 여자에게 입을 맞추겠습니까?"

그래, 표정을 보니 알겠어. 완전히 믿기지 않는다는 듯 되묻고 있네. 하지만 나는 그때 엄청 혼란스러웠단 말이야. 서효가 입술을 뾰로통하게 내밀었다.

"나는 영문을 모르니까. 차언이 궁녀한테 딴마음 먹은 줄 알았거든."

그가 이마를 짚었다.

"노부인도 그러셨다, 뭐. 저 녀석 계속 너만 보며 샐샐 웃는 게 아주 수상하다고."

"둘은 언제 또 그리 친해진 거야……."

차언은 서효가 변치 않는 가치에 대해 이야기할 때 깨달았다고 했다. 비록 얼굴이며 목소리는 달랐지만 그때 차언을 향한 눈빛은 서효 자체였다. 충격에 온몸이 떨릴 정도였지만 애써 고비를 넘겼다.

서효는 차언을 향한 제 진심이 닿은 거라고 생각했다. 그의 행복을 바라며 그를 용서한 마음이 가면 너머 전해져 버린 거라고.

"어머."

다시 걸음을 옮기던 서효는 어느 지점에서 멈춰 섰다. 차언이 서산을 둘러보자고 한 이유는 결국 이것 때문이 아닐까 싶었다.

매화 군락지였다. 상당히 많은 수의 매화나무가 희고 붉은 꽃봉오리를 머금고 있었다. 아직 꽃을 피우지는 않았지만, 열흘 정도만 지나면 하나둘 아름다운 모습을 드러낼 것 같았다. 모든 매화가 만개하면 정말 근사한 풍경일 터다.

"다시 오죠."

차언이 흐뭇한 미소를 띤 채 약속했다.

"다음엔 먹을 것도 챙겨서 다시 와요."

"응, 따끈하게 데운 술도 있으면."

"술은 금지."

차언이 여지를 주지 않고 잘라 말했다. 예전에 꽃놀이를 갔다가 한껏 상기된 서효가 가판에서 데운 술을 사 마신 적이 있었다. 찻잔보다 큰 잔에 넉넉히 담겨 나왔다고는 하나, 겨우 한 잔이었다.

단 한 잔에 서효는 아무에게나 생글생글 웃는 상태로 변하고 말았다.

"첫 입맞춤도 기억 못 하게 하는 술, 안 됩니다."

"응?"

생전 처음 듣는 말에 서효가 눈을 동그랗게 뜨자 차언이 분한 듯 중얼거렸다.

"이거 봐. 아예 까먹었지."

"차언이랑 내…… 처음은 그때 아니야? 아희가 부추겨서 '확인' 하자고 한 때."

"제정신으로 한 첫 입맞춤이라면 확실히 그때이겠군요."

제정신이라는 세 글자에 과하게 힘이 들어갔다.

서효는 열심히 기억을 더듬어보았지만, 어느 순간부터 꽃잎이 눈앞에서 뱅글뱅글 돌던 것과 어떻게든 약방으로 돌아와 차언의 팔에 매달린 것밖에 생각나지 않았다.

그러고 보니 차언에게 '확인'을 받기 위해 이리저리 수를 쓸 때, 그가 제 방을 나서며 중얼거린 게 떠올랐다. 이러다 입맞춤도 못 해보고 안식에 드는 여신이 될지도 모르겠다고 한탄하는 서효의 말에 그가 뭐라 중얼거렸더라.

"누가…… 못 해봤대……?"

띄엄띄엄 들렸지만 어쨌든 그런 말이었다. 기억이 돌아온 이후 에는 막연히 차언이 전생을 가리켜 한 말이라고 생각했는데.

설마 이번 생에서 '확인' 이전에 첫 뽀뽀를 했단 말인가. 심지어 술에 취해서?

"말하지……."

"말했으면 어쩔 건데. 그땐 저 혼자 속앓이할 때란 말입니다. 말하면 뭐가 달라졌겠습니까? 정작 당사자는 기억도 못 하는데?"

네, 제가 잘못했습니다. 저를 잡아드세요. 수십 년 전의 일인데 다시 떠올려도 분한 모양이다. 차언이 이를 악문 채 말을 이었다.

"쓸데없이 잠만 더 설쳤겠죠."

네네, 제가 죄인이지요. 죄인이 여기 있네요. 괜히 데운 술 얘기 한번 꺼냈다가 본전도 못 찾았다. 서효는 딴청을 피우며 걸음을 재촉했다.

서산에 넘어올 때부터 맑은 하늘은 아니었다. 그저 평범한 흐린 날인 줄 알았는데 언젠가부터 안개 같은 부슬비가 내리기 시작했다. 굳이 우산을 써야 할 비는 아니라 산보를 계속했더니 어느새 어깨가 묵직해지고 말았다.

차언이 돌아갈 것을 권유했다. 그의 힘을 쓰면 얼마 지나지 않아 초가에 도착할 터였다. 하지만 서효는 내키지 않는 얼굴로 발치의 돌멩이를 툭 찼다.

"곧 그칠지도 몰라."

차언이 회의적인 얼굴로 하늘을 쳐다봤다.

"곧 그칠 비는 아닌 것 같은데요."

"차언은 나를 빨리 돌려보내고 싶나 봐."

그의 시선이 서효를 향했다. 이번에는 전혀 회의적인 표정이 아니었다.

"잘도 위험한 말을 하시네요."

"초가에 들어간다고 해도, 또 노부인이 계실지 모르잖아. 모처럼…… 단둘이 있게 되었는데."

다른 돌멩이를 툭.

차언이 물끄러미 서효를 쳐다보다가 한숨을 쉬었다. 그럼 잠시라도 비그을 곳이 있나 찾아보자 하였다. 반 각쯤 걸었을까. 조그만 가옥이 나타났다.

사람이 살지는 않지만 밖에 장작이 쌓여 있고, 집 안에는 침상, 의자, 담요처럼 간단한 세간이 갖춰져 있었다. 차언은 망태와 여러 도구들을 살펴보더니 심마니들이 쓰는 임시 가옥 같다고 하였다.

"잠깐 비 정도는 피해도 되겠지?"

"문제없을 겁니다."

동굴이나 나무 위의 집, 요새 같은 장소를 좋아하는 서효가 기쁜 표정을 지었다. 자그만 집에 쏙 들어가 환기를 시켰다. 갇혀 있던 공기가 신선한 것으로 바뀔 때쯤, 차언이 집 안으로 들어왔다. 조금 기다리니 집에 훈기가 돌기 시작했다.

이야기 도중에 지난번 고백 연습이 언급되었다. 따뜻한 차를 홀짝이던 서효는 입술을 삐죽이며 자신의 감상을 말했다.

난 그거 별로였어, 라고.

"고백을 하든가 뭘 하든가 하나만 해야지 정신 사납게 말이야."

'별로'라는 단어를 들었을 때부터 왠지 눈빛이 달라진 그가 서효 가까이 다가앉았다. 진지한 얼굴이었다. 순진한 얼굴이기도 했다. 차언은 몹시 궁금하다는 눈을 하고 서효를 응시하였다.

"뭘 하는데요?"

"뭐가?"

그가 고개를 옆으로 슬쩍 기울였다.

"고백을 하든가 '뭘' 하든가, 라고 했잖습니까. 그러니까 뭘 하냐고요."

"뭐, 뭐든⋯⋯. 어쨌든."

이건 또 예상치 못한 공격이다. 서효는 눈에 띄게 당황했다. 여
전히 풀리지 않은 꽁한 마음에 고백 연습을 들쑤신 건데, 차언이
말꼬리를 잡고 늘어질 줄 몰랐다. 이런 식으로. 놀리는 게 분명한
웃음을 머금고.

"이거저거 한꺼번에 하지 말란 뜻인가요?"

"그래. 잘 알아듣네."

서효가 눈을 새침하게 깔았다. 하마터면 주도권을 빼앗길 뻔했
다. 집사가 얼마나 능란하고 뻔뻔한 남자인지, 조금이라도 방심하
면 이 모양이 된다.

짧게 끊어 말하는 서효의 반응에 차언이 선선히 수긍했다. 무
언가를 생각하는 듯 무릎 위에 얹은 손가락을 두드렸다. 침묵이
필요 이상으로 길어지려 했다.

"예, 알겠습니다."

차언이 산뜻하게 말을 받았다.

"그럼 사과만 하죠."

"⋯⋯뭐?"

"고백을 하든지 사과를 하든지 어쨌든 하나만 하라면서요. 그
리 말씀하시니 저로서는 따를 수밖에 없군요."

뜸 들이는 동안 저도 모르게 귀를 쫑긋 세웠던 서효는 왠지 심
통이 났다.

눈치로 따지면 천계, 인간계, 명계 3세계를 통틀어 다섯 손가락
안에 꼽힐 차언이다. 서효가 얼버무린 말이 무엇인지 알아차린 게
분명했다. 뒤늦게 부끄러움을 타고 있다는 것도 눈치챘을 터다.

그런데도 이렇게 모른 척하는 거였다.

"바보."

얄미운 마음에 한 마디 내뱉자 차언이 더욱 가까이 다가왔다. 그가 서효의 뺨을 감싸며 눈을 맞췄다.

"왜 또 갑자기 바보가 됐을까? 시킨 대로 했을 뿐인데."

심장이 쿵 내려앉았다. 위험, 위험. 내면의 목소리가 위험 신호를 보냈다. 이 남자는 이제 정중한 높임말과 장난스러운 낮춤말을 자유자재로 오갈 수 있었다. 서효의 마음을 밀반죽처럼 조물조물 갖고 놀았다.

"바보를 바보라 그러지. 그럼 어떻게 불러."

퉁명스러운 대꾸에 차언이 눈을 가늘게 하고 웃었다.

"좋습니다. 그럼 신랑은 어디 있죠?"

"신랑이라니."

"여기 있는 게 바보라고 쳐요. 그럼 신랑은 어디 있느냐고요, 아가씨."

차언이 대답할 틈을 주지 않고 바로 말을 이었다.

"남편은 어디 두고 이 으슥한 산속까지 오셨을까나……."

너야. 바보도 너도, 신랑도 너고, 남편도 너고 다 너야. 이 놀려 먹기나 좋아하는 못된 집사. 서효가 불만 가득한 눈으로 입술을 내밀었다.

오는 길에 사람들이 쌓은 돌탑을 보았다. 넙대대한 돌부터 작은 돌까지 소원을 담아 하나하나 쌓아 올린 탑들이었다. 그때 서효도 하나 쌓아 올릴 걸 그랬다. 부디 말발로 차언을 이기는 날이 오기를, 하고 말이다.

그가 낮게 웃더니 서효에게 고개를 숙였다. 입맞춤을 하기 직전에 속삭이자 숨결이 그대로 도톰한 입술에 닿았다.

놀려서 미안.

그 말을 할 때까지 차언은 더없이 여유로워 보였다. 그러나 두 사람의 입술이 닿은 순간, 서효는 차언이 조금 초조한 상태라는 사실을 깨달았다.

어쩌면 조금이 아니라 많이. 가만가만 서효의 입술을 건드리던 그는 자꾸 억누른 숨을 흩어냈고, 감정을 확인하는 정도로 끝날 줄 알았던 입맞춤은 한없이 깊어져만 갔다. 달고 향긋한 복숭아를 머금듯이, 차언이 서효를 삼켰다.

숨이 약간 가빠왔지만 서효 또한 이를 멈추고 싶지 않았다. 용기를 내어 차언의 안을 쓸어 올리자 그의 전신에 힘이 들어갔다.

조금 더 따뜻하게. 조금만 더 깊게. 차언을 느끼고 싶었다.

"읏……."

서효를 끌어안는 손이 급해졌다. 단단한 손바닥이 여린 등을 타고 내려갔다. 그러던 손은 어느새 앞으로 넘어와 서효 옷의 매듭단추를 만지작거렸다.

툭, 하고 단추가 열린 순간 차언의 이성이 돌아왔다. 그는 자신이 서효의 앞섶을 모조리 열 작정이었다는 걸 깨닫고 안색을 달리 했다. 앞섶을 열고 나면 남은 것은 오직 하나뿐이었다.

옷을 말려주려고 벗기는 게 아니니까.

"시간이 벌써 이렇게 됐군요. 피곤…… 하실 텐데 이만 데려다 드리죠."

차언이 먼저 일어섰다. 그가 문을 열고 찬 공기를 들이마셨다. 호흡을 고르는 모습이 다소 힘겨워 보였다. 바깥은 어느새 저녁 어스름이 져 어둑어둑한 상태였다.

발갛게 물든 볼을 하고 그 모습을 보던 서효가 주춤거리며 일어났다. 문으로 향하는 걸음이 무거웠다.

"그럼 갈까요."

"차언."

서효가 조그맣게 부르자 반사적으로 차언이 멈춰 섰다. 그가 몸을 돌리려 했다. 서효는 그의 허리께를 가만히 끌어안으며 많은 것을 바꿔놓을 말을 하였다. 많은 것이 바뀌겠지만 결코 후회하지 않을 말이었다.

"차언. 오늘은…… 가지 않을래."

순간 집 안의 시간이 멈추는 듯하였다.

서효는 자신을 보고 바보라고 했다. 바보는 너무 귀여운 어감이고 모자란 놈이 더 어울리지 않을까. 아니면 멍청한 놈이라거나 색마라거나. 둘 다 마땅치 않으면 눈 돌아간 놈은 어때?

차언은 심호흡을 하며 스스로를 비웃었다. 서효와 함께 보내는 시간이 길어질수록 사랑스러운 마음을 참기 힘들어졌다. 처음에는 살짝만 입술을 맞대려 했다. 말랑하고 달콤할 것 같은 입술을 아주 살짝만 머금어보고 금방 뗄 생각이었다.

내 것임을 확인하듯, 인사하듯 가볍게.

하지만 애초에 불가능한 생각임을 모르지 않았다. 서효는 자신에게 모든 것을 드러냈는데, 자신은 여전히 무언가를 숨기고 있었다. 심지어 스스로를 속이고 있었다.

네가 과연 가벼운 입맞춤으로 만족할 수 있을까? 네놈이 언제부터 그리 도의를 따랐다고. 아까 낮에 서효를 끌어안은 것만으로도 이성이 흐려진 주제에.

"읏⋯⋯."

서효가 버거워하는 소리를 들으면서도 제어를 하지 못했다. 무섭게 만들고 싶지 않은데 제 안의 불길은 점점 걷잡을 수 없이 커져만 갔다.

결국 차언은 자리를 떨치고 일어났다. 미친 손가락이 서효의 매듭단추를 풀긴 했지만 아직 하나뿐이었다.

괜찮아. 아직은 버틸 수 있어. 아직까지는 다정하고 배려 깊은 놈인 척할 수 있어.

"그럼 갈까요."

"차언."

서효가 그를 불렀다. 깊은 입맞춤 탓인지 목소리가 평소보다 촉촉하게 잠겨 있었다. 물기가 묻어나는 목소리에 걸음을 휘청거릴 뻔했다. 아무 생각도 하지 마. 그냥 널 부른 것일 뿐이잖아.

서효가 머뭇거리며 다가오는 것이 느껴졌다. 반사적으로 몸을 돌리려던 차언은 가만히 뒤에서 안아오는 팔에 몸을 굳혔다. 가늘고 여린 서효의 팔이 그를 안고 있었다.

"차언. 오늘은⋯⋯ 가지 않을래."

순간 정신이 아득해졌다. 시간이 멈춘 것만 같았다. 숨조차 쉬기 힘들었다. 지금 서효가 무슨 말을 한 거지? 본인이 한 말의 뜻이 뭔지나 알고 있나?

아마 아닐 거라고, 애써 생각했다. 아늑한 집 안에서 단둘이 이야기를 나누는 상황을 말한 거라고. 어쩌면 다시 입맞춤을 할 수도 있고, 서로를 껴안을 수도 있겠지만 '그것'만큼은 아닐 거라고.

서효가 먼저 원할 리는 없다. 그게 차언의 내면에 굳게 박힌 생각이었다.

호위무사이자 신부인 백화운으로 초야를 보낸 전생에서도, 욕심을 이기지 못한 쪽은 자신이었다. 혼례식이 코앞이라며 수줍어하는 그녀를 어르고 달래고 녹여 제 이기심을 채웠다.

그것만으로도 심장이 터져 죽을 것 같았는데 이 생에선 서효가 먼저 다가와 주다니.

믿을 수 없을 만큼 행복한 일이 연달아 일어나는 건 무슨 뜻일까. 자신은 이미 충분히 행복한데, 서효는 이에 과분한 행복을 쏟아부었다.

차언이 주먹을 쥐었다 펴길 반복했다. 평정을 찾기 위함이었으나 심장은 이미 멋대로 내달리는 중이었다.

안아. 네 신부잖아. 더는 버틸 수 없다는 거 알고 있어. 예뻐서, 사랑스러워서, 그런 마음이 커질수록 더욱 깊이 닿고 싶어서 미치고 있잖아.

"차언."

서효가 재차 그를 불렀다. 언제부터 서효의 목소리에 이토록 색이 그윽했을까. 차언이 힘겨운 숨을 내쉬었다.

"더 이상 새벽이 춥지 않도록 해줘."

그가 눈을 감았다. 부질없는 싸움은 이것으로 끝났다. 서효가 따뜻함을 원하고 있었다. 차언과 함께하고 싶다고 말하였다. 서효가 바라면 차언은 따를 수밖에 없다.

어디서 비열하게 책임을 떠넘기고 있나. 가장 원하는 쪽은 네 자신이잖아.

스스로를 향한 조소 또한 접었다. 지금 이 순간, 그는 모든 것을 인정하기로 했다. 더는 피하지 않을 것이다.

차언이 천천히 몸을 돌렸다. 집 안에 어둠이 내리기 전 켜놓은 등불에 서효의 모습이 아른거렸다. 서효가 차언의 옷깃을 꼬옥 틀어쥐었다. 달콤하게 흐린 눈으로 그를 올려다보았다.

"읍!"

뜨겁게, 더 뜨겁게 서효를 삼켰다. 제발 자신에게 여유라는 것이 있었으면 좋겠다고, 차언은 간절히 생각했다. 입술이 맞물리며 츄웁, 하는 소리가 났다.

몸에 열이 올랐다. 꿈을 꾸듯 정신이 몽롱해지고 있었다. 간신히 입술을 떼었을 때, 서효가 가쁜 숨을 몰아쉬었다. 차언은 스스로 생각하기에도 어이가 없는지 성마른 웃음을 흘렸다.

"원래는 이보다 잘했던 것 같은데요."

"하아, 하……. 내가? 뭐가?"

이미 멍한 상태로 변한 서효가 의도를 파악하지 못하고 대꾸하였다. 차언이 여전히 웃음을 지우지 못한 채 고개를 저었다.

"제가요."

그의 손이 서효의 나긋한 허리를 감쌌다. 온기를 품은 손이 몹시도 느릿하게 위로 올라가기 시작했다.

손으로 서효를 기억하기라도 하려는 듯이, 몸을 이루는 곡선을 하나도 빼놓지 않고 손안에 담았다. 이미 풀어놓은 매듭단추가 옷 끝에서 달랑거렸다. 차언은 그 아래의 단추를 톡 풀었다. 그다음, 그다음도 계속.

서효의 가슴이 긴장으로 크게 오르내렸다. 단추를 다 풀고 나자 어깨에서 옷을 살짝 미끄러뜨리는 것만으로도 서효를 떨게 만들 수 있었다.

비단옷이 바닥으로 떨어짐과 동시에 하얀 속옷이 드러났다. 이미 방 안이 훈훈한데도 서효는 어깨를 움츠렸다. 차언은 부끄러움에 몸을 가리려는 손을 막았다.

그는 신부를 소중하게 안아 들고 침상으로 향했다. 한 걸음, 한 걸음 뗄 때마다 몸이 더욱 더워지는 듯하였다.

"하기 싫어지거나 무서우면 말하세요. 바로…… 멈출 테니까."

"정말?"

서효가 까만 눈으로 되물었다. 미치겠네. 그런 얼굴로 물으면 말문이 막히잖아. 차언이 지그시 아랫입술을 깨물었다. 잠시 눈동자가 흔들리긴 했지만 이내 원래대로 돌아왔다.

"무슨 짓을 해서든 멈추죠."

"그냥 물어본 건데 되게 심각한 표정으로 답하네."

차언이 서효를 침상에 눕혔다. 머리 양옆으로 두 팔을 짚고 내려다보며 그가 제 입술을 살짝 핥았다.

"아가씨가 싫은 건 안 합니다. 그건 확실해요."

"하지만 차언 눈빛이."

"미쳐 있다고?"

그가 입꼬리를 올려 웃었다.

"정신 나간 것 같습니까? 초점이 흐려요?"

"으응, 멈출 수 없을 것 같은데."

차언이 대답 대신 자신의 옷을 벗었다. 서효의 옷을 벗길 때와는 속도부터가 달랐다. 손수건 하나조차도 각을 맞추어 개는 집사는 어디 가고, 탁자를 향해 옷을 집어 던지는 남자가 있었다.

이게 어디 멈추라는 사람인가 싶겠지.

"만져요."

차언이 더운 숨을 내쉬며 간청했다.

"한 군데도 빼놓지 말고 샅샅이 만져. 네 손이 내 모든 곳에 닿았으면 좋겠으니까."

그가 서효의 손을 잡아 제 몸에 대었다. 머뭇거리던 서효의 손이 조금씩 어깨와 가슴, 늘씬한 근육이 잡힌 복부를 더듬었다.

차언의 살갗은 뜨거웠다. 또한 매끄러웠다. 서효는 제 손바닥이 쓸고 지나갈 때마다 움찔거리는 그의 몸이 신기했다. 계속 이것만 하라고 해도 할 수 있을 것 같았다. 서효는 나긋한 손을 움직여 그의 등허리로 넘어갔다.

옆구리가 쓸리는 쾌감에 차언이 이를 악물었다. 아찔하게 달콤했다. 이게 꿈이라면 절대 깨지 않기를 바랄 정도로.

차언이 웃는 듯 우는 듯 흐린 미소를 지으며 서효에게 입술을 내렸다. 가만히 닿았다가 떨어지길 반복하던 입술은 점점 열기를 머금어갔다. 그의 입술 사이로 새어나오는 숨결이 간지러웠다. 서두르지 않고 차곡차곡 단계를 올려가는 입맞춤에 먼저 애가 닳은 쪽은 서효였다.

그녀는 차언의 몸을 제게로 끌어당기며 입술을 꾹 눌렀다. 어린 물고기 같은 혀가 차언의 입술 안쪽을 섬밀(纖密)하게 문질렀다. 서효를 덮고도 남는 단단한 몸에 일순 힘이 들어가더니, 신음인지 한숨인지 모를 소리가 터져 나왔다.

치아 사이를 가르고 들어가 서툴게 혀를 비비는 신부의 유혹에 차언의 머릿속이 새하얗게 비워졌다.

"아……!"

역습(逆襲). 차언의 무도한 혀가 서효의 안을 침범했다. 휘감고 문지르며 숨이 막힐 때까지 뜨겁게 몰아가던 그가 어느 순간 입술을 떼었다. 떨어지지 말라고 할 필요도 없었다. 바로 다음 순간, 그가 서효의 목을 잘게 깨물기 시작했으니까.

"웃, 으, 간지러워……. 아니, 이상해……."

차언이 이것을 하지 못하도록 막은 이유가 있었다. 흔적이 남는 것은 둘째 치고, 너무 한순간에 서효를 야릇한 기분으로 몰아가기 때문이다.

혀끝을 세워 짙게 핥은 뒤 입술로 빨아들이다가 가볍게 깨문다. 차언이 아래로 내려갈수록 서효의 신음이 뾰족하게 변했다. 아랫배에 힘이 들어가는 기분이 이상했다. 다리 사이는 왜 이렇게나 움찔거리는지 민망할 정도였다.

"차언……. 이, 이건 그만……."

"안 들려요. 더 크게 말하세요."

"차언……."

"이렇게 하지 말까요?"

차언이 혀를 내어 얇은 속옷 위를 느리게 핥았다. 속옷 위로 도드라진 정점이 그의 혀끝에 짓눌렸다. 서효의 눈이 흐려졌다. 안타까운 신음만 흘러나올 뿐이었다.

"싫다면 할 수 없겠지만."

그러면서 어느새 얇은 속옷을 걷어낸 뒤 침상 아래로 떨어뜨리는 차언이었다. 탐스럽게 부푼 맨가슴 위로 차언의 더운 숨이 흩어졌다. 그 감각에 소름이 돋았다. 이윽고 차언이 부드러운 손길로 가슴을 그러쥐고 입을 맞추더니, 그보다 더 아래로 내려갔다.

서효를 당혹스럽게 만들려는 게 틀림없었다. 혹은 지난번 전생에서처럼 울릴 작정인 거다.

백화운으로서 보낸 초야는 흐느낌의 연속이었다. 그때의 차언은 지금보다 훨씬 절제하지 못해서, 정말 날이 밝을 때까지 서효를 탐했다. 당시 서효가 제일 견딜 수 없었던 게…….

"더 내려가지 마."

"어째서죠?"

"아, 앗, 거기…… 그러지 마."

차언의 얼굴이 한없이 아래로 내려가다가 다리 사이 은밀한 곳에서 멈추었다. 엄지로 하얀 허벅지를 느른하게 문지를 때마다 서효가 엉덩이를 들썩였다.

전생의 기억을 가지고 있는 게 이런 식으로 작용할 줄 몰랐다. 앞으로 당할 일을 이미 알고 있다는 건 조금도 좋은 일이 아니었다. 자신은 또 울게 될 것이다. 안 그래도 열 오른 얼굴이 복숭아꽃보다 더 붉게 물들었다.

"아가씨."

차언이 결국 입을 맞추었다. 서효는 부끄러운 소리가 터질 듯한 제 입을 손등으로 덮었다.

"서효."

처음보다 좀 더 오래 머물렀다.

"달콤한 내 신부……."

"흐으으……."

차언의 입맞춤이 깊어졌다. 그가 입술을 비빌 때마다 가냘픈 허리가 공중으로 떠올랐다. 극도의 쾌감이 서효를 흐느끼게 했다. 흐르는 것은 눈물뿐만이 아니었다. 급기야 열락에 신음하며 몸을 바르르 떤 순간, 차언이 만족스러운 미소와 함께 입술을 떼었다.

"가엾게도 울고 있군요."

방금 전까지 흠뻑 입을 맞춘 곳을 기다란 손가락으로 문질렀다. 물기 어린 소리에 서효의 얼굴이 일그러졌다. 그는 아직도 움 찔대는 점막을 천천히 희롱했다. 좌우로 살며시 움직였다가 위아 래로 길게 긋는 손끝에 서효의 가슴이 또다시 들썩였다.

"그만 괴롭혀……."

"괴로운 쪽은 저인데요?"

"차라리 지난번이 나았어. 집요하긴 마찬가지였지만 그래도 뭔 가 정신없이 몰아쳐서."

몸이 버거워도 이토록 애 닳진 않았다. 그런 말을 하려던 참이 었다. 차언의 눈빛이 기묘하게 변했다. 아차, 싶은 순간이었다.

"지금, 과거의 저와 비교하시는 건지?"

"그 말이 아니라."

"그때처럼 날뛰어볼까요? 아가씨만 전생을 기억하는 줄 아십니 까. 저도 똑똑히 기억합니다만."

차언이 돌연 몸을 일으키더니 서효 위로 올라왔다. 허리 뒤로 손을 넣어 제 가까이 홱 끌어당기자 두 밀부가 한 치의 틈도 없이 맞닿았다. 금방이라도 터질 듯한 열기에 숨이 막혔다.

"……다음 날 제대로 걷지도 못했잖아."

시선을 맞춘 채 그가 나직하게 속삭였다.

"내일 적어도 몸을 일으킬 순 있어야죠."

"읏."

"안 그래요?"

차언이 허리를 움직이자 맞물린 곳이 비벼졌다. 서효에게서 달 뜬 교성이 새어나오려는 순간, 그가 입술을 내려 그녀를 삼켰다. 동시에 뜨거운 몸이 서효의 안으로 밀고 들어갔다. 파도처럼 들 어온 그것은 아주 오랜 시간이 지난 뒤에야 비로소 느린 움직임을 시작했다.

인내심이 없다고 한 말은 거짓말. 제대로 못할 것 같다고 한 말
도 거짓말. 차언은 거짓말쟁이야. 몽롱한 머릿속에 그런 생각이
떠올랐다. 서효는 한숨을 쉬었다.

"차언……."

서효가 애탄 목소리로 부르자 차언이 열 오른 눈으로 쳐다보았
다. 그는 여러 번 눈을 질끈 감았고, 뜨거운 신음을 흘렸다. 단정
한 이마에는 어느새 땀방울이 맺혀 있었다. 마치 지독한 병이라
도 앓는 사람처럼 보였다.

"그만."

서효의 말에 그가 움직임을 멈췄다.

"……방금 뭐라고."

"그만. 지금 그만."

그는 목소리조차 제대로 내지 못했다. 서효가 어깨를 떨자 그
제야 아연한 표정이 사라졌다.

"지금…… 방금…… 농담을 그렇게?"

"표정 엄청 웃겼어."

"……이게 웃겨요? 이게, 웃기냐고."

자, 잠깐. 좀 놀랐기로서니 이렇게 달려드는 게 어디 있어? 어
깨를 콩콩 때리는 것도 잠시. 몸을 포갤 때마다 야릇한 자극이
서효를 간질였다. 차언은 봐주지 않겠다는 듯 허리를 움직였지만
가장 흉포할 때조차 그는 더없이 다정했다. 서효를 조금도 아프게
하고 싶지 않은 마음이 느껴져서 온몸이 따스하게 녹아내렸다.

싸늘한 밤공기가 덮쳐 와도, 검은 어둠이 일렁이며 달려들어도

더는 무섭지 않을 것 같았다. 이제는 더 이상 새벽이 슬프지 않을 듯했다.

차언, 있잖아. 서쪽에서 해가 뜨기 전까지 맺어지지 않겠다고 했잖아, 우리. 그런데 그거 알아?

방금 산이 닳았고, 강물이 말랐고, 겨울에 천둥이 치고, 여름에 눈이 내렸어. 내 안의 서녘 하늘에서 아주 눈부신 해가 떠올랐어. 그러니까 우리 이제부터 쭉 함께인 거야.

서효는 애틋한 미소를 띤 채 차언을 껴안았다. 서로가 서로에게 스며들도록 힘을 주어 꼭 안고 크게 박동하는 심장소리를 들었다. 다음 순간, 온몸이 공중에 붕 뜬 것 같더니 서효의 눈앞이 꿈결처럼 나른하게 번졌다.

……우린 늘 함께야.

너무 행복한 나머지 눈물이 날 것만 같았다.

"우으으."

서효가 이불 속에서 몸을 굴렸다. 어제는 오후부터 종일 부슬비가 내리더니, 오늘은 하늘이 화창하게 개었다. 햇살이 서효의 눈꺼풀 새로 스며들었다.

잠 깨는 데는 역시 빛이 최고네. 눈을 비비며 몸을 일으키려고 하자 옆에서 탄탄한 팔이 나와 서효를 휙 끌어안았다. 꺅, 하는 비명과 함께 몸이 딸려갔다.

서효가 눈을 깜빡였다. 마지막까지 남아 있던 잠의 여운이 달아나는 기분이었다. 옷을 아직 안 입었네. 어제 잠결에 뭔가를 걸쳤던 것 같은데 그냥 이불을 덮은 거였나. 따뜻한 이불 안에서 차언의 몸과 바로 닿았다.

으음, 이건 좋지 않아. 이유는 모르겠지만 어쨌든 건강에 나쁠 것 같아.

서효는 너른 품을 빠져나오려 발버둥을 치기 시작했다. 아무리 요리조리 움직여도 팔 한 짝을 이길 수가 없었다. 차언이 그만하라는 듯 머리를 쓰다듬었다.

"더 자요. 아가씨가 언제부터 일찍 일어났다고."

아침이라 낮게 잠긴 목소리긴 했지만 의식만큼은 또렷한 듯하였다.

"깨어 있었어?"

"제가 아가씨입니까? 여태 자게."

"왠지 지금과 되게 비슷한 상황이 있었던 것 같은데……."

차언이 더욱 힘을 주어 서효를 품에 안았다. 이제는 완전히 옴짝달싹도 못 하게 갇혔다.

"언제요? 전 기억 안 나는데."

"아니야, 있었던 것 같아."

"귀엽게 재잘대는 걸 보니 아침부터 기운이 넘치는 모양이군요."

의외로 새신부 체력이 좋아 뿌듯하다고 하였다. 뿌듯하긴 뭐가 뿌듯해. 지금 내게 필요한 건 뜨끈뜨끈한 목욕물이라고.

배도 너무 고프고, 잠도 부족한 것 같고. 어쨌든 그 많은 고난과 역경에도 불구하고 눈을 뜬 거란 말이야. 그런데 속도 좋게 내 체력을 운운해?

팔꿈치에 힘을 주고 뒤를 향해 푹 찔렀다. 윽, 하는 소리가 나서 조금 기대했다. 드디어 공격이 먹혀든 건가 하고 말이다. 하지만 차언의 팔은 꼼짝도 하지 않았다. 여전히 서효를 단단히 안은 채였다.

"도전입니까? 눈 뜨자마자 신랑을 공격해?"

"뭐, 왜, 뭐? 이거 풀어줘."

"싫은데요."

다시 한 번 팔꿈치 공격을 감행했으나 차언은 코웃음조차 치지 않았다.

"더도 말고 덜도 말고 사흘만 이러고 있죠."

"……뭐라고?"

난 지금 배고파서 꼴까닥 넘어갈 것 같은데 사흘을 이러고 있어? 문제는 차언이 진심인 것 같다는 점이었다.

나른한 행복에 잠긴 표정으로 서효의 목덜미에 얼굴을 묻었다. 그대로 얼굴을 부빌 때마다 간지러움에 몸이 비틀렸다. 일부러 이러는 거지? 아침부터 쪽쪽거리다니 반칙이다.

"사흘이라니 꿈도 꾸지 마."

"그럼 나흘."

왜 늘어나는 건데? 차언이 웃으면서 서효의 목을 살짝 깨물었다. 아프지는 않지만, 깨물리고 있다는 걸 느낄 만큼 이를 세웠다.

아주 내 몸이 제 몸인 듯, 제 몸이 내 몸인 듯 한시도 쉬지를 않죠. 덕분에 서효는 온몸이 욱신거릴 지경이었다. 오로지 뜨거운 목욕만이 살 길이었다.

몸을 돌리고 싶다고 하자, 그제야 차언이 팔을 풀어주었다. 머리가 헝클어진 모습은 처음 보는 것 같네. 서효가 흐트러진 차언을 생경한 눈으로 쳐다보았다. 솔직히 이런 말하긴 뭣하지만.

참 잘생겼다.

누구 남편인지 몰라도 아침부터 눈이 부실 지경이었다. 잠기운이 묻은 눈을 가늘게 뜨고 보는 것하며, 느른한 미소가 걸린 입술까지 모두 다. 천제의 다섯 아들 중에 가장 수려하고 가장 난폭한 이가 첫째라더니 맞는 말이었다.

"무슨 생각 중입니까?"

"……난폭해."

"응?"

"난폭하다는 생각. 치, 다정한 건 속임수였어. 본색은 나중에 드러나는 거였어."

한 번으로 끝났으면 이런 말이 나올 리 없다. 서효는 또 다른 의미로 전생의 초야를 이긴 지난밤을 떠올렸다. 전생 운운하는 짓 절대 하는 게 아니었는데 실수를 저지르고 말았다.

차언이 씩 웃으며 서효의 앞머리를 쓸어 넘겼다. 저 오만한 미소 보라지. 본인이 아름답다는 걸 누구보다 잘 알고 있는 표정이라니깐.

저, 저, 저것 봐. 방금 혀끝으로 입술을 핥는 건 무슨 의미인데? 소름 끼치게 계산된 행동이 틀림없어.

거기에 넘어가고 마는 서효도 문제긴 하지만.

"그 정도로 난폭하다고 하다니……. 좀 서운하네요."

내가 방금 잘못 들은 것이렷다.

"제가 얼마나 참고, 참고, 또 참고."

참고, 라는 말을 할 때마다 조금씩 가까이 다가오는 차언이었다. 서효가 뒤로 물러나려 했지만 워낙에 좁은 침상이라 그랬다가는 바닥으로 떨어질 판이었다.

차언이 품 안에 서효를 가두었다. 서로의 몸이 빈틈없이 맞물리게 되었다. 숨쉬기조차 버거울 만큼.

"참았는데."

"그게 참은 거라면 조만간 인내심 수업을 다시 받아야 할걸."

"가까이서 보니까 더 예쁘네요, 내 신부."

차언의 손가락이 퉁소를 연주하듯 서효의 팔뚝을 두드렸다. 가만히 짚었다가 떼고, 여기를 꾹 눌렀다가 이내 다른 손가락으로 건드렸다. 한순간도 지분거림을 멈추지 못하는 이 남자가 내 남편이라니.

초야가 끝이 아니라는 위험한 예감이 들었다. 끝내 맺어짐, 아름다운 완성이라고 생각했지만 사실 이건 끝이 아니었던 거다.

어쩌면 새로운 집착의 문을 연 것일 수도…….

서효는 차언의 긴장이 풀린 틈을 타 후다닥 몸을 일으켰다. 기상과 동시에 알아챈 대로 서효는 맨몸이었다. 속옷조차 걸치지 않은 상태였고, 매우 당연하게도 햇살 아래 나신이 훤히 드러나고 말았다.

"좋은데요. 그대로 다닐 건가요?"

"꺄악!"

잡히는 대로 이불을 끌어당겼다. 그러자 이번에는 차언의 몸이 드러나고 말았다. 자, 여기서 질문. 차언이 옷을 입고 있었을까?

그랬다면 아까 이불 안에서 몸을 겹쳤을 때 알아챘겠지. 미끈한 조각 같은 나신이 드러나자 서효가 꺅 비명을 질렀다. 정작 몸이 드러난 당사자는 태연한 표정이었다.

"해결 방법을 알려드릴까요, 아가씨?"

"뭐, 뭔데. 일단 옷부터."

"그냥 이불로 감싼 채 눈을 감고 제 옆으로 돌아오세요. 그럼 맨몸이 드러나지도 않고, 드러난 제 맨몸을 볼 일도 없죠?"

완전히 자기 좋을 대로 말하고 있잖아?

서효는 신랑의 유혹에 넘어가는 대신 종종걸음으로 이동했다. 집 자체가 좁아서 옷을 벗어놓은 곳까지 금방 다다를 수 있었다. 이불 안에서 애벌레처럼 꼬물꼬물 움직인 결과, 서효는 어제 이 집에 들어올 때와 같은 모습이 되었다.

그다음에 남은 일은 침상을 향해 이불을 휙 던지는 것뿐.

차언이 반쯤 몸을 일으킨 채 서효를 바라보았다. 아침부터 저렇게 그윽한 눈을 하기 없기다. 과도한 쪽쪽거림과 더불어 아침 금기 사항으로 못 박아야겠다.

"아직 정오 전이겠지? 그전까지 동백으로 돌아가야 돼."

그가 비련의 주인공처럼 쓸쓸한 한숨을 쉬었다.

"상처 주는 건 제 전문인 줄 알았더니⋯⋯. 상당한 실력이시군요."

"무슨 엉뚱한 소리야."

"달콤한 초야 다음 날 냉정하게 옷을 챙겨 입고 빠져나가는 신부라."

서효가 머리를 땋다가 기가 막힌 웃음을 터뜨렸다.

"그런데 그거 꽤 탐난다."

"떽."

차언이 단 한 마디로 만약의 경우를 차단했다. 농담으로라도 그런 소리 말라는 눈을 하였다. 서효가 밤새 닫혀 있던 문을 열었다. 맑고 차가운 공기가 훈김 가득한 방 안으로 밀려 들어왔다.

"어서 옷 입고 나 데려다줘. 늦으면 안 돼."

"누구랑 무슨 약속이 있으시기에 이렇게 벌거벗은 신랑을 재촉하실까."

"천제님이 오신대. 다 같이 점심 들기로 했어."

더 이상의 말이 필요 없었다. 차언은 그대로 자리에서 일어나 옷을 꿰어 입었다. 옷 주름을 털고 이불을 개어 원래 상태로 돌려놓는 데엔 많은 시간이 걸리지 않았다. 서효가 이불 안에서 끙끙 애쓴 시간의 반의반도 안 되었다.

"그냥 평범한 식사자리야. 그렇게 인상 쓸 것 없네요."

"부탁 하나만 하죠."

듣고 있다는 뜻으로 그를 응시하자 차언이 말했다.

"목에 자국 하나 내어도 됩니까?"

"떽."

"아니면 손목에."

"떽떽."

"아니면 이마에 천계 황태자비라고 새기고 가든가."

"문신하는 취미는 없거든요?"

차언이 무엇을 신경 쓰는지 알겠다. 서효는 그의 팔에 매달리며 안심하라는 듯 부드럽게 웃었다.

"진짜 밥만 먹는 거니까 걱정 마세요, 신랑님."

우리 이틀 뒤에 또 봐요. 속삭이며 입을 쪽 맞추자 그제야 표정을 조금 누그러뜨렸다. 아, 사나운 신랑 길들이기 여간 힘든 게 아니라니깐. 서효는 속으로 어쩔 수 없다는 한숨을 삼켰다.

14장.
마지막 시험

족자를 넘어오기 직전까지도, 차언은 불만 가득한 표정을 지우지 않았다. 서효는 그의 불만 속에 희미한 불안이 묻어 있는 것을 보았지만 일부러 모른 척을 하였다.

어쩔 수 없는 일이다. 정명과 단둘이라면 몰라도 무려 천제님까지 오시는 식사 자리인데 불참할 순 없는 노릇. 대신 볼에 뽀뽀를 쪽 하면서 이틀 뒤의 만남을 기약했다.

"아가씨는 절 너무 쉽게 보시는군요."

차언이 굳은 얼굴을 움직여 냉소 비슷한 것을 지었다.

"애교만 부리면 다 되는 줄 알죠? 뽀뽀로 모든 면죄부를 얻을 수 있을 거라 생각하죠?"

"아닌가……?"

"맞습니다만."

그가 서효의 목덜미를 뚫어져라 쳐다보았다. 하얀 목에 짙붉은 표식을 남기고 싶어 하더니, 아직도 그 터무니없는 욕심을 버리지 못한 거였다. 서효가 외투를 턱 바로 아래까지 끌어 올렸다.

어림 반 푼어치도 없는 소리. 내가 무슨 관아의 서류야? 도장 꽝꽝 찍고 다니게. 거기다 누가 봐도 입술로 빨아들인 흔적을 목에 찍고 다니면 다른 사람들이 어떻게 생각하겠어?

"침착하세요, 차언님. 정신을 차리세요."

서효가 목을 사수하겠다는 의지를 분명히 드러내며 차언에게 말했다.

"저는 지금 당신의 아버지, 동생과 식사를 하러 가는 거예요. 울긋불긋한 목을 하고 갈 순 없다고요. 그러니 이성아 돌아와라, 얍!"

아무리 '얍'을 외쳐도 차언은 불순한 눈빛을 거두지 않았다. 목을 가렸더니 이내 도장 찍을 다른 곳을 탐색했다.

안 돼. 입술은 절대 안 되지. 어디서 입술을 쳐다보는 거야, 이 욕심쟁이가? 이미 발갛게 부풀어 오른 입술이 안 보이냐고. 여기서 더 부풀면 벌에 쏘인 줄 오해할걸.

"그만. 난 갈 거야."

"정말이지 내키지가 않네요."

"착한 어린이는 노부인이 시키신 일이나 하며 기다리세요."

족자 안으로 한 걸음 내딛는 순간, 차언이 뒤에서 끌어안았다. 앞으로 나아가려던 서효는 그대로 차언의 품에 안기게 되었다. 그가 서효의 턱을 잡고 부드럽게 제 쪽으로 돌렸다.

결국 입술이 포개지고 말았다.

온몸의 힘이 빠질 때까지, 다리가 녹신녹신해질 때까지 서효의 안을 건드리던 그가 입술을 떼었다. 아직 아침이라 탁하게 잠긴 목소리로 속삭였다.

"착하지도, 어리지도 않다는 걸 아실 텐데."

"……알지. 왜 몰라."

서효는 얼른 몽롱함을 떨쳐 내고 차언을 탓하는 표정을 지으려 애썼다. 불시에 공격이라니 나쁘다. 그런데 왜 싸늘한 표정을 짓기가 이토록 어려울까.

"말투만 다정하지 실은 엄청난 욕심쟁이라는 거 확인했거든요."

"잘 다녀와요."

이번 입맞춤은 훨씬 가벼웠다. 발끝까지 간지러워지는 깃털 같은 입맞춤에 서효가 고개를 돌렸다. 아직 밝은 대낮에 이러는 건 조금 부끄러웠다.

하지만 속내를 밝히면 차언은 상상을 초월하는 대답을 할 것 같았다. 가령, 대낮에도 부끄럽지 않도록 더욱 자주 하자거나.

"그럼 다녀올게."

품을 빠져나와 몇 걸음 내딛자 동백의 궁궐로 돌아오게 되었다. 차언이 충동을 못 이기고 따라오면 어쩌나 걱정했는데, 다행히 그는 제자리를 지켰다. 순식간에 통로가 닫혔다. 족자는 공백으로 돌아갔다.

"휴, 늦은 게 아니어야 할 텐데."

일단 뜨거운 물에 몸을 담근 뒤 몸단장부터 해야겠다. 서효는 치마를 들어 잡고 처소로 달리기 시작했다.

"정명, 몸은 좀 어떠냐? 얼굴이 핼쑥하거늘."

"괜찮습니다."

"몸이 불편한 줄 알았으면 약속을 다른 날로 옮기는 건데 그랬구나. 오늘 아침에 연락을 보냈어도 괜찮을 것을. 무리하는 것은 아니더냐?"

"계속 이러시면 제가 서효님 보기 민망합니다."

정명이 연하게 웃으며 말을 이었다.

"안 그래도 앓아누운 날, 서효님께 약한 소리를 잔뜩 했거든요."

"오오."

천제의 표정이 밝아졌다. 자애로운 눈이 서효를 향했다. 청포묵을 접시로 덜어오던 서효가 젓가락을 든 채 눈을 깜빡였다. 두 사람과 달리 정말 밥 먹는 것에만 열중하던 참이었다.

"정명을 간호해 주었더냐?"

"아, 하하……. 간호라기엔 너무 거창하고요."

젓가락으로 집고 있던 청포묵이 아래로 쑥 빠졌다. 다행히 접시에 떨어져서 앞쪽이 지저분해지는 것을 면했다. 갈 곳 잃은 서효의 젓가락이 애꿎은 청포묵을 조각내기 시작했다.

"잠드시기 전까지 잠깐 말벗을 해드렸을 뿐이에요."

"덕분에 허전하지 않았습니다."

정명이 서효를 보며 말했다.

"기력이 돌아올 때까지 누워 있다 보면 어느새 기분도 이상해지거든요. 왠지 모르게 쓸쓸하다할까요. 저는 무력하게 누워 있는데, 궁녀들은 여느 때처럼 돌아다니면서 제 수발을 드니까요."

환자가 되는 기분이란 썩 좋지 않구나 싶으면서 마음이 바닥으로 가라앉는다고 하였다. 서효를 보는 정명의 눈길이 한층 따스해졌다.

"함께 있어주시는 것만으로도 힘이 되었습니다."

"이젠 제가 민망해질 차례네요."

목이 말랐다. 서효는 차를 들이켠 다음 곤란한 미소를 지었다.

"별것 아닌 일로 추어올리시니까 어쩔 줄을 모르겠어요. 그만 하세요, 두 분 다."

"무얼 그만하란 말이냐?"

"그렇게 온화한 눈으로 저를 쳐다보시는 거요."

"허허허, 부담스럽던?"

천제가 너털웃음을 터뜨렸다. 그는 서효가 퍽 귀여운 모양이었다. 흐뭇한 얼굴로 막내아들과 서효를 번갈아 보면서 이렇게 가족끼리 오붓하게 식사를 하니 좋다고 말했다.

어떻게 대답해야 할지 몰라 또다시 눈만 깜빡거리는데, 다행히 정명이 아버지의 말 상대가 되어주었다. 그렇게 부자간의 대화가 이어졌다.

가족이라. 서효는 하얀 쌀밥을 입안 가득 욱여넣었다. 그래, 뭐, 가족이 맞긴 하지. 시아버지랑 막내도련님이니까?

시아버지와 큰며느리와 막내도련님이 식사하는 자리에 남편이 없다는 것이 괴이하다만 어쨌든 천제의 말이 틀린 것은 아니었다. 다만 '가족'에 대한 서로의 해석이 다른 게 문제였다.

"굳이 봄까지 기다릴 건 없지 않겠느냐. 이만하면 날도 많이 풀렸고."

"그래도 손님들을 모시기엔 아직 춥지 않나 해서요."

세 명이 한자리에 있지만 저들과 서효 사이에는 안개 같이 뿌연 경계가 있었다. 부자간의 대화는 서효의 귀에 들어오지 않았다. 그것보다 서효는 아까부터 계속 차언이 떠올라 난감하였다.

어젯밤부터 오늘 새벽까지, 귓가에 속삭이던 새콤달콤한 말들. 부지런히 얽힌 더운 숨결.

"처음도 끝도 아가씨뿐입니다."

"이리 오세요. 더 가까이 붙어요."

"갈증이 사라지질 않네요. 이거…… 사라지게 할 순 있을까."

웃, 역시 간지러워. 떠올리기만 해도 열이 오르는 기분이네.

게다가 잠이 부족했던 까닭에 자꾸 졸음이 밀려왔다. 부자간의 대화가 너무 잔잔하고 평화로운 탓도 있었다. 어떻게 밥을 먹는 중에 잠이 올 수가 있지?

이해가 가지 않지만 사실은 사실이었다. 서효는 천제가 돌아가는 대로 처소로 가서 몸을 누일 생각을 했다. 따뜻한 물에 씻고, 배를 채웠으면, 남은 건 자는 것뿐이다.

"몸도 안 좋은 애가 나올 필요 없다. 이 아비, 그리 늙지 않았어."

"나이 드셔서 배웅하는 거 아닙니다. 제가 하고 싶어서 하는 거예요."

"원, 녀석."

"그리고 끝까지 병약한 취급하시는 거."

정명이 눈을 가늘게 뜨자 천제가 웃었다. 서효는 꿔다놓은 보릿자루와 밥 잘 얻어먹은 손님의 중간쯤에서 자신의 자리를 찾았다.

"안녕히 가세요, 천제님."

졸음 때문에 반응이 나른해졌다. 서효는 헤실 웃으면서 배웅 인사를 했다. 다음에 만날 때는 더 좋은 곳에서 보자는 천제의 말이 뭔가 다른 뜻을 내포한 것 같았지만, 몽롱한 서효의 머리는 복잡한 생각을 할 수가 없었다.

그렇게 천제는 다시 하늘로 돌아갔다.

"처소까지 바래다드리겠습니다."

깍듯하신 정명님. 배웅 참 좋아하신단 말이야. 굳이 거절할 이유도 없어, 서효는 가만히 고개를 끄덕였다.

천제는 아들을 염려했지만 며칠 전의 정명을 알고 있는 서효가 보기엔 많이 나아진 것 같았다. 차언의 말이 맞았다. 어쨌든 정명도 손꼽히는 상급 신인 거다.

바래다줘서 고맙다고 인사하려는데 정명이 차를 마시는 게 어떻겠느냐 권유했다. 이런, 생각지 못한 전개네. 잠시 고민했으나 서효는 이번에도 그러자 하였다. 적당하게 응대하다가 졸린 티를 내면 정명은 푹 쉬라는 말과 함께 일어설 것이다.

쪼르르. 연녹색의 맑은 찻물이 옥색 찻잔을 채웠다. 서효는 찻잔을 쥐고 따스한 향기를 들이마셨다.

"졸리시죠?"

정명이 서효를 지그시 바라보며 물었다.

"티가 나나요?"

"제법요. 눈 깜빡이는 속도가 느려지셨어요."

"천제님도 알아채셨을까요?"

"아마도요? 웃을 때도 워낙 나른하게 웃으셔서."

그까지 말한 정명이 차를 한 모금 머금었다. 뭐야, 밥상 앞에서 조는 애가 되어버리고 말았네. 처소에 돌아올 때까지 나름 잘 버틴 줄 알았더니.

서효는 정명을 따라 차를 마셨다. 무안함을 감추기 위해서였다. 한데 당장에라도 서효를 삼킬 것 같던 졸음은 정명의 다음 말에 흔적도 없이 싹 사라졌다.

"가면을 두고 가셨더군요."

서효가 찻잔을 쥔 채 굳었다.

"더 이상 가면이 필요 없던가요?"

"……무슨 말씀이신지 잘 모르겠어요."

"가면, 족자, 원하는 곳, 큰형님."

정명이 시를 읊듯 천천히 단어를 나열했다. 찻잔을 내려놓는 그는 웃고 있지 않았다. 그래도 차언과는 달라서 무표정을 짓더라도 냉엄한 느낌이 없었다.

그저 담담해 보일 뿐.

"서효님이 즐겨 드나드시는 그 전각에는 신비로운 물건들이 많지요. 얼굴과 목소리를 바꿔주는 가면이라든가, 원하는 곳으로 가게 해주는 족자라든가."

막연히 서산(西山)과 동백을 잇는 통로인 줄 알았건만 '원하는 곳'으로 이동시켜 주는 물건이었다니. 서효는 당황하여 말문이 막힌 상황에서도 과거의 자신을 떠올렸다.

그땐 차언을 완전히 용서하기도 전이었는데.

자신은 용서와는 별개로 그를 그리워하고 있었다. 족자는 그런 서효의 마음을 읽고 가장 원하는 곳으로 이어준 거였다. 한데 정명님이 내 행방을 알고 있었어…….

"서효님이 사라지면 가면도 함께 없어졌지요. 그런데 어제는."

정명이 서효를 똑바로 보았다.

"가면이 제자리에 있더군요."

"저……."

"이래 봬도 저는 동백의 주인입니다. 궁궐 안에서 일어나는 일들을 몰라서는 곤란하죠."

둘러댈 말을 찾던 서효는 그냥 깔끔하게 인정하기로 했다. 정명은 이미 모든 것을 알고 있었다. 다 알고 있는 사람 앞에서 변명을 늘어놓는 것도 우스운 일이다. 그리고 천제와 정명도 슬슬 자신의 결정을 알아야 할 것 같았다.

"죄송해요. 정명님 물건을 마음대로 건드려서요."

"서효님을 탓하는 게 아닙니다."

"아무리 그렇다고 하셔도 사실은 사실이니까요. 게다가 마음대로 썼다는 걸 몰래 감추기도 했고……."

일단 사과를 한 뒤 중요한 말을 꺼냈다. 서효가 생각하던 것보다 이른 감이 있으나, 어쨌든 한 번은 해야 할 일이었다.

"말씀하신 대로예요. 족자를 통해 차언이 있는 곳으로 넘어갔어요."

정명이 찻잔으로 시선을 옮겼다.

"처음에는 몰랐어요. 족자가 저를 어디로 이끌었는지도 모른 채 신기해하기만 했죠. 그러다가 차언을 만났고, 마침 가면을 쓰고 있어서 그가 저를 알아보지 못했고. 원망하는 마음이 들었지만 그럼에도 불구하고 계속…… 가게 되더군요."

서효는 자신의 결정을 털어놓았다.

"결론부터 말씀드리자면 저는 차언을 용서했어요."

무려 다섯 번째 생이다. 하지만 답은 이것이었다. 차언, 그가 서효의 선택이었다.

기억을 되찾았으면 먼젓번과 다른 선택을 해야 하지 않겠느냐는 내면의 소리가 있었다. 처음엔 서효도 그렇게 생각했다.

우습게도 전생의 기억은 서효가 차언을 받아들이는 것을 오히려 쉽게 만들었다.

첫 번째 생에서 간간이 보았던 차언의 괴로움. 두 번째, 세 번째, 네 번째 생에서 차언이 점점 진심으로 변해가던 모습. 그리고 이번 생에서 묵묵히 제 곁을 지키며 자신의 행복만을 위하던 차언.

마지막으로, 궁녀로 위장했기에 볼 수 있었던 애절한 마음. 끝까지 남아 있던 낮은 벽을 허물게 한 후회.

결론은 같지만 과정이 다르다. 그러니까, 괜찮다. 이제 서효는 차언을 바라볼 때마다 제 안에 굳건히 자리한 확신을 느낄 수 있었다.

"네, 그래요. 이번에도 차언이에요. 다른 선택의 여지가 있는데도 또다시 그예요."

"후회도 없으시고요?"

"없어요."

서효의 말간 얼굴에서 흔들리지 않는 답을 보았을까. 정명이 쓴웃음을 지었다.

"아무래도 혼례식 준비에 차질이 생기겠군요."

"……네?"

서효는 저도 모르게 멍한 소리를 내고 말았다. 정명의 말뜻이 선뜻 이해되지 않았다. 내 마음을 이렇게까지 털어놓았는데도 나와 혼인을 하고 싶다고?

여태까지 정명이 혼인을 운운한 것은 자신이 확실하게 거절하지 않았기 때문이라 여겼다. 바꿔 말하면, 자신이 거부 의사를 밝혔을 때 물러나 주리란 믿음이 있었다. 근거 없는 믿음이었지만 그것이 서효가 정명에 대해 내린 판단이었다.

적어도 싫다는 사람을 막무가내로 끌고 가진 않는 것.

"정명님, 저는 잘…… 납득이 되질 않네요."

"무엇이 말입니까?"

"저와 그렇게 혼인하고 싶어 하시는 이유가……. 저를 그렇게 좋아하시는 것도 아니면서."

"좋아합니다."

정명이 곧은 시선으로 서효를 보았다.

"서효님을 좋아해요."

"차언만큼요?"

서효의 되물음에 정명이 흐리게 웃었다. 고개를 살짝 내젓다가 찻잔을 비웠다.

"서효님의 기준은 어쨌거나 큰형님이시군요. 서효님과 혼인하려면 그 정도 애정은 품어야 하는 거네요."

힘껏 노력해 봐야겠다고 중얼거리는데 이걸 어찌 설득해야 하나 막막했다. 문득 정명이 표정을 바꾸더니 서효가 간과한 것이 있다고 하였다. 서효가 차언을 용서했더라도, 또 다른 한 명이 남아 있다고 말했다. 차언이 용서를 빌어야 할 마지막 한 사람.

"무조부인."

"여기서 제 어머니가 갑자기 왜 나오죠?"

어머니는 서효가 첫 번째 죽음을 맞은 직후에 깊은 안식에 들었다고 하셨는데. 왜 뜬금없이 여기서 언급되는 거지?

"소중한 딸을 고통 속에 눈감게 한 죄. 그건 중죄 중에서도 악질에 속합니다."

"그건 알겠는데요……."

"서산에 가셨다면 그곳을 지키는 노부인도 보셨겠지요."

"네."

"그분이 서효님의 어머니입니다. 안식에서 깨어나신 지 오래되지 않았어요."

너무나 갑작스러운 정보에 서효는 말을 잇지 못했다. 아무런 생각도 할 수 없었다. 수백 가지의 의문이 한꺼번에 떠올랐다가 사라지길 반복했다.

몇 번이나 입술을 들썩거리던 서효는 약간의 시간이 흐른 후에야 겨우 목소리를 낼 수 있었다.

"하지만 생김새나 목소리가 다르신데요. 노부인은 어머니보다 훨씬 연로하시고."

"서효님이 쓰셨던 가면은 원래 한 쌍이었습니다."

그중에 하나를 무조부인에게 주었다고 하였다. 가장 중요한 얼굴과 목소리가 바뀌었으니, 머리카락 같은 나머지는 분장으로 해결할 수 있었다.

어머니와 함께 있었는데도 알아채지 못했어. 인사만 나눈 것도 아니고 같이 밥을 먹고 오래도록 한 공간에 있었는데. 서효는 충격에 빠졌다. 그러나 다음에 이어진 정명의 말이 서효를 더욱 어지럽게 만들었다.

"무조부인께선 저를 마음에 들어 하셨습니다. 그리고 아직, 큰형님을 용서하지 않으셨죠."

"……그래도 제 혼인인데 제 의견이 가장 중요한 거 아니냐고 하면."

어머니가 뒷목 잡고 서산에서 날아오시려나.

하지만 맞는 말이잖아?

여러분! 수백 년 전부터 여러분이 잊고 계신 게 있는데요. 이거 제 혼인이에요! 신부는 저라고요! 어머니가 혼인하는 거 아니잖아요. 천제님이 제 신랑이세요? 수백 년이 걸려서야 서로 겨우 마음이 통하게 되었는데, 여전히 제 말을 안 들어주시면 어떡해요? 엉엉 울고 싶네, 이거.

"일단 서효님 결정은 잘 알겠습니다."

입술에 침이나 바르고 말씀해 주세요, 막내도련님. 잘 아는 사람이 저랑 자꾸 혼례 올리려 하시고.

"피곤해 보이는데 쉬세요."

"네에……."

멀리는 못 나갑니다. 서효는 속으로 대꾸하며 채 비우지 못한 찻잔만 멍하니 들여다보았다. 찻물은 사늘하게 식은 지 오래였다. 생각지도 못한 난관에 부딪쳤다.

이걸 어쩌지. 정명님도 그렇고 갑자기 정체를 알게 된 어머니도 그렇고. 천제님만 이기면 될 줄 알았는데 내가 너무 쉽게 생각한 걸까.

"진짜 혼인 한 번 하기 어렵네."

속마음이 터져 나오고야 말았다. 서효는 탁자 위에 머리를 쿵 박으며 한숨을 쉬었다. 얼마나 그렇게 있었을까. 문득 정신이 들었는데 아까부터 묘하게 밖이 시끄러운 듯하였다.

"뭐지?"

달그락거리는 소리가 끊이지 않는다. 철컹대는 소리도 들린다. 서효는 밖을 내다보기 위해 문고리를 잡고 밀었다.

"으응……?"

문이 열리지 않았다.

뭐지, 나 다시 멍해진 건가. 졸려서 몸에 힘이 안 들어가는 거야? 왜 멀쩡하던 문이 열리지가 않아.

경첩이 뻑뻑해졌나 하는 생각까지 했을 때였다. 서효는 그제야 시끄러운 소리가 처소 문 바로 너머에서 들린다는 걸 깨달았다.

윽, 윽, 안 돼. 열리지 않아. 대체 뭘 하고 있는 거야?

얼른 창문으로 뛰어가 문고리를 잡았다. 하지만 창문조차 열리지 않았다. 말도 안 돼. 이게 뭐야. 왜 이래. 상황 판단이 되지 않았다. 불안과 당황이 몰아쳤다. 온 힘을 다해 창문을 밀어도 문짝은 꿈쩍도 하지 않았다.

마치 그 너머에 단단한 벽이 막고 있는 것처럼. 이를 테면 나무 판자라거나.

"안 돼……."

서효는 당장 반대편으로 달려갔다. 반대편 창문을 밀자 이쪽은 움직였다. 다행이란 생각이 든 것도 잠시. 쟁반 하나가 드나들 공간만을 남긴 뒤 완전히 봉쇄해 버린 밖이 눈에 들어왔다. 나무판자 정도가 아니었다. 장작만큼이나 두껍고 튼튼한 벽이었다.

"정명님!"

뚫린 공간 너머로 정명의 얼굴이 보였다. 서효는 믿을 수 없는 눈으로 그를 쳐다보았다.

"왜 이러세요? 갑자기, 정명님이 왜……."

다른 누구도 아닌 정명이다. 기력이 소진될 때까지 몸을 아끼지 않고 사람들을 치유하는 그였다. 온화한 성정. 절대 화를 내지 않는 침착함. 과거의 차언에게도 안타까움을 드러냈던 그인데 어째서 이런 짓을.

정명이 속내를 알 수 없는 이상한 표정을 지었다. 슬퍼 보이기도 하고, 어찌 보면 부드러운 미소를 띤 것 같기도 한 얼굴이었다.

"죄송합니다, 서효님."

"애초에 죄송할 일을 만들지 말아요. 이거 열어주세요. 네?"

"어쩔 도리가 없네요. 노부인과 무조부인이 같은 분이란 걸 알게 된 이상."

정명이 하인에게 지시를 했다. 못을 충분히 써서 제대로 막으라는 명이었다. 하인의 대답이 들렸고 쾅쾅 망치질 소리가 이어졌다.

저거였구나. 저 소리였어. 왜 좀 더 빨리 알아채지 못했지? 멍하니 딴생각에 빠져 있다가 갇혀 버렸잖아.

"두 사람이 동일 인물이란 것을 알게 된 이상, 서효님이 그대로 서산으로 가실 것 같아서요."

정명이 차분하게 말을 이었다.

"무조부인 앞에서 큰형님을 감싸시겠죠. 아직 결정을 내리지 않은 부인께 괴로움만 더해드릴 겁니다."

"아무리 그렇다고 해도 사람을 이렇게 가두시면 안 돼요!"

"족자를 감추는 것보다는 아예 처소 출입을 막는 편이 안전할 듯했습니다."

"저기요, 정명님."

"어쨌거나 돌아와 주셔서 감사합니다."

그가 서효를 향해 엷은 미소를 지었다. 이번에는 확실히 '미소'였다.

"동백으로 돌아오지 않으시면 잡으러 가야 하나 걱정했는데."

"……."

"제가 무력으로는 형님을 이길 수 없거든요."

지금 내가 대화하는 게 진짜 정명님이 맞아? 세상에서 제일 선

량한 동백의 정명님? 다른 사람이 가면 쓰고 정명님 흉내를 내는
게 아니고?

어머니도 쓰고 나도 썼으니까 또 다른 사람이 쓸 수도 있잖아.
정명님이 잠깐 자리를 비운 사이에 가면을 훔친 거지. 그래, 천제
님 지시를 받았을 수도 있어. 가 공자, 그렇지, 가 공자가 동백 땅
에 살고 있잖아. 이번에도 천제님 지시를 받고 이러는 거야.

너무도 믿기지 않는 현실에 서효는 만약의 경우를 생각했다.
진짜 정명이 돌아오면 곤경에 처한 자신을 도와주지 않을까 하는
그런 생각. 하지만 벽 너머에서 서효를 보고 있는 이는 정명이 맞
았다.

화가 차오르고 있나. 아니면 너무 당황해서일까. 눈시울이 뜨
거워지는 것 같았다.

"식사와 씻을 물은 제때 넣어드리겠습니다. 그럼 저는 이만."

"……정명님? 저기, 정명님! 가지 마세요. 잠깐만요!"

더 이상 대답이 돌아오지 않았다. 심지어 못을 박던 하인들까
지 자리를 뜨고 있었다. 서효는 엔간해선 절대 부술 수 없을 듯한
벽을 힘껏 두드리며 소리쳤다.

"이거 열어요! 열어줘요!"

만에 하나를 대비해서인지, 종종 앞을 지나다니는 궁녀들조차
눈에 띄지 않았다.

"당장 열어요! 이게 무슨 짓이야!"

서효는 완전히 발이 묶이고 말았다. 감옥의 죄수처럼 갇혀 버렸
다. 싫어, 이런 거. 또다시 이리저리 휘둘리는 거 싫단 말이야. 이
번에야말로 내 의지대로 살고 싶었는데 대체 내게 왜 이러는 거야.

서효는 분한 나머지 손이 아픈 것도 잊고 벽을 마구 두드렸다.

"혼인하기 싫다는 사람과 억지로 정혼시켜서 결국 도와주는 이 하나 없는 곳에서 죽었다고! 한 번 죽였으면 됐지 세 번이나 더 죽이냐!"

상급 신이면 멋대로 해도 되냐 말이다. 서효 같은 쪼끄만 하급신은 시키는 대로 묵묵히 따라야 하는 법이라도 있는 건가?

쾅쾅쾅! 어디 벽이 부서지나 내 손이 부서지나 해보자. 이대로 얌전히 있고 싶지는 않았다.

"냉담하고 잔혹한 큰아들 기껏 인간 만들어줬더니 이제 와서 그 동생이랑 혼인하라고? 제정신이야? 당신들이 어떻게 나를 가둘 수 있어?"

쾅쾅쾅!

"쇠똥구리들아, 아프면 약을 먹으라고! 애먼 사람 괴롭히지 말고!"

이러다 손에 시퍼런 멍이 들지 않을까 싶을 만큼 두드리고 또 두드렸다. 하지만 서효의 처소 쪽으로는 개미 한 마리 얼씬하지 않았다.

분노와 배신감이 지나간 자리에는 서글픔만이 남았다.

서효는 아픈 손을 움켜잡고 주저앉았다. 서늘한 벽에 등을 기댄 채 엉엉 소리 내어 울었다. 이번만은 다를 줄 알았는데. 이번에는 달라야 하는데. 어떻게 이럴 수가 있지.

급격히 몰려든 피로감에 그 자리서 쓰러질 때까지, 서효가 할 수 있는 거라곤 목 놓아 우는 것뿐이었다.

약속한 이틀이 지났지만 서효는 오지 않았다. 지난번에도 정명을 간호한다고 약속에 늦은 적이 있기에 차언은 조급해하지 않으려고 애썼다.

어쩌면 첫날밤에 제 욕심을 채우는 데 급급했던 까닭에 서효가 앓아누웠을 수도 있었다. 그렇게 생각하면 안쓰럽고 미안할 따름이었다. 얼마든지 기다려도 좋으니까 건강한 몸으로만 돌아와 주었으면 하고 바랐다.

집 안을 따뜻하게 하려고 불도 때우고, 화로도 들였지만 역시 새벽에 좀 추웠던 걸까. 평소 쓰던 것보다 이불이 얇긴 했지. 제대로 쉬지도 못한 몸으로 어른과 식사를 해야 했으니 몸살이라도 난 거면.

정명의 궁에 좋은 약이 많으니 다행이긴 한데.

'왜 이렇게 나쁜 예감이 들지······.'

며칠 전과는 다른 이유로 일이 손에 잡히지 않았다. 그때는 서효를 만난다는 기쁨에 들떠 가만히 서 있어도 웃음이 났는데, 지금은 가슴이 바싹바싹 타들어갔다.

그렇게 사흘이 지났다.

서효가 오지 않은 지 나흘이 되는 날, 차언은 도끼를 잘못 휘둘렀다. 깨끗이 반으로 갈라져야 할 장작이 엉뚱한 곳으로 튀어나갔다. 만약 사람이 있었으면 얼굴을 크게 다쳤을 게 분명했다.

닷새가 되는 날, 그는 서효가 넘어간 통로 앞에 섰다. 신기한 족자를 통해서 넘어왔다는데 저쪽에서 넘어온 사람만 다시 같은 문으로 돌아갈 수 있는 모양이었다. 차언에겐 그저 커다란 아름드리나무일 뿐이었다.

엿새가 되는 날, 그는 자신의 힘을 이용해 동백으로 갈 생각을 했다.

'아마 동백 경계를 넘기 전에 벼락을 일곱 번쯤 맞을 테지만.'

천제는 망월에 그와 같은 결계를 쳐 놓았다. 정명과 서효가 있는 동백이라고 다를까. 결계는 오직 단 한 명, 자신에게만 적용되리라는 데에 차언은 이제껏 돌려받은 힘을 걸 수 있었다.

'아무 일도 아니어야 할 텐데.'

하지만 본능은 다른 말을 하였다. 무슨 일이 생겨도 단단히 생긴 거라고.

"역시 그때 보내지 말았어야 했어."

차언이 중얼거렸다. 천제와 정명, 서효가 함께 식사한다는 말을 들었을 때부터 왠지 모르게 기분이 안 좋았다. 서효는 단순한 질투로 여기는 것 같았지만 그것과는 달랐다.

보내고 싶지 않아. 이제 몸과 마음을 모두 확인했으니까, 이대로 있어. 내 곁에. 안전하게. 어떻게든 지켜줄 테니까.

그렇게 붙잡고 싶었으나 걱정이 지나치다는 서효의 애교에 유야무야 넘어가 버렸다. 다시 말하지만 그래서는 안 됐다.

"내가 여태 미치지 않은 게 신기하군."

서효 아가씨가 확실히 난폭한 짐승을 사람으로 만들어놓았다. 예전 같으면 어림도 없는 일이었다.

일찌감치 힘을 발산해 서산을 뒤집어엎고, 지축이 흔들리든 말든 동백의 결계를 뚫으려 했을 텐데. 지금 자신은 아직 서산에 얌전히 있었다. 어느 것도 망가뜨리지 않은 채. 누구의 피도 보지 않고 말이다.

"아직까지는⋯⋯."

차언의 눈이 차갑게 빛났다. 서효에게 안 좋은 일이 일어났다는 생각만 하면 몸 안의 힘이 날뛰었다.

"안 돼. 일단 내 형벌은 끝나지 않았어. 순서, 정도를 지켜야."

망할 늙은이가 좋아하지.

"하, 죽겠군."

미치지 않았다는 건 헛소리다. 자신은 이미 오래전에 자제력을 잃었다. 서효가 약속 시간에 나타나지 않은 순간부터 차언은 서서히 절망 속으로 가라앉고 있었다.

그날 밤 차언의 꿈에 서효가 나왔다. 현실에서 찾아오지 못하니 꿈에라도 나오는 걸까. 꿈속의 서효는 어여쁜 혼례복을 입고 있었다. 두 사람은 망월의 뒷산을 누비고 다녔다. 풀벌레가 찌르르 울었고, 밤하늘의 별이 아름답게 빛났다.

'차언, 저것 좀 봐. 반딧불이야!'

서효의 눈이 커다래졌다. 첫 번째 생에서 그녀가 받고 싶어 했던 청혼 방법이었다. 비록 천제의 명을 받은 자를 차언 본인으로 알고 쓴 편지였지만, 수줍게 담은 진심은 오래도록 기억에 남았다.

'이곳이 우리 혼례식장이야?'

'아가씨가 원하신다면.'

'예뻐. 마음에 들어.'

서효가 그의 품에 안겼다. 보드라운 감촉과 향긋한 온기는 꿈이 아닌 것처럼 생생했다.

'아직도 아기는 삼백 년 뒤에 가질 건가?'

'최소 삼백 년입니다. 최소. 제일 중요한 말을 빼놓지 마세요.'

'독점욕…… 알아줘야 된다니깐.'

'그것만 있게요?'

달콤한 입술이 겹쳐졌다. 여기서 혼례를 올린다고만 했지, 언제

꽃잠까지 잔다 했냐며 투덜거리는 소리가 들렸다.

얼른 귀여운 입을 막아버려야지.

꿈속의 차언은 현실보다 훨씬 행복했다. 서효와 함께 있는 것. 그가 유일하게 바라는 소원을 이루고 있었으니까.

신이 났네. 아주 신이 났어. 서효는 식사가 들어오는 틈으로 밖을 내다보다가 입술을 삐죽였다.

"무슨 놈의 혼례식이 신부를 가둬놓고 진행되느냐고."

열심히 귀를 기울여 보면 사람들의 소리가 들렸다. 예물을 준비하는 소리, 하객에게 대접할 음식에 대해 고민하는 말소리, 이외에 시끌벅적하고 기쁜 소리들. 정명의 궁은 아예 본격적으로 혼례 준비를 하고 있었다.

"이건 말도 안 돼. 어이가 없어도 정도가 있지."

이대로 혼례식장에 고분고분 들어갈 마음 따윈 없었다. 서효는 이틀 뒤가 혼례식이란 사실을 알아냈다. 식사를 가져다주는 궁녀에게 통사정을 해서 얻은 정보였다.

"적어도 언제인지는 알려줄 수 있잖아요. 네?"

"죄송하지만 대화는 금지되어 있습니다."

"제발요. 다른 건 묻지 않을게요. 딱 이거 하나만. 솔직히 신부가 되어서 자기 혼례식이 언제인지는 알고 있어야 하잖아요."

"이러면 안 되는데……."

"제발 부탁해요. 더 이상은 귀찮게 굴지 않을게요."

이틀 뒤. 서효는 이틀이 지나면 정명과 혼례를 올린다.

"족자를 태워 버리진 않았을 거야. 정명님도 말씀하셨잖아? 나를 가두는 편이 훨씬 쉽다고."

하지만 족자가 여전히 원래 장소에 있는지가 의문이었다. 간신히 탈출하여 전각까지 뛰어갔는데 족자가 없다면?

전각은 정명의 궁에서도 깊숙한 곳에 위치하였다. 기껏 그까지 갔는데 서산으로 넘어가지 못하면 두 번째 기회는 없는 거였다. 호위와 하인들을 피해 다시 궁궐 밖으로 나가기란 무리다.

그렇다면 족자는 포기하자. 대신 처음부터 궁 밖을 목표로 삼자.

서효는 자신의 소지품을 둔 장롱으로 향했다. 이내 손수건으로 감싼 풀뿌리 두어 점이 나왔다.

이때를 노리고 준비한 것은 아니었다. 그냥 궁 밖 산책을 나갔을 때 약으로도 독으로도 쓸 수 있는 풀을 발견했다. 그걸 보니 오래전 독(毒)의 신이 공부 좀 하라며 구박하시던 게 떠올랐다.

추억 삼아 캐어왔는데 마침 이런 상황이 닥칠 줄이야. 서효는 괜히 아무도 없는 방 안을 둘러본 다음 풀뿌리를 입으로 가져갔다.

"여긴 인간계에서 가장 뛰어난 의원(醫院)이야. 가짜 피로 이 사람들을 속일 순 없어."

여름이면 꼭 산머루 같은 열매가 달리는 풀. 열매는 약용이다. 하지만 뿌리를 생으로 먹으면 일각 안에 속이 울렁이고, 한 식경 안에 피를 토하게 된다.

오한과 발열 증상도 따라오지만 이는 사람들을 속이기에 반드시 필요한 요소였다. 복용량을 정확하게 계산해서 먹으면…… 서효는 한 시진 뒤 혼자서 걸을 수 있었다.

"참자. 눈 딱 감고 그냥 먹는 거야."

일부러 독을 먹어본 적은 없다. 그래서 얼마나 아플지 상상이 되지 않았다. 극독이 아닌 것은 두려움을 덜어주지 못했다.

"으, 쓰다."

서효는 인상을 찡그리며 뿌리 반 토막을 씹어 삼켰다. 몸이 회복되기 전에 무슨 독을 먹었는지 들키면 안 되니까 남은 풀을 다시 갈무리해 넣었다. 이제 남은 건 효과가 돌기를 기다리는 것뿐.

"우욱!"

정확히 일각 뒤 속이 울렁였다. 서효는 그나마 움직일 수 있을 때 하얀 수건을 집어 들었다. 그러고 또 시간이 지났다.

"아…… 다시는 독을 먹지 말아야지."

서효의 입술이 보랏빛으로 말라갔다. 핏기가 가시기 시작했고, 온몸이 식은땀으로 젖었다. 너무 배운 대로 효과가 드러나니까 어이가 없을 지경이었다.

"욱!"

다음 순간, 서효는 하얀 수건 위로 피를 한 움큼 토해냈다.

"됐다."

손발이 덜덜 떨리지만 열심히 피를 여기저기 묻혀보았다. 입가에도 번지게 하고 앞섶에도 묻혀서 당장에라도 죽을 몰골로 만들어야지. 창가로 다가가는 동안 한 번 더 피를 토했다. 이번에는 수건으로 입을 막지도 못해서 바닥에 그대로 뿌려지게 되었다.

"정말 못 해 먹을 짓이야……."

너무 아프다. 이렇게 아플 줄은 몰랐는데. 아니, 아플 것이라고 예상은 했지만 이토록 괴로울 줄은 몰랐다. 알았다면 하지 않았을까.

서효는 쓴웃음을 지으며 창가로 비척비척 걸어갔다. 알았어도 감행했을 것이다. 자신에게 남은 기회는 오직 이것밖에 없었다.

"살려주세요……. 몸이 너무, 이상해요."

피 묻은 수건을 바깥으로 빼내어 흔들었다.

"살려주세요. 사람…… 살려요……."

이러다 정말 죽기 전에 제발 와줘. 누구라도 좀 들여다보라고. 가느다란 손의 떨림이 차츰 심해져 갔다. 서효는 마지막 힘을 다해 소리를 질렀다.

"도와주세요……!"

외마디 비명처럼 들렸는지 누군가 다가오는 소리가 들렸다. 이 제는 밖을 내다볼 기운조차 없었다. 자박자박 걸어오던 발소리는 틈새로 빠져나온 수건을 보고 다급해졌다.

피 묻은 손이 피 묻은 수건을 들고 있다. 당연히 까무러치게 놀랄 터다.

"서효님! 서효님! 세상에, 이게 무슨 일이에요."

궁녀가 황급히 맥을 짚었다. 눈물이 나도록 아프지만 실제로 독을 먹길 잘했다는 생각이 들었다. 서효의 맥은 곧 숨이 넘어갈 환자처럼 불안정했다.

"세상에, 잠시만 기다리세요. 사람들을 불러올게요!"

궁녀가 급하게 뛰어갔다. 조금 기다리니 하인들이 쿵쾅대는 소리가 들렸다. 다행이다. 계획이 먹혀들었다. 사람들이 문을 부수고 있었다.

"서효님!"

영원히 닫혀 있을 것 같던 문이 열리더니 궁녀 여러 명과 하인들이 뛰어 들어왔다. 방 안은 서효의 계획대로 난장판이었다. 누가 봐도 피를 토하며 울다가 쓰러진 모양새다.

서효는 침상으로 옮겨졌다. 재차 맥을 짚고 탕약을 조제하러 가는 등 사방이 분주했다. 간신히 눈을 뜨고 있던 서효는 어차피 시간이 지나야 함을 떠올리고는 눈을 감았다. 그러자 주변의 반응이 더욱 극적으로 바뀌었다.

좋네. 나는 쉬고 사람들은 놀라고 일석이조네.

얼마나 시간이 흘렀을까. 정명까지 오면 곤란할 듯했는데 다행히 일은 서효가 원하는 대로 돌아갔다. 서효는 궁녀들의 대화 속에서 정명이 출타 중임을 알게 되었다.

'열이 많이 가라앉았어.'

서효는 신중하게 자신의 상태를 확인했다.

'발끝이 제대로 움직여지나 볼까.'

성에 차는 정도는 아니었으나 다리에 제법 힘이 들어갔다. 효과가 끝나가고 있다는 증거였다. 서효는 조심스레 실눈을 떴다.

한쪽 구석에서 의학서를 뒤적이는 궁녀 두 명이 보였다. 서효를 아프게 만든 원인을 놓고 둘의 의견이 갈리는 모양이었다. 천만다행이도 힘 좋은 하인들은 눈에 띄지 않았다. 그리고 시선을 돌리자 가장 중요한 것이 눈에 들어왔다.

문이 열려 있었다.

'기회는 한 번뿐이야.'

다리만 움직여 이불을 살금살금 옆으로 밀어냈다. 두 눈은 여전히 궁녀들에게 고정시킨 채였다. 서효는 몸을 침상 가장자리로 조금 옮겼다.

"공와초 뿌리가 정확히 이런 증상을 보여."

"하지만 노영홍 꽃에 중독된 것에 더 가깝지 않아?"

"증상은 비슷하지만 해독법이 완전히 다르니 바로 손을 쓸 수가 없네."

"정명님이 계셨으면……."

이때다. 서효는 두 주먹을 꼭 쥐고 몸을 굴렸다. 바닥에 내려온 즉시 눈앞이 휘청했지만 이내 정신을 부여잡았다. 앞으로 숨이 턱 끝까지 차오를 때까지 달려야 한다.

일단 궁을 벗어나자. 그런 다음 최대한 사람들의 눈을 피해 동백 밖으로 나가는 거다. 혼자 힘으로 서산까지 가는 것은 무리겠지만, 우선 동백을 벗어나면 한 시름 놓아도 될 터. 밖으로 나가면 아희도 있고 친구의 남편도 있다.

혹시 모를 일이다. 아희의 남편이 서효에게 약간의 행운을 더 해줄지.

"앗, 서효님!"

"서효님, 움직이시면 안 돼요!"

너무 갑작스레 일어난 일에 궁녀들이 당황하였다. 한편 서효는 뒤도 돌아보지 않고 그대로 궁문(宮門)을 향해 달렸다.

정명의 궁은 망월처럼 삼엄한 경비가 아니어서, 문지기가 있긴 하지만 평소에도 문을 열어두었다. 문지기들이 서효에게 창을 들이댈 순 없을 테니 그저 서효는 빠르게 움직이기만 하면 되었다.

어떡하지? 벌써부터 호흡이 가빠지는데.

"조금만 더……."

앞쪽에 궁문이 보였다. 역시 예상대로 문이 훤히 열린 채였다. 서효는 잠시 담벼락에 붙어 숨을 돌리다가 튀어나갈 기회를 엿보았다.

등을 돌리고 다른 곳을 볼 때까지 기다리자. 한 명, 두 명……
여덟 명. 많긴 하지만 다른 방법이 없어.

"지금이야."

서효가 이를 악물고 뛰었다. 문지기들은 자그만 서효가 가까이
올 때까지 알아채지 못하다가 그녀가 문을 통과할 때서야 손을
뻗었다.

"서효님, 멈추세요!"

"거기 서십시오!"

문지기들이 창을 버리고 달리기 시작했다. 늘 몸을 단련하는
그들을 따돌리기란 힘들었다. 하지만 서효는 터질 것 같은 가슴
의 통증을 참고 해내었다. 예전에 집사가 시킨 운동이 이럴 때 도
움이 될 줄은 미처 몰랐다.

사람들이 사는 곳에 도착하자 몸을 숨기기가 더욱 쉬워졌다.
서효는 가쁜 숨을 몰아쉬며 부지런히 걸었다. 동백 밖으로 나가
는 길은 이미 알고 있었다.

"어……."

사람들이 잘 지나다니지 않는 뒷골목으로 이동하고 있는데, 일
고여덟 살쯤 되어 보이는 어린 소녀와 마주치고 말았다.

소녀도 서효만큼 놀란 듯 눈을 동그랗게 뜨고 이쪽을 쳐다보았
다. 소녀의 시선이 갈색으로 얼룩진 옷에 머물렀다. 손과 입에 묻
은 피는 궁녀들이 닦아주었지만 옷을 갈아입히지는 못했다. 서효
는 애써 웃는 얼굴을 하고 소녀를 쳐다보았다. 아이를 안심시키는
게 우선이었다.

"많이 더럽지? 팥죽을 먹다 흘렸거든."

"피잖아?"

말문이 막혔다.

"하하, 그럴 리가. 팥죽이야. 언니가 실수로 묻힌 거야."

"피 흘렸구나?"

"……왜 속질 않니."

서효는 깊은 한숨을 내쉬었다. 아이는 서효를 알아보지 못했지만, 옷에 피 묻은 언니를 보았다고 어른에게 말할 가능이 컸다. 그 어른이 곧 뒤따라올 문지기이면 곤란한 거고. 괜히 소녀가 묶고 있는 노란 머리끈을 칭찬하던 서효는 두 손 모아 간청했다.

"거짓말 해달라고는 안 할게."

진심을 다해 부탁했다.

"누군가 나를 보았냐고 묻거든 아무 대답도 하지 말아줄래? 부탁이야."

"왜?"

"사람들에게 쫓기고 있어."

"왜?"

"정말 소중한 사람에게…… 가고 싶은데, 잡히면 갈 수가 없어."

서효를 빤히 보던 소녀가 조용히 고개를 끄덕였다. 서효는 재차 고마움을 표한 뒤 골목을 떠났다.

걷고 달리기를 반복하다 보니 어느새 동백의 끝에 도착하였다. 대리석을 자른 듯 매끄러운 바위에 동백 두 글자가 새겨진 것이 보였다.

됐다. 여기까지 잘 왔어. 서효는 스스로를 칭찬하며 뿌듯한 표정을 지었다. 한 걸음, 한 걸음 뗄 때마다 차언에게 다가가는 기분이었다. 그리고 어딘지 짐작할 수도 없는 곳을 밟은 순간,

"꺅!"

온몸에 아찔한 통증이 일었다. 서효는 엉덩방아를 찧으며 넘어졌다. 도대체 방금 무슨 일이 일어난 건지 이해되지 않았다.

"괜찮으십니까?"

믿기 힘들지만 정명의 목소리가 들렸다. 고개를 들자 저쪽에서 정명이 걱정스런 얼굴로 다가오는 게 보였다. 이상한 일이었다. 아까 서효가 밟은 곳을 정명도 밟았건만 그에게는 아무런 일이 일어나지 않았다.

"결계입니다."

"결계요……?"

"정확하게 말하면 특정인에게만 작용하는 결계죠."

"정명님이 이런 힘을 쓰실 리는 없고…… 천제님인가요?"

정명이 침묵으로 답을 대신했다.

"제가 못 나가도록 이러신 거예요?"

"못 나가고, 못 들어오게요."

서효가 멍하니 정명을 쳐다보았다. 나가지 못하고 들어오지 못한다는 뜻이 뭘까.

나가는 사람은 서효일 것이다. 지금쯤이면 그녀가 정명과의 혼인을 원치 않는다는 소식이 천계 끝까지 다 퍼졌을 테니까. 필사적으로 동백을 탈출한 그녀가 다시 이곳에 돌아올 일은 없을 터. 그럼 들어오지 못하게 하려는 사람은 단 한 명이다.

"차언을 막는 거군요."

"죄송합니다."

"제가 여기 서 있고, 차언이 바로 코앞에 서 있어도 저희 둘은 손도 마주 잡지 못하는 거네요?"

"저도 이런 방법을 쓰고 싶지는 않습니다."

서효의 시선이 하늘을 한 바퀴 돌다가 정명의 어깨로 내려앉는 매에 닿았다. 흰 빛깔이 고운 매의 발목에는 노란 매듭이 묶여 있었다. 어디선가 본 듯한 색깔이었다.

정명의 뒤쪽에서 호위들이 모습을 드러냈다. 저들에게 잡히면 옴짝달싹 할 수 없게 된다. 서효는 정명에게 마지막으로 간청했다.

"보내주세요."

정명은 죄송하다는 대답을 들려주었다. 그 말에 실망한 듯 고개 숙인 서효는 모든 것을 내려놓은 것처럼 보였다. 호위들이 서효를 양쪽에서 잡기 위해 다가왔다.

서효의 눈빛이 바뀐 것은 순식간이었다. 그녀는 온 힘을 다해 결계로 몸을 던졌다. 서효의 이름을 외치는 정명의 목소리가 아득해졌다.

"서효님!"

"꺄악!"

다음 순간, 서효는 열 걸음이나 떨어진 곳까지 튕겨나갔다. 이번에야말로 정신을 제대로 잃어버렸다.

무조부인은 거울 앞을 떠나지 못했다. 아무도 그녀를 재촉하지 않았으나, 결단을 내릴 시간이 다가왔음을 스스로 알고 있었다. 내일이면 정명과 서효가 혼례식을 올린다.

듣자 하니 서효가 엄청난 탈출을 감행했다고 하였다. 목숨을 건 것까지는 아니지만 몸이 다치는 것을 마다하지 않았다 한다.

"그래도 제 혼인인데 제 의견이 가장 중요하잖아요?"

"당사자인 내가 괜찮다고 하잖아. 다들 말 좀 들으라고!"

"신랑 바꿔!"

"천제고 뭐고……. 다들 시궁창에 빠져서 꿀꿀이죽이나 먹고 살아! 으아아!"

누구 딸인지 참 말을 예쁘게도 하지.

무조부인은 땅이 꺼질 듯 한숨을 쉬었다. 고개를 절로 내젓게 되었다. 요 똥강아지 같은 녀석이 어미 속도 모르고 똑같은 실수를 반복하는 건 아닌지.

하지만 차라리 그런 거라면 좋겠다. 서효가 여전히 철딱서니 없이 구는 것이면 차라리 나으련만.

모녀가 오래도록 만나지 못한 새 딸아이는 놀라울 만큼 많이 성장하였다. 얼핏 보면 예나 지금이나 여전히 말갛기만 한 듯하지만, 생각도 깊어지고 심지도 단단해졌다.

서효는 차언의 달콤한 면모에 재차 홀린 게 아니었다. 서효는 선택을 한 것이다. 차언 때문에 네 번의 괴로운 생을 겪었음에도, 모든 기억이 돌아왔음에도 그를 택한 건 딸이 진심으로 그를 용서했음을 뜻했다.

"내 결정만 남았다는 게지……."

무조부인은 그간 봐온 차언의 모습을 떠올렸다. 처음엔 꼴도 보기 싫었다. 수려한 얼굴을 보기만 해도 딸의 눈물이 아른거렸다. 모녀의 잃어버린 시간을 보상해 내라며 숨넘어갈 때까지 때리고 싶었다.

한데 사람의 마음이란, 제 스스로 생각하는 것보다 훨씬 무른 모양이었다.

"저는 아무래도 좋습니다만 아가씨 이름을 함부로 욕되게 하지 마십시오."
"떠올리기만 해도 따뜻해지거든요."
"미안함과 후회뿐."
"사죄는 하되 감히 용서를 구할 생각은 없습니다. 그걸…… 처음 입에 담는 이는 서효여야 합니다."

인정하기 싫지만 놈은 서효를 마음 깊은 곳에서부터 소중히 여기고 있었다. 가면 너머 서효의 정체를 깨달은 순간부터, 놈의 눈에서는 꿀이 뚝뚝 떨어져 내렸다.

사내자식이 체면도 자존심도 없구나.

잔뜩 비꼬아보려고 해도 애정의 대상이 서효이니 미운 마음을 오래 지속하기가 어려웠다. 나중에 둘이 짝짜꿍 잘도 노는 광경을 보고 있자니 헛웃음마저 터져 나왔다.

"아주 죽고 못 사는 꼴불견들이 되어버렸어."

천 년의 사랑이 이것이로구나.

무조부인은 기가 막힌 웃음을 흘리다가 거울 속 자신을 빤히 쳐다보았다. 한숨과 함께 가면을 쓰자 고운 얼굴이 가려졌다. 그녀는 지팡이에 몸을 의지하여 방을 나섰다.

무조부인은 차언을 불렀다. 평소라면 귀찮은 내색을 하면서도 걸음만은 빠르게 하여 나타날 놈은 세 번이나 외쳐 부른 뒤에야 모습을 드러냈다.

차언은 하루가 다르게 눈 그늘이 짙어지고 있었다. 처음에 숨 쉬듯이 흔히 짓던 냉소도, 요즘 들어 자주 짓던 얼빠진 미소도 온데간데없었다. 그저 숨만 붙은 채 걸어 다닐 뿐이다.

산송장이구만. 무조부인은 고개를 절레절레 내저었다.

"시킨 일은 다 마쳤느냐?"

"예."

"정혼녀가 동생이랑 혼례를 올리는데 잘도 일을 끝냈구나."

"……예."

"기분이 어떠한고?"

"엿 같습니다."

"쯧, 상스럽기는."

혀를 찬 무조부인은 엿 같은 기분에도 불구하고 왜 때려 부수러 가지 않는지 그 이유를 물었다. 차언의 성격상 그러고도 남을 텐데 말이다. 천제님이 쳐 놓은 결계 때문이냐고도 물었다. 차언이 흐린 눈을 한 채 한쪽 입꼬리를 올렸다.

"그깟 결계, 부수면 됩니다."

힘을 쓰는 것은 애초에 문제가 되지 않는다는 말투였다.

"천제가 친 결계를 천제의 제일 강한 아들이 뚫는 거니까요. 사람이 수십 명쯤 죽고 땅 좀 갈라지겠죠."

그가 짧게 숨을 내쉬더니 말했다.

"안 합니다."

"정혼녀가 실망할까 봐서냐?"

"물론 그것도 그렇지만, 제가 스스로에게 실망할 것 같습니다."

무조부인이 차언을 뚫어져라 쳐다보았다. 말만 번드르르하게 하는 거라면 그런 얄팍한 속임수 따위는 당장 지적할 생각이었다.

지적하다 뿐이랴. 못다 푼 억울함과 답답함을 신랄한 공격으로 풀어낼 셈이었다.

감히 내 앞에서까지 수작질이냐. 정혼녀는 너 때문에 죽은 거다. 그것도 몇 번이나 고통스럽게 죽었지. 다른 사람 탓할 것도 없다. 넌 정혼녀의 삶에서 사라져 줘야 한다. 그 편이 서효의 행복에 티끌만치라도 도움 되는 길이다. 다다다 쏟아줄 말이 한가득이었다.

"네 스스로에게 실망할 것 같다고?"

"⋯⋯서효를 잃은 후, 저는 정말 변하려 노력했습니다."

차언이 말을 이었다.

"예, 처음 계기는 서효였어요. 다시 만날 그녀에게 나도 이렇게 달라질 수 있음을 보여주고 싶었죠. 언젠가 서효의 기억이 돌아오게 되면, 난 예전의 냉혹한 놈이 아니라고. 곁에서 봤으니 알지 않느냐고 하려 했습니다."

"⋯⋯."

"한데 점점 달라지더군요. 점점⋯⋯ 스스로에게도 보여주고 싶었습니다."

난 달라질 수 있다. 타인을 파리 목숨 취급하며 무도하게 날뛰는 것도 이젠 끝이다. 과거에 내가 그리 고립되었던 것도 타인의 두려움 위에 군림했기 때문은 아닐까.

그때의 나는 피를 보는 것으로 상대를 복종시켰지. 확실히 통하는 방법이었지만 결과적으로 서효를 잃었어. 암흑 같은 삶에서 유일한 빛이 되어줄 수 있는 존재였건만, 경계 없이 다가온 서효를 죽음으로 내몰았지.

차라리 대신 죽고 싶을 만큼 소중한 이를 잃는 기분은 어디에도 비견할 수 없다. 과거의 나는 아무 자각 없이 얼마나 많은 목숨을 빼앗았던가.

다시는 같은 실수를 하지 않아. 나는 달라질 수 있어.

"당장 혼인을 저지하기 위해 무고한 목숨을 희생시키지는 않을 겁니다."

"……그럼 이대로 혼례 올리게 둘 테냐?"

"기뻐하지 않으시네요."

차언이 무조부인을 물끄러미 응시하며 말했다. 내가 왜 기뻐해? 뭐 좋다고 그리해? 무슨 얼토당토않은 소릴 하느냔 표정을 짓자 차언이 엷게 웃었다.

"네놈이 웬일로 기특한 소릴 하냐고. 한 마디쯤 하실 줄 알았습니다만."

"얼씨구, 사내자식이 눈 뜨고 정혼녀 뺏긴다는데 칭찬은 무슨!"

"왜 혼나는 느낌이 들죠."

"멍청한 놈."

무조부인은 연신 멍청한 놈을 되뇌었다. 차언의 결정은 실로 놀라운 것이었다. 이놈이 정말 변했나? 지금 이 모습이 가짜가 아니란 말인가? 놀라운 한편 왠지 모르게 노여움이 치솟았다.

"그래, 너 잘났다. 아주 인간이 되었구나?"

괜히 지팡이로 바닥을 쿵쿵 내리찧었다.

"정혼녀라면 넋을 놓더니, 어쨌든 딴 사내와 혼인하는 걸 두고 보겠단 뜻이렷다?"

"아뇨."

차언이 잘라 말했다.

"방법이 다를 뿐. 포기란 없습니다."

그 말을 하는 차언의 표정은 잘 벼린 검과도 같았다. 사늘하고 단호했다. 내일모레든 백 년 후든, 서효 곁에 서는 자는 차언일 것임을 전하고 있었다.

무조부인은 자꾸만 물러지는 마음을 다잡았다. 자신에겐 마지막 무기가 남아 있음을 잊어서는 안 됐다. 그녀는 잠깐의 공백을 두었다가 차언에게 물었다. 차언에게 전달한 지 꽤 오랜 시간이 지난 것 같은데, 그는 아직 답을 들려주지 않았다.

"내가 예전에 물었던 것을 기억하느냐? 샘물을 얻을 수 있는 방법에 대해 들려주었지."

"과업 말씀입니까?"

"그래."

차언이 고개를 끄덕였다. 기억하고 있다는 말을 할 때, 그의 표정이 묘했다. 이것은 서효와 관련 없을 텐데.

어째서인지 방금 그의 표정은 그리움 비슷한 느낌이었다.

"변치 않는 가치에 대해 물으셨죠."

"과업을 들었을 때 네 표정은…… 그딴 거 없다는 얼굴이었고."

또 애틋한 표정을 지었다. 무조부인은 자꾸 신경을 거슬리게 하는 잡념을 거두려 애썼다. 놈이 아련한 눈을 한다고 해서 그게 뭐 어쨌다는 말인가. 중요한 것은 깨달음의 여부였다.

"여전히 그때와 같은 생각이냐?"

차언이 눈을 아래로 내리깔았다. 그는 차분한 목소리로 말을 하였다.

"누르지 않으면, 누리지 못한다고 생각하던 시절이 있었습니다.

과거의 저는 상대를 누르는 게 당연했고 그게 제 권리인 줄 알았죠. 게다가 온갖 강한 힘을 쓸 수 있었고요."

대지의 신은 지축을 흔들 수 있고, 비의 신은 폭우를 내릴 수 있다. 바람의 신은 강풍과 회오리를 일으킬 수 있으며, 불의 신이 분노하면 염화(炎火)를 쏘아댄다.

그리고 차언은 이 모든 것을 할 수 있었다. 실로 두려울 만큼 강한 존재였다.

"다른 동생들과 달리, 저는 전장에서나 유용한 놈인 줄 알았습니다."

목숨을 앗는 일. 힘을 맘껏 발산하여 적들을 괴멸시키면 영웅이 되었다. 자신을 보는 시선에 경외심이 가득했다. 그때는 아버지마저 노고를 치하해 주었다.

"그래서 다른 방식으로 사는 것을 미처 생각지 못했습니다. 힘을 억눌러서 살생을 멈추는 것만 생각했죠. 한데……."

차언이 잠시 복잡한 눈을 하였다.

"아니더군요."

"아니라……?"

"산 아래 마을이 매년 범람으로 고통받는 것을 아십니까? 인력으로 해결하기엔 오랜 시간이 걸리고, 그렇다고 어린 강의 신을 들볶아서 될 문제도 아니었죠."

무조부인의 눈이 가늘어졌다.

"궁지에 몰린 사람들은 무고한 처녀까지 제물로 바치려 했습니다."

"그래서?"

"제 힘으로 도울 수가 있더군요."

하룻밤이면 충분한 일이었다. 차언은 힘을 이용해 둑을 쌓았고, 모두를 어려움에서 벗어나게 하였다.

"그저 방향의 문제였던 겁니다. 제 힘은 선량한 쪽으로 방향을 틀어도 본래의 강함을 잃지 않았습니다. 가치가 바뀌지 않았어요."

타인과 비슷해지려 애쓰지 않아도 되었다. 본연의 모습으로도 충분했던 것이다. 깨달음은 거기에서 왔다.

"저는 이것이 변치 않는 가치라고 생각합니다."

담담하게 이어진 대답. 무조부인은 차언을 향하던 눈길을 거두고 몸을 돌렸다. 그녀 앞에는 닫힌 방문이 있었다. 그대로 방문을 열고 들어가 이 자리를 피하고 싶었다. 하지만 무조부인은 그러지 않기로 했다.

더 이상은.

"고얀 놈."

"……."

"샘물을 떠가도 좋다."

잠시 제가 들은 말을 그대로 믿을 수가 없었다. 차언이 잠자코 있자 노부인은 아직도 거기 서 있냐는 듯 짜증을 내었다. 어서 꿈에도 바라던 샘물 퍼 가라고 쏘아붙였다.

서효가 일깨워 준 게 정답이란 것은 알고 있었다. 하지만 노부인이 이리도 순순하게 받아줄 줄은 몰랐다.

"아직 안 갔느냐?"

"샘의 위치가……."

"미치고 팔짝 뛸 노릇이구먼. 이런 것까지 일일이 다 알려줘야 해?"

노부인은 지팡이가 절굿공이라도 되는 듯 바닥에 대고 찧었다. 샘물을 허락하긴 허락하는데 기분이 썩 좋은 것은 아닌가 보다. 그녀가 손가락으로 초가 뒤편을 가리켰다.

"저기 우물 옆에."

"우물 옆에요?"

차언이 기억을 되짚었다. 겨울 동안 서산의 구석구석을 헤집고 다녀보았기에 어디에 무엇이 있는지 쯤은 대충 파악하고 있었다. 그의 기억 속에서 초가 뒤편은 평범했다. 여느 집에서나 볼 수 있는, 돌을 쌓아 만든 우물과 두레박이 있을 뿐이다.

노부인의 한숨이 깊어졌다. 그야말로 땅이 꺼질 듯한 한숨이었다.

"흰 끈을 매달아놓은 수풀이 있지 않느냐. 그 안에 샘이 있느니."

"……서낭당 비슷한 건줄 알았습니다만."

"멍청함이 하늘을 찌르는구나."

노부인이 크게 콧방귀를 뀌었다.

"내 마음이 바뀌기 전에 냉큼 떠라, 이놈아."

차언의 다리가 비로소 움직였다. 초가 뒤편을 향해 몇 걸음 걷던 그는 노부인에게 고개를 돌려 인사했다.

"감사합니다."

"왜 안 하던 짓을 하고 그러느냐? 징그러워 죽겠네."

"그럼 가보겠습니다."

차언은 초가 뒤로 향했다. 우물 옆에는 길고 가는 흰색 천을 여기저기 달아둔 수풀이 있었다. 온 산을 누비고 다녔으면서 정작 이곳 수풀에 들어가 보지 않은 게 새삼 우스웠다.

이상해 보이긴 하지만, 소원을 이뤄주는 신비의 샘이 있다 하기엔 특별함이 부족한 까닭이었다.

서낭당이라니. 노부인이 실소를 터뜨릴 만하군. 차언은 심호흡을 한 번 한 다음, 우거진 수풀 안으로 걸어 들어갔다.

밖에서 보기엔 그저 상록수와 가는 나뭇가지가 얼기설기 엮여 있는 것 같았다. 하지만 안으로 들어갈수록 녹음이 짙어졌다. 수풀의 길이도 제법 길었다. 걷다 보면 이대로 다른 세계에 다다를 것만 같았다.

짙은 초록을 걷어내자 드디어 조그만 샘이 모습을 드러냈다. 졸졸 맑게 흐르는 소리는 듣고만 있어도 마음을 평화롭게 만들었다. 함부로 손을 넣기가 꺼려질 만큼 투명한 물이었다. 녹음 사이로 비쳐든 한 줄기 햇살이 수면 위에서 눈부시게 빛났다.

여기까지 온 사람을 위해 준비해 두었는지, 샘 옆에는 물을 담아갈 수 있는 호리병이 있었다. 차언은 조심스러운 손길로 호리병을 집어 들었다.

"소원은 어떻게 이뤄지죠?"

예전에 노부인에게 물은 적이 있었다.

"마시는 사람의 소원입니까, 아니면 물 떠주는 사람의 소원입니까?"

"대부분 그 두 사람이 동일 인물이었다만."

"……."

"너처럼 다른 경우도 있었지."

"그럼 어떤 쪽의 소원입니까?"

"떠다 주는 쪽."

노부인의 답은 간결했다.

"내가 말했지 않더냐? 마시는 거야 갖다 주는 물을 홀랑 마시면
그만이지만, 애초에 샘물을 가져가기란 쉽지 않다고. 노력한 자
따로, 이득을 보는 자 따로. 그딴 게 제일 싫다."

"……그럼 제 소원이 서효에게 발현되는 것이겠군요."

"그렇지."

"구체적으로 빌어야 할까요? 막연하게 그녀의 행복을 빌면."

"샘보고 알아서 들어달란 소리냐?"

노부인의 표정이 일그러졌다. 한없이 멍청한 자를 대하는 눈으
로 차언의 아래위를 훑었다. 혀 차는 소리는 잘못 들은 것이 아니
었다.

"어렵게 얻은 기회를 날리고 싶으면 그리해 보든가."

"……."

"뭐, 애당초 내가 허락을 해줘야 뜨든 말든 하겠지만."

차언은 한참 동안 호리병을 내려다보았다. 샘물을 뜨기 전에
마음을 결정해야 했다. 빌고 싶은 소원이야 한도 끝도 없었다. 하
지만 모든 소원이 궁극적으로 가리키는 방향은 한 곳이었다.

서효와 함께하는 것.

이기적이라 해도 할 말이 없다. 그토록 괴로운 상황에 처하게 했으면서, 숱한 고통을 겪게 했으면서 끝끝내 자신과 함께 있도록 하는 것. 그게 이기적이지 않다면 이상한 거겠지.

"욕을 듣는대도 어쩔 수 없어."

차언의 눈이 아련해졌다. 서효를 향한 마음은 이제 자신조차 통제할 수 없는 것이기에.

"널 가장 지독하게 괴롭힌 것도 나지만."

호리병을 쥐고 있는 손에 힘이 들어갔다.

"널 가장 행복하게 만드는 방법을 알고 있는 것도 나인데."

호리병의 입구를 샘물 가까이 가져갔다. 차언은 마음속으로 간절히 빌었다. 제발 서효의 뜻도 자신과 같기를. 이것이 정말 그녀를 행복하게 만드는 길이기를.

"소원의 샘에 비노니, 서효와 제가 앞으로도 이 땅에서 영원토록 함께할 수 있기를."

행복하게. 제발 행복하게.

호리병이 샘물 안으로 들어갔다. 고록고록 공기 방울을 토해내며 맑은 샘물을 삼켰다. 물이 입구까지 가득 찼을 때쯤, 누군가 다가오는 인기척이 들렸다.

정말 기가 막힌 등장 시점이다. 차언은 호리병 마개를 막으며 어이없는 실소를 흘러냈다.

고개를 돌리지 않아도 누군지 알 수 있었다. 숲의 흙바닥에 끌리는 옷자락. 익숙한 보폭과 움직임. 마치 해바라기처럼 그에게 몸을 틀어 환영하는 녹색 잎들. 천제가 서산에 왕림하였다.

"오랜만입니다."

차언이 몸을 돌리지 않은 채 아버지에게 말했다.

"제 혼례식 당일에 뵙고 처음이네요. 뭐…… 그전에는 훨씬 더 오래 못 보았으니 '오랜만'이라고 인사해선 안 됐을까요."

"여기까지 왔구나."

"예, 노부인께서 마음이 변하기 전에 냉큼 떠가라 하시더군요."

"……그리하였단 말이지."

차언이 호리병을 내려다보았다. 자신의 소원을 담은 샘물이 거기에 있었다. 이제 천제는 이것을 받아갈 것이다. 서효와 정명의 혼인 축하 선물로 말이다.

문득 의문이 들었다.

"얻으라 하셔서 얻었습니다."

차언이 몸을 돌렸다. 언제 봐도 불편한 아버지가 그를 응시하였다.

"이제 이 샘물은 누구에게 가는 겁니까?"

"누구에게 주었으면 좋겠느냐?"

"선문답은 그만두시죠."

차언이 부드럽지만 단호하게 잘라냈다. 제대로 된 답을 주지 않고 남의 속내부터 떠보는 듯한 말투에 질릴 대로 질린 상태였다. 예의를 갖춰 대화를 이어가는 게, 그가 할 수 있는 마지막이었다.

"서효에게 주십시오."

"내가 왜 그리 해야 하지?"

"이쯤이면 탐탁치도 않은 장남을 굴릴 만큼 굴렸고, 무엇보다 당신이 추구하는 바인 '천지의 균형'을 위해 너무 많은 희생이 따랐으니까요."

천제는 지그시 이를 악문 채 말을 잇는 아들을 쳐다보았다.

"당신의 뜻은 알겠습니다. 천제는 마냥 저 좋을 대로 군림하는 자리가 아니죠. 때로는 가족이나 조금 더 사소한 인연보다 천지의 화합을 우선해야 하니까요."

"……때로는, 이 아니라 늘 그리해야 한단다."

"물론 그러시겠죠."

자신이 나머지 형제의 힘을 합한 것보다 강함에도 제위(帝位)를 탐내지 않은 까닭이 그에 있었다. 차언은 아버지의 자리가 욕심나지 않았다. 그것은 예나 지금이나 다름이 없었다.

무도하게 굴던 예전에는 너무나 속박이 많은 자리처럼 보였다. 그리고 그것은 사실이기도 했다.

하지만 서효로 인해 깨달음을 얻은 지금은…… 아버지의 결정이 세상천지에는 이로울지 몰라도 차언 자신이나 정명, 다른 형제들, 수백 년간 자리를 떠나 있는 어머니, 서효와 그녀의 유일한 가족 무조부인에겐 좋지 않다는 생각이 들었다.

좋지 않다 뿐이랴. 개개인의 번뇌와 고통을 합하면 정말 큰 희생이 될 것이다.

"애초에 당신은 서효의 행복에 관심 없었지 않습니까?"

차언이 천제를 보며 낮은 목소리로 말했다.

"제가 싫다고 거부했음에도 혼인을 추진한 건, 오로지 당신 의사였습니다. 아마 상급 신들의 회의 끝에 나온 결과였겠지요. 거기서 제 들끓는 성질을 다독일 수 있는 최적의 인물로 서효가 꼽혔겠죠."

"……"

"그래서 그냥, 당사자들의 감정 따윈 고려하지 않고 붙여 버린 거 아닙니까?"

"……"

"인간계에도 흔한 정략혼이니 뭐니 둘러댈 생각 마시죠. 당신이 저지른 짓을 표현하기에 그 단어는 너무 온화한 감이 있으니까."

차언은 천제를 향해 호리병을 내밀었다. 어찌 되었든 천제는 차언으로부터 샘물을 받아갈 것이다. 그것은 예정된 일이었다.

다만 차언은 못다 한 말을 하고 싶었다. 자신의 깨달음을 위해 희생당한 서효 이야기를 하고 싶었다.

강력한 힘을 지닌 천제의 장남, 자신을 녹녹하게 무릎 꿇리기 위해 서효는 무려 세 번이나 죽어야 했다. 가장 첫 번째 죽음은 누굴 탓할 것도 없이 온전히 제 업보였다. 하지만 그 뒤에 이어진 괴로운 죽음들은…….

차언이 모든 목숨은 소중하다는 것을 깨닫게 하기 위해 서효가 이용되었다. 그렇게 말할 수밖에 없었다.

"제가 더 큰 깨달음을 얻어야 한다면 원하는 만큼 굴리세요."

"버틸 수 있겠느냐?"

"어쩌겠습니까? 버티기 싫으면 지금 당신 목을 꺾고, 끔찍한 그 자리에 오르는 수밖에 없는데. 그건 하기 싫거든요."

우습게도 천제의 시험과 서효가 준 깨달음은 차언을 다른 방향의 삶으로 이끌었다. 예전 같으면 제위에 오르기 싫어도 격한 분노에 휩쓸려 아버지에게 손을 뻗칠 수 있었다. 예전의 차언이라면 말이다.

"저는 괜찮습니다만 서효는 아닙니다."

"……."

"더 이상 그녀의 행복이 당신 손에 좌지우지되는 걸 두고 보진 않겠어."

차언이 천제 앞으로 걸어갔다. 수백 년 넘도록 닿지 않았던 아

버지의 손에 호리병을 쥐어주었다. 찰나의 순간, 부자(父子)의 손
이 스쳤다. 차언은 마지막으로 아버지에게 부탁했다.

"제발 이번만은…… 서효부터 신경 써주세요."

가장 큰 고통을 받아온 그녀에게 행복을 안겨줄 수 있기를.

천제는 자신의 손에 쥐어진 호리병을 물끄러미 보다가 다른 말
을 남기지 않고 샘터를 떠났다. 천제가 사라지자 무성한 녹음은
다시 고개를 돌려 제자리로 돌아왔다.

동백의 궁궐.

오늘은 서효와 정명이 혼례식을 올리는 날이었다. 아침부터 궁
녀들이 서효를 깨워 목욕물을 받았다. 이제껏 한 번도 없었던 일
이었다. 평소 궁녀들은 서효가 스스로 일어날 때까지는 처소 근처
로 오지도 않았다.

아무리 혼례식 날이라지만 아침부터 귀한 향유와 꽃잎을 푼 온
천수에 들어가 목욕 시중을 받자니 뭔가 몸 둘 바를 모를 기분이
되었다.

"팔을 닦겠습니다."

"다리를 들어주시겠어요, 서효님?"

궁녀들은 새로운 곳에 수건을 댈 때마다 일일이 알려주었다.
역시, 황송하다.

"저…… 씻어야 하는 곳이면 그냥 손을 대셔도 좋아요. 아무렇
게나 박박 닦으셔도."

서효가 어릴 때 무조부인은 어찌했던가. 때수건의 거친 질감이

아프다고 목청 터져라 울어도 상황은 바뀌지 않았다. 아기 서효는 어머니에게서 벗어날 수 없었다.

아, 심하게 뻗대다가 엉덩이를 맞은 기억은 있다. 그것도 여러 번.

"으아앙, 아프단 말이에요! 때수건 싫어어어!"

"이것 봐. 여기 좀 보련? 이 더러운 때가 다 누구 몸에서 나온 거지요?"

"그런 거 몰라아!"

"요, 요, 요 작은 몸에서 이렇게 많은 때가 나왔지요?"

"……"

"무엇보다 깨끗하게 구석구석 씻지 않으면 망태 할아버지가 잡아간다?"

"그 할아버지는…… 무슨 신(神)인데요?"

아기 서효가 코를 훌쩍이며 묻자, 무조부인은 기다렸다는 듯 음산한 미소를 지었다. 어머니는 서효가 무서운 이야기를 조르면 별로 무섭지 않은 이야기를 두어 가지 해주다가 끝에 가서 저런 표정을 짓곤 했다.

그럼 서효는 어머니가 다시 입을 떼기도 전에 겁을 잔뜩 집어먹고 얼른 자겠노라 손을 내저었다.

"망태 할아버지는……."

아기 서효가 침을 꼴깍 삼켰다.

"서효처럼 요렇게 보들보들하고 말랑말랑하고 안 씻는 아이를
데려가서 잡아먹지요!"

"⋯⋯으, 으, 으아앙!"

"자, 이제 알았지? 얌전히 씻을 거예요, 또 떼쓸 거예요?"

"씨, 씻겠습니다아⋯⋯. 으앙!"

"뚝!"

"뚜욱⋯⋯."

그때와 비교하면 지금은 왕궁의 공주님 대접을 받는 거나 다름
없었다. 궁녀들의 손길은 깃털보다 부드러웠다. 서효가 목욕을 하
는 내내 물이 식지 않도록 온천수를 보충하기도 했다.

흠, 그러고 보니 정명님이 천제님의 아들이고 내가 비(妃)가 되
는 거니까⋯⋯ 공주님 대접이나 '다름없는' 게 아니라 그냥 그 경
우인가?

정명님의 비라니. 도대체 일이 왜 이렇게 흘러가고 있는 거야,
진짜.

서효는 터져 나오는 한숨을 참으며 애써 미소를 지어 보였다.
그녀에겐 따로 생각이 있었다. 그것을 이루기 위해서는 약간의 연
기가 필요했다. 목숨 걸고 탈출을 시도했지만, 이제는 순순히 제
운명을 받아들인 신부의 모습.

약간은 설레고 수줍기도 하고. 식장에 선다는 긴장 때문에 말
수도 점점 적어지는 신부가 되어야 했다. 이건 흔한 신부의 모습
이니 괜찮았다.

다만 서효가 타 신부들과 다른 점이 있다면, 말수를 줄이는 대

신 귀를 활짝 여는 것이었다. 안심한 궁녀들이 나누는 대화 속에서 쓸 만한 정보를 모으는 것.

"몸을 닦겠습니다."

"네."

"물기를 닦으신 다음에는 옷을 갈아입으실 거예요."

드디어 혼례복을 입는 것이다.

"제가 미리 슬쩍 봤는데 정말 예쁘답니다! 분명 서효님 마음에도 드실 거예요."

"기대되네요."

새 옷을 입게 되는 건데 이토록 기대되지 않는 적도 처음이었다. 서효는 애써 입술을 늘려 웃었다. 이러다 입꼬리가 귀에 걸리는 게 아닌가 하는 걱정이 들 정도로 활짝 웃었다.

"자, 다 닦았네요. 그럼 어여쁜 신부가 되러 가볼까요?"

"어머나, 두근거려라."

서효는 자주 공연을 보러 가는 극단의 배우가 보았다면 고개를 절레절레 내저을 연기를 선보였다. 동백에서 이 연기가 먹히는 게 다행이라면 다행이었다.

과연 궁녀의 말은 거짓이 아니었다. 혼례복 따위 관심도 없던 서효조차 탄성을 내지를 만큼 예쁜 옷이었다. 일단 여러 겹의 속옷부터 새 것으로 갈아입었다. 그다음엔 속치마. 그 위에는 흰 비단옷.

예전에 아희의 수하가 지어주었던 혼례복보다 이쪽이 훨씬 '정통'에 가까운 느낌이었다. 그 말인즉 숨이 막힌다는 뜻이다.

'이따 뛸 때 숨깨나 차겠는데?'

아무것도 모르는 궁녀가 너무 아름다우시다며 칭찬을 하였다.

그러면서 가는 허리 맵시가 돋보이도록 비단 띠를 꼭 졸라매었다.

'으악, 뛸 때는 어쩔 수 없지만요. 지금부터 숨을 못 쉬게 되는 건 좀⋯⋯.'

"어쩜 너무 잘 어울리세요!"

"아름다워요, 서효님!"

"아하하, 감사합니다. 감사합니다."

신부 화장을 위해 화장대로 끌려갔다. 서효는 궁녀들이 목 축일 차(茶)를 가져오고 필요한 물건을 찾는 동안, 재량껏 허리띠를 느슨하게 만들었다. 매듭에 손가락을 비집어 넣고 힘을 주자 아까보다 조금 나아진 것 같았다.

'이제 처소를 나서기 전에 쓰러지는 일은 없겠네.'

이것도 다행으로 여겨야 하는 걸까.

"기다리시게 해서 죄송합니다. 그럼 화장을 하겠습니다."

"부탁드려요."

향긋한 분이 서효의 얼굴에 살살 펴 발렸다. 원래 피부가 워낙 고와서 굳이 두껍게 덧씌우지 않아도 희고 맑은 얼굴이 되겠다는 칭찬이 잇따랐다.

붓이 스치고 지나갈 때마다 거울 속 서효가 아리따운 신부로 변해갔다. 복숭아꽃처럼 발그레한 뺨. 촉촉하게 빛이 나는 입술. 그윽한 눈매. 차언이 보았다면 더 좋았을 텐데. 이렇게 예쁘게 꾸미고 시집가는 상대가 차언이었다면.

당장 혼례복 치마를 접어 들고 식장으로 달릴 텐데.

"서효님, 이게 마지막이에요."

"신부의 홍포(紅布)랍니다."

액운으로부터 신부를 보호하는 붉은 포가 궁녀들의 손에 의해

씌워졌다. 온 세상이 붉은빛으로 흐릿하게 물들었다.

서효는 호위무사 백화운일 때도, 초겨울에 저택에서 차언과 혼례를 올릴 때에도 홍포를 쓰지 않았다. 홍포를 쓰기 전에 큰일이 터지곤 했으니까. 서효가 유일하게 홍포를 써본 것은 미랑이 방물장수를 불러들였을 때뿐이었다.

'그때…… 차언이 신부의 포를 벗겨주었는데.'

차언을 좋아하기 전임에도 그때 그 순간만큼은 모든 것이 반짝반짝 빛이 났다. 온 세상에 차언과 서효, 둘뿐인 것만 같았다.

"서효님, 이제 혼례식장으로 가실까요?"

"……네."

서효가 자리에서 일어났다. 말 그대로 혼례식장으로 갈 준비가 되었다. 차언이 있는 곳까지 힘껏 달려가야지. 그럼 그곳이 우리의 식장인 거야. 기다려, 차언. 내가 지금 갈 테니까.

"이만 가죠."

붉은 포 아래서 서효가 야무지게 대답했다.

궁녀들이 양쪽에서 서효를 인도하였다. 신부의 붉은 포를 뒤집어쓴 까닭에 모든 것이 흐릿하게 보였다.

"안심하시고 저희에게 기대세요."

"그냥 한 걸음 한 걸음 걸으시면 되어요."

서효는 얌전히 궁녀들의 말에 따랐다. 말도 많이 하지 않고 고개만 살짝 끄덕였다. 혼례 때문에 긴장하고 있는 평범한 신부의 모습이었다. 하지만 실상은 달랐다.

아직 서효는 탈출에 대한 미련을 버리지 못했다. 한 시진 전, 신부 단장을 할 때 궁녀들끼리 나누던 대화가 귓가에 맴돌았다.

"새(鳥)의 신께서 타고 오신 가마 봤어?"

"응, 독수리들이 물고 오더라."

"난 이번에 처음 봤는데 정말 신기하더라고."

"그 독수리들, 손을 물진 않겠지? 이따 물 좀 내어주라고 부탁하셨는데."

"굉장히 순해. 말도 알아듣고 영리하던걸?"

천제가 아끼는 아들의 혼례식이다. 여러 신들이 초대받아 온 모양이다. 하객 중에는 새의 신도 있는 모양인데, 그가 타고 온 가마가 서효의 주의를 끌었다.

독수리가 물어서 하늘로 띄워주는 가마. 그걸 타면 두 발로 뛰는 것보다 훨씬 빨리 도망갈 수 있지 않을까. 혹시 하늘에서 떨어지기라도 한다면, 하는 걱정이 들었지만 순하고 영리하다는 말을 믿어보기로 했다.

가마를 대어놓은 장소는 파악을 마쳤다. 이제 남은 것은 혼례식장에 도착하기 전, 궁녀들을 뿌리치고 거기까지 뛰는 것뿐이다.

"서효님, 많이 긴장되시지요?"

"오들오들 떨고 계시네요."

음, 그건 아마 원치 않는 혼례를 올려야 해서가 아닐까요? 제가 삼백예순다섯 번 외친 대로 신랑만 바꿔주시면 이 떨림도 멈출 텐데 말이죠. 서효는 속말을 삼키며 애써 미소를 지었다.

"실수할까 봐 긴장되어서요."

"걱정 마세요. 서효님이 신경 쓰실 일은 없으니까요."

"순서나 예법 같은 건 저희가 숙지하고 있답니다. 그때그때 따르시면 돼요."

"네에……."

서효는 홍포(紅布) 너머 비치는 형상으로 자신이 어디를 지나고 있는지 감을 잡았다. 궁녀들에게서 벗어날 시간이 다가오고 있었다.

"아!"

조심스레 발을 내딛던 서효가 돌연 외마디 비명을 지르며 주저앉았다. 맨발로 못을 밟은 것처럼 아파하자 궁녀들이 당황하며 괜찮으냐고 물었다. 서효의 계획대로 궁녀들이 몸을 숙였다. 발을 살피기 위해 무릎을 굽히고 앉았다.

이때였다.

서효는 즉시 홍포를 벗어 던지고 달리기 시작했다. 눈부신 햇살이 궁궐 안을 비추고 있었다. 혼례를 올리기 아름다운 날이지만 신랑이 틀려먹었다.

이번에야말로 도망쳐야 해. 이번이 마지막이야.

궁녀들이 다른 사람을 부르는 소리가 들렸다. 서효는 이를 악물고 조금 더 속도를 냈다. 결계에서 튕겨나간 몸이 미처 회복되지 않았지만, 지금 잡히면 꼼짝없이 식장으로 들어가는 것밖에 남지 않았기에.

"독수리……!"

저 멀리 목표물이 보였다. 양 날개를 펼치면 서효쯤은 너끈히 품을 것 같은 독수리 네 마리가 가마에 묶인 채 꾸벅꾸벅 졸고 있었다.

서효는 손뼉을 쳐서 이들을 깨웠다. 순하다는 말은 사실인 듯, 생전 처음 보는 서효가 맹렬히 달려오고 있음에도 위협적인 행동을 하지 않았다. 그저 눈을 깜빡이며 서효를 쳐다볼 따름이었다.

"얘들아, 어서 출발해! 어서 날아가자!"

가마에 올라타 독수리들의 등과 머리를 쓰다듬었다. 날개를 푸드덕거리는 것이 금방이라도 창공으로 날아갈 기세였다.

"그래, 옳지! 날아가자!"

독수리들이 날갯짓을 하였다. 놀랍게도 정말 가마가 들려 올라갔다. 무릎 높이까지 뜬 가마는 점점 올라가 서효의 키를 훌쩍 넘었고, 이내 궁궐 지붕이 보일 만큼 올라갔다.

훨훨 날기도 잘 날지. 서효는 아래로 스쳐 지나가는 지붕을 보며 안도의 한숨을 쉬었다. 이대로 멀리멀리 날아갔으면. 서산까지 데려다 달라는 부탁은 하지 않을 테니, 이곳으로부터 최대한 먼 곳에 내려주었으면 좋겠다.

한데 궁궐을 벗어나 바다 쪽으로 향하던 독수리들이 갑자기 방향을 틀었다.

"어, 이대로 가면 결계에 부딪칠 텐데."

서효가 걱정 어린 눈으로 앞을 보았다. 동백의 정문 격인 구역을 지나가려다 결계에 막혔다. 그래서 처음부터 독수리들을 바다로 이끈 것이다.

"얘들아, 왜 이래? 다시 바다로 가자."

지금까지 날아온 속도보다 역으로 돌아가는 게 족히 두 배는 빨랐다. 순식간에 다시 궁궐 위로 돌아오게 된 서효는 느닷없이 아래로 내려가는 독수리들에 당황했다.

"어? 어어……"

독수리들은 서효를 정확히 혼례식장 중앙에 내려주었다. 붉은 예복을 입은 정명이 서효를 바라보고 있었다.

결계에서 보여준 기묘한 표정을 지은 채로.

분명한 것은, 이번에도 탈출에 실패했다는 점이었다. 서효는 낭패감에 입술을 깨물었다. 안 돼. 포기하지 말자. 이게 마지막은 아니야. 그래, 내가 너무 비관적으로 생각했던 거야. 초야 때 정명 님께 다시 말해볼 수도 있어.

혼인은 받아들이겠다. 대신 밤을 보내는 건 싫다. 기다려 달라. 이렇게 말해보자. 아니면 약초 써는 작두라도 들이대야지.

"대담하구나. 하늘에서 떨어지기라도 하면 어쩌려고 덜컥 가마를 탔느냐?"

천제가 앞으로 걸어왔다. 서효는 아무 대꾸도 하지 않고 제자리를 지켰다. 독수리들은 벌써 눈을 감고 졸기 시작했다.

"겁나지 않더냐?"

"……겁나죠. 감금되었다가 막내도련님과 혼인을 당할 예정인데."

"겁나는 게 그것뿐이로다?"

서효가 주먹을 꼭 쥐었다. 작은 머릿속에서는 열두 가지의 생각이 떠올랐다가 사라지고 있었다. 어떻게 해야 이 고비를 넘길 수 있을까. 머리가 복잡했다. 그 와중에 이상한 게 있다면 바로 하객이었다.

'생각보다 엄청 적어……'

사해의 용왕부터 변경에 사는 작은 신까지 모두 온 줄 알았는데, 눈대중을 해보니 열댓 명이 왔을 뿐이었다. 단순히 간소한 혼례라기엔 납득이 가지 않았다.

처소에 갇혀 있는 동안 수많은 패물과 비단이 준비되는 것을 들었는데. 청첩장을 쓰느라 궁녀들 손목이 욱신거리는 것을 들었는데. 이게 어찌 된 일이지.

"일단 네 뜻은 알겠다."

천제가 서효더러 가마에서 내려오라고 하였다. 께름칙한 기분으로 천제 앞에 서자 그가 자신을 따라오라고 했다.

"혼례는요?"

"우선 네게 줄 것이 있느니."

서효가 무의식중에 정명을 쳐다보았다. 뭔가 짤막한 암시라도 주지 않을까 하는 생각에서였으나, 이번에도 그는 희미한 미소를 지었다.

신랑에게 어울리지 않는 표정이란 생각이 들었다.

어디까지 가시려는 거지? 서효는 천제의 뒤를 따르며 주변을 흘끔거렸다. 흔한 궁녀 하나 붙지 않는 게 이상했다. 기껏 도망가는 신부를 잡아 놓고 냉큼 식을 치르지 않는 것은 무슨 꿍꿍이람.

천제는 줄 것이 있다고 했다. 그리고 서효는 그게 무엇일지 조금도 예측할 수가 없었다. 혼례식을 미루면서까지 주려는 물건은 대체 무엇일까.

"들어오너라."

천제가 손짓하였다. 정갈하게 꾸며진 방으로 들어간 서효는 잠자코 상대의 말을 기다렸다. 무슨 말을 하는지, 무엇을 주려는지 두고 본 다음 의견을 피력할 셈이었다.

천제님, 제가 너무너무너무 마음에 들어서 꼭 며느리로 들이고 싶으신 마음 이해하는데요. 그렇다고 해도 이건 아니죠. 제겐 신랑을 선택할 권리도 없냐고요. 그저 정해주시면 아이고 이런 멋진 신랑을 주셔서 감사합니다, 하며 희희낙락 혼인해야 하는 건가요?

할 말은 쌓이고 쌓였다. 자, 그럼 때를 기다려 보도록 하자.

"서산을 오갔다면 차언의 임무에 대해서도 알겠구나."

천제가 입을 열었다. 서효의 머릿속에 강물 범람이나 변치 않는 가치가 떠올랐다. 서효가 천제를 가만히 올려다보며 되물었다.

"샘물…… 말씀인가요?"

"그래, 네 어머니 무조부인이 잠깐 원래 주인을 대신해 지키고 있는 것 말이다."

천제가 몸을 돌렸다. 탁자에서 무언가를 들어 올렸다. 그가 서효에게 내민 것은 입구가 넓은 찻잔이었다.

거기엔 수정처럼 맑은 물이 담겨 있었다. 단순히 서효가 목 마를까 봐 준비한 물이 아니란 것쯤은 세 살배기 아이도 알 수 있을 터. 서효가 선뜻 잔을 받아 들지 못하고 천제를 쳐다보았다.

"차언이 시험을 통과할 줄은 몰랐다."

천제가 다소간의 틈을 두었다가 말을 이었다.

"통과한다고 해도 이처럼 빨리, 계절이 바뀌기도 전에 깨달음을 얻을 줄은 몰랐어."

그건 천제님이 첫째 아드님을 과소평가하고 있다는 증거예요. 서효는 속으로 조용히 대꾸했다.

"네 덕분이기도 할 테지."

"아무리 도움을 주어도 바뀌지 않는 이가 많아요."

"차언은 아니라는 소리냐?"

"보셨잖아요."

서효가 짧게 대답했다.

"제가 서산으로 못 간 지 한참이 되었는데 그는 동백 근처에 얼씬도 하지 않아요. 예전 같으면 어림없는 일이죠."

차언도 아는 거다. 이곳에는 결계가 있고, 자신의 아버지가 친 결계를 부수려면 다른 희생이 뒤따를 수도 있다는 것을. 자신의 목적을 위해 다른 이를 가볍게 여겨선 안 된다는 것을, 그는 깨달았다.

그래서 인내하고 있는 거였다. 제 입에서 정명의 이름이 나올 때마다 날 선 반응을 보이던 그였건만.

서효는 강한 독점욕과 불안을 눌러 참고 있는 차언이 뿌듯했다. 자랑스럽기도 했다. 차언이 오기를 기다리지 않고, 끊임없이 제 쪽에서 탈출하려던 것도 그런 이유에서였다.

"이제 그만 첫째 아드님을 있는 그대로 인정해 주세요."

서효가 천제를 향해 요구했다.

"차언에게는 더 이상 남의 기준에 자신을 맞추려 들지 말라고 했어요. 하지만 그럼에도 불구하고 천제님의 인정은 중요해요."

천제에게도, 차언에게도, 어쩌면 정명에게도. 행복했던 한때로 돌아갈 수 있다면 그 시작은 천제가 될 터였다.

"차언은 바뀌었어요. 저도 강해졌고요. 그러니 이젠 천제님 차례예요."

서효를 물끄러미 바라보던 천제가 입가를 누그러뜨렸다. 저것은 만족의 의미일까? 아니면 수긍? 서효처럼 작은 신에게 꾸중을 들어서 어이없어 하는 걸까? 어느 쪽도 될 수 있었다. 하지만 천제는 대답 대신 찻잔을 재차 들이밀었다.

"마시려무나."

"……샘물을 얻는 걸로 끝이 아니에요? 이걸 제가, 마셔야 해요?"

"목소리가 떨리는구나."

천제가 담담히 말했다. 서효는 그럴 수가 없었다. 샘물을 내려다보는 서효의 눈에 불안이 깃들었다.

"마시면 어떻게 되는 거죠?"

"물을 뜬 사람이 원하는 대로 이루어지지."

"그 말뜻은."

서효가 기다란 혼례복 소매 안에서 두 주먹을 쥐었다.

"차언이 제가 기억을 잃기를 바란다거나…… 정명님과 혼인을 하는 게 더 행복할 거라 생각한다면……. 그리 이루어진다는 건가요?"

"어째서 그런 생각을 하였느냐?"

서효가 흐린 하늘같은 웃음을 지었다. 엷은 한숨이 입술 사이로 새어 나왔다.

"차언이 너무 선해졌을까 봐 두려워요."

떨리는 손으로 찻잔을 넘겨받았다.

"작디작은 욕심조차 부리지 않았을까 봐."

함께하고 싶은 마음은 잘못이 아닌데. 그건 내 바람이기도 한데. 바보 같은 차언. 이상한 선택을 하진 않았겠지?

"제가 샘물을 마시지 않으면요?"

"마시려무나."

천제가 말했다. 자못 부드러운 어조였으나 다른 길은 없다는 듯 단호한 말투이기도 했다. 서효는 한참 동안 샘물을 내려다보다가 천천히 입가로 가져갔다. 많은 생각이 들었다.

차언, 어머니가 이걸 내주었다는 말은 우리를 받아들였다는 거겠지? 차언을 용서하셨다는 뜻일 테지? 그럼 차언의 바람만 남은 거네. 있잖아, 차언. 샘물을 뜨면서 무슨 생각을 했어? 무엇을 빌었어?

나랑 같은 소원을 빌었을까?

서효의 입술에 찻잔이 닿았다. 찰랑이는 샘물이 붉은 연지를 바른 입술을 적셨다. 서효는 마음속으로 자신이 바라는 행복과 차언이 바라는 행복이 같기를 간절히 빌었다.

이것으로 우리 사이 괴로움은 끝나기를. 눈을 뜨고 가장 먼저 보는 사람이 차언이었으면 좋겠어.

몽롱하고 아득한 기분이었다. 서효는 연보랏빛 꽃으로 가득한 들판에 서 있었다. 하늘과 땅이 맞닿는 경계까지 이어진 연보랏빛의 물결은 마치 꿈속을 거니는 기분을 들게 했다.

아니다, 이거 꿈속인가?

'꼬집어볼까?'

있는 힘껏 볼을 꼬집었는데 얼얼하기도 하고 아리송하기도 했다.

'잘 모르겠는데……'

'그 정도로 되겠습니까? 이렇게 힘을 더 넣어야죠.'

'차언? 아, 아아, 아!'

갑자기 뒤에서 나타난 차언이 서효의 볼을 잡고 늘렸다. 찹쌀떡처럼 쭈욱 늘어나는 볼에 서효가 울상을 지었다.

'하지 마. 하지 말라고!'

'아픕니까?'

'……응?'

'이렇게 세게 당겼는데요. 아프신가요?'

서효가 볼을 잡힌 채 눈을 깜빡깜빡하였다. 원래라면 눈물이 핑 돌 터였는데 지금은 잡혔다는 느낌밖에 없었다.

‘이거 꿈이야?’

‘당연하죠. 귀여운 아가씨.’

차언이 서효의 볼을 놓았다. 세게 잡아서 미안하다는 뜻인지, 꽃물 스며든 듯 홍조 띤 볼을 어루만졌다. 가장 소중한 것을 대하듯 부드럽게 쓰담쓰담.

서효가 세모눈을 하였다. 아프지 않을 거란 걸 알지만 온 힘을 다해 차언의 종아리를 걷어찼다.

‘꿈이라도 안 돼. 함부로 꼬집는 거 아니야.’

‘네에, 네에, 그러는 아가씨는 제 종아리를 걷어차시고요.’

‘나랑 차언은 다르지.’

눈 하나 깜짝 않고 대꾸하자 차언이 웃었다. 서효는 허리를 굽혀 연보랏빛 꽃의 향기를 맡아보았다. 달콤하고 향긋한 것 같다가도 이내 안개처럼 희미해지는 것이 과연 꿈속이구나 싶었다.

‘그나저나 꿈에서 이렇게 만나니까 기분이 이상하네.’

서효가 천천히 걸으며 말을 이었다.

‘꿈에서 꿈인 걸 자각하는 것도 신기하고.’

‘한데 기분이 썩 좋지 않아 보이시네요. 절 만난 게 기쁘시지 않습니까?’

‘기쁘지. 기쁜데.’

서효의 입술이 뾰로통하게 튀어나왔다. 손끝에 닿는 꽃을 꺾어 괜히 허공에 대고 휘저어보았다. 어린아이 같은 행동이란 걸 안다. 하지만 심통이 난단 말이다.

‘현실에서 만나고 싶었는데.’

표정이 시무룩해졌다.

‘차언은 샘물 떠오기에 성공했고, 나는 마시라는 명에 따랐잖

아. 그럼 된 거 아니야?'

눈을 뜨면 모든 것이 다 괜찮아져 있을 줄 알았다. 정명이 차언에게 혼례복을 넘겨주고, 서효는 씩씩하게 혼례식장으로 가고. 가면을 벗은 어머니가 한숨과 함께 등짝을 때리고.

그렇게 풀릴 줄 알았는데 지나친 바람이었을까. 자신은 아직 정신을 차리지도 못했고, 꿈속에서나 차언을 만나야 한다니 적잖이 실망스러웠다.

차언이 사랑스러운 눈으로 서효를 보며 미소 지었다. 바보 차언. 뭐가 좋다고 자꾸 웃기만 하는지.

'좋아?'

'말로 다할 수 없을 만큼이요.'

'우리 차언, 정말 착해졌네.'

서효가 입술을 삐죽이며 말하자 그가 웃었다. 차언은 꽃을 한 줌 훑어내어 손바닥에 올리고 숨결을 불었다. 그러자 숨결을 타고 날아간 연보랏빛 꽃잎이 나비로 변해 그들의 주변을 날아다녔다.

'와아, 어떻게 했어?'

'꿈이니까요. 뭐든 안 되겠습니까.'

그가 서효에게 성큼 다가가며 눈을 빛냈다. 흑요석처럼 까만 눈과 마주치자 서효의 안에서 작은 목소리가 속삭였다.

왠지 위험한 것 같지 않아? 차언의 눈빛 말이야. 꼭 나를 잡아먹으려는 듯한 기분이 드는걸.

'초상화 한 점 갖지 못한 채 백 년을 기다리고 또 기다리다 보면……. 꿈에서 만나는 찰나의 순간조차 소중해진답니다.'

서효가 시선을 피했다. 자신만을 향해 빛나는 눈에서 시선을 떼어 팔랑팔랑 날아다니는 꽃나비들을 쳐다보았다.

'굉장히 애틋한 말이긴 한데. 그런 말을 할 때는 덜 뜨거운 눈빛을 할 수 없어?'

'제 눈빛이 어떤데요?'

'알면서.'

그가 더 가까이 다가섰다. 서효가 얼굴을 조금 움직이기만 하면 바로 가슴팍에 닿을 정도였다. 그야말로 밀착.

'제가 꿈속이 왜 좋은지 알려드릴까요?'

'……아니. 그런 거 알려주지 마.'

왠지 말 안 해도 알 것 같으니까. 하지만 차언은 그만둘 생각이 없어보였다. 애초에 야릇한 마음을 품고 다가온 거였다. 그가 서효의 턱을 가볍게 들어 올렸다. 미소를 띤 수려한 얼굴이 점차 가까워졌다.

'꿈속까지 들여다보지는 않겠죠. 그러니……'

'그러니, 뭐?'

차언이 서효의 입술 바로 위에서 속삭였다. 나비의 날갯짓처럼 간지러운 숨결이 입술에 느껴졌다.

'알면서.'

부드럽게 하나가 되는 입술에 서효가 눈을 감았다. 들판 저편에서부터 바람이 불어오자 허리까지 닿는 꽃들이 사락사락 소리를 내며 흔들렸다. 맑은 향기 품은 바람이 서효의 머리카락을 잔잔히 흩날리게 하였다.

꿈결처럼 달콤하게 하나가 된다. 잠시 떨어진 서효의 입술 사이로 가냘픈 한숨이 새어 나왔다.

'이쯤에서 꽃밭으로 쓰러져야죠.'

차언이 말랑한 아랫입술을 가만가만 물며 말했다.

'해야 될 게 아직 많이 남아 있거든요.'

야한 정혼자는 꿈속에서도 야한 말을 거리낌 없이 하였다. 이 정도로도 충분한 것 같은데, 라는 말이 끝나기도 전에 서효는 너른 품에 안겨 꽃밭으로 풀썩 쓰러졌다. 꽃향기가 차츰 농농하게 바뀌었다.

짐을 챙겨 나오라는 명이 떨어졌다. 맨몸이나 다름없는 상태로 서산에 왔던 차언은 딱히 챙길 물건이 없었다. 그저 몇 달간 사용한 방을 정리하고 나왔을 뿐이다.

노부인은 샘물을 허락한 날부터 차언에게 일을 시키지 않았다. 숨 한 번 쉴 때마다 쏟아지는 것 같던 구박도 멈췄다. 그냥 말수 자체가 줄었다. 봄은 다가오고 있는데 어째 칼바람 불던 겨울보다 더 침잠한 분위기였다. 그러다가 오늘, 짐을 챙기라고 한 것이다.

차언은 노부인 앞에 서서 다음 명이 떨어지길 기다렸다. 사실 짐을 챙기라고 한 시점부터 다음 명령은 정해져 있는 거나 다름없었다.

"천제의 귀하신 아드님께서 험한 꼴 겪느라 수고 많았다."

노부인답지 않은 말을 한다 싶었더니 바로 흥 하는 코웃음이 이어졌다.

"다 네 업보긴 하지만."

"이제 저는 하산하면 됩니까?"

"지긋지긋한 산을 떠나라니 벌써부터 기분이 좋더냐? 내 말이 끝나지도 않았는데 냉큼 그것부터 묻는구나."

"……더 하실 말씀이라도?"

매정한 놈. 예의를 팔아먹은 놈. 배알까지 없는 놈. 며칠 동안 뜸했던 욕이 이어졌다. 우습게도 노부인의 욕을 들으니 차갑게 굳었던 얼굴 근육이 풀어지는 것 같았다.

어머니에게도 듣지 않았던 욕이다. 아버지는 근엄하게 설교를 할 뿐, 노부인처럼 막말을 퍼붓지는 않았다. 처음 만났을 땐 무례하고 기분 나쁜 노파라는 생각만 들었다. 하지만 이제 다시 볼 일이 없을 거라 생각하니 뭐랄까. 아주…… 이상한 기분이었다.

"혼례식 이후의 일은 궁금하지 않더냐?"

"여쭤봤습니다. 답을 안 해준 건 노부인이시죠."

"트집이나 잡는 고약한 놈 같으니."

노부인이 짜증 난다는 양 지팡이를 바닥에 쿵쿵 내리찧었다. 아마 정말 내리찧고 싶은 쪽은 말 한 마디 지지 않는 머슴일 터다.

"어떻게 됐습니까?"

"……."

"왜 말이 없으시죠?"

"……흠."

"잘 치러졌습니까? 아니면 혹시라도."

"혹시 뭐? 무엇을 기대하는 게냐?"

먼저 물어놓고 침묵을 지키던 노부인이 눈을 번득이며 따졌다. 차언은 한숨을 참으며 대답했다.

"아버지께서 샘물을 가져가셨잖습니까. 혹시 그것 때문에 무슨 일이 생긴 건 아닌지 해서."

"흥, 네놈이 빌었을 소원이야 빤하지."

노부인이 입술을 비죽거렸다.

"결과만 말해주자면, 혼례식은 치러지지 않았다."

차언의 가슴이 꽉 조여들었다.

"네 정혼녀는 샘물을 마셨고, 그리고 정신을 잃었지. 내가 말해줄 수 있는 건 여기까지다."

"아픈 겁니까? 샘물에 부작용이 있는 건 아니겠죠?"

서효가 정신을 잃었다는 소리에 차언의 안색이 달라졌다. 혼례식 당일에도 보이지 않던 걱정과 불안이 온몸에서 뿜어져 나오자 노부인이 혀를 찼다. 이쯤이면 약간 질린다는 느낌이었다.

"정말이지 꼴사나워서 못 봐주겠구먼."

"어떻게 된 겁니까?"

"죽은 건 아니니 호들갑 좀 그만 떨어라, 이놈아!"

결국 노부인은 들고 있던 것을 휘두르고 말았다. 단단하고 매서운 나무지팡이가 차언의 팔뚝으로 날아갔다. 노부인은 몸의 중심이 흔들리도록 쳤건만, 정작 맞은 자는 미동도 하지 않았다. 역정이 나는 모양이었다.

"어쨌든 내가 해줄 수 있는 말은 여기까지다."

이에 대해서는 한 마디도 더 묻지 말라는 듯 선을 긋는 노부인이었다. 대신 그녀는 차언이 지켜야 할 것이 있다며 덧붙였다.

"다른 곳은 자유롭게 가도 좋다. 하지만 동백은 안 돼."

"아버지의…… 뜻인가요?"

"그럼 누구 뜻이겠냐."

노부인이 차언을 아래위로 훑어보았다. 여전히 마음에 안 든다는 표정이었다. 볼수록 짜증나는 놈이라고 생각하는 게 분명했다. 그럼에도 불구하고 조금은 '받아들였다'는 느낌이 있었다.

아마 손톱만큼? 그도 아니면 눈곱만큼.

노부인을 대하는 차언의 마음이 달라졌듯, 차언을 향한 노부인의 태도도 바뀐 것 같았다. 가슴이 저릿하다고 하면 너무 감정적인 표현일까.

이제껏 차언의 마음을 돌리게 한 이는 서효가 유일했다. 서효만이 자신을 믿어주었고 용서하고 받아들여 주었다. 물론 서효 하나만으로도 자신의 마음은 부족함 없이 따뜻했다. 그러나 자신을 받아들여 준 이가 또 한 명 생겼다는 것은.

'노력이 통한 건가.'

진심이 닿았다는 게 이런 뜻일까.

"이전에 서효의 환생을 기다리는 시간은 백 년이었죠."

차언이 낮게 가라앉은 목소리로 말했다. 자세히 보지 않으면 모를 쓴웃음이 입가에 스며 있었다.

"이번엔 그런 기약조차 없는 거군요."

"할 수 있겠느냐?"

차언은 고개를 숙여 인사했다. 샘물을 내어준 사람을 위해.

"곁에 있을 수만 있다면 백 년인들 천 년인들 못 기다리겠습니까."

건강하시라는 말을 끝으로, 그는 서산을 내려갔다. 노부인의 시선이 오래도록 제 등에 머무는 것이 느껴졌다.

자, 이제 어디로 갈까.

"고얀 놈."

무조부인은 차언의 모습이 사라지자마자 가면을 벗으며 말했다.

"백 년? 천 년? 이놈이 맞아 죽으려고 작정을 했나."

필요하지도 않은 지팡이는 왜 아직 들고 있담? 에잇, 성질난다! 무조부인은 정갈하게 비질해 놓은 마당으로 지팡이를 힘껏 내던졌다. 그리 했건만 기분은 요만큼도 좋아지지 않았다.

"이 망할 놈이 내 딸을 네 번이나 죽게 하더니, 이제는 천 년을 독수공방시키려고?"

샘물 괜히 내주었다는 생각이 들었다. 샘물이 다 뭐냐. 눈물콧물 흘리며 손이 발이 되도록 빌게 때려주었어야 했다. 족히 석 달 열흘은 침상 신세를 지게 흠씬 패줬어야 했는데 말이다.

"아이고, 속 터져!"

허락해 줘도 문제다. 이놈이, 이 망할 놈이, 내가 어떤 심정으로 샘물을 내줬는데. 샘물을 내주는 게 무슨 뜻인지 알지도 못하고, 이 멍청한 놈이.

천제는 깊게 얽힌 악연의 고리가 끊어지려면 세 가지가 필요하다고 하였다.

첫째는, 차언 본인의 변화. 둘째는, 서효의 용서. 마지막, 어쩌면 서효보다도 더 큰 괴로움을 겪었던 무조부인의 허락. 그리고 샘물을 내주는 것은 차언이 서효 곁에 있도록 허락함을 의미했다. 차언이 제 아버지에게 샘물을 내밀었을 때, 천제는 무조부인의 뜻을 알게 되었을 것이다.

"한데 왜 세 가지야?"

무조부인은 답답한 속을 달래기 위해 숨도 쉬지 않고 냉수 한 사발을 들이켰다.

"하나가 빠진 거 아닌가? 천제님 본인은 왜 쏙 빼놓은 게지?"

냉수 그릇을 내려놓는 소리에 짜증이 담겨 있었다. 인자한 얼굴을 해가지고는 제 잇속만 챙기려는 멍텅구리 노인네가. 무조부인의 얼굴이 실룩거렸다. 수백 년간 깊은 안식에 들어 있을 동안는 것은 욕과 분노뿐이었다.

한때 온화한 미소로 잃어버린 것들을 관장하던 여신은 이제 천제에게도 서슴없이 욕을 할 수 있는 몸이 되었다.

"애초에 자식을 편애해서 애를 미친놈으로 몰아간 쪽이 누군데."

안 되겠다. 오늘은 아무래도 술이 필요할 것 같다.

"여기 주인이 담가 놓은 복분자주가 어디 있더라?"

무조부인은 씩씩거리며 부엌 뒤 창고로 향했다.

"곧 봄이 옵니다! 화사한 옷감 새로 떼어가세요!"

"꽃놀이 옷 미리 만드세요!"

"어이, 여기 국수 한 그릇 말아주쇼!"

"예, 예, 갑니다!"

차언은 그야말로 정처 없이 걸었다. 가고 싶은 곳은 정해져 있으나 유일하게 가서는 안 되는 곳으로 금지 당했다.

신비의 샘물. 소원을 들어준다는 것만 알았지, 그걸 마신 서효가 정신을 잃을 줄은 몰랐다. 설마 물을 마시는 순간이 고통스럽지는 않았겠지. 너무 많이 아프게 한 사람이라 이제는 종이에 손끝을 베는 일조차 겪게 하고 싶지 않았다.

"거, 앞 좀 제대로 보고 다니쇼."

하마터면 차언과 부딪칠 뻔한 행인이 눈을 부라리며 지나갔다. 예전 같았으면 어림도 없는 일이나, 차언은 슬쩍 고개를 숙여 사과하였다.

누군가와 말을 섞을 상태가 아니었다. 의욕도, 기쁨도, 분노도 없다. 그저 걷고 또 걸을 뿐.

오늘 발길 닿은 곳이 어디인지도 모른 채 무작정 걷던 차언은 문득 익숙한 풍경을 보고 멈춰 섰다. 이곳은 자신이 아는 곳이었다. 알다 뿐이랴. 십 년간 살기도 하였다. 바로 얼마 전까지 서효와 함께 행복한 나날을 보내던 곳이었다.

백화약방.

저 멀리 약방이 있던 자리가 눈에 들어왔다. 어느새 여기까지 오고 말았구나. 적어도 2대가 지날 때까지는 예전에 살던 곳으로 돌아오지 않는다는 규칙이 있었는데.

가만 있자. 우리가 혼례식을 올리러 저택으로 떠났던 게 초겨울이었던가. 이제는 기억마저 흐릿했다. 차언은 가게에 걸린 달력을 보고서야 자신이 엿새 동안 먹지도 자지도 않고 걸은 것을 깨달았다. 목을 축이기 위해 찻집에 몇 번 들른 것이 전부였다.

"집을 따로 처분하고 간 것이 아니니……. 그대로 남아 있겠군."

차언은 담벼락을 따라 걸었다. 그늘의 일부가 되고 싶은 사람처럼 존재감을 지우고 걷다 보니, 어느 누구의 눈에 띄지도 않고 약방 앞에 다다르게 되었다.

기분이 너무나 이상했다. 이대로 문을 열고 들어가면 계산대를 닦던 서효가 '왜 이렇게 늦었어?' 하고 말을 걸어올 것만 같았다. 줄무늬 고양이의 영이 신나게 뛰어다녔으면 좋겠다. 서효는 그 녀석을 특별히 귀여워한다.

이렇게 문을 열고 들어가면, 부엌과 마당에 자신이 해치워야 할 집안일이 산더미처럼 쌓여 있었으면 좋겠다.

드르륵. 나무문을 밀고 들어가자 냉기가 느껴졌다. 먼지 냄새도 희미하게 났다.

"……계십니까."

대답이 돌아오지 않을 것을 알면서 묻는 목소리가 슬펐다.

"다녀왔습니다……."

겨우내 사람 손길이 닿지 않은 약방 안에는 고적함만이 가득했다. 안마당으로 통하는 문을 열자 짹짹 울던 새들이 낯선 침입자를 쳐다보았다. 차언은 그렇게 집 안의 모든 문을 열고 다니며 곳곳에 남아 있는 서효와의 추억을 되짚었다.

창가에 턱을 괴고 앉아 '아유, 우리 집사는 참 빨래도 잘 널어요'라며 노닥거리던 서효. 흐린 하늘을 올려다보더니 오늘은 매운탕이 먹고 싶다던 서효. 치마 아래로 하얀 종아리를 드러낸 채 신나게 빨랫감을 밟던 서효.

함께해 온 소중한 모습.

단 하루도 감사하지 않은 날이 없었다. 그녀의 곁에서, 그녀를 바라보며, 같이 웃고 떠드는 날이 이토록 그리워질 줄은.

"……알고 있었지."

차언이 쓰게 웃었다.

"지독한 그리움과 나는 떼려야 뗄 수 없는 관계니까. 곁에 있는 매 순간에도 나는 너를 그리워했어."

언제 잃을지 모르는 두려움. 그리고 채워지지 않는 갈증. 전생의 서효를 잃은 기억이 잊을 만하면 악몽으로 되살아나서, 자다가도 벌떡 일어나 서효 방으로 달려간 적이 한두 번이 아니었다.

이성을 잃은 채 허겁지겁 침상으로 다가가 서효의 코 밑에 손가락을 대었다. 편안히 잠든 숨결을 확인하는 걸로도 부족했다. 목과 손목의 맥을 짚고도 안정이 되지 않아, 동이 터오기 직전까지 침상을 지켰다.

살아 있어. 죽지 않았어. 아직 무사해. 아직은.

"정리를 다 하셨다더니."

차언이 서효의 방 안을 들여다보며 중얼거렸다.

"이게 다 하신 상태입니까? 엉망이네요."

장식장 서랍들은 손가락 한 마디 정도를 기준으로 들쭉날쭉한 상태였다. 미처 닫지 못한 서랍 사이로 두고 간 물건이 삐죽 튀어나와 있었다. 오래 써서 낡은 담요였다.

새 집에서 대부분의 세간을 새로 장만하자는 차언의 말에 따른 결과였다. 침상에 두른 얇은 휘장, 대충 네모꼴로 접은 이불, 머리 닿는 부분만 솜이 눌린 베개. 서효의 흔적을 느낄 수 있는 물건들이 고요한 모습으로 차언을 맞이했다.

"이거 보세요. 이거. 이렇게 삐죽삐죽 나와서는."

차언은 일일이 서랍을 열어서 안에 든 물건들을 정리했다.

"누가 보면 도둑놈이라도 든 줄 알겠습니다."

네, 네, 제가 잘못했네요. 서효의 목소리가 생생하게 들리는 것만 같았다.

"그런 말투는 좋지 않다고 말씀드렸을 텐데요?"

어머나, 요 못된 입이 또 차언님의 심기를 거스르고 말았네요. 조금도 반성하지 않는 얼굴로 샐룩거리는 서효의 모습이 눈에 선했다.

"……못된 입은 어떻게 벌해야 한다고 했죠?"

"저기요."

순간 산 사람의 목소리가 들려왔다. 차언의 몸이 얼음처럼 굳었다. 하지만 고개를 돌리기도 전에 상대는 서효가 아니란 것을 알고 있었다. 애초에 성별부터 달랐다.

그럼에도 심장이 쿵 내려앉았다는 건. 이 집에서 자신 말고 다른 존재를 대한다는 건.

망상이라도 좋았다. 미쳐서 환영을 보는 거라도 괜찮았다. 누군가 말을 걸어오는 작은 일에도 심장이 저릿할 만큼, 차언은 서효를 갈구하고 있었다.

"여기는 빈집인데 누구시오?"

고개를 돌리자 건너건넛집 사내가 차언을 알아보고 반색했다.

"아, 나는 또 누군가 했구먼! 아무렴. 우리 동네에 도둑놈이 있을 리가!"

"안녕하십니까."

"오랜만일세. 안 그런가?"

"예, 그렇군요."

"책방 주인에게 들었네. 약방 아가씨랑 혼인했다며?"

차언이 미소로 적당히 대답하자 사내가 호탕하게 웃었다. 어찌나 급하게 떠났는지 동네 사람들 모두가 어안이 벙벙했다고 한다. 도박 빚 때문이라느니, 순진한 주인 아가씨가 보증을 잘못 서서 야반도주한 거라느니 온갖 말이 돌았다.

그때서야 책방 주인이 입을 열었고 모든 의문은 일시에 해소되었다. 물론, 차언이 혼인했다는 말에 온 동네 아가씨가 대성통곡을 금치 못했지만 말이다.

"그래, 신혼집은 어디에 잡았나? 여긴 또 어인 일이고?"

"예서 멀지 않은 곳입니다. 그리고 여긴……."

대충 어떤 핑계를 댈까 고민하던 그는 사내가 좋아할 만한 말을 들려주기로 했다. 아주 자연스러우면서도, 무엇보다 사내가 대수롭지 않게 여길 일. 어서 차언을 뒤로하고 제 집으로 돌아갈 말.

"싸워서 쫓겨났습니다."

"……으잉?"

"집 나가라더군요."

서효는 집을 나가라고 하지 않았다. 정확히 짚자면 천제의 명이 었지만 결과적으로 '쫓겨난 것'은 맞으니 영 틀린 말도 아니었다.

사내의 표정이 볼만하게 변했다. 동질감을 느낀다는 듯 차언의 어깨를 철썩철썩 치기도 했다. 시원스레 웃음이 터졌다.

"축하하네. 축하해. 으하하하!"

"부부 싸움이 축하받을 일인지는 잘 모르겠습니다만."

"으하하! 아니, 자네처럼 손 맵고 잘생긴 사내도 이리 쫓겨나는 가 싶어서. 하하!"

배가 찢어져라 웃던 사내는 이내 서운해 말라는 양손을 저었 다. 자신의 뜻을 오해하지 말라며 덧붙였다.

"그래도 우리 사내들이 나와야지 어쩌겠는가. 우리야 아무 데 나 잠깐 신세지면 그만이지만, 처자들이 돌아다니기엔 세상이 너 그럽지 않단 말이지."

"예, 그렇죠."

"집 나가겠다는 안사람에게 싹싹 빌어서 차라리 내가 나가 있 겠노라 한 적이 많다네. 친정 가까운 우리 안사람도 그런데, 친인 척 하나 없는 약방 아가씨라면 더더욱 자네가 나와야지."

"맞습니다."

"고 순진하고 귀여운 아가씨가 맨몸으로 밖에 나왔다가 무슨 흉한 일을 당하려고?"

"……절대 안 될 일이죠."

그래도 차언이 말이 통해서 다행이라며 사내가 고개를 끄덕였다. 걱정했던 도둑이 아니라 혼인해서 떠난 집주인임을 알게 되자 긴장이 풀린 모양이었다. 차언에게 말을 걸었을 때보다 몇 배는 밝은 표정으로 사내가 인사를 하였다.

"아가씨 속 풀릴 때까지 적당히 있다가, 납작 엎드리고 돌아가게나."

"빨리 그날이 왔으면 좋겠군요."

"으허허! 벌써부터 보고 싶던가? 신혼이구먼. 암, 좋은 일이지."

사내가 유쾌한 기운을 몰고 돌아갔다. 떠들썩하다가 갑자기 모든 소리가 사라지니 처음보다 훨씬 적막한 느낌이 들었다. 차언은 다시 혼자가 되었다. 오히려 이쪽이 좋다고 하면 이상하려나.

"서효의 흔적을, 희미한 잔향을, 곳곳에 스민 추억까지……."

그는 숨소리보다 나직하게 중얼거렸다.

"오롯이 독차지할 수 있으니까."

차언은 사내가 들어온 약방 대문을 안에서 걸어 잠갔다. 우물 덮개를 옆으로 치우고 나무통 가득 물을 받았다. 일단 마당에 물을 뿌려 먼지를 가라앉힌 다음 비질을 시작했다. 그것을 마친 뒤엔 걸레를 빨아 문틀을 닦았다. 괴로움을 잊기 위해 부지런히 몸을 움직였다.

그러다가 정신을 차리니 어느새 별이 총총 뜬 밤이었다. 그는 자신의 처소 대신 서효 방으로 향했다.

조그만 호롱불을 밝힌 차언은 서효가 쓰던 침상에 누웠다. 서효가 돌돌 말고 자던 이불을 쓸자 그녀의 온기가 느껴지는 것만 같았다.

곁에 있을 수만 있다면 백 년인들 천 년인들. 노부인 앞에서는 그리 말했다. 그것은 거짓 한 점 섞이지 않은 진실이었다.

"……하지만 눈을 떴을 때 네가 웃고 있다면 얼마나 좋을까."

오늘 밤도 쉬이 잠을 이룰 수 없을 듯하였다.

15장.
너에게 가는 길

'차언.'

솜털보다 보드라운 목소리가 귓가를 간질였다.

'차언, 일어나. 나 배고프단 말이야.'

눈을 뜨자 서효가 겁도 없이 제 몸 위로 올라와 있었다. 익숙한 체향과 미소. 몸 위로 느껴지는 무게까지 생생했다. 하지만 차언은 이게 꿈속이란 것을 알았다. 이렇게 아무 일 없다는 듯 행복한 일상이 현실일 리 없었다.

아쉬워하지 마. 조금이라도 안타깝게 생각하지 말라고. 그런 식으로 생각했다간 끝도 없으니까. 꿈에서라도 보니까 참 좋다. 그렇게 생각하자.

'뭘 그리 멀뚱히 보는 거야? 아침 먹자니깐.'

'아가씨.'

'응?'

'어디 계신 겁니까? 아픈 데는…… 없고요?'

부질없다는 것을 알면서도 제일 먼저 입 밖에 내는 말이 그런 거다. 서효 걱정. 꿈속의 서효는 현실의 서효와 다른데도. 꿈속의 서효가 현실의 어려움을 알려줄 리 없는데 말이다.

서효가 눈썹을 샐룩거렸다. 이건 또 무슨 뚱딴지같은 소리냐는 표정이었다. 제 말을 조금도 안 듣고 있다며 차언의 어깨를 잡고 흔들었다.

꿈속의 서효는 생기가 넘쳤다. 발그레한 뺨이며 윤기가 도는 피부며, 고생이라곤 모르는 모습이었다. 부디 현실의 서효도 이 같은 모습이었으면 좋겠다. 지금 어디에 있든지 아프지 않았으면. 낯선 곳에서 혼자 울고 있는 게 아니었으면.

'괜찮은데?'

다행이라는 대답을 하기도 전에 서효가 말을 바꾸었다.

'아, 실은 안 괜찮아.'

'왜죠? 어디가 불편하신 겁니까? 도움을 청할 사람은요? 주변에……'

아무리 꿈속이라도 가슴이 철렁 내려앉았다. 표정이 바뀌었음은 물론이다. 그러자 서효가 혀끝을 날름 내밀며 장난스러운 미소를 지어 보였다.

'배고프다고 했잖아. 전혀 괜찮지 않지.'

'……'

'어, 어, 또 무서운 표정 짓는다. 에이, 그러지 말고 나 밥부터 줘. 응? 밥 주세요, 차언님. 맛난 찰밥이랑 뜨끈한 국이랑 내 나 이만큼의 반찬이랑.'

조그만 입으로 잘도 나불거렸다. 순식간에 사람 심장을 저 바닥까지 떨어뜨리고, 아무것도 모른다는 얼굴로 생글생글 웃었다.

주의를 주고 싶은 마음과 해맑은 서효를 더 지켜보고 싶은 마음이 서로 부딪쳤다. 이로 인해 차언의 침묵이 길어졌다. 한참을 혼자서 재잘대던 서효가 입을 다물었다. 꿈속이라도 눈치는 살아 있나 보다. 차언을 내려다보며 기분을 살피더니 웃음의 강도를 줄였다.

'잘못했습니다?'

'주어도 없고 목적어도 없고 진심도 없군요. 심지어 자기가 잘못했다는 것에 대한 확신도 없어요. 어디서 그런 걸 사과라고 배우셨습니까?'

서효가 눈을 데굴데굴 굴렸다.

'뭘 잘못하셨죠?'

'으음…… 차언이 걱정할 만한 말을 농담으로 한 거?'

'그래도 영 틀려먹은 건 아니네요.'

서효가 일부러 차언의 몸을 힘주어 눌렀다. 체중을 실어가며 눌렀지만 조금도 아프지 않았다. 자꾸 꼬물거리는 움직임이 신경 쓰일 뿐.

'틀려먹었다니. 말본새 좀 봐. 신부보고 못 하는 말이 없어.'

'함께 초야를 보낸 지가 언젠데 아직 신부라고 해야 합니까? 그리고…….'

꺅, 하는 소리와 함께 서효가 차언의 아래로 옮겨졌다. 눈 깜짝할 새 위치가 바뀌어 당황스러운 모양이었다.

차언은 서효의 머리 옆에 양손을 짚은 채 그녀를 내려다보았다. 서효의 위치에서 보면 넓은 어깨나 팔뚝 때문에 차언이 굉장히 위압적으로 느껴질 수 있는 자세였다.

'이건 벌이에요.'

'벌이라니⋯⋯. 잘못했다고 했잖아?'

'그럼 정정하죠. 제가 하고 싶어서 하는 겁니다.'

차언이 서효의 말랑한 귓불을 살짝 핥았다. 서효는 간지럽다며 몸을 피하려 했지만 이미 옴짝달싹도 할 수 없는 처지였다.

'아침밥 드린다니까요?'

'이, 이게 어떻게 아침밥이야! 거짓말! 차언 변태!'

'쯧.'

그가 눈을 가느스름하게 흘겨 떴다. 아주 맛있는 사냥감을 앞에 두고, 이를 어찌 요리할까 궁리하는 모습이었다. 다소 음험한 미소가 입가에 번져 나갔다.

'결정했습니다.'

'뭐가? 뭘 결정해? 왜 혼자 마음대로 결정⋯⋯.'

서효는 더 이상 말을 이을 수가 없었다. 왜냐하면 차언이 그렇게 두지 않았기 때문에. 꿈속의 서효는 오늘도 차언의 어깨를 때리며 새된 비명을 질렀다.

달콤한 꿈속과 달리 현실의 차언은 조용하고 단조로운 하루하루를 보내고 있었다. 외출도 거의 삼가고 그저 약방을 정갈하게 쓸고 닦는 데에 온 하루를 보냈다. 이런다고 서효가 올 것도 아니지만, 왠지 이렇게 해야만 할 것 같았다. 언제든 서효가 돌아와도 이상하지 않을 모습. 깨끗하게 관리된 모습으로 약방을 준비해 놓고 싶었다.

서효가 또 기억을 잃은 채 울면서 나타나도 안심시켜 줄 수 있게. 당신이 머물 곳이 여기라고, 혼자가 아니라고, 정처 없이 헤매고 다니지 않아도 된다고 말해줄 수 있도록.

차언은 빨랫줄에 널린 이불과 수건을 걷어 방으로 가져갔다. 서효에게 먼지 냄새 나는 이불을 덮어줄 순 없으니까.

투둑. 그때 약방 쪽에서 무슨 소리가 났다. 사람의 기척은 아니었다.

"들어본 적 있는 소린데."

차언은 수건 개던 손을 멈추고 약방으로 다가갔다. 상대가 서효가 아닌 이상 거리낄 게 없었다. 그는 주저 없이 약방으로 통하는 출입문을 열었다. 반질반질 윤이 나는 계산대 위에 익숙한 함(函)이 놓여 있었다. 아까 전까지는 보지 못하던 물건이었다.

서효의 함.

그와 서효가 백화약방을 떠나기 전, 잃어버린 것들의 여신인 서효가 영(靈)들을 보관해 둔 함이었다. 손바닥 위에 올려둬도 될 만큼 작지만, 그 안에는 셀 수 없이 많은 영이 들어 있었다.

"이게 여기 있다는 말은……."

그럴 리 없다는 걸 알면서도, 차언은 저도 모르게 주위를 둘러보았다. 혹시라도 남아 있을지 모를 그녀의 흔적을 찾아 헤맸다. 당연히 그런 것은 없었다. 백화약방 안에 살아 숨 쉬는 이는 차언 하나뿐이었다.

바보 같이.

쓴웃음을 지을 기력조차 잃었다. 그는 계산대 위에 놓인 함을 묵묵히 내려다보다가 손을 뻗었다.

영들을 관리하는 것은 서효의 몫이었다. 차언이 건방진 영을 손봐줄 순 있어도, 영들을 저세상으로 돌려보내거나 함 속에 봉인하거나 이를 푸는 것은 온전히 서효만이 가능했다. 손을 뻗은 것은 서효의 손길이 닿았던 물건을 만지고 싶은 마음에서였다. 그러니까 차언이 아무리 함을 던지고 흔들어도 봉인이 풀리는 일은 없어야 했다.

한데 봉인이 풀렸다.

"에고, 답답해! 이제야 숨 좀 쉬겠어, 미야옹!"

"집이다, 집에 왔다! 쩩쩩!"

"어느 멍텅구리가 뱀을 잃어버린 거야? 요즘 인간들은 뱀도 키워?"

"뱀이면 뭐해? 사흘 밤낮을 울어서 시끄러워 죽겠다고, 멍멍!"

초록빛을 띤 영들이 폭죽처럼 쏟아져 나왔다. 다들 오랜만에 '집'으로 돌아온 것을 기뻐하며 약재함 안으로 들어갔다.

이젠 거의 터줏대감이나 다를 바 없는 늙은 고양이의 영은 앓는 소리를 내며 구석에 가서 누웠다. 늘 눕던 자리였다. 작은 함 속에서 몸을 구기고 있느라 다들 고생한 모양이었다. 그렇지 않고서야 차언의 존재를 못 알아챌 리 없으니까.

한동안 약재함 안에서 구르고 뛰고 몸을 풀기 바빴다.

"……왜 이게 열린 거지?"

차언의 말을 들은 영이 없었다. 지금 약재함 안은 인간들의 시장 바닥과도 같았다.

"누가 너희를 여기 데려다 놓은 거냐?"

와아아, 떠들던 소리가 일시에 멈췄다. 차언이 목소리에 힘을 실은 까닭이었다. 엄청난 기운에 눌린 신참들은 감히 약재함 밖으로 목을 빼지도 못했다.

"같은 말을 세 번 묻게 하지 않는 게 좋을 텐데."

"오랜만에 또 무슨 트집을 잡으려는 거야, 멍!"

점박이 무늬가 있는 개의 영이 차언을 보며 눈을 끔뻑거렸다.

"우릴 풀고 넣고 할 수 있는 이가 서효 말고 어디 있어?"

"……방금 함을 연 건 나였다만?"

"트집에 이어 재미없는 농담이라니, 멍!"

코웃음을 치던 영들은 차언이 굳은 표정을 풀지 않자 점점 안색이 창백하게 질려갔다. 자신들에게 닥친 현실을 믿을 수 없는 듯하였다.

영 주제에 부적을 찾질 않나. 이럴 바에야 일찌감치 저세상에 건너가는 게 낫겠다고 하질 않나. 망언이 끝도 없이 이어졌다.

그 와중에 마지막까지 현실을 부정하는 영이 있어, 차언에게 거듭 묻고 또 물었다. 방금 아주 고약한 농담을 한 게 아니냐고. 어서 서효를 데려오라고. 혹은 마음에 안 드는 게 있다면 지체 없이 말하라고 하였다. 자기처럼 힘없는 영은 놀랄 기운도 없다며.

"아이고오, 아이고. 망했네. 망했어. 쨱쨱."

"귀여운 서효는 어디 가고 무서운 차언이 잃어버린 것들의 신이 되었네!"

"아악! 천계에 신이 그리도 없냔 말이야!"

약재함의 모든 서랍이 동시에 빠져나왔다가 거센 바람이 불어 닥친 듯 쾅 하고 닫혔다. 저거 성질부리는 것 좀 보라는 소리가 어디선가 들렸다. 차언이 눈썹을 치켜뜨자 불평하는 소리가 쑥 들어갔다.

하, 무력을 안 쓰려고 해도 이게 아니면 통제할 수 없는 녀석들이 있단 말이지. 차언은 한숨을 삼키며 영들을 흘겨보았다.

"혼례식 이후로 너흴 보지 못했다. 그간 어디 있었지?"

"맞다……. 못된 차언이 귀여운 서효랑 혼인한다고 했지."

"나도 깜빡했어, 쩍."

"대답."

차언이 짧게 말했다. 무리 중 누군가가 눈치를 살피며 대답했다.

"천제님이 그러셨어. 서효는 바쁘니까 우리는 잠깐 원래 돌봐주었던 분께 가 있어야 한다고."

"원래 돌봐주었던 분?"

"응, 못된…… 흠, 크흠, 차언은 몰라? 무조부인이라고."

"그분이 원래 잃어버린 것들의 여신이야."

알록달록한 앵무새의 영이 말을 거들었다.

"서효의 어머니야."

팔짱을 낀 채 영들의 말을 듣던 차언이 자세를 바로 했다.

혼례식 날 서효를 그리 잃은 이후 차언은 즉시 옷을 갈아입었다. 어리둥절해하는 손님들에게 '신부가 사라졌다. 오늘 혼례식은 취소다'라는 말만 남긴 채 저택을 떠났다. 그 길로 샘물이 있는 서산(西山)에 간 것이다. 미안하지만 함 속에 든 영들을 신경 쓸 겨를이 없었다.

한데 갑자기 자신이 잃어버린 것들의 신이 되었다고 한다. 게다가 영들은 그동안 서효의 어머니에게 보살핌을 받았다고 한다.

무조부인. 어찌 그 이름을 잊을 수 있으랴. 차언이 씻을 수 없는 죄를 저지른 당사자인데. 그는 서효에게 미안한 것만큼이나 그녀의 어머니를 볼 면목이 없었다. 딸을 잃은 후 깊은 안식에 들었다는 소식을 듣고 어찌나 죄스러웠는지.

"무조부인…… 이 너희를 봐주었다고? 지금까지?"

영들이 약속이나 한 듯 고개를 끄덕였다.

"하지만 그녀는 아주 오래전 깊은 안식에 들었는데……."

"그런가? 사실 우린 잘 몰라, 야옹."

"아주 오래전이라면 얼마나 오래전이야? 차언도 알다시피 우린 수명이 그리 길지 않아."

"천제님이 그래야 한다고 하셔서 그냥 따른 것뿐."

영들은 아무것도 모르는 눈으로 차언을 쳐다보았다. 오히려 차언에게 설명을 듣기 원하는 녀석들도 있었다.

"근데 진짜 서효는 어디 있어?"

됐다. 이 녀석들을 붙잡고 있어 봐야 얻을 수 있는 건 없다. 정신이 사나워질 뿐이다. 서효가 어디 있느냐고? 지금 차언이 가장 궁금한 게 그거였다. 지나가는 사람들에게 빌어서 알아낼 수만 있다면 무릎이 닳도록 꿇을 터다. 눈치 빠른 영이 제 벗의 옆구리를 쿡 찔렀다.

"차언이 안다면 이미 말해줬겠지. 알고 있는데 말 안 하기로 한 거라면 우린 이 세상 끝날 때까지 서효의 행방을 알 턱이 없고 말이야, 쩩!"

그 말을 기점으로 포기의 기운 같은 게 영들 사이에서 퍼져 나갔다. 영들도 깨달은 것이다. 차언에게 물어봤자 원하는 답을 얻을 수 없다는 것을. 서로가 똑같은 결론을 내렸으니 웃기다면 웃긴 일이다.

영들은 자신들의 처지를 한탄하며 다시 제자리로 돌아갔다. 인간이었다면 만취하도록 술을 마실 기세였다.

"이럴 줄 알았다면 그냥 무조부인 옆에 있을걸."

"우리야 이렇게 될 줄 알았나."

"이리 오라 하면 오고, 저리 가라 하면 가고. 힘이 없지, 아이고."

"무조부인은 다 좋은데 서효처럼 놀아주시질 않더란 말이야."

발랄하면서도 다정한 옛 주인을 그리는 소리가 여기저기서 터져 나왔다. 어떤 영은 자기가 아마 닷새 내로 저세상에 건너갈 것 같은데, 사나운 차언이 통로를 열어주는 거라면 무서워서 못 가겠다고 한탄했다.

서효처럼 폭신한 무지개를 깔아주기는커녕, 어둡고 축축한 지옥의 구렁텅이로 냅다 등을 떠밀 것 같단다.

다 들려. 다 들린다고. 새 주인이 진짜 무섭다면 뒷담화도 안 들리게 해라. 그 정도 성의는 보여야 하지 않나.

차언은 약재함을 지그시 노려보았다. 팔자 좋게 늘어져서 쫑알대는 녀석들 소리를 듣고 있자니, 약재함 전체를 탈탈 흔들어줄까 하는 생각이 들었다. 지진이라도 난 것처럼 느껴지겠지. 이것 보라며. 역시 차언 녀석은 못돼 먹었다며 목 놓아 울지도 모른다. 잃어버린 엄마 찾는 꼬마들처럼 서효의 이름을 거듭 외칠지도.

나야말로 울고 싶다. 차언은 함 뚜껑을 닫으며 한숨 쉬었다.

"녀석들도 돌아왔고 저도 여기 있는데…… 대체 어디에 있는 겁니까?"

이제 당신만 오면 되는데. 굳게 닫힌 저 문을 똑똑 두드리고는 귀여운 머리를 들이밀면 되는데.

너를 맞을 준비를 이렇게 매일같이 하고 있는데. 백 년일까. 천 년일까. 아니면 하루만 더, 일까. 기약 없는 기다림은 참 힘들다.

차언은 하던 일을 마저 하러 집 안으로 돌아갔다.

영은 마지막 순간까지도 차언을 향한 의심과 두려움을 내려놓지 않았다. 그가 제 꼬리를 잡아당기거나 등을 콱 밀어서 아름다운 저세상 대신 팔열지옥으로 떨어뜨리지 않을까 두려워했다.

안전을 갈구하며 후다닥 뛰어갔으니, 어찌 보면 또 다른 의미로 '나쁘지 않은' 배웅이 아니었나 싶다.

서효처럼 무지개나 좋은 향기를 깔아주진 않았지만. 뭐, 이토록 스스로 원해서 뛰어간 적은 없으니까. 거의 도피 수준이었다고나 할까.

"하아."

서효가 하던 일을 제가 하고 있으려니 기분이 이상했다. 차언은 안마당에 내리쬐는 햇빛을 보며 잠시 생각에 잠겼다. 자신이 잃어버린 것들의 신이 되었다. 이건 무슨 뜻일까.

"늙은이가 서효에게 샘물을 주지 않았다거나……"

아니면.

"설마 서효 신변에 무슨 일이."

안 된다. 나쁜 생각은 더 이상 하지 않기로 마음먹었는데. 차언은 머리를 흔들어 괴로운 생각을 떨쳐 내려 애썼다.

대신 천제의 뜻을 읽어보려 했다. 생각은 물결처럼 흘러가 서효에게 닿았다. 그녀가 이 일을 하면서 기뻐하던 부분과 두고두고 안타까워하던 부분에 이르렀다.

"캬앙."

차언이 줄무늬 고양이 영의 뒷목을 답삭 들어 올렸다. 서효가 특별히 귀여워했던 녀석이었다.

"왜 나는 잃어버린 것들의 여신일까?"
"이거 참 이상한 직분이야, 차언. 뿌듯하기도 하지만 무력함을 많이 느끼게 돼."
"가 공자의 말이 머릿속에서 떠나질 않아."
"애들을 위해 해줄 수 있는 게 많이 없어서…… 슬퍼."

서효의 표정과 목소리가 생생히 떠올랐다. 잃어버린 영들을 보살필 뿐, 실제로 주인을 찾아주지는 못한다는 걸로 자책하곤 했던 서효. 차언은 혹시 서효가 또 위험한 일에 휘말릴까 봐 선을 그으라고 했었다.

인연의 신은 따로 있다. 주인과 저 녀석들의 관계도 그러하다. 아가씨가 함부로 나서서 엮을 일이 아니다. 맡은 일만 하시라, 하였다. 그거면 되었다고.

"정말 그거면 되었을까?"

차언이 나직하게 중얼거렸다. 서효를 보호하겠다는 마음에 그녀의 부담감을 뒤로 밀쳐 둔 게 아니었을까 하는 생각이 들었다. 함께하면 방법이 있었을지도 모르는데. 오직 자신이 아는 방법으로만 그녀를 지키려 했다.

"애옹."

너무 오래 허공에 들고 있었다. 줄무늬 고양이 영이 항의하는 듯한 소리를 냈다. 그 소리에 차언의 정신이 현실로 돌아왔다.

"네가 약재함에 들어온 게 오 년 전이었던가."

꼬리가 좌우로 살랑살랑 움직였다.

"새로운 주인을 찾은 것도 아닌데 길바닥에서 오 년이나 버티다니 제법이군."

"냥."

"말 못 하는 척하지 마."

"……"

"넌 지금 어디 살고 있지?"

고양이 영의 눈매가 험악해졌다. 순진무구하던 인상이 이로써 단번에 변했다.

"말할까 보냐, 멍청아."

"……말해야 할걸?"

비로소 자신이 해야 할 일을 알아낸 것 같았다. 차언은 영들이 꽉 들어찬 약재함을 말없이 쳐다보았다.

귀여운 외양과 달리 줄무늬 고양이 영은 입이 험했다. 경계심도 강했다. 어떻게 녀석이 길바닥에서 오 년을 버틸 수 있었는지, 차언은 알 것도 같았다. 그러나 차언의 집념도 보통 수준은 아니다.

다른 영들에게 캐묻고, 사람들 사이에서 정보를 얻은 결과,

"하아아아아악!"

차언은 막다른 길목에서 줄무늬 고양이의 본체를 만날 수 있었다. 녀석은 현실에서 차언과 맞닥뜨리자 기겁하며 하악질을 해댔다. 털이 사방으로 빳빳하게 서고 꼬리도 크게 부풀었다.

"주인에게 돌아가자고."

"하아아악!"

"약방이 아니라 원래 네 주인 말이다."

"캬아아악!"

"하, 내가 길에서 고양이 데리고 무슨 짓인지."

녀석이 휘젓고 다니는 동네는 약방이 있는 곳으로부터 한나절 걸어야 하는 곳이었다. 차언을 모르는 동네 꼬마들은 낯선 사람이 고양이를 해치진 않을까 수군거리며 지나갔다. 멋지군. 어린 인간들 구경거리도 되고. 그는 짧게 한숨을 내쉬었다.

"말이 통할 때는 별별 고집을 부리더니, 이젠 그마저 통하지 않는군."

무력을 쓰지 않으려 해도 어쩔 수가 없다. 차언은 준비해 온 통을 열었다. 나무줄기를 얼기설기 엮어 만들었기 때문에 뚜껑을 닫아도 숨이 통할 터였다.

"들어가자."

"캬아악!"

"그럴 줄 알았다."

차언이 손을 뻗자 녀석의 몸은 바람에 떠밀리듯 날아왔다. 뒷목을 잡아서 통에 넣고 뚜껑을 닫기까지 일사천리로 진행되었다.

통 안에서 굉장한 소리가 났다. 손톱을 세워 통을 긁기도 하고 안에서 마구잡이로 날뛰기도 했다. 이렇게 간단히 잡힌 것이 분해서 견딜 수 없는 모양이었다.

"살다 보면 이런 날도 있는 거다."

차언이 통을 들고 천천히 걸었다. 녀석이 어떻게 여기까지 와서 골목대장 노릇을 하고 있는지는 모르겠지만, 원래 주인이 사는 곳은 제법 떨어진 이웃 마을이었다. 그곳까지 가는 동안 녀석은 계속 이러겠지.

박박박박. 하악, 캬악.

"내가 제일 강한 줄 알았는데, 더 강한 자가 있더라니까."

이쯤 되면 고양이에게 말하는 건지 차언 스스로에게 말하는 건지 경계가 모호했다. 앞쪽에서 불어온 바람에 차언의 옷자락이 살랑였다. 이웃 마을로 향하는 발걸음이 유난히 가벼운 어느 날이었다.

"여기다. 나오지 말고 냄새 맡아. 그리고 어디 나오기만 해봐라. 담을 뛰어넘는 족족 다시 담 안으로 던져 넣어줄 테니까."

"하아아악!"

녀석은 길바닥에서 뭘 주워 먹고 다니기에 이토록 쌩쌩한 걸까. 이웃 마을까지 오는 내내 잠시도 쉬지 않고 탈출을 꾀했다.

물론 매번 실패했지만.

차언은 담 너머를 슬쩍 살핀 다음 통을 열었다. 빛이 들어오자마자 녀석은 길 쪽으로 줄행랑치려 했으나 차언의 손에 잡혀 담장 안으로 던져졌다.

애초에 담이 그리 높은 집이 아니었다. 차언의 키로는 돌을 밟고 올라서지 않아도 안쪽을 들여다볼 수 있었다. 낯선 곳에 던져지자마자 학학 소리를 내며 다시 벗어나려던 녀석은 어느 순간 멈춰 서더니 냄새를 맡았다. 익숙한 냄새가 나는 모양이었다.

그럴 리가 없는데? 설마? 스스로도 이해할 수 없는 듯 고개를 갸우뚱하기도 했다. 하지만 짐승의 본능은 틀리지 않았다. 녀석은 한참은 제자리에서 배회하다가 무언가를 결심한 양 냄새를 따라가기 시작했다.

차언은 별로 크지 않은 집을 눈으로 훑었다. 굳이 녀석의 뒤를 따라가지 않아도 될 듯했다.

"냥."

손가락 두 마디쯤 열린 문 틈새로 녀석이 울었다.

"애옹?"

어서 나와보길 재촉하는 것처럼 가냘픈 소리를 냈다. 안에 사람이 있는 모양이다. 이윽고 가벼운 발소리가 들렸다. 드르륵 문이 열리고,

"……세상에."

바닥에 털썩 주저앉는 소리가 났다.

"애옹."

"방울아!"

"애옹!"

"방울이구나? 어, 어떻게 여기 왔어? 어떻게 찾아왔어?"

"먀."

아마 녀석의 소리를 인간의 말로 바꾸면 이런 뜻이 되겠지. 못됐고 사납고 제대로 미친 녀석이 나를 잡아다 이 안에 던졌어. 그랬더니 네가 여기 있네. 그러나 인간의 귀에는 애달프도록 귀여운 소리로만 들릴 뿐이다.

애석하다. 놈은 시정잡배쯤은 찜 쪄 먹을 만큼 험악한 말투를 구사하는데.

"네놈이 이따위로 구니까 서효가 세상 끝까지 도망쳤지, 얼간아."

이런 말을 아무렇지 않게 하는데.

"흐어엉, 방울아아. 어디 있다가 이제 왔어어어."

"먀."

"못 먹어서 야윈 것 좀 봐. 흐윽, 흑, 이렇게 마르다니⋯⋯."

"먀아."

이제 영원히 사랑받겠지. 귀여운 취급을 당하면서. 하, 고양이 팔자가 최고로군. 천제의 아들 따위.

소녀가 어머니를 부르는 소리가 울려 퍼졌다. 방울이가 돌아왔다는 말에 부엌문이 세게 열렸다. 머릿수건을 쓴 여인이 딸의 방으로 달려갔다.

모녀는 어린 고양이와 함께 살아온 모양이다. 집을 옮기기는 했지만, 혹시 녀석이 다시 돌아왔을 때 자신들을 못 찾을까 봐 아예 동네를 떠나지는 못한 듯하다. 그런 사연이 울음소리와 함께 담 너머로 들려왔다.

차언에게는 발톱을 세우던 녀석이 제법 교태 어린 소리를 내었다. 마치 서효에게 하던 것처럼 말이지.

"이제 됐다. 이제 됐어."

모녀가 서로를 보듬는 소리가 이어졌다.

"다시는 어디 가지 말고 함께 살자."

"먀."

차언은 발길을 돌렸다. 나무통은 약방으로 가져가기로 했다. 앞으로 얼마나 많은 방울이를 집으로 데려다 줄지 모르니까. 일단 집에 가면 엉망이 된 통 안쪽부터 고쳐 놔야겠다.

그런 생각을 하며 느린 걸음을 옮겼다. 서효가 보면 정말 기뻐했을 텐데. 눈물을 글썽이며 행복해했을 텐데. 마음 속 응어리가 조금은 씻겨 나갈 텐데.

아쉽게 되었다. 모퉁이를 돌아 나가는 내내 울고 웃는 소리가 뒤쪽에서 들려왔다.

❖

　약방 문 두드리는 소리가 났다. 누구냐고 묻는 말에 대답이 돌아오지 않았다. 차언이 문을 열자 그 사이로 작은 머리통이 먼저 들어왔다.

　붉은 꽃으로 머리를 장식한 화려한 축제의 여신, 아희였다. 혼례식 이후로는 보지 못한 자 중 한 명이었다. 보고 있으면 자연히 서효가 떠올라서 마음이 불편하기도 한 이였다.

　"어쩐 일이십니까?"

　차언의 딱딱한 물음에도 개의치 않고 약방 내부를 살피는 점이 아희다웠다.

　"다시 예전처럼 만들어놨네."

　"어쩐 일이시냐고 물었습니다만."

　"와, 먼지 하나 없이 깨끗해."

　아희가 손가락으로 계산대 위를 슥 문질러 보더니 감탄하였다. 음, 감탄인지 질색인지 어느 쪽인지는 확실히 모르겠다. 어떻게 자신이 여기 있는 줄 알았냐고 묻자 아희가 차언을 빤히 보았다. 참으로 재미있는 질문을 다 한다는 표정이었다.

　"내 남편이 누구?"

　"허여멀겋게 웃기나 하는…… 두척님이죠."

　"앞의 말은 못 들은 걸로 할게. 그래, 차언. 그럼 내 남편의 직분은 뭐지?"

　"행운의 신……."

"딩동댕!"

그거면 답이 되었지 않느냐는 양어깨를 으쓱거렸다. 갑자기 몸 어딘가가 간지러운 기분이었다. 잠을 잘못 잤나? 운동 부족인가? 왜 이렇게 몸이 뻐근한 느낌이지. 차언은 방싯 웃고 있는 아희를 물끄러미 보았다.

"솔직히 말하시죠. 이런 데 써먹으려고 행운의 신과 혼인한 거 아닙니까?"

"헉."

아희가 금세 웃음을 지우고 양팔로 제 몸을 감쌌다. 무례한 말로부터 자신을 보호하려는 듯한 자세였다.

"어떻게 나의 애틋한 연심을 곡해할 수가 있어?"

"애틋, 연심이라……. 무엇보다 '곡해'라는 어려운 말도 아시고."

"거 어린 신이라고 되게 무시하시네."

아희가 고개를 꼿꼿하게 들었다.

그녀는 이제 차언과 서효의 본래 신분이 무엇이고, 둘 사이에 어떤 일이 얽혀 있는지 안다고 말했다. 자기는 이번 생의 서효보다도 어린 신이라 '옛날이야기'를 듣기 위해서 천 년 가까이 산 상급 신을 찾았다고도 말했다.

차언은 혼례식 당일 아무런 설명 없이 저택을 떠났다. 남은 이들을 정신 차리게 하고 주변을 정리해 해산시킨 것은 아희였다.

차언이 혼례식 준비를 위해 돈을 펑펑 써대는 꼴을 잠깐 지켜본 아희는 당연히 저택이 빌린 것이 아니라 산 것임을 파악했다. 어차피 차언이 구입한 저택이라면 짐을 그곳에 둬도 상관없을 터.

먼지가 앉지 않게 커다란 천으로 가구들을 덮은 다음, 아희는 무리를 이끌고 떠났다. 가는 길에 여우 소녀들을 약방 뒷산으로 돌려보내 준 것도 아희였다. 이쯤 되면 자신의 침착함에 감탄해야 되는 것이 아니냐고 물어왔다.

"민폐만 끼치는 눈엣가시라고 생각했잖아. 한데 놀랐지?"

그러나 차언이 되묻고 싶은 것은 따로 있었다.

"천 년 가까이 된 상급 신?"

"응?"

"저희 둘의 이야기를 상급 신에게서 들었다면서요."

아희가 말간 얼굴로 고개를 끄덕였다.

"누군데요, 그 자식?"

"……."

"상세히 아는 자가 많지 않을 텐데. 그중에 입 턴 놈이 있다고?"

아희의 눈동자가 아주 느리게 움직였다. 옆으로, 옆으로. 최대한 차언과 시선을 마주치지 않을 곳으로. 그러나 차언은 멈추지 않을 기세였다.

나, 잘못한 걸까? 생각지도 못한 곳에서 차언이 걸고넘어지자 아희는 그런 생각을 하는 듯하였다.

"한 놈씩 이름을 대다 보면 아희님 눈동자가 흔들리겠죠."

"……."

"어디 보자……. 풍신? 수신? 지신?"

아희는 집에 두고 온 제 수하들의 이름을 떠올렸다. 이름을 다 떠올리고 나면 그네들의 특기를 떠올리자. 그러다 보면 이 위기를 넘길 수 있을지도 모른다.

"뇌신?"

"……."

"뇌신이군요?"

모처럼의 노력이 부질없게 되었다. 아희는 눈을 동그랗게 치켜 뜨며 반박했다. 이제 와서 그게 무슨 상관이냐고도 물었다. 아희 가 목소리를 높일수록 차언의 확신은 커져만 갔다.

"뇌신 맞네."

"아니라니까? 그리고 나는 이런 걸로 왈가왈부하려고 온 게 아 니라."

"은뢰 이 자식. 감히 주군에 대해 입을 놀리고 다녀?"

아희가 침을 꼴깍 삼켰다.

"한동안 자리 비웠다고 기강이 해이해졌어."

"……대단하긴 하네."

아희가 조그맣게 중얼거렸다. 차언이 그녀를 흘깃 쳐다보자 방 금 차언이 한 말을 되짚었다. 풍신, 수신, 지신, 뇌신. 모두 어린 아희의 눈에는 천제님만큼이나 높은 분들이었다.

"차언은 아무렇지 않게 이 자식 저 자식이라 부르는구나."

"이상한 데서 감탄하지 말라고요."

"나는 뇌신님 눈도 제대로 못 마주쳤는데."

내 친구의 집사, 아니 남편은 생각보다 훨씬 대단한 자였어. 무 려 천제님의 아들이라니. 그것도 다섯 아들 중에서 으뜸가는 인 물이라니. 게다가 모난 제 성질을 이기지 못하고 일을 벌여서 지 옥에 갇히기까지 했다니.

과연 대단해.

아희는 속으로 골백번 고개를 끄덕였다. 과연 내 친구의 남편 이 될 자격이 있어. 그 정도로 굴곡진 생을 살기도 쉽지 않은데 정말 흥미로워.

차언이 들었다면 인정하는 지점이 너무 이상하다고 한마디 했을 부분이었다. 서효를 아희와 계속 어울리게 두어도 되는가. 심각하게 고민할 법도 했다.

"흠, 어쨌든 내가 오늘 여기 온 이유는 말이야."

아희가 화제를 돌렸다.

안 그랬다가는 가까운 시일 내에 뇌신님이 자근자근 밟힌 채로 길바닥에서 발견될 것 같았기 때문이었다.

"차언이 외로울 것 같아서야."

차언이 외로울 것 같아서 왔어. 아희는 그렇게 말했다. 차언은 이 말을 어떤 식으로 받아들여야 할지 조금 당황하고 말았다.

외로움, 고독, 기다림, 후회. 이 모든 것이 차언과 가까웠다. 늘 서효를 기다리며 살았다. 나중에는 서효가 곁에 있을 때조차 그녀가 그리웠다. 그녀가 언제 떠날지 몰라 가슴을 졸였다. 짙은 쓸쓸함과 눈물은 차언의 또 다른 이름과도 같았다.

한데 서효도 아니고 아희가 그를 찾아와 주었다. 그가 외로울 것 같아서. 이제까지 차언의 외로움을 걱정해 주는 이는 단 한 명도 없었다. 낯선 기분이었다.

"차언은 아주 오랜 시간 혼자였잖아. 혼자라고 느껴왔잖아."

아희가 꾸밈없는 눈으로 차언을 직시했다.

"얼마나 힘든 시간이었을까…… 하는 생각이 들었어. 그리고 나로서는 상상도 할 수 없는 괴로움일 것 같았어."

나는 곁에 누군가 없으면 물 한 모금 먹지 못한 길가의 풀처럼 시들고 마니까. 아희가 작게 덧붙였다.

"그래서 왔어."

"……"

"나는 과거에 대해 잘 몰라. 뇌신님의 이야기로 어렴풋이 짐작만 할 뿐."

"……."

"하지만 현재의 차언에 대해선 잘 알아. 직접 눈으로 보고 내 귀로 들었지. 차언이 서효를 대하는 태도에는 일말의 거짓도 없었어."

차언은 서효를 사랑해. 진심으로, 온 마음을 다해 사랑하고 있어. 내가 두척님을 좋아하듯 그렇게 말이야. 아희는 방긋 미소를 지으며 말을 이었다.

"온 세상이 두 사람을 갈라놓으려 하는 것 같았겠지. 그런데 말이야. 이젠 그렇지 않다는 걸 알려주고 싶었어. 차언이 서효랑 만나기를 바라는 자가, 차언 말고도 많아."

아희의 말에 약재함 서랍이 조금씩 열렸다. 초록빛 영들이 눈만 내놓고 그들을 쳐다보았다. 영들이 바라는 것은 둘의 결합이 아니라 서효의 귀환이겠지만. 저 녀석들이 있구나. 차언은 무언(無言)으로 아희를 지지하는 수백 쌍의 눈을 바라보았다.

"지금 차언에게 필요한 건 굳건한 지지와 약간의 행운이 아닐까."

"굳건한……."

그의 혼잣말을 다른 뜻으로 받아들인 아희가 보란 듯이 어깨를 폈다.

"물론 어리고 작은, 티끌 같은 힘처럼 보일 수도 있겠지."

굳이 그런 뜻은 아니었지만 차언은 따로 설명을 덧붙이지 않았다.

"우리 같은 작은 신의 작은 마음이라 할지라도. 이렇게 작지만 꽉 찬 마음이 많이 모이면 뭔가 큰 물줄기를 움직일 수 있지도 않을까 생각해."

아희의 눈빛이 누군가의 그것을 많이 닮아 있었기에.

순수한 선의. 변한 자신을 보아주는 마음. 누군가의 행복을 진심으로 비는 눈빛. 상대가 비록 자신을, 자신의 소중한 친구를 해친 적이 있다 할지라도. 뉘우쳤다면 괜찮아. 차언은 혼자가 아니야.

이제까지 서효만으로도 충분하다고 여겨왔다. 자신을 돌아봐 주는 이가 세상천지에 서효 하나인 것으로도 제겐 과분하다고 생각했다. 그런데 아니었다. 힘이 될 거라고 생각지도 않았던 아희. 어린 그녀의 응원은 작은 빛이 되어 차언의 안에 뿌리를 내렸다.

나는 이리도 목말라 있었구나.

"그런 의미에서……."

아희가 문득 수상쩍은 표정을 짓더니 몸을 배배 꼬았다. 차언이 알아챌 틈도 없이, 그녀의 뒤에서 누군가 불쑥 튀어나왔다. 미처 닫지 않은 문틈으로 허여멀건 사내가 모습을 드러냈다.

팡!

눈앞이 아찔할 만큼 환한 빛이 차언에게 쏟아졌다. 정신을 차린 뒤는 이미 늦었다. 허여멀건 사내는 아희의 손을 잡고 냅다 줄행랑을 치고 있었다. 사내에게 끌려가며 아희가 소리쳤다.

"행운 신의 기운이야! 직접 쏘지 않으면 효력이 없거든!"

"일 년치 행운을 다 쏘아버렸소, 하하하하하!"

"차언, 행복해야 돼! 꼭 서효랑 만나길 바라아아!"

차언이 한 걸음 내딛자 그것을 뒤따라오려는 것으로 오해한 아희가 제 남편을 재촉했다. 낭군님, 더 빨리! 빨리요! 길에 돗자리 펴고 앉아 시시껄렁한 점괘나 봐주면 딱 어울릴 행운의 신은 부인의 재촉에 걸음을 더욱 빨리 놀렸다. 마냥 유쾌한 부부였다.

차언의 머리가 지끈거려 올 만큼.

"뭐 저런 미친 자들이……."

어이가 없어도 정도껏 없어야지. 얼떨떨하기까지 하다. 차언은
제 옷을 툭툭 치며 수상쩍은 기운을 털어내려 하였다. 행운 신의
기운이라니. 찜찜하다.

하지만 수하 한 명 딸리지 않고 직접 약방으로 왔을 부부를 떠
올려 보았다.

처음부터 자초지종을 말하면 차언이 받아주지 않을 테니, 자
신이 먼저 혼을 빼놓겠다고 재잘거리는 아희의 모습이 눈앞에 그
려졌다. 부인의 말에 잠자코 따라온 행운의 신도.

우리 같은 작은 힘이라도 서효와 차언에게 도움이 된다면 얼마
나 좋겠어요? 맞소, 부인 말이 맞아요. 일 년치 행운을 다 쏘아주
면 그래도 쓸 만하겠지?

"차언, 행복해야 돼."

누군가 자신의 행복을 빌어주었다. 할 수 있는 한 모든 노력을
다해서. 차언은 지그시 가슴께를 눌러보았다. 행운 신의 기운이
라. 기분 탓인지 모르겠지만, 어쩐지 미약한 온기가 스민 것도 같
았다.

아득하고 포근한 꿈을 꾸었다. 그러다가 눈앞이 환해졌다. 서

효는 창문 너머 스며드는 햇살을 느끼며 눈을 떴다. 한동안 자리에서 일어나지 못하고 천장만 올려다보았다. 낯선 곳이네. 여기는 또 어디일까. 낯선 장소, 낯선 냄새, 어렴풋이 들려오는 소리들마저 익숙하지 않았다. 알아들을 수 없는 말도 섞여 들렸다.

"끄응."

겨우 몸을 일으키자 작은 방 안이 눈에 들어왔다. 바깥에 사람들이 있음을 깨달은 서효는 조심스럽게 문가로 다가갔다. 자신은 늦잠을 잔 모양이다. 문밖의 사람들은 잠에서 깬 지 최소 몇 시진은 된 듯 보였다.

서효는 문을 조금 더 열고 주변을 살폈다.

장씨객잔(張氏客棧). 일 층 계산대 쪽에 커다란 현판이 걸려 있었다. 이로써 서효는 자신이 여관방에 누워 있었음을 깨달았다. 당혹스러운 일이었다. 나는 분명 동백의 궁궐에서 정신을 잃었는데?

"깨어나셨군요?"

직원이 서효의 얼굴을 보고 반갑게 웃었다.

"식사는 방으로 올려 보내 드릴까요, 낭자?"

"……제 이름을 아세요?"

상대는 적잖이 당황하였으나 별의별 손님을 맞아본 사람답게 곧 평소의 웃음을 회복하였다.

"서효 낭자라고 알고 있습니다. 숙박부에 그리 기록되어 있던데요."

이름은 같구나. 서효는 매희, 서련, 백화운처럼 아예 다른 이름이 되었을까 봐 걱정한 것이었다. 참, 이름이 같다고 좋아할 게 아니다. 아직 확인할 게 더 남아 있었다.

"지금 날짜가 어떻게 되죠?"

"예?"

"날짜 말이에요. 아직 청제 십이년인가요?"

청제 십이년은 서효가 정신을 잃은 해 이름이었다. 이게 직원의 귀에 어떤 식으로 들릴지 알고 있었다. 이 아가씨가 실은 정신이 온전치 못한 아가씨였구나 싶겠지. 하지만 별다른 방법이 없었다.

서효는 직원 눈에 이상한 여자로 비치는 것보다도, 자신이 또 시간을 뛰어넘어 환생했을까 봐 그것이 두려웠다. 설마 이번에도 백 년이 지난 건 아니겠지? 백 년이면 양호한 편인가. 혹시, 설마, 수백 년이 지났다거나.

직원에게서 대답이 나오기 전까지 서효는 머릿속으로 온갖 안 좋은 생각을 떠올렸다. 자신에게는 잠깐이었을 뿐이지만 차언은 홀로 하루하루를 버텨야 했을 것이다.

"예, 청제 십이년 삼월 말이지요……."

"아, 다행이다."

서효가 눈을 질끈 감으며 안도의 한숨을 내쉬었다. 정신을 잃은 날로부터 보름 정도 지나 있었다. 다행이다. 정말 다행이야. 이제 끝났어. 이번 생으로 모든 악연이 풀렸어. 눈물이 날 것만 같았다. 눈시울이 뜨거워졌다.

한편 직원은 오늘이 청제 십이년 삼월 말이라는 사실에 과하게 기뻐하는 손님 앞에서 어찌할 바를 모르고 가만히 서 있었다. 아직 식사를 어찌할 것인지에 대해 답을 듣지 못했다. 그러나 손님의 질문은 거기서 끝이 아니었다.

"제 앞으로 맡겨진 물건 같은 건 없나요?"

방 안을 휘둘러보던 손님이 직원에게 물었다. 아가씨가 묵는

방이건만 방 안에는 원래 객잔에서 제공하는 물건 말고는 아무것
도 없었다. 심지어 옷 보따리 하나 없었다.

그제야 직원은 잠깐 기다리라는 말을 남긴 뒤 아래층으로 내려
갔다. 손님은 순한 외모와 달리 직원의 말을 귓등으로도 듣지 않
고 따라 내려왔다.

"여기 있습니다."

보따리 안에는 갈아입을 옷과 두둑한 전낭(錢囊)이 들어 있었
다. 서효는 옷 사이에 끼워진 작은 쪽지를 펴들었다.

종이에 쓰인 단어는 단 네 글자. 백화약방.

그것으로 서효는 자신이 가야 할 곳을 깨달았다. 쪽지를 보자
마자 바로 감이 왔다. 이곳에 차언이 있다는 것을 알 수 있었다.
약방이구나. 거기서 차언이 날 기다리고 있어. 우리가 가장 행복
했던 장소. 유난히 떠나기 아쉬웠던 어여쁜 동네. 다시 그곳에서
시작하는 거야.

"다행이다……."

"예, 참으로 다행이네요."

직원은 서효의 짐 속에서 나온 전낭을 보며 거듭 고개를 끄덕
였다. 숙박비는 이미 지불된 상태였지만, 정신이 오락가락하는 아
가씨가 돈 한 푼도 없어서 어쩌나 하는 걱정이 든 까닭이었다.

그때 모피와 가죽으로 치장한 남자 손님이 들어왔다. 서효는
손님의 말을 알아듣지 못했지만, 직원은 능숙하게 그를 상대했
다. 남자 손님이 방으로 올라가고 난 다음에야 서효는 조심스럽게
질문했다.

"방금 하신 게 외국어인가요?"

"하하, 부끄럽네요. 워낙 외국 손님이 많으니 저희로서는 배워

둘 수밖에요."

뭘까. 이 불길한 예감은. 서효는 어차피 이상한 여자가 된 것, 끝까지 가보자고 마음먹었다. 환생을 하지도 않았고, 이제 차언이 있는 곳도 안다. 공식적으로 모든 악연이 풀린 것인데 어째 기분이 싸한 것이.

"저, 실례지만."

"예."

"여기가…… 어디죠?"

직원은 몇 번 당하고 나자 그새 익숙해진 모양이었다. 시선 한 번 흔들리지 않고 미소를 유지했다. 그는 손으로 계산대 옆의 현판을 가리켰다. 장씨객잔. 아, 그건 알고요.

"지방 이름이……."

"아아, 네. 여긴 벽주입니다."

"벽주."

어디서 들어본 것도 같은데 왜 이리 낯선 어감이지? 직원이 얼른 부연 설명을 하였다.

"국경 근처 마을이지요. 그래서 외국 손님들도 많으신 거고요."

"혹시 지도 가지고 계세요?"

서효의 평정심이 흔들리려 하였다. 직원은 잽싸게 계산대 밑에서 두루마리 지도를 꺼냈다. 외국 손님이 많은 객잔답게 커다란 지도를 구비하고 있었다. 여기가 벽주, 라며 직원이 손끝으로 한 곳을 짚었다.

세상에. 서효가 입을 딱 벌렸다. 아무리 국경 근처라지만 이건 너무…… 심하잖아. 이 정도면 거의 외국 아닌가?

"행선지가 어디시지요?"

"한주요……."

"아이고……."

서효와 직원의 입에서 동시에 한숨이 새어 나왔다. 직원은 남동쪽으로 머나먼 지점을 콕 짚었다.

네, 여기가 한주네요. 저도 글자는 읽을 수 있네요. 서효는 웃어야 할지 울어야 할지 알 수가 없었다. 정신을 단단히 잡고 있지 않으면 실성할지도 모른다.

"여기서 한주까지라면 얼마나 걸릴까요?"

꿈도 희망도 없지만 물어나 보자. 직원은 슬픈 눈으로 서효를 마주 보았다.

"아마 두 달쯤."

"하하하."

"빠른 말로 달리면요."

"하하하하."

서효가 헛된 웃음을 멈추었다. 그녀는 고개를 푹 숙이고 심호흡을 하다가 돌연 사자후 같은 소리를 내질렀다. 이젠 한계다. 이건 정말 아니다.

"으아아아아아아아!"

객잔 안의 모든 사람들이 너 나 할 것 없이 굳어버렸다. 외국 손님도, 분주히 그릇을 나르던 다른 직원도, 투정 부리던 아이도 말을 잃고 서효만 쳐다보았다. 분노의 함성. 그 무엇으로도 이 울분을 씻을 순 없으리라.

"때릴 거야! 다 때릴 거야! 아주 다리몽둥이를 부러뜨려 버릴 거야!"

천제고 나발이고 평생 꿀꿀이죽 먹으며 살아버리라지. 으아아,

열흘도 아니고 한 달도 아니고 빠른 말로 달려서 두 달이나 걸린 다니. 아예 바다 한가운데 섬에 떨어뜨려 놓지 그래? 서효는 계산 대를 내려치며 울부짖었다. 직원은 이번에야말로 서효를 이해한 다는 표정으로 어깨를 두드려 주었다.

"언제 거기까지 가지."

서효는 마차 창문에 턱을 괸 채 중얼거렸다.

"두 달이라니. 맙소사, 우리 차언 늙어 죽겠네."

아니면 시들어 죽을지도.

다른 누구도 아닌 차언이라면 가능한 이야기였다. 밥도 제대로 안 먹고, 잠도 안 자고 미련하게 제 몸을 학대하다가 서효가 도착 하기도 전에 풀썩 쓰러질지 모를 일이었다. 수백 년도 기다린 차 언이지만 이번 두 달은 견디기 어려울 것이다.

왜냐하면 기약이 없기 때문에.

차언은 서효가 돌아온 줄도 모를 것이다. 지금 같은 하늘 아래 숨 쉬고 있는 것조차도 모를 터.

"궂은 날씨거나 땅이 험하기라도 하면 더 걸린다는 소리잖아."

서효의 한숨이 깊어졌다. 그나마 다행인 것은 전낭이 두둑하다 는 점이다. 천제인지 정명인지 모를 자는 천하 일주를 해도 충분 할 돈을 마련해 주었다. 애초에 집 앞에다 떨어뜨려 주면 좀 좋 아? 그럼 굳이 거금을 줄 필요도 없다고.

"바보들. 멍텅구리들. 용서는 없으니 그리 알아."

기력이 빠진 채 밖을 내다보던 서효는 흙길을 터덜터덜 걸어가는 누군가를 발견하고 고개를 돌렸다. 어디를 가는 길인지 몰라도 저렇게 낡은 신으로는 멀리 갈 수 없었다. 게다가 짐 하나 없는 행색이 매우 초라해 보였다. 누가 봐도 도둑들에게 털린 모습이었다.

"저기, 아저씨! 잠깐만 세워주세요."

서효는 마차를 세 내면서 함께 고용한 마부를 불렀다.

"누구 한 명 좀 태워갈게요."

이미 충분한 삯을 받고 일을 시작한 마부로서는 거절할 이유가 없었다. 마차가 서자 서효는 길 가는 이를 불러 세웠다.

"어느 쪽으로 가세요?"

상대는 서효의 말을 듣지도 못했다. 맥이 빠진 상태로 바닥을 보며 걷기만 했다.

"저, 어떤 신(神)이신지는 모르겠지만."

어차피 마부는 품값만 제대로 받으면 그만이다. 서효는 아무리 불러도 상대가 자신을 돌아보지 않을 듯하여, 먼저 신분을 밝히고 나섰다.

"같은 처지끼리 돕고 살까요?"

"······신?"

"타세요. 방향만 같다면 태워다 드릴게요."

상대는 서효의 밝은 미소에도 주춤거리다가 몸 둘 바를 모르는 태도로 마차에 올랐다. 마차가 출발하고 나서도 한참을 불안해하며 어쩔 줄 몰랐다. 하도 작고 여위어서 사내인 줄도 뒤늦게야 알았다.

서효는 자신을 잃어버린 것들의 여신이라고 소개했다. 눈을 반짝이며 상대를 쳐다보자 그는 손톱을 맞부딪치며 주저했다. 그리고 그가 자꾸 멈칫거린 까닭이 밝혀졌다.

"나는 불운의 신이야."

"아."

"불운의 신답게 도둑들에게 털리고 말았지. 모처럼 새로운 곳에서 새 삶을 시작해 보려 했는데…… 보다시피 이렇게 됐어."

안 그래도 좁은 어깨를 자꾸 움츠리며 그가 말을 이었다.

"호의는 고맙지만 나를 얼른 길에 버리는 편이 좋을 거야. 너한테까지 불운이 닿으면 안 되니까."

한숨과 함께 고개를 내저었다.

"좋은 사람에게까지 불운을 줄 순 없지."

그러나 서효는 그를 버리는 대신 그에게 시원한 수통(水桶)을 내밀었다. 맑고 차가운 우물물이 담겨 있었다. 불운의 신은 또다시 어쩔 줄을 모르다가 황송해하며 목을 축였다. 먹을 것도 내어주자 그의 표정이 더욱 어두워졌다. 서효가 잘해주면 잘해줄수록 수심이 깊어지는 것 같았다.

"내게 잘해줄 필요 없어. 나는 불운을 몰고 다니니까."

"와, 저랑 불운에 대해 이야기할 수 있는 상대가 생기다니 너무 감격스럽네요."

"으응?"

"제가 또 불운하기로는 3세계 최고 아니겠어요?"

서효의 머릿속에 수백 년의 기억이 스치고 지나갔다. 일일이 꼽자면 끝이 없었다. 천성이 따사롭고 온화한 죄로 망나니 차언의 짝이 되었다. 괴롭힘을 당했고 홀로 외로이 죽었다.

그 뒤로는? 죽고, 죽고, 또 죽었지. 죽은 것도 그냥 얌전히 눈 감은 게 아니다. 그나마 병약한 공주로 태어나서 요절한 두 번째가 제일 나은 축이다. 창살에 찔리고…… 어휴. 계속 떠올려서 뭘 하겠나.

그러다가 오늘에 이르렀다.

아무리 빠른 말로 달려도 최소 두 달이 걸리는 곳까지 가야 하는 불운. 서효는 지금 아무것도 두려울 게 없었다.

"전 괜찮아요. 그러니 안심하고 좀 쉬세요."

"하아……. 네가 사는 곳을 알려주지 않겠니? 앞으로 그쪽 동네로는 얼씬도 하지 않게."

"고생이 많으시네요."

서효의 그 한 마디가 불운 신의 마음을 건드렸다. 내가 원래 이렇지. 애써 아무렇지 않은 척하던 태도는 얇디얇은 막처럼 파스스 부서졌다. 그가 장탄식을 하며 슬퍼했다.

"왜 나 같은 신을 만드신 걸까?"

실제 나이는 많지 않은 것 같은데도 고생 때문인지 낯빛이 좋지 않았다. 벌써 잔주름과 검버섯도 보이기 시작했다. 목소리에마저 서글픔이 배어났다.

"불운을 몰고 다니기 때문에 같은 신들도 나를 피한단다."

"……."

"악의는 없을 거라는 위로를 하지 않아서 고마워. 뭐, 그들이 그러는 것도 이해 못 하는 바는 아니지만."

그가 수통을 기울여 목을 한 번 더 축였다.

"멋진 상급 신까지는 바라지도 않아. 차라리 어둠을 몰고 다니는 악신(惡神)이면 근사해 보이기라도 하지. 적어도…… 회의가 들지는 않을 거잖아?"

불운의 신은 어쩜 생김새도 이럴까. 서효는 안타까운 마음으로 그를 쳐다보았다. 불운하기 이를 데 없는 팔(八)자 눈썹이 맥없이 축 늘어졌다.

"왜 나 같은 신이 필요하지?"

"……."

"난 그야말로 재수가 없어."

인간들도, 신들도 아무도 나를 좋아하지 않아. 그 누구도 반겨주지 않는 처지란 정말이지 서글프단다.

불운의 신은 그 말을 끝으로 볼품없는 몸을 마른 낙엽처럼 움츠렸다. 서효는 그를 가만히 바라보며 생각했다. 불운 신이 한 생각은 서효가 종종 했던 것과 똑같았다.

나 같은 신이 왜 필요할까. 잃어버린 것들의 여신이라니 이름도 이상하지. 주인을 찾아주지도 못하면서, 영들과 놀아주기만 할 뿐이야. 참, 무력해. 나는 작은 신이지만 그중에서도 가장 작디작은 신일 거야. 한데 나보다 더 슬픈 경우도 있었구나.

'그 누구도 반겨주지 않는 처지'라는 말이 유독 서효의 가슴을 아리게 하였다.

상처를 쓸어주고 싶었다. 위로해 주고 싶었다. 너무 오랜 시간 동안 이리저리 치인 불운의 신에게 조금이라도 힘을 주고 싶었다. 섣부른 위로는 하지 않는 게 좋지만…….

서효는 불운의 신의 어깨에 조용히 손을 올렸다. 누군가와의 접촉이 익숙지 않은 그는 화들짝 놀랐다가 오들오들 떨며 등을 굽혔다.

위로는 필요하다. 그게 인간이든 신이든. 혼자가 아니라는 말 한 마디는 생각보다 큰 힘이 되어준다. 서효는 그것을 경험을 통해 알고 있었다.

"불운이라는 건, 이를 테면 이런 거겠죠? 중요한 약속을 앞두고 늦잠을 잔다거나, 아슬아슬하게 장터에 도착했는데 눈앞에서 물건이 뚝 떨어지는 그런?"

"그렇지."

불운의 신이 선선히 고개를 끄덕였다.

"더 안 좋은 일도 많단다. 고대하던 혼례식 날, 신랑은 말에서 떨어져 다리가 부러지고, 신부는 그 소식을 듣고 놀라 벌떡 일어서다가 치맛단을 밟고 미끄러져서."

"저런."

"부부가 나란히 붕대를 감고 침상에 눕는다든가."

신부는 장렬하게 코를 찧었거든. 불운의 신이 슬피 덧붙였다.

듣는 서효로서는 미안하게도 웃음이 터지는 이야기지만, 당사자들에겐 마른하늘의 날벼락과도 같을 터. 다들 불운의 신을 기피하는 이유를 알 것 같았다.

"최악이지……."

"절대 어설프게 위로할 생각은 아니지만요. 인간 세상엔 전화위복이라는 말이 있잖아요."

서효는 차분한 목소리로 말을 이었다.

"당장 재수 없는 일을 겪어서 화가 나긴 하겠지만, 그게 또 어찌 될지는 모르는 일이더라고요. 혹시 이런 일 듣지 못했어요? 작은 불운이 결국 큰 화를 막아준 경우."

불운의 신이 기억을 더듬었다. 그러고 보니 아예 없지는 않다며 고개를 주억거렸다. 이런 경우도 있었고, 저런 일도 있었다. 손으로 꼽아보니 생각보다 많았다. 서효가 연한 미소를 지었다.

"사람들은 '결과'를 중시하니까요. 중간에 아저씨가 있었다는

걸 까먹은 거겠죠. 실은 아저씨 덕분에 큰 화를 피하거나 오히려
잘 풀린 건데 말이에요."

"오……."

"제가 이렇게 말해도 마음이 허전하시긴 하겠어요."

"……."

"인정과 사랑을 받는 게 참…… 중요한 일이더라고요."

불운의 신이 눈물을 훔쳤다. 한동안 말을 잇지 못하다가 젖은
눈으로 서효를 바라보았다. 이토록 따스한 말을 들은 게 대체 얼
마 만인지 모르겠다며 연신 눈가를 닦았다. 그는 재차 서효가 사
는 곳을 물었다.

일부러 피해 가실 필요 없다니까요. 서효가 손을 내저었지만
그는 끝까지 고집을 부렸다. 자신이 은혜를 갚을 수 있는 방법은
그뿐이라며.

"한주예요. 갈 데 없으시면 언제든 오세요."

"한주……. 여기서 엄청 멀지 않니?"

"헤, 아저씨도 아시는구나."

제가 불운하기로는 3세계에서 손꼽힌다니까요. 서효가 넉살좋
게 대꾸하자 그가 곰곰이 생각하더니 무언가를 제안했다.

"혹시 해주로 갈 생각 없니? 거기 강물 신이 참 좋은 분이시거
든."

"저는 한주로 가야 되는데."

서효가 문득 말을 멈췄다. 해주? 강물 신? 왠지 익숙한 말인
데.

"마차로 가려면 오래 걸릴 거다. 차라리 백오강을 다스리는 분
께 요청해서 물길을 쓰게 해달라고 하렴."

"백오강……. 저, 아저씨. 혹시 그분의 따님 이름이 미랑인가
요?"

"오, 너도 아니?"

아주 귀여운 아가씨라며 불운의 신이 흐뭇한 미소를 머금었다.
그리고 서효의 머릿속은 태양을 비춘 듯 환히 밝아졌다. 미랑이
물길을 타고 백화약방에 왔을 때 '엿새'가 걸린다고 하였다.

엿새와 두 달. 비교할 수도 없을 만큼 대단한 차이다.

"세상에. 아, 아저씨. 여기서 해주는 먼가요?"

불운의 신이 비로소 큰 웃음을 지었다.

"마부에게는 내가 말할까? 냉큼 달리자고 말이야."

마차가 속도를 높였다. 서효의 가슴이 빠르게 뛰기 시작했다.
창밖으로 아름다운 풍경이 스쳐 지나갔다. 산들거리는 바람마저
서효를 응원하고 있는 것 같았다.

차언, 조금만 기다려. 내가 가고 있어. 얼른 달려가서 차언을
꼭 안아줄게. 그러니까 조금만 더 기다려.

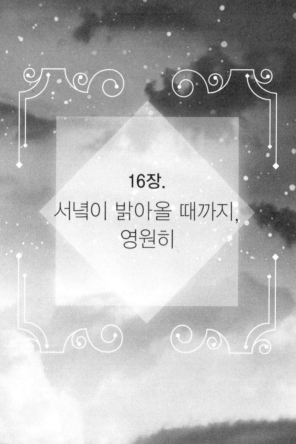

16장.
서녘이 밝아올 때까지,
영원히

마당에 매화꽃이 아름답게 피었다. 오늘은 서효의 생일이었다. 그녀는 새로운 생이 시작될 때마다 모든 기억을 잃곤 했는데, 유독 제 생일은 기억하고 있었다.

차언은 신년마다 새 달력을 사면 서효의 생일부터 챙겼다. 붉은 동그라미 두 개. 그게 서효의 생일 표시였다. 하나는 차언이 그렸고, 두 번째 동그라미는 꼭 서효가 덧그렸다. 그래서 두 개였다.

"오늘따라 눈을 뜨기 싫더라니."

차언이 안마당을 바라보며 혼잣말을 하였다.

매년 돌아오는 생일이다. 어린아이도 아니고 이만하면 유난도 시들해질 것 같은데, 서효는 생일이 되기 한 달 전부터 먹고 싶은 것과 가고 싶은 곳을 읊어댔다. 희망 사항은 하루에 열두 번도 더 바뀌었다.

그러다가 당일이 되면 생일 맞은 자의 특권이라느니 뻔뻔한 소릴 해대며 차언을 이리저리 굴렸다.

"생일이 단 하루라서 천만다행입니다."
"그게 무슨 소리야?"
"어쨌건 일 년 중에 딱 하루만 참으면 되지 않습니까. 이걸 두 번, 세 번 한다고 생각하면."
"생각하면? 생각하면 뭐?"
"……."
"그리고 '이거'라니. 집사님, 말투가 다소 불손하시네요?"
"자정 지났습니다. 이제 생일 끝."

아련하게 떠오르는 추억에 차언이 흐린 미소를 지었다. 행복한 시절이었다. 말만 딱딱하게 했지, 실제로는 서효가 원하는 것을 들어주기 위해 공을 들인 시절이기도 했다.

지난해 서효는 불꽃놀이를 보고 싶다고 했었다. 먹고 싶은 음식은 메밀전병이었다. 밤하늘 수놓는 불꽃을 보며 정말이지 행복한 시간을 보냈었는데. 올해 그녀는 어떤 생일을 원했을까.

서효가 곁에 있었다면.

"등불도 좋아하는데……."

문득 떠오른 생각에 차언이 걸음을 옮겼다. 창고 문을 열자 뽀얗게 먼지 쌓인 등(燈)이 눈에 들어왔다.

언제였더라. 사월 초파일도 아닌데 연등제가 보고 싶다고 했었다. 불꽃 터뜨리는 축제야 이른 꽃놀이를 겸해서 자주 열리지만, 연등제는 또 다른 이야기였다. 결국 차언은 서효가 여우 소녀들과 놀러 나간 사이에 안마당에 줄을 걸고 등을 달았다.

집으로 돌아온 서효는 한동안 말을 잇지 못할 정도로 좋아했다. 그냥 떠오른 대로 조르기만 했지, 차언이 이렇게까지 해줄 줄은 몰랐다는 표정으로. 귀여운 내 아가씨. 너를 행복하게 만들 수만 있다면 정말 이 정도는 아무것도 아닌데.

"인간들은 소원 등불이라고 부르던가."

등 하나를 켤 때마다 온 마음을 다해 소원을 비는 의식. 차언은 언제 다시 쓸지 몰라 창고에 넣어두었던 수많은 등을 쳐다보았다.

이윽고 그는 밖으로 등을 꺼내기 시작했다. 수리할 곳이 있다면 미리 고쳐 두는 게 좋을 것이다. 해가 지기 전에는 불을 켜야 하니까. 그래야 어딘가에 있을 서효가 등불을 보고 집으로 돌아올 테니까.

이것도 좋아하는데. 저것도 잘 먹는데.

당사자가 없더라도 생일상은 차리고 싶었다. 오랜만에 부엌으로 들어선 차언은 좀처럼 식단을 정하지 못하다가 결국 생각나는 것은 다 만들고 말았다. 모두 이인분이지만 워낙 가짓수가 많다 보니, 아희 무리가 온다 해도 다 먹일 수 있을 듯하였다.

요리는 이쯤이면 되겠지. 반들반들 윤이 나도록 닦은 식탁 위에 접시를 옮겼다. 서효 자리 앞에 따뜻한 찰밥과 국을 놓고 맞은편 자리에 앉았다.

"생일 축하합니다, 아가씨."

빈자리를 향해 축하를 건네보았다.

"어디에 있든지 건강해야 합니다. 건강이 가장 중요하니까. 그대가 무사한 게 최우선이니까."

부디 내 걱정으로 몸을 해치지 않기를.

차언은 묵묵히 젓가락을 들어 밥을 먹었다. 혼자 있는 동안은 그저 끼니를 때우는 수준으로만 해결하였다. 이렇게 상다리가 부러지도록 차린 것은 오랜만이었다.

슬프도록 조용한 저녁 식사였다. 오늘따라 집 안이 유난히 휑하게 느껴졌다. 식사를 마친 차언은 아직 온기가 남아 있는 서효 몫을 다시 빈 그릇에 옮겨 담았다. 탁자를 닦고 설거지까지 끝내자 쓸쓸함은 더욱 깊어졌다.

등을 밝힐 시간이었다. 그는 집안 곳곳에 달아 놓은 둥근 등에 불씨를 옮겨 붙였다. 은은하게 빛나는 노란 빛이 따스해 보였다. 불빛 하나에 마음 하나를 담아 정성스레 밝혀 나갔다.

이리 와, 서효. 천천히, 내게로 와. 여기 내가 있으니까. 언제나 널 기다리고 있으니까. 준비가 끝나면 한 걸음 한 걸음 오기 시작해야 돼.

여기 있어.

내가, 이곳에서 기다리고 있어.

차언이 옮겨 붙이던 불을 끌 무렵엔 안마당이 따사로운 빛의 테두리로 감싸이게 되었다. 탐스럽게 만개한 매화꽃이 불빛을 받아 더욱 곱게 보였다.

고즈넉한 집 안을 밝히는 등불들. 바람결에 가만히 살랑거리는 매화꽃잎. 검푸른 밤하늘에 떠있는 조각달. 그리고 어디선가 연하게 느껴지는 향내.

이런 상황만 아니었다면, 영원을 기약하고 싶을 만큼 몽환적인 순간이었다. 이대로 한 폭의 그림이 되어도 좋을 것이다.

지금 제 곁에 서효가 있다면야.

차언이 돌 탁자 위의 등을 말없이 바라보았다. 불빛은 몹시 따뜻한 느낌이었다. 서걱대는 가을밤 같은 차언의 마음과 달리, 온화한 빛을 내고 있었다. 차언의 침묵이 길어졌다. 이후로도 아주 오랫동안, 그는 물끄러미 불빛을 쳐다보았다.

차언의 고개가 떨어졌다. 그와 동시에 눈을 떴다. 잠깐 상황 파악이 되지 않았다. 정신이 멍했다. 내가 잠들었던가? 시간이 얼마나 지났는지는 모르겠지만, 탁자 위에 올려둔 등불이 꺼져 있었다. 아마 그사이 바람이 세게 불었나 보다. 아니면 이 등의 심지가 짧았든지.

차언이 하늘을 올려다보았다. 달이 기운 정도로 보아 그리 오랜 시간이 지난 것은 아니었다. 한 시진이 덜 된 시간이었다.

"아무리 그래도 바깥에서 졸다니."

차언이 한숨을 짧게 쉬었다. 원래 이렇게 아무 데서나 자곤 하지 않는데, 몸과 정신이 지쳤다는 뜻일까.

벌써 지치면 어쩌나. 앞으로 서효를 얼마나 오랜 시간 동안 기다려야 할지 모르는데. 서효가 언제 올 줄 알고 벌써부터 약한 모습을 보인단 말인가.

"백 년은 무슨. 이대로라면 열흘도 못 버티겠군."

자조의 웃음이 픽 새어 나왔다. 그는 방에서 초를 가져와 불을 옮겨 붙였다. 둥근 등이 다시 은은한 빛을 자아내게 되었다.

차언은 탁자 위에 떨어진 하얀 꽃잎을 집어 들었다. 손가락 사이에 두고 어루만지자 매끄러운 결이 마치 서효 같았다. 이젠 떨어진 꽃잎에서조차 서효를 떠올리고 있었다.

"위태롭다고……"

쓴웃음을 흩어내면서도 끝끝내 꽃잎을 바닥으로 버리지 못했다. 그때였다. 약방 문 열리는 소리가 들린 것은.

"바람인가."

차언은 떨리는 목소리로 중얼거렸다. 서효가 언제든지 집으로 들어올 수 있도록, 그는 문단속을 따로 하지 않았다. 이 때문에 백화약방 문은 늘 열린 상태였다. 누구든 고리를 잡고 밀기만 하면 문이 열렸다.

이곳에 온 첫날, 차언을 반가워한 이웃 사내. 응원의 뜻을 전하러 온 아희와 행운의 신. 세 사람 말고는 아무도 약방 안으로 들어온 적이 없었다. 그러니까 차언이 이곳에 온 다음부터는 말이다.

아마 문이 헐거워졌나 보다. 경첩에 문제가 생겼거나. 그래, 그거군. 내가 문 관리를 소홀히 했어. 그래서 등불 꺼뜨리는 바람에 문짝도 열려 버린 거야. 그거야. 그것 말고는 없어. 차언이 주먹을 그러쥐었다. 형편없이 떠는 제 손을 보고 싶지 않았다.

하지만 차언을 비웃듯, 자박자박 발소리가 이어지기 시작했다. 가볍고 경쾌하면서도 발랄한 걸음. 발소리로 사람을 구별할 수 있다는 건 이미 오래전부터 알고 있는 바였다.

그러나 발소리를 듣는 것만으로도 심장이 아릴 수 있다는 건 처음 알았다. 숨을 쉬기가 힘들어졌다. 입을 열면 울음소리든 뭐든, 듣기 좋지 않은 소리가 터져 나올 것만 같아서 차언은 입술을 세게 깨물었다.

누군가 이곳으로 다가오고 있었다. 너무도 익숙한 발소리가 안마당으로 향하고 있었다.

끼익. 약방에서 안마당으로 통하는 출입문이 열렸다. 차언은 이제 모든 움직임을 멈추었다. 아무것도 할 수 없었다. 안마당에 발을 디딘 상대를 향해 감각을 곤두세우는 것 말고는.

"시시한 장난 그만두세요."

"헉, 어떻게 알았어?"

"어떻게 알다니요. 혹시 지금 제가 아가씨 발소리를 모를 거라 생각하신 겁니까? 그렇다면 좀 실망인데요."

"물론 차언이라면 뭔들 못 하겠냐만……. 그래도 여긴 번화가잖아? 조용한 집 안도 아니고 번화가 한복판인데."

"옆집 바둑이처럼 맹한 서효 아가씨."

"……자연스럽게 욕했다, 지금."

"제 모든 감각은 아가씨를 향해 열려 있습니다. 황량한 사막 한가운데 떨어뜨려 놓아도, 전 귀신같이 아가씨를 찾아낼 겁니다."

그렇게 말했었는데 지금 차언은 처음으로 자신의 본능을 믿을 수 없게 되었다. 사뿐한 걸음, 사락사락 스치는 치맛자락, 일정한 보폭. 모든 감각이 단 하나의 존재를 지목하고 있었다. 여기 있을 리가 없는 사람. 여기 있기를 너무나 애절하게 원하지만, 이루어질 리 없는 소원.

"차언."

꿈속의 존재가 목소리를 내었다. 가냘픈 꽃잎보다 더 아련한 목소리로 그의 이름을 불렀다. 꿈이구나. 또 지독한 몽마(夢魔)로구나. 가질 수 없어서 미치기 직전의 나를 또, 못된 녀석이 희롱하고 있구나. 만날 수만 있다면 꿈이라도 좋다고 했더니 아예 저 좋을 대로 놀고 있어.

감히 이토록 못된 장난을 치다니. 이렇게 생생한 꿈을 꾸게 하다니.

차언의 눈시울이 붉게 젖어들었다. 세게 깨문 아랫입술이 아려
왔다. 꿈이라면 통증이 느껴지지 않을 텐데, 참으로 당혹스러운
일이었다.

어떡하나. 어쩌면 좋나. 이렇게 너를 만나서 나 자신을 잃을 만
큼 기뻐했는데, 돌연 눈을 뜨면 어찌해야 하나. 꿈에서 깨어난 다
음을 어떻게 견딜까.

"차언."

차언이 짧게 숨을 들이켰다. 그녀가 또다시 제 이름을 불렀다.
바로 옆에 와 있는 걸 아는데 차마 고개를 돌릴 수조차 없었다.
보면 울 것 같았다. 그녀에게 다가가기도 전에 주저앉아 흐느낄
것만 같았기에.

제발 다시는 떠나지 말라고. 이제 정말 끝이냐고. 우린 함께할
수 있는 거냐고. 많은 말이 가슴속에서 소용돌이치다가 눈물로
터져 나올 듯하였다.

하지만 그녀가 기다리고 있다. 꿈이든 현실이든 서효가 자신을
원하는데 외면할 수는 없는 법. 차언이 흐트러진 숨을 가다듬었
다. 그리고 천천히 고개를 돌려 옆을 보았다.

서효가 그곳에 있었다. 등불보다, 매화꽃보다 환한 미소를 머
금고 그를 보는 중이었다.

한 걸음. 또 한 걸음. 서효가 다가왔다. 결국 나란히 마주 보게
되었을 때, 서효가 손을 들어 차언의 한쪽 뺨을 감쌌다.

"하……."

차언이 눈을 질끈 감았다. 익숙한 온기는 모든 것이 안개 같던
꿈에 비할 바가 아니었다. 이것은 현실이었다. 지금 이 순간, 서효

가 제 앞에 있었다. 가슴이 욱신거리며 아팠다. 간신히 눈을 뜨자 서효가 떨리는 목소리로 물었다. 백오십 년 전, 약속한 백 년이 지났는데도 서효가 나타나지 않아 황폐해진 그에게 처음 말을 걸었던 그대로.

"차언, 여기서 뭐 해?"

그의 서늘한 뺨을 타고 뜨거운 무언가가 흘러내렸다.

울고 싶지 않았는데. 이번만은 좀 다른 모습으로 너를 맞고 싶었는데. 정갈한 집 안에서 여유로운 모습으로, 어제 헤어진 듯 자연스럽게 미소 지으며 인사하고 싶었는데. 나는 또 눈물을 보이는군.

서효, 나의 소중한.

아가씨.

"아가씨를…… 기다리고 있었습니다."

차언이 잠긴 목소리로 대답했다. 백오십 년 전 그날 돌려주었던 말과 같은 답이었다. 서효가 웃었다. 기억을 공유한다는 것이 이토록 가슴 벅찬 일이 될 줄 몰랐다.

아주 먼 길을 돌고 돌아 만나게 된 두 사람. 이제 둘을 갈라놓을 것은 없었다. 감히 꿈에서나마 조심스레 바라왔던 대로, 함께 남은 하루하루를 살아가는 것뿐. 그것만이 남아 있었다.

서효는 햇빛 냄새가 나는 포근한 이불로 몸을 감았다. 궁궐의 호화로운 비단 금침에 비할 바가 아니었다. 익숙한 따스함, 촉감, 편안함. 저절로 입가가 누그러졌다.

"집에 오니까 좋다……."

"다행이군요."

차언이 서효의 나른해진 얼굴을 내려다보며 대답했다.

"밥도 맛있었어. 딱 먹고 싶었던 것들로만 차려져 있었어."

"안 그래도 두 그릇 비우는 것 보고 흡족했습니다."

"등도 예쁘고."

차언의 미소가 부드럽게 퍼져 나갔다.

"생일에 맞춰서 당도하려고 애썼는데, 그간의 고생이 보상받는 기분이었어."

서효가 그와 눈을 맞췄다.

"그래서 말인데, 차언."

"듣고 있습니다."

"나 좀 가만히 놔둬줄래?"

차언이 미소를 지웠다. 들어주지 않겠다는 의지의 표명이다. 아니나 다를까, 붉은빛을 띤 입술 사이로 나온 대답은 서효가 원하던 것과 달랐다.

"못 들은 걸로 하죠."

"들었잖아. 똑똑히 들어놓고 어디서 모른 척이야?"

"들어줄 수 없는 부탁은 애초부터 거절하는 게."

서효의 눈이 세모꼴이 되었다. 매듭단추가 열린 사이로 차언의 단단한 맨가슴이 보였다. 손톱을 세워 꼬집어줄까? 아니면 이를 세워 깨물어줄까?

어느 쪽이든 좋아할 것 같아서 분했다. 자신은 어느 때보다도 진지한데 말이다.

"저 이제야 집에 돌아왔거든요? 이제 겨우 밥 먹고 씻고 눈 좀 붙여보려 하거든요."

"하세요."

"방해한 게 누구지요?"

차언이 말없이 서효를 쳐다보았다. 자신은 무죄임을 주장하는 눈빛이었다. 뻔뻔함도 정도껏 해야지. 이건 용서해 줄 수가 없다. 아무리 오늘이 특별한 날이라도, 모든 시련이 끝나고 드디어 완전히 맺어진 날이라도 이건. 서효가 이불 속에 들어가 있는 차언의 손을 빼냈다.

"요, 요, 요 나쁜 손."

아까부터 쉴 새 없이 서효를 확인하려는 손부터 치우자. 잠에 빠지려고만 하면 만지작거려서 깨우니 휴식의 큰 방해물이었다.

"그리고 조금 더, 이것보다 더, 더 떨어지라고."

"……무정하군요."

"이렇게 붙어 있으면 잠을 제대로 잘 수가 없잖아."

"붙어 있는 것만으로 만족해야 하는 남편 심정은 고려 대상이 아닙니까?"

차언이 개미 눈곱만큼 움직인 뒤 나직하게 항의했다. 아, 이거 봐. 이분은 오늘 나를 가만히 내버려 둘 생각이 없으셔. 서효가 한숨을 참으며 이불 속에서 다리를 움직였다. 물장구를 칠 때처럼 파닥파닥 걸어찼다.

"손이랑 몸을 걸어냈더니 이젠 다리를 감아?"

"반드시 어딘가는 붙어 있어야 됩니다."

그런 괴이한 법은 누가 만든 건데? 서효가 이불로 경계를 만들려 했으나, 차언은 어림도 없다는 듯 몸을 붙였다.

"자고 싶으면 자요. 단, 내 품에서."

이런 소유욕 좀 무섭고요? 서효가 최후의 반항으로 몸을 꼼지락거렸다. 이에 차언이 그녀를 안고 있는 팔에 힘을 넣었다. 조금만 더 힘을 주면 숨이 막힐 것만 같았다.

안 되는구나. 이건 타협 불가구나. 비로소 서효는 몸의 힘을 풀었다. 넓디넓은 침상에서 왜 둘이 꼭 붙어 있어야 되는 건지 모르겠지만 차언의 뜻이 확고하니 어쩔 도리가 없었다.

그가 서효의 머리카락에 코를 묻었다. 입을 맞추고 향취를 들이마셨다. 온몸을 서효로 가득 채우고 싶은 듯한 모습이었다. 아까 전부터 계속 이러하였다.

"차언."

"말씀하세요."

"행복한데 불안한 느낌…… 알아?"

그가 서효의 어깨에 입술을 내렸다. 따뜻한 낙인을 꾸욱 내리찍었다.

"그에 대해 저보다 잘 아는 자는 없을걸요."

"내가 지금 그 기분이야."

서효가 차언을 지그시 바라보았다. 이것 하나만은 짚고 넘어가야겠다는 생각이었다. 차언 본인 입으로 말한 내용이니 분명 기억하고 있을 것이다.

"아기는 적어도 삼백 년 뒤에 가질 거랬지?"

"그런데요?"

"저기요, 남편분. 지금 댁의 기세대로라면 내일 다섯 쌍둥이가 응애, 하고 나올 것 같거든요?"

차언의 눈빛이 서늘하게 바뀌었다. 그가 서효의 머리카락을 손가락에 감으며 중얼거렸다. 한숨 섞인 탁한 목소리로, 조금은 괴로운 듯 그렇게.

"너를 오랫동안."

"……."

"아주 오랫동안."

"……."

"독차지하고 싶은데."

길고 유려한 손끝에서 밤하늘처럼 까만 머리카락이 미끄러졌다.

"어쩌지?"

서효가 눈을 내리깔았다. 갑자기 바뀐 분위기에 더 이상 시선을 마주하고 있을 수가 없었다. 가면을 쓰고 하녀인 척할 때도 들은 하대인데. 어째서 가슴이 쿵 내려앉는 걸까. 서로 다른 두 가지 욕심 사이에서 괴로워하는 남편을, 애써 모른 척 해보는 서효였다.

신경 쓰지 말고 자자. 대화는 이걸로 끝난 척 자연스럽게.

"……읏!"

차언이 몸을 더 붙여왔다. 솔직히 방금 전보다 가까워질 수 있다는 게 신기할 정도였다. 인간은 과연 어디까지 붙어 있을 수 있는가. 한계를 시험하는 것 같다고나 할까. 무엇보다 차언의 열기가 버거웠다.

"잘 자요, 아가씨."

머리 위에서 다정한 목소리가 들려왔다. 고의성이 다분한 인사였다. 이래도 잘 자겠느냐, 을러대는 느낌.

첫날이니까 이럴 거야……. 서효는 애써 스스로를 납득시켰다. 불편함도 잠시. 심신의 긴장이 풀린 덕분인지, 묵직한 잠기운이 몰려왔다.

그렇게 서효는 차언의 품 안에서 다디단 잠에 빠져들었다.

뭔가 조치가 필요하다. 그것이 귀가 사흘째, 서효가 내린 결론이었다. 과장이나 거짓말이 아니었다. 그녀는 생일날 밤 백화약방 문을 열고 들어온 이후로 집 밖에 나가질 못했다. 차언의 과보호 때문이냐면 대답하기가 애매하다.

절반은 사실이고, 절반은 아니기 때문에.

"차언."

서효가 천장을 올려다보며 말했다.

"내가 목욕하다가 목욕물에 빠져 죽을까 봐 걱정돼? 아니면 비누를 삼키고 배탈 나서 죽는다거나, 미끄러운 바닥에 굴러서 머리를 깰까 봐 불안해 못 살겠어?"

"끔찍한 소릴 하는군요."

"그게 아니라면."

서효가 뜨거운 김 사이로 차언을 째려보았다.

"왜 남 목욕하는 데까지 따라 들어오는 건데?"

"남이라니. 호칭 한번 서운하네요."

"나가. 나가. 당장 나가란 말이야."

차언이 풀 죽은 눈으로 서효를 쳐다보았다. 벼락을 내리꽂고 산사태도 일으키는 이 남자가 '풀 죽은' 눈을 하는 게 가능하냐고? 놀랍게도 가능했다. 그것도 연기가 아니라 실제로. 서효조차 이번에 새로이 알게 된 차언의 일면이었다.

"마음 편히 씻고 싶다고. 차언이 옆에서 그렇게 보고 있으면 수건을 못 풀잖아."

서효는 온천에 간 사람처럼 커다란 수건으로 감싼 제 몸을 내려다보았다. 내 집에서 내 마음대로 편하게 씻지도 못하다니 이게 무슨 일이람. 그러나 차언은 이번에도 완고했다.

"부부잖습니까. 이미 더한 것도 보고, 더한 것도 했는데……."

서효가 동동 떠다니는 바가지를 들어 차언에게 목욕물을 냅다 들이부었다. 입을 함부로 놀린 죄였다.

잠깐 말을 멈춘 차언이 푹 젖은 앞머리를 쓸어 올렸다. 몇 가닥이 다시 내려와 이마를 덮었다.

"손끝 하나 건드리지 않겠습니다. 옆에만 있죠."

"으.으."

도무지 말이 통하지 않는다. 하지만 차언이 이토록 아가씨 곁에 집착하는 이유를 모르는 바도 아니라, 서효는 그를 심한 말로 쫓아낼 수 없었다.

천제님, 아들 갱생시키는 거 좋다 이거예요. 그래도 좀 정도껏 굴리셨어야죠. 소중하게 여겨지는 기분은 나쁘지 않지만, 이건 일상생활이 불가능할 정도잖아요. 인간으로 환생했을 때도 그랬고 이번 생의 혼례식 때도 그랬고.

아주 잠시 경계심을 내려놓은 사이 제가 꼴까닥 죽거나 사라지니까, 이젠 눈 밖에 내놓질 않으려 한다고요.

"휴……."

이 가여운 찐득이 남편님을 어찌해야 좋나. 서효는 목욕통에 한쪽 팔을 걸친 채 다른 손으로 차언의 뺨을 감쌌다. 여기 있어. 내가 옆에 있어. 존재를 확인시켜 주는 둘만의 몸짓이었다.

차언이 서효의 손을 부여잡고 제 입술로 가져갔다. 열 오른 시선은 오직 서효에게 고정되어 있었다. 그가 물기 어린 손등에 입술을 꾹 눌렀다.

"차언, 나 어디 안 가."

"그래야죠."

"안 죽어."

"……."

"안 죽는다고."

차언이 대답을 하지 않았다. 흑요석처럼 검은 눈동자에 미약한 불안이 깃들었다. 시선이 흔들렸다. 서효는 그의 이름을 불러 다시 자신을 응시하게 만들었다.

생생하게 살아 숨 쉬는 자신을 보도록. 앞으로 영원히 그의 곁에 있을 자신을 확인하도록.

"이제 아무도 우릴 갈라놓을 수 없어."

"그럴까요."

"하물며 천제님이라도!"

서효가 나무젓가락을 우지끈 부러뜨리는 시늉을 해보였다. 당연히 두 동강 나는 역할은 천제였다. 그러고는 차언을 향해 생긋 미소를 지었다.

"절대 떨어지지 않을게."

차언이 서효의 손등에 입술을 비볐다. 대답 대신이었다.

"그러니까 인간적으로 제발 목욕 정도는 혼자 하게 해줘."

"목적은 그거였군요."

"샐쭉한 표정 지을 것까진 없잖아. 그리고 언제까지 천제님 손아귀에서 놀아날 거야?"

서효가 손끝으로 출입문을 가리켰다.

"차언이 눈을 떼도 나는 사라지지 않아. 차언이 혼자 외지에 가더라도 나는 죽지 않아. 아주 불안하겠지만, 떨어져 있는 훈련을 해야 해."

서효는 강아지를 훈육시킨다 생각하고 마음을 모질게 먹었다. 이런 식으로 살 순 없었다. 이렇게 매 순간 옆에 찰싹 달라붙어 있는 건 서로에게 좋지 않았다. 가만히 내버려 두면 차언은 잠도 제대로 자지 않고 서효 곁을 지킬 터다.

"아가씨 말이…… 맞긴 하죠."

차언이 옅은 한숨을 내쉬며 서효의 말에 동의했다.

"그럼 나가 있겠습니다."

"응, 잘 생각했어."

한데 나가려고 몸을 일으키던 사람이 갑자기 입술을 훔치는 건 무슨 경우람? 차언은 서효의 뺨이 홍조로 달아오를 때까지 입술을 깨물고 건드리길 반복했다. 머릿속이 몽롱해졌다.

약간 뜨거울 만큼 따뜻한 목욕물이 좋았건만, 이제 서효의 몸은 목욕물보다 더워지게 되었다. 진한 아쉬움이 느껴지는 목소리로 차언이 속삭였다.

"잘했으니까 상(賞)."

강아지 훈육에 비유를 든 건 취소다. 세상 어떤 강아지도 방금 욕실을 나간 차언처럼 야하게 입맛을 다시진 않을 테니까.

잠깐. 그럼 앞으로 매번 이런 상을 줘야 하나? 우리가 떨어져 있는 것에 차언이 익숙해질 때까지?

"설마."

서효는 불안한 상상을 그만두고 수건을 풀었다. 그런 다음 물

속으로 꼬르륵 머리를 넣었다. 목욕물에 빠져 죽는다고 달려 들어오지 않는 것으로 보아, 문틈 새로 엿보는 짓은 하지 않는 모양이었다.

······정말 매번 상을 줘야 할까?

❖

서효는 약방으로 빨리 돌아오기 위해 백오강 신의 힘을 빌렸다. 그건 미랑이 서효의 귀환을 알게 됨을 뜻했다. 한때 차언을 마음에 품었던 어린 아가씨는 두 사람의 맺어짐을 진심으로 축하했다. 그 순수한 축하가 고맙고도 기뻤다.

"그래, 기쁘긴 한데."

어쩌다가 줄줄이 축하를 하러 오게 되었을까? 차언이 돌아오고도 오랫동안 조용하던 약방은 미랑과 아희 무리의 등장에 금세 시끌벅적해졌다.

혼례식을 올릴 일도 남아 있고, 어쨌든 찾아온 손님들에게 방을 내어주어야 되기도 했다. 결국 서효와 차언은 저택으로 거처를 옮겼다. 서효가 동백으로, 차언이 서산으로 떠나기 전 두 사람이 원래 혼례식을 치르려던 장소였다. 모든 기억을 가진 채 저택에 들어선 순간, 서효는 묘한 기분에 쓴웃음을 지었다.

"사실 그것보다도······."

서효는 비단과 장신구와 갖가지 옷감이 널린 방 안을 쳐다보며 중얼거렸다.

"난 도대체 혼례식 준비만 몇 번을 하는 거야?"

"세 번."

탁자 위에 머리 장식을 늘어놓고 하나씩 혼례복에 대어보던 아희가 대꾸했다.

"세 번 아니야? 그 인간으로 세 번째 환생했을 때랑 저번에 이곳 저택에서 하던 거랑 오늘 하는 거."

"……."

"세 번이야, 서효. 딴 아가씨들에 비해 좀 많긴 하네."

아무것도 모르는 아희가 말갛게 재잘거렸다. 서효는 차마 친구에게조차 말할 수 없는 비밀을 속으로 삭였다.

세 번이 아니야, 아희. 사실 이번이 네 번째야. 나 동백에서 차언의 막냇동생이랑 혼인할 뻔했거든.

천제가 샘물을 건네주러 다른 곳으로 이끌지 않았다면, 서효는 진짜 정명과 맞절을 했을 것이다. 목욕재계를 하고 혼례복을 입고 식장까지 들어선 것은 그때가 처음이었다. 백화운이었을 땐 혼례복을 입기도 전에 죽었다. 몇 달 전에는 가까스로 혼례복을 입긴 했지만 방을 나서지 못했다.

'식장까지 가서 정명님을 본 걸 어떻게 얘기해?'

서효가 스스로에게 말했다.

'정명님과 혼인할 뻔한 것……. 차언도 알고 있긴 하지만, 그냥 아는 거랑 직접 상대로부터 듣는 건 다르지.'

서효는 차언 앞에서 정명의 '정'자도 언급할 생각이 없었다. 물론 영원히 얘기 안 할 순 없겠지만, 적어도 무사히 혼례를 올리고 나서의 일이다.

"걱정 마, 서효. 이번에야말로 아름다운 혼례식을 치를 수 있을 거야."

"맞아요, 서효님! 부디 수심을 거두세요."

아희와 단번에 친밀한 사이가 된 미랑까지 말을 거들었다. 둘 다 어리고 귀여운 아가씨들이었다. 누군가로부터 차언의 과거를 전해 들은 아가씨들. 덕분에 차언에 대한 편견은 없지만, 바꿔 말 하면 그의 '꼭지 도는' 모습을 직접 본 적이 없다는 뜻이기도 했다.

그야말로 무시무시하다니까, 애들아. 지금은 많이 부드러워진 것처럼 보이지만 정명님이나 동백의 궁궐이나 그분이 내게 했던 말이 하나라도 차언 귀에 들어가면.

"윽."

서효가 저도 모르게 몸을 움츠렸다. 알아서 좋을 게 없다는 건 이런 상황을 두고 하는 말일 터.

그러나 사고는 언제나 예상치 못한 부분에서 일어난다. 서효 본인이 입단속을 하면 뭐하나. 서효는 지금 세상에서 제일 해맑 은 두 아가씨와 함께 있다는 것을 깜빡하고 말았다.

우리 귀여운 미랑님.

서효가 기나긴 설명을 하지 않아도, 그저 도움을 요청하는 자 가 서효라는 이유만으로 물길을 쓰게 해주었다. 도착이 빠르면 빠를수록 좋다는 서효의 말에 상황의 긴급함을 깨달았다. 아버 지 백오강의 신에게 간청했다.

두 팔 걷어붙이고 나서준 미랑이 없었다면, 서효는 아직 벽주 근처를 달리고 있을 터였다. 하지만 그건 그거고.

"어떤 혼례복이 가장 예쁘던가요?"

미랑은 올해 가을에 혼인한다. 첫사랑에게 고백하고 싶다고 슬 퍼하는 어린 정혼녀를 호기롭게 보내주던 정혼자가 결국 도장을 찍기로 결심한 모양이다. 미랑도 싫지만은 않은 기색이었다. 오히 려 약간 염려가 될 정도로 들떠 있었다.

혼례! 낭군님! 예쁜 옷! 잔치!

저, 기뻐하시니 다행이긴 한데요. 혼례식은 하루 기분 내고 끝나는 축제가 아니란 거…… 알고 계시죠, 미랑님?

입이 간질거리지만 잘 참아온 서효였다. 한데 미랑의 들뜸에 동조해 준 게 이런 식으로 돌아올 줄이야. 머릿속이 어여쁜 혼례복으로 가득 찬 아가씨는, 혼례복을 많이 보았다는 서효에게 악의 없는 질문을 하였다.

문제는 서효가 거기에 살짝 넘어가고 말았다는 거다.

"우아하기로 따지면 동백에서 입었던……."

거기까지.

질문이 날아왔기에 본능적으로 대답하려던 서효는 혀를 깨물었다. 경고. 경고. 서효님, 위험합니다. 위험. 위험. 서효님은 멍청이 대장이십니다. 내면의 소리가 서효를 일깨웠다.

끼이익.

이건 문이 열리는 소리가 아니었다. 서효의 고개가 돌아가는 소리였다. 방 안의 어느 누구도 알아차리지 못했으나 열린 창문 너머에 '그'가 있었다.

서효만이 감지했다. 소중한 신부를 보기 위해 잠깐 걸음을 멈췄던 차언. 이제 그의 걸음뿐 아니라 그의 이성까지 멈추고 있음이 느껴졌다.

"동배액?"

예전에 서효가 정명의 이름을 입에 담았을 때 비꼬던 바로 그 말투로. 차언이 말끝을 올렸다.

"꺅!"

"히이익!"

뒤늦게 알아차린 아희와 미랑이 화들짝 놀랐다. 바늘방석에 앉은 듯 자리를 박차고 일어섰다. 주인과 함께 장신구를 고르던 아희의 수하들도 기괴한 소리를 내며 일어섰지만.

"우리, 얘기 좀 할까요?"

차언은 미동도 하지 않고 서효만을 뚫어지게 볼 따름이었다. 이를 악물고도 저렇게 또렷한 발음을 낼 수 있구나. 서효는 이상한 데서 감탄했다. 혼이 빠져나가고 있다는 증거였다.

"아가씨."

"으응?"

"눈 피하지 마세요. 대화할 땐 날 보라고."

위험한 거 맞네. 말이 막 짧아지고 있잖아? 서효는 이대로 방을 나가고 싶은 마음을 꾹 누르고 차언을 쳐다보았다.

아희, 미랑, 아희의 수하들은 일찌감치 사건 현장을 빠져나갔다. 차언의 눈짓 한 번에 썰물처럼 쏴아아 빠져나가는 광경이 볼 만했다. 그러니까 이게 남 일이었다면 말이다. 남 일이 아니라서 문제지. 서효는 속으로 한숨을 쉬었다.

"정확히 동백에서 무슨 일이 있었던 겁니까?"

이보세요, 차언님. 그걸 제가 순순히 말할 것 같나요? 말했다가 무슨 일이 일어날지 빤히 아는데?

혼례복과 동백을 함께 언급한 건 서효의 실수였다. 그건 인정한다. 미랑의 말에 그렇게 넘어가서는 안 됐다. 그러나 막을 수 있는 참사는 최대한 막아보자는 게 서효의 생각이었다.

정명과 나란히 소나무 숲을 산책했던 일. 무언가 묻었다는 핑계로 서효의 머리카락을 건드리던 정명. 절벽 가까이 가지 못하는 서효가 정명이 보는 앞에서 한 걸음 한 걸음 앞으로 나아갔던 것. 죄다 차언을 미치게 하기에 충분했다.

'그래도 가장 위험한 건 따로 있지. 그걸 차언이 알게 되는 날은……'

서효는 세상 끝나는 날까지 감춰야 하는 사건을 떠올렸다. 바로 서효의 감금.

'아직까지 정명님의 행동이 이해가 되지 않지만, 무조건 차언이 알게 해선 안 된다는 것만은 확실해.'

서효는 나름 비장한 각오를 다졌다.

"차언."

"얼렁뚱땅 넘길 생각 말고."

"얼렁뚱땅 넘길 생각 없거든?"

차언이 가슴 앞으로 팔짱을 끼었다. 들을 준비가 끝났다는 뜻이었다.

"아예 말하지 않을 테니까."

"……"

"오백 년 수행을 물거품으로 만들 순 없다고. 안 돼. 으, 절대 안 돼."

생각만으로도 끔찍하다. 진저리 치며 딱 잘라 말하는 서효를, 차언이 어두운 눈으로 바라보았다.

"어느 정도는 예상하고 있습니다만. 도대체……"

서효와 정명이 혼례를 올리려던 사실도 안다. 그럼에도 동백으로 쳐들어가지 않고 얌전히 샘물을 떠다 바쳤다. 이 정도면 인내의 정점을 찍은 게 아닌가.

차언은 그 어떤 말을 들어도 마지막 이성을 놓지 않을 자신이 있었다. 한데 서효의 말을 듣자 확신이 흔들렸다.

뭐야. 대체 뭘 겪었기에 내게 입도 벙긋 안 하겠다는 건데. 차언의 오백 년 수행이 어디 보통 사람의 고난에 비할 만한 것이던가. 지옥 같은 고통과 후회와 눈물로 다져진 시간이었다. 그걸 물거품으로 만들 정도라면.

"어, 위험해. 더 이상 상상하지 마."

서효가 차언의 코앞에서 손가락을 흔들었다.

"또 최악의 최악을 가정하는 거지?"

"……얼마나 최악일지 감도 안 잡혀서 손끝이 떨리는데요."

사실이었다. 차언이 팔짱을 풀자마자 그의 손이 떨리기 시작했다. 짐작도 할 수 없는 분노가 검은 안개처럼 뭉게뭉게 피어났다.

이제 두 사람은 서로를 너무나 잘 알고 있었다. 차언은 서효가 누그러지는 순간을, 서효는 차언이 고삐가 풀리는 순간을 정확히 알았다. 차언의 이성이 끊어지는 경우는 오직 단 하나. 서효의 안전을 위협받았을 때뿐이다.

서효는 이를 알기에 애당초부터 입을 다무는 것이다.

"정명이…… 그랬습니까? 아니면, 망할 놈의 늙……."

"보통 그분을 천제님이라 부르지."

서효가 얼른 거친 말을 정정해 주었다. 아버지라 부르기는 힘들어도 천제님 정도는 입에 담을 수 있잖아. 거친 말에서 거친 행동이 나오는 거라고. 둘은 감자 줄기처럼 이어져 있단 말이야. 하지만 차언은 아무렇지 않은 척 재잘대는 서효의 눈동자가 흔들리는 것을 포착했다. 정명과 천제, 둘 중에 범인이 있다는 말인데. 차언이 이를 갈았다.

아니면 둘 다인가?

"안 돼, 차언. 좋은 생각. 예쁜 생각."

서효가 그의 뺨을 감싸며 말했다. 시선을 맞추고 목소리를 들려주며, 자신의 무사함을 확인시켜 주었다.

"선량한 차언님이 되어야지요, 응?"

"……."

"심한 일을 당한 건 아니야. 차언이 걱정하는 최악의 일은 없었어."

"최악이 아니라면 차악(次惡) 정도는 되었다는 겁니까?"

이거 아무래도 심각하게 흘러간다 싶었는지, 서효가 입술을 앙 다물었다. 그러더니 예상 밖의 일을 감행했다.

보드랍고 도톰한 입술이 차언의 입술 위에 내려앉았다. 아기 새가 부리를 쪼듯 가볍게 쪽, 쪽, 쪽 입을 맞추다가 꽉 다물린 입술 사이를 열어달라고 보챘다.

이건 반칙이야, 아가씨. 상대가 아예 저항 욕구를 상실하게 만드는 수법을 쓰다니. 그것도 내 화를 가라앉히려고. 귀여운 머리에선 귀여운 생각밖에 나오지 않는 건가. 차언이 한숨을 내쉬었다.

쪽, 쪽, 쪽. 열어주세요. 열어주세요. 화 그만 내시고 요기 집중하세요.

정명과 아버지가 무슨 짓을 저질렀는지 알아내야 하는데, 정신이 자꾸 흐려져서 어찌할 수가 없었다.

"차언……. 꺅!"

이제까지 애교 반 장난 반으로 이어졌던 뽀뽀가 진짜 진득한 입맞춤이 되었다.

"꿈에서 그러던 거랑 똑같네."

간신히 숨을 몰아쉬며 서효가 중얼거렸다. 이를 흘려들을 차언이 아니었다.

"꿈에서 뭐요? 거기서 어떻게 했는데요?"

"기승전…… 뽀뽀."

서효가 뚱한 얼굴로 대답했다. 자기가 시작했지만 결국 차언의 기세에 휘말리는 것으로 끝나 저런 표정이 된 모양이었다. 기승전 뽀뽀라. 차언이 서효의 말을 곱씹었다.

"솔직히 말하세요. 뽀뽀로만 끝났습니까?"

서효가 뭐 그런 걸 묻느냐며 소리를 높였다. 발그레한 얼굴로 보아 그게 전부가 아닌 듯하였다. 차언이 닫힌 문을 힐끔 쳐다보았다. 꿈에서 하던 것과 똑같다고 말한 쪽은 서효다. 그러니 정말 '똑같게' 해줘야지.

오늘도 달달한 소리가 새어 나오는 저택의 어느 하루였다.

저택 구석에서는 청첩장 준비가 막바지에 이르렀다. 3세계의 모든 신에게 돌릴 예정이기 때문에 수량이 어마어마했다. 도저히 손으로 다 쓸 수 없는 수준이라 처음부터 나무를 파서 글자판을 만들었다. 먹물 바른 판 위에 붉은 종이를 올린 다음, 밀대로 드르륵 밀면 완성이었다. 이것을 붉은 봉투에 넣어 금색 인장을 찍었다.

아무개의 신 아무개 귀하, 라고 쓰는 것은 신랑 신부의 몫이었다. 비록 일 년치 행운을 차언에게 쏘았다고는 하지만 어쨌든 행운 신의 손길도 닿았다.

길(吉)하기 그지없는 청첩장은 이런 내용이었다.

─서효와 차언, 부부의 연을 맺습니다. 혼례식은 조촐히 치를 예정이기에 날짜도 적지 않았습니다. 먼 길 돌아 결국 서로에게 닿았으니 다시는 떨어지지 않으렵니다.

　이만하면 청첩장이라기보다 혼인 예고장에 가깝겠다. 그리고 이것은 3세계의 모든 신에게 전달되었다. 큼직큼직한 상급 신들부터 대부분의 사람들이 '그런 신도 있느냐'고 되물을 만큼 작은 신들에게까지 전부.
　아, 딱 한 곳만 빼고 말이다. 그게 어디냐고?
　……신랑 신부 눈 밖에 난 곳이 천궁(天宮)밖에 더 있을까.

　누군가 저택 문을 두드렸다. 마침 그 앞을 지나가던 서효가 문을 열었다. 한 무리의 신(神)들이 서효를 보고 허리를 숙였다.
　다들 처음 보는 얼굴이나 풍겨 나오는 기운이 예사롭지 않았다. 이런 기운은 상급 신만이 가질 수 있는 것이었다. 단정하면서도 고상한 의복이며 꾸밈새가 귀한 신분임을 짐작케 했다. 훤칠한 중년 사내가 서효를 향해 다시 한 번 눈인사를 하였다. 그가 무리에서 제일 앞에 선 자였다.
　"천제의 사신(使臣), 무명이 서효님을 뵙습니다."
　"……."
　"서효님, 혼인을 감축 드립니다."
　"혼인을 감축 드립니다."
　무명이라는 중년 사내가 축하 인사를 하자 뒤에 있던 다른 신

들이 입을 모아 따라 하였다. 인사를 두어 번이나 하였는데도 상
대는 반응이 없었다. 중년 사내는 고개를 가볍게 숙인 뒤, 알아서
몸을 바로 세웠다.

"혼인을 감축 드린다고요?"

"예."

"제가 누구랑 혼인하는지 알고는 계시죠?"

중년 사내는 어찌 그것을 모르고 왔겠냐는 듯 부드럽게 웃었다.

"서효님과 차언님의 혼인이 아닙니까. 하여……."

"축하 인사를 전하러 왔다? 무려 천제님이 보내셔서?"

"그렇사옵니다."

"와."

서효가 혀를 내둘렀다. 이건 참신함을 넘어서 대단하다고 해야
할까. 역시 천계에 사시는 분이라 이곳 하계, 즉 인간계와는 사고
방식 자체가 다른 걸까?

신이기는 하나 인간계에서 태어났고, 세 번 모두 인간으로 환생
했던 서효로서는 감히 그 높은 뜻을 짐작하기가 어려웠다. 솔직
히 이해하고 싶지도 않았다. 대체 어떻게 하면 강제로 다른 아들
과 혼인시키려 했던 아가씨의 '원래' 혼인을 축하해 줄 수가 있지?

얼마 전까지만 해도 서효는 누구도 도와주지 않는 곳에 감금당
했었다. 차언에게 생사의 소식도 전하지 못한 채 하염없이 울어야
했다.

그렇게 만든 게 누군데 이제 와서 축하 인사시지? 이 사람들이
보자보자 하니까 누굴 보자기로 알아?

"혼인을 축하하고자 하는 천제님의 선물입니다."

중년 사내가 옆으로 한 발 물러섰다. 그에게 가려서 안 보이던

물건이 드러났다. 붉은 비단 꽃을 단 나무 상자가 열리자 아름다운 예복이 보였다. 서효는 그게 누구의 옷인지 알고 있었다.

차언. 천제의 적장자.

그가 아버지 아래 가장 으뜸가는 존재일 때 저 예복을 입고 있는 것을 보았다. 천계의 태자다운 늠름한 모습이었다. 서효가 숨 쉬는 것을 잊을 만큼 눈부신 모습이기도 했고.

그리고 그 옆에는 차언의 것에 못지않은 여자 옷이 개어져 있었다. 내 건가 보네. 서효는 눈을 사르르 접으며 미소를 지었다.

"천제님의 선물이요?"

"예, 이밖에도 친필 편지를 보내셨습니다."

"황송하기도 하지."

"여기 있습니다."

중년 사내가 봉투를 건네주었다. 서효는 편지를 꺼내 읽었다. 모든 시험을 통과하여 어쩌고저쩌고…… 네가 가장 중요한 것을 깨달아서 나불나불…… 기쁘다, 중략, 혼인 축하, 중략, 서효에게 미안하고 기타 등등.

흐음, 나한테 미안하시다는 말이지? 물론 미안해하긴 하셔야지. 그동안 내가 겪은 일이 여간 힘들었어야지.

햇살을 받으면 밤갈색으로 빛나는 서효의 눈동자가 편지 끝에 이르렀다. 정갈한 눈썹이 위로 슬쩍 치켜 올라갔다. 한데 천제님, 말이 좀…… 짧다?

"아쉽네요."

"……예?"

중년 사내가 고개를 갸웃했다. 서효의 말이 대번에 이해되지 않는 모양이었다. 서효는 여전히 상냥한 미소를 지은 채 말을 이었다.

"제게는 미안하신데, 차언에게는 별로 안 미안하신가 봐요."

"그것은."

"우리 어머니한테 하는 사과도 없네."

"오늘은 아무래도 '축하'가 주목적이다 보니."

"제가 백화운일 때, 세 번째 환생에서 못 지켜준 아랫사람들도 열 명쯤 되는데. 아니다. 열두 명이 넘던가? 따지고 보면 그 사람들도 희생된 건데 말이죠."

"……."

"이해해요. 천계 사정이 어려울 수도 있죠. 편지 쓸 종이가 부족해서 써야 할 말을 못다 쓴 것, 너무 슬픈 일이에요."

서효가 중년 사내를 보며 어쩔 수 없다는 미소를 지었다. 봄바람처럼 아스라한 미소였다. 그녀는 천제의 편지를 눈높이까지 들어 올렸다.

찌이익. 우선 세로로 찢었다.

찌이익. 다음은 겹쳐서 가로로 찢었다.

서효는 정확히 네 조각이 된 편지를 중년 사내의 손에 고이 돌려주었다. 이어서 맑은 목소리로 차분하게 말하였다.

"축하 말고 사과부터 하시라고 하세요. 사과부터."

"……."

"저 아직 제대로 된 사과 못 받았어요."

"……."

"제대로 된 사과하시면 그때 생각해 볼게요. 받아들일지 말지 결정하는 데에…… 오백 년쯤 걸릴 것 같네요."

그럼 이만, 이라는 말과 함께 문을 닫았다. 사신단의 코앞에서 대문이 깔끔하게 닫혔다. 다시 열릴 여지는 좁쌀만큼도 보이지 않았다. 그야말로 완벽한 문전박대. 처음부터 끝까지 나긋한 미소로 대한 것이 유일하게 갖춘 예의라면 예의였다.

몸을 돌린 서효는 팔짱을 낀 채 이쪽을 보던 차언과 눈이 마주쳤다. 언제 왔는지는 모르겠지만 적어도 서효가 편지를 찢는 장면은 본 듯했다.

아무리 그래도 아버지의 친서(親書)를 찢는 건 너무했다고 생각하려나?

바로 다음 순간, 차언이 팔짱을 풀었다. 그러고는 아무 말 없이 손뼉을 치기 시작했다. 서효를 응시하며 천천히 박수를 보냈다. 서효의 입가가 샐룩거렸다. 아까 사신들에게 지었던 미소와 달리, 참으려고 해도 참아지지가 않는 진짜 웃음이었다.

"오백 년 운운한 건 진심이었어. 나, 더 이상 만만한 서효 아니야."

"아무렴요."

"어머니였으면 사신 엉덩이를 차라고 하셨을걸. 좋은 분 같아서 그냥 이 정도로 보내 드린 거야."

차언이 느린 걸음으로 다가왔다. 그의 입가에는 숨길 수 없는 미소가 걸려 있었다. 서효를 향한 눈빛은 애정으로 충만했다. 그가 서효의 뺨에 부드러운 입맞춤을 한 뒤 속삭였다.

"자랑스러워 죽겠습니다, 내 신부."

이로써 태자비의 만만찮음이 만천하에 공표된 셈이었다.

흥, 그러게 누가 혼자만 올바른 척하시래? 분명 천제님도 잘못을 하셨는데, 그건 누가 뭐래도 변치 않는 사실인데 아무 일도 없었다는 듯 축하부터 하시니까 그렇지.

잘못을 할 순 있다 이거예요. 그럼 진심 어린 사과를 하셔야
죠? 큰 잘못을 저지른 차언은 천제님께도 사죄하고, 내게도 미안
해하고, 우리 어머니에게도 죄를 빌었는데 왜 천제님만 입을 싹
닦으세요.

서효는 차언의 품에 안긴 채 하늘을 향해 눈을 흘겼다. 전 이제
더 이상 말랑한 서효가 아니라고요. 내 사람들, 내가 지킬 거야.

천궁(天宮).

오색구름 위에 찬란히 떠 있는 궁궐에서는 늘 은은한 향기가
풍겼다. 천제의 부름을 받아 입궁했던 정명은 간만에 궐 안을 산
책하다가 의외의 인물을 발견하고 멈춰 섰다.

"현록 형님도 계셨습니까?"

정자에서 책을 들여다보던 천제의 차남 현록이 막냇동생을 힐
끔 일별하였다.

"정명이구나."

"언제 오셨습니까? 형님과 만날 줄 알았다면 저번에 빌린 책을
갖고 오는 건데 말입니다."

"되었다."

현록이 손끝에서 바둑알을 굴리며 대꾸했다.

"토씨 하나 틀리지 않고 외우는 책. 실물이 무엇 중요하랴."

그가 읽고 있는 것은 병법서였다. 요즘 인간계에서 촉망받는 천
재 학자가 집필하였다는데, 고관대작들도 얻기 어려운 책을 현록
은 일찌감치 구해서 절반 넘게 읽고 있었다. 하긴 현록이 구하지

못할 책이 어디 있을까. 새로운 지식은 누구보다 먼저 습득해야 직성이 풀리는 위인이었다.

난해한 책이라는 소문이 자자하나 현록은 그것을 읽는 동시에 바둑을 두었다. 물론 혼자서 양쪽을 담당하는 나 홀로 대국이었다. 그가 정명의 표정을 곁눈으로 파악했다.

"너야말로 어인 일이냐?"

정명이 쓰게 웃었다.

"서효님, 아니, 큰형수님께 축하 편지를 전달하는 사신으로 갔는데 보기 좋게 문전박대를 당했습니다."

"호오."

"아버지 편지를 네 조각으로 갈라서 돌려주시더군요."

"네가 직접 갔는데?"

"제가 가진 가면을 쓰고 분장하긴 했습니다만."

"흠."

현록의 흥미는 거기까지인 듯 그대로 입을 다물었다. 둘째 형의 주의가 완전히 책 속으로 빠져들기 전, 정명이 조심스레 말을 이었다.

"한데 말입니다."

현록이 듣고 있다는 양 '음' 비슷한 소리를 냈다. 책을 읽고, 바둑을 두면서, 이야기를 듣는다. 얼핏 주의가 산만한 것처럼 보일 수도 있었다. 대화에 좀 더 집중하라고 말할 법도 했다.

그러나 정명은 현록이 세 가지를 모두 완벽하게 해낼 수 있음을 알았다. 남은 것은 질문뿐이다.

"너무…… 독하지 않았을까요?"

"뭐가."

"동백에서의 사건요."

"그게 뭐."

"솔직히 다른 건 모두 아버지 뜻이었다고 해도, 동백에서의 일들은 형님이 아버지를 조종……."

정명이 말을 하다 말고 주위를 살폈다. 마침 정자가 있는 연못 주변에는 궁인들이 없었다. 그가 목소리를 조금 낮추어 말을 계속했다.

"이만하면 됐을라나 하시던 아버지를 부추겨 끝까지 가도록 하지 않았습니까."

"……."

"저도 형님이 시키신 대로 하긴 했으나, 맞지도 않는 악역을 도맡느라 힘들었습니다."

"아닌데. 너 잘했는데."

"예?"

"무고한 아가씨 뒤통수치는 연기. 네 옷을 입은 것처럼 잘 어울렸다. 보면서 약간 소름까지 돋았어."

"……."

"앞으로 네게 좀 더 잘해야겠다 싶더군."

정명이 물끄러미 둘째 형을 보았다. 현록은 여전히 바둑알을 어디 내려놓을지 고민 중이었다. 동생의 눈길을 알아챈 그가 말했다.

"어쨌든 결과는 좋지 않으냐?"

그거면 되었다는 듯 산뜻하기까지 한 말투였다. 자신이 처음 계획한 대로, 제일 좋은 결말을 맞아 흡족한 모습이었다.

이것이 천제 쪽의 지략 담당 현록의 실태였다. 정명은 말없이 둘째 형을 쳐다보다가 한 마디 하였다. 깊은 탄식이 묻어나는 한 마디였다.

"우리 집은 다 좋은데…… 윤리 도덕이 없군요?"

바둑판 위에서 현록의 손이 좌우로 움직였다. 여기 둘까? 아니면 이쪽이 나을까? 그러면서 '흠?' 비슷한 소리로 대꾸하였다.

"예전의 차언 형님도 그렇고, 아버지도 그렇고, 형님도 그다지. 다들……."

드디어 현록이 바둑알을 내려놓았다. 그가 정명을 쳐다보며 픽 웃었다.

"이제 알았느냐?"

너무나 오래 걸렸다는 말투. 네가 3세계에서 제일 늦게 깨달았다는 말투. 아연해진 정명을 향해 현록이 말했다. 문득 바람 한 줄기가 불어와 현록이 들고 있는 책장을 팔락팔락 흔들었다.

"천제. 만물을 관장하는 자. 그리고 그의 아들들. 가장 고귀한 혈통이라 다들 앞에서 흉보지 못할 뿐이지, 실제로는 원망이 어마무시할 거다."

"……."

"우린 다들 하나씩 심각하게 결여되어 있어."

정명이 입을 열려 했지만 슬프게도 이에 반박할 수가 없었다. 누군가를 변호하려 해도 이치를 꿰뚫어 보는 현록의 말을 이길 수 있을 리 만무했다. 그렇게 애통한 표정 지을 필요까지는 없다며 현록이 쿡쿡 웃었다.

"서효 같은 아가씨가 우리 집안에 경계를 누그러뜨렸다간 또 무슨 뒤통수를 맞을지 모른다."

"이미 많이 맞으신 것 같은데."

"현실은 언제나 상상을 초월하는 법."

현록이 여지를 두지 않고 잘라 말했다.

"너와 아버지와 함께 식사할 때까지만 해도 형수는 모든 것을 포용할 생각이었다. 무고한 자신을 몇 번이나 죽음으로 내몰았는데도, 남편의 막냇동생이란 자가 갑자기 등장해서 혼인하자고 하는데도."

그가 반대편의 바둑알을 집어 들었다.

"받아들일 작정이었지."

이번 바둑알을 내려놓는 데엔 오랜 시간이 걸리지 않았다.

"자신과 차언 형님을 받아들여 주기만 하면 말이야."

"그 말은……."

"부부 사이 은애가 깊다고 하나, 둘 사이엔 풀리지 않을 앙금이 있었다. 오랜 싸움을 마무리하는 데에 있어 분란의 소지를 남겨둔다……."

준미한 입술 사이로 가는 웃음소리가 새어 나왔다.

"이 현록이 얼굴을 들고 다닐 수나 있겠느냐?"

현록이 정명을 응시하였다. 그는 낮은 목소리로 동생의 이름을 부르며 주의를 환기시켰다.

"특히 너."

"저요?"

"선량한 정명 너, 가장 위험하지. 너는 형수와 같은 부류라 이번 일만 없었다면 형수는 너와 돈독한 사이를 유지했을 거다."

아마 그랬을 것이다. 이는 정명도 알고 있는 터라 더욱 안타까운 점이었다. 서효는 시댁 전체를 한 무리로 보고 선을 긋는 중이다. 동백에서 서효와 나름 깊은 대화를 나누었던 정명은 그녀와 가깝게 지낼 수 없는 상황이 두고두고 아쉬웠다.

"그런데 너와 차언 형님의 골은 여간 깊은 게 아니거든."

이제 차언도 변화하여 정명 자체로는 괜찮을지도 모른다. 하지만 서효의 입에서 나오는 정명이라면 말이 달랐다.

바람 불면 날아갈까, 쥐면 터질까. 눈을 떼면 사라질지도 모른다고 애지중지하는 아내의 입에서 정명을 감싸는 말이 나온다면 필시 차언의 신경을 거스를 터였다.

"처음엔 귀여운 질투처럼 보일 수도 있겠지. 형님처럼 서늘한 남자가 발끈하는 거, 재밌잖느냐."

차언 스스로도 처음에 알아차리지 못할 수 있다. 내가 왜 이러나. 서효는 그런 뜻으로 말한 게 아닌데 사사건건 신경을 곤두세우고 있지 않나.

"꽃노래도 한 두 번이지. 그런 상황이 계속 반복된다면……."

"언젠가 터지겠군요."

"그렇지."

"차언 형님은 형수님이 온전히 자기 편이라고 느끼기 힘들 테고요."

"네 머리도 영 굳은 건 아니구나."

이건 칭찬인가 욕인가. 정명의 표정이 야릇해졌다. 현록은 차 한 모금을 넘기며 정명을 향해 턱짓을 했다.

"네가 그 착한 얼굴로 애먼 사람 감금하는 짓을 저지르지 않았다면 조만간 생길 일이었다."

"그럼 아버지도 같은 의미에서."

"아버지."

현록이 고개를 절레절레 내저었다.

"천제님이야말로 우리 형수가 끝까지 받아들여 주면 안 될 자란다."

그 '천제님'이 우리 형제의 부친인 것은 알고 계시지요? 정명은 목구멍까지 치밀어 오른 말을 입 밖으로 내뱉지 않았다. 그 정도 사리 판단은 가능했다.

"오백 년 전, 아버지를 도와 형님을 지옥에 가둔 것은 당시 불가피한 결정이었으나 어쨌든 아버지께도 잘못이 있어."

이 부분에서 서효는 무조건 차언과 같은 편에 서야 한다는 것이 현록의 지론이었다. 정명은 시선을 물가로 옮겼다. 화사한 꽃이 떠 있는 연못에서 백학(白鶴)이 노니는 풍경을 보던 정명이 차분히 입을 떼었다.

"그러니까 이 모든 게, 큰형수님이 우리 집안을 완전히 배척하게 만들기 위해서였다는?"

"모든 건 아니지. 책임 구분은 확실히 하자."

현록은 막내가 큰일 날 소릴 한다는 듯 눈을 크게 굴렸다.

"내가 개입한 건 동백에서의 일만이다. 그전까지는 다 천제님 잘못이야."

"동백뿐 아니라 서산에서도 손을 쓰신 걸로 아는데요."

정명이 조용히 일깨우자 현록의 눈빛이 달라졌다. 역시 막내를 쉽게 봐서는 안 되겠다고 중얼거렸다. 그는 제 품에서 손수건으로 감싼 무언가를 꺼냈다. 매우 낯익은 진주 비녀가 모습을 드러냈다.

결정의 순간, 차언은 진주 비녀 대신 서효를 택했고 현록은 이 사실을 아버지에게 보고했다. 일부러 불가초 넣은 과자를 서효의 눈에 띄게 한 것도 자신이라고 말했다.

왜 시키지도 않은 일을 벌였냐는 물음에 자신은 아버지의 뜻을 따랐을 뿐이라고 대꾸했다. 대전을 나오는 현록의 입가에는 미미한 웃음이 걸려 있었다. 큰아들이 엉망이 된 몸을 던져 일개 궁녀의 목숨을 구했다는 것을 들은 천제는 한동안 말을 잇지 못했다.

현록은 그것을 똑똑히 보았다.

당신은 과거에 더한 짓을 저질렀으면서도, 타인에 의해 아들이 고통 받는 건 싫은가. 혹은 귀로 듣고도 믿지를 못하겠는가. 이쯤 되면 형님과 형수 두 사람이 이뤄낸 변화를 받아들여야 하지 않겠는가.

오백 년 전, 현록을 비롯한 형제들은 천제를 도와 차언을 무릎 꿇렸다. 당시 차언은 너무 많은 목숨을 앗고도 절제를 몰랐기에 그런 처우가 불가피하다고 생각했다.

그러나 이제는 다르다.

"형수는 동백으로 돌아간 후 진주 비녀가 진짜로 사라진 것을 알고 당황해했지. 서랍에 잘 넣어둔 비녀가 감쪽같이 사라졌으니 그럴 만도 해. 그 뒤로는 여전히 비녀의 행방을 궁금해하고 있지. 이에 대해 형님은 이해가 가지는 않지만 더는 묻지 않겠다는 입장이시고."

현록이 진주 비녀를 요리조리 들여다보았다.

"막내야."

"예."

"혼례 축하선물로 이걸 보내면 가히 장관이지 않겠느냐?"

"……저는 개인적으로 전쟁과 장관을 같은 범주에 두지 않습니다만."

현록은 제 발언의 위험성을 조금도 깨닫지 못한 표정으로 '흠' 하는 소리를 냈다. 진주 비녀는 다시 그의 품으로 사라졌다.

그러더니 마지막까지 큰아들을 시험하고자 하는 천제의 뜻이 없었다면, 자기가 어찌 이런 짓을 실행할 수 있었겠냐는 말로 마무리했다. 정명의 눈동자가 차츰 덤덤해졌다.

"이것 봐라, 정명. 이게 어디 정상적인 집안이냐?"

"……."

"솔직히 형님과 형수는 그냥 우리랑 연 끊고 자기들끼리 사는 편이 백배 행복할 게다."

한동안 바둑알 내려놓는 소리만 이어졌다. 정명은 거의 말문을 잃었다고 하는 편이 적절했다. 그러다가 조금 질렸다는 듯, 깊은 한숨을 내쉬었다.

"큰형수님 감금한 거 차언 형님이 알면 가만 안 있을 텐데요?"

너는 참 별것을 다 걱정하는구나. 현록이 불필요한 걱정을 떠맡는 가여운 중생을 대하는 눈으로 동생을 보았다.

"내가 거기까지 생각 않고 일을 진행했을까 봐? 난 형님의 폭주를 막고자 하는 형수를 믿는다."

현록이 빙긋 웃었다. 그가 들고 있던 바둑알을 건넸다.

"너도 한 판 두겠느냐?"

혼례식장으로 가는 길. 걸음을 뗄 때마다 심장이 무겁게 두근거렸다. 서효는 붉은 포 너머 보이는 세상이 광풍에 휩쓸려 날아가지 않을까 하는 생각을 해보았다. 혹은 갑자기 하늘이 무너진다거나. 아니면 디디고 있는 땅이 폭삭 꺼지거나.

하지만 아무 일도 일어나지 않았고 서효는 무사히 혼례식장에 들어섰다. 차언이 자신을 뚫어져라 응시하고 있었다.

'나랑 같은 생각을 하고 있나 봐.'

집요하게 따라붙는 시선에 서효가 연한 웃음을 머금었다. 둘 다 혼례에 관련하여 별 끔찍한 일을 겪었다 보니, 마지막 순간까지 안심하지 못했다. 아마 신방에 들고 나서도 마음을 완전히 놓지 못할 것이다. 내일 아침쯤 되면 좀 나아지려나?

서로에게 맞절을 하고 합환주를 마셨다. 하객은 많지 않았지만 아희 무리가 워낙 떠들썩한 녀석들이라 혼례식 내내 즐거운 분위기가 가득 넘쳤다.

"신랑의 부모님께 일배(一拜)."

멀쩡히 잘 살아 있는 천제 부부를 대신하여 앙증맞은 나무인형을 앉혀놓은 신랑 신부다.

"신부의 부모님께 이배(二拜)."

혼인 허락은 하지만 아직 차언이 예뻐 보이지는 않는다는 이유로 불참한 무조부인. 신랑 신부는 이쪽에도 귀여운 나무인형을 앉혀놓았다.

"천지신명에 삼배(三拜)."

신랑 신부가 그대로 멈췄다. 차언이 주례를 찌릿 흘겨보았다. 주례는 이게 자기도 어찌할 수 없는 공식 순서라고 변명했다.

"3세계에서 혼례를 올리는 모든 신랑 신부가 천지신명에게 절을 한다고요."

"아까 절 받았잖아."

"그거야 차언님 부친이 천제시니까……."

중복은 어쩔 수 없다. 다른 사람들이 잘못한 게 아니라 그냥 차언의 경우가 특별한 거다. 주례는 그런 말을 하고 싶은 듯 보였다.

"마음에 안 드는데."

"그냥 빨리 하자, 차언."

서효가 신랑을 향해 말했다.

"무릎 닿기 무섭게 후딱 일어나는 거야."

"그러죠."

다시 말하지만 이 신랑 신부, 뒤끝 길다고 했다. 말로만 남편을 달래는 줄 알았으나 차언보다 더 빨리 일어난 게 서효였다.

"우리 서효, 어떤 의미에서 대단해졌네."

하객석에서 지켜보던 아희가 반쯤 감탄하는 말투로 중얼거렸다.

"모르긴 몰라도 천제님…… 손이 발이 되도록 싹싹 비셔야겠는데?"

"무조건 서효님 말씀이 다 맞고, 서효님 최고다 이거예요."

불쑥 튀어나온 미랑이 반짝반짝 빛나는 동경의 눈으로 서효를 바라보았다.

"당사자에게 자세히 들은 이야기는 아니지만요. 무조건 천제님이 잘못하셨을 거예요."

"그렇겠지."

"서효님이 얼마나 좋은 분이신데!"

"그럼, 그럼. 우리 서효가 얼마나 착한데."

"그런 서효님이 용서하지 않으신다는 건 지이이인짜 나쁜 놈이라는 뜻이죠."

아희가 까닥까닥 고개를 끄덕였다.

"심지어 서효님은 전생에 '그런 일'을 겪게 한 차언님까지 받아들이셨잖아요."

고로 신랑 신부가 천제를 푸대접함은 당연하고 마땅하다는 소리였다. 옆에서 듣고 있던 아희네 수하들이 미랑님은 똑똑하신 것 같다고 추켜세웠다. 으쓱한 기분에 미랑의 얼굴이 밝아졌다.

참으로 고만고만한 하객들이다. 다들 작은 신인 주제에 잘도 천제 욕을 해댄다 할까. 하지만 그러면 또 어떠랴. 애초에 저들끼리만 기쁨을 나누려고 청첩장에 장소조차 기입하지 않은 것이다.

"이로써 신랑 차언과 신부 서효는 부부가 되었음을 선언합니다."

주례의 말에 차언이 눈을 가늘게 휘었다. 그제야 조금 안심한 표정이었다. 이 말을 듣기 위해 얼마나 오래 기다렸던가. 한 식경밖에 걸리지 않는 혼례식을 치르기까지 너무 오랜 시간이 걸렸다.

"와아아!"

"축하드립니다!"

"축하해, 서효! 이제 행복하게 사는 일만 남았어!"

덕담이 사방에서 날아들었다. 개구리처럼 납죽한 인상의 주례가 흐뭇한 미소를 지으며 다음 순서를 알렸다. 이제 신부는 신방으로 가서 신랑을 기다리고, 신랑은 연회장에 남아 하객에게 술을 따라야 한다고.

차언의 고개가 돌아갔다.

"술 정도는 알아서 마실 수 있을 텐데."

순서 적은 종이를 들고 있던 주례가 당황하며 신랑과 종이를 번갈아 보았다.

"그렇지만 차언님, 이게 보통의 순서라서."

"해질녘까지 나 혼자 밖에서 술대접하는 것?"

"예에."

이렇게 잘 아시는 분이 어째서 자꾸 엇나가려 하시나. 주례가 땀을 삐질 흘렸다.

"하."

차언이 기도 안 차다는 듯 헛웃음을 흘렸다.

"이날을 위해 수백 년을 기다렸다. 그러니 대답해 봐라. 내가 아가씨를 혼자 방에 밀어두고 너희와 잔을 기울여야 할까, 아닐까?"

왜 단순한 질문일 뿐인데 제 목숨이 걸려 있는 기분이 들까.

"내가 남아야 하나?"

"그럴 리가요."

행운의 신이 싱글싱글 웃으며 대신 말을 받았다.

"어서 방으로 가 서효님과 오붓한 시간을 보내시지요."

"……"

"좋은 날이니 무서운 표정 그만 지으시고요."

언제 봐도 묘하게 거슬리는 낯짝. 이래도 좋고, 저래도 좋은 얼굴에 날카로운 한 마디를 쏘아붙이려는 순간 서효가 입김을 불어 붉은 포를 밀어 올렸다.

"차언, 고만 해."

다시 한 번 후, 하고 입김을 불며 말했다.

"심술부리지 말고."

"제가 언제 심술을 부렸다고요."

표정이 싹 바뀌는 신랑이었다. 벼린 얼음 칼날 같던 얼굴에 향긋한 미소가 떠올랐다. 차언은 예뻐서 견딜 수 없다는 눈으로 서효를 보았다. 분위기만 보면 이미 신방에 들어간 줄 알겠다. 분명 너른 공간에 서른 남짓한 인원이 모여 있는데도 오히려 다른 사람들이 눈치 보게 만드는 재주가 신랑에게 있었다.

"저는 그저 한시라도 빨리 아가씨와 함께 하고 싶어서."

"야한 소리도 그만하고……."

"어떤 부분이 야하게 들린 건지 저로서는 짐작도 안 가네요."

붉은 포가 신부의 홍조를 가려주었다. 차언이 결국 서효를 안아 들었다. 안 들릴 거라 여겼는지 누군가 조용히 중얼거렸다.

"……온도 차이 너무 심하신 거 아닌가."

멍청할 거라면 끝까지 멍청한 편이 좋다. 중간에 쓸데없이 진실을 깨닫지 말고 말이다. 차언의 눈 흘김에 작게 구시렁대던 소리가 쑥 들어갔다.

"또 째려봤지?"

"아닌데요."

"움찔하게 만들었잖아."

"아니거든요."

신랑 신부가 서로의 말꼬리를 물고 늘어지며 신방으로 이동했다. 걸음마다 달콤한 꿀 냄새가 따라가는 것 같았다.

차언의 모습이 사라지고서야 모두가 한숨을 돌렸다. 얼마 지나지 않아 연회장에서 노랫소리가 들리기 시작했다. 이윽고 축제여신이 낀 자리가 늘 그렇듯, 다들 부어라 마셔라 밤이 깊도록 놀아 댔다.

어느 누구도 신방 사정 같은 건 신경 쓰지 않았다.

아침이 밝았다. 온몸이 찌뿌드드했다. 서효는 누운 자리에서 기지개를 켜며 졸린 눈꺼풀을 밀어 올렸다. 어제 통 잠을 자지 못해 피곤하였다.

"잠꾸러기 아가씨."

탁하게 잠긴 목소리가 등 뒤에서 들려왔다.

"해가 중천에 걸렸습니다만?"

"해 끌어 내려."

"그럴까요."

너무도 아무렇지 않게 '그럴까요'라고 하다니. 뭐야, 정말 해님의 멱살을 틀어잡고 억지로 끌어 내릴 것 같잖아. 그간의 전적이 있는지라 방심할 수 없었다. 서효는 차언을 돌아보며 시선을 맞췄다.

"……그러지 않을 거지?"

차언이 서효의 어깨에 입을 맞추며 대답했다.

"아쉽게도 거기까지는 힘이 없는지라."

"다행이다."

"해와 달은 천제라도 함부로 건드리면 안 되어서 말이죠."

"그래그래."

이 얼마나 다행인 일인지. 서효의 별생각 없는 한 마디에 태양이 모습을 감춰선 안 되니까. 하지만 차언은 다른 의미로 아쉬워했다.

"오래도록 밤이 이어지는 것도 나쁘진 않은데."

못된 손이 슬금슬금 이불 속으로 들어갔다. 새벽이 되어서야 간신히 주워 입은 침의를 또 끄르려고 했다. 서효가 절대 불가 네 글자를 외치며 침상 밖으로 달아나려 했다.

당연히 그런 일은 일어나지 않았다. 차언이 단단한 팔다리로 서효를 얽어맨 채 입술을 비볐다.

"차언."

"말씀하세요."

"입술 좀 떼고 들어줄래?"

"이대로도 잘 들리는데요."

그게 아니잖아. 서효가 필사적으로 몸을 바르작거렸다. 입을 맞추지 못하도록 고개를 계속 비트는 것도 노력의 일환이었다.

"몸에 안 좋을 것 같아."

"뭐가요?"

"이거."

차언이 딴청을 피웠다. 조물조물 못된 손을 여전히 멈추지 않은 채,

"이거, 라니. 이게 뭘까요."

요런 소리나 해대면서 말이다. 서효는 차언이 제게 종종 했던 대로 그의 볼을 잡고 늘렸다. 찹쌀떡처럼 늘어나면 속이 다 시원할 텐데 그의 볼은 제 것처럼 말랑하지 않았다. 별로 귀엽지도 않은 것 같다. 어떻게 사람이 볼을 잡아 늘려도 잘생겼지.

이 상황에도 신랑이 잘생겼다는 생각이나 하고 있다니. 나도 별수 없구나. 혼례식 다음 날 아침, 서효의 머릿속에선 이런 생각이 떠다녔다.

"해를 끌어 내릴 순 없어도 우리에겐 두꺼운 휘장이 있죠."

차언이 침상 휘장을 슬쩍 쳐다보았다. 그러라고 달아놓은 휘장이 아닐 텐데. 서효가 세모눈을 만들었다. 절반은 장식용. 나머지 절반은 아늑한 분위기에서의 '숙면'을 위한 것이다.

'숙면이란 단어 뜻 알지요, 차언 어린이?'

할 수만 있다면 허리에 손을 올리고 다섯 살 아이에게 하듯 주의를 주고 싶었다.

'소중한 신부를 자꾸 괴롭히는 거 아니지요?'

왠지 차언은 어린 모습이 되어도 뻔뻔하게 대꾸할 것 같지만.

"귀여운 눈으로 보고 있군요."

"막 귀엽다고 하지 마. 그리고 머릿속으론 전혀 귀여운 생각하고 있지 않거든."

옆구리를 찔러줄까. 베개로 때려줄까. 그래, 신방에서 쫓아내고 나 혼자 편히 자는 수도 있겠네. 그러나 차언은 서효의 말을 다른 뜻으로 받아들였다. 솔직히 서효가 무슨 말을 하든 저 좋을 대로 해석할 듯하였다.

"반갑네요. 모처럼 우리 둘 의견이 일치하다니."

"뭔 소리야."

"저도 별로 귀여운 생각을 하고 있는 게 아니라서."

"아."

서효가 차언의 볼을 놓는 대신 입을 막았다.

"듣고 싶지 않아. 말하지 마. 어어, 말하면 안 돼."

차언이 제 입을 덮은 따뜻한 손바닥에 대고 입술을 쪽 맞췄다.

"말하지 않을 겁니다. 왜냐면 직접 보여줄 테니까."

"으……."

그때였다. 큰 비명 소리가 정원에서 들렸다. 하늘이 무너졌대도 믿을 정도였다. 비명의 주인공은 아희였다.

"무, 무슨 일이지?"

친구의 비명에 서효가 몸을 일으켰다. 반면 차언은 달콤한 시간을 방해받아 적잖이 언짢은 기색이었다. 아희의 비명이 다소 우스꽝스럽게 들린 까닭도 있었다. 나갈 필요 없을 것 같다는 차언의 만류에도 서효가 주섬주섬 옷을 걸쳤다.

깊은 한숨과 함께 차언이 일어났다. 그는 이보다 느릴 수 없는 걸음으로 느릿하게 움직였다.

정원에 나가니 눈을 댕그랗게 뜬 아희가 바들바들 떨고 있었다. 비명 소리가 어찌나 컸는지, 새벽까지 먹고 마셨을 손님들이 절반 넘게 뛰쳐나왔다. 아희는 서효를 발견하고 친구에게 달려왔다. 그녀가 손가락으로 정원 한복판을 가리켰다.

"괴이한 게 갑자기 나타났어!"

"저게 뭐지……."

"원래 아무것도 없었어. 잠결이지만 확실히 봤단 말이야. 한데 발길에 뭔가…… 투명한 상자 같은 게 채이더니."

서효는 장황한 설명을 들으며 살아 움직이는 듯한 괴물체를 멍하니 쳐다봤다. 저걸 뭐라고 불러야 할까. 톱니바퀴 같은 것도 돌아가고. 뭐지, 손가락 크기의 화살이 비처럼 쏟아지기도 하는데.

뭐야, 저거. 이상해.

"호기심에 그걸 더듬었다? 그러니까 상자가 폭죽처럼 터지더니 저런 게 막 나타났어!"

"다친 덴 없어?"

"몸은 괜찮은데."

아희가 울상을 지으며 괴물체를 쳐다보았다. 그러다가 남편을 발견하고 그쪽으로 뛰어갔다. 행운 신이 놀란 아내를 토닥토닥 해 주었다.

한편 차언은 무섭다기보다 짜증이 난 얼굴이었다. 이해는 일찌감치 끝난 것 같았다. 아희의 입에서 나온 한 단어로 상황 종료가 된 듯했다.

"하아……."

귀찮음이 진하게 묻어나는 한숨을 쉬며 그가 괴물체를 향해 다가갔다. 묵묵히 그것을 지켜보더니 손가락으로 어느 지점을 툭, 툭, 툭 튕겼다.

펑!

예고 없는 폭발음에 모두가 비명을 질렀다. 괴물체가 사라진 허공에는 작은 편지가 떠 있었다. 차언은 일말의 감흥도 없는 얼굴로 편지를 펼쳐 읽었다. 그가 잠시 허공을 노려보다가 서효에게 몸을 돌렸다.

"태자비."

서효를 보며 그리 불렀다. 서효는 말간 눈을 깜빡거리다가 '나?' 하고 입술을 움직였다.

"이 저택에 산 지 정말 얼마 되지 않았는데 말입니다."

"그렇지……."

"또 이사하긴 싫죠?"

서효가 차언의 말뜻을 알아듣지 못하고 이어질 설명을 기다렸다. 그가 손가락 사이에 끼운 편지를 들어 보였다.

"망월을 제게 돌려주신다는군요."

지금 이 자리에 있는 신들은 모두 어리고 작은 존재였다. 다들 처음 듣는 지명에 서로를 쳐다보며 갸웃거렸다. 아예 망월이 지명인 줄 모르는 자도 많았다. 망월, 어디서 들었는데. 인상 쓰고 기억을 더듬던 아희가 손가락을 딱 튕겼다.

"거기 차언이 예전에 살던 곳 아니야?"

서효가 미소를 지으며 친구의 질문을 받았다.

"응, 거기 가면 나 죽은 언덕도 있다?"

"……."

"화살 꽂혔던 문, 여전히 건재하려나."

"……저."

방심하던 중 뒤통수를 가격당한 것이나 다름없는 차언. 그가 겨우 정신을 수습하여 말을 이었다.

"어젯밤에 뭔가 마음에 안 드는 일이 있었던 겁니까?"

"글쎄."

"섬뜩한 습격이군요……."

서효가 생긋 웃었다. 영문 모르는 이들은 욱신대는 가슴을 누르는 차언을 보며, 그저 어젯밤 차언님이 큰 잘못을 하셨나 보다 짐작만 하였다. 둘의 과거를 아는 아희는 치명적인 약점을 잡히고만 차언의 미래를 애도했다.

어쨌든 서효는 앞으로 자신이 살 곳을 망설이지 않고 정했다. 망월 뒷산에 펼쳐진 반딧불이가 궁금하긴 하지만, 적어도 일 년은 이곳에서 편안히 지내고 싶다고 하였다.

서효의 말이 끝나기 무섭게 편지가 허공에서 불살라졌다. 어찌나 깔끔하게 태웠는지 흔적조차 남지 않았다.

"음, 차언. 그렇게 함부로 태워도 돼?"

"왜 안 되죠?"

그러고 보니 서효 자신도 천제님이 보내신 축하 편지를 네 조각으로 찢었다. 그렇구나. 이미 내가 저지른 짓이었네. 찢어 보내거나 태워 없애거나. 피차일반이다.

그나저나 아희를 놀라게 한 괴물체도 천제가 보낸 것일까. 일부러 형체를 투명하게 만든 것이며 폭발음이며 모든 것이 지나치게 요란했다.

"누구겠습니까. 신난 똥강아지들 짓이죠."

차언이 고개를 절레절레 내저었다.

"동생들입니다. 특히 전쟁터 축소판 같았던 아까 것은 둘째 현록의 소행이에요."

"단순히 편지만 전달하면 안 되는 건가……."

"한 가지 경고하자면요."

그가 서효의 눈을 똑바로 응시하며 말했다. 늘 기억에 새겨두라는 듯이 한 자 한 자를 분명하게 발음했다.

"제정신인 녀석 한 명도 없으니까 절대 상대하지 마세요."

차언이 말하는 '제정신 아닌 녀석'들에 차언 본인도 포함되는 거야? 혹시 비범하기 그지없는 천제의 다섯 아들이란 소문이, 이상한 쪽으로 비범하단 거였어?

입이 간지러웠으나 용케 참아냈다. 서효는 그저 고개를 끄덕이며 차언을 올려다보았다.

천계의 태자 지위, 다스리던 영토, 강력한 힘까지. 차언이 잃었던 것들이 하나씩 그에게 돌아오고 있었다. 모든 것이 돌아온다고 해도 상관없어. 다시 잃어버려도 난 개의치 않아. 오직 차언의 마음만 변치 않는다면.

"뭘 걱정하고 있는지 알 것 같네요."

차언이 서효의 허리를 끌어안으며 말했다. 그는 오래전, 아픈 기억 속에 묻어둔 문장을 다시 꺼내었다.

"서녘이 밝아오면."

그의 입술이 서효의 단정한 이마에 부드러이 내려앉았다. 이윽고 그가 조금 다른 문장을 속삭였다.

"설령 서녘이 밝아온다고 해도."

두 사람의 손이 얽혀들었다. 영원히 헤어지지 않을 것처럼 서로의 온기를 나누었다.

"절대 이 손 놓지 않겠습니다."

"……약속한 거야?"

차언이 해사한 미소를 머금었다.

"약속입니다."

때와 장소를 가리지 않고 사랑에 빠져드는 태자비 부부는 눈부시게 빛나는 햇살 아래 웃었다. 먼 길 돌고 돌아 서로에게 닿았으니 앞으로 족히 수백 년은 신혼처럼 보낼 것 같았다.

어른들의 애정 행각에 큰 관심 없는 여우 소녀들은 상자가 있었던 주변을 뱅뱅 돌았다. 진짜 사라져 버렸나 하고 손으로 주변을 휘저어본 순간.

팡! 파팡! 팡!

감쪽같이 숨겨져 있던 두 번째 상자가 터지더니 순백의 새 한 쌍이 날아올랐다. 향기로운 꽃잎이 날리며 하늘에 꽃비를 뿌렸다.

하여간 유난. 질렸다는 듯 중얼거리던 차언의 눈에 기뻐하는 서효가 들어왔다. 하긴 아내가 기쁘면 되었다. 이내 마음을 바꾼 그는 입에 담을수록 잔잔한 울림을 주는 단어를 되뇌었다.

서효. 나의 소중한 아내. 더없이 사랑스러운, 나의 반려. 우리 영원히 함께 행복하기를.

응답처럼 불어온 한 줄기 봄바람이 차언의 뺨을 간질였다.

그 후 1.
총체적으로
문제 있는 시댁

망월로 이사한 지도 벌써 한 달이 지났다. 서효는 드넓은 저택에 겨우 익숙해지자마자 그보다 더 넓고 웅장한 궁궐로 이사한다며 고개를 저었다. 새 가구를 들이고 낡은 곳을 수리하는 일이 생각보다 오래 걸렸다.

서효와 차언, 이제 태자 부부로 불리는 둘은 이사 때문에 결혼 일주년 기념을 건너뛰게 되었다.

"이제 슬슬 한숨 돌려도 될 것 같습니다만."

차언이 아내의 귓가에 달콤하게 속삭였다. 궁녀들로 하여금 '차언님, 정사의 신 자리가 진심으로 위태롭습니다!'라는 간언(諫言)을 하게 만든 태자였다. 슬슬 한숨 돌리자는 말이 결혼기념일을 두고 하는 게 아닌 것 같았다. 서효가 못된 꼬마를 대하듯 눈을 흘겼다.

"이제 기념일에 대해 생각해 보자는 뜻이다. 그렇지?"

"그런 걸까요?"

"궁궐 앞에서 국수라도 돌리는 게 좋을 듯해."

"원하는 대로 하시죠."

"저기요, 남편님. 제 말 듣고 있는 건가요?"

차언이 서효의 목덜미에 코를 묻었다. 향긋한 체취를 들이마시더니 입술을 가볍게 댔다. 존재감을 알리듯 살짝 눌렸다가 떨어지는 입맞춤.

"듣다마다요."

"아닌 것 같은데……."

"누구보다 열심히 듣고 있는 걸 증명."

뒷말이 남아 있었지만 차언은 말을 이을 수가 없었다. 꼬장꼬장한 궁녀장이 처소로 들어왔다. 천계에서 편지가 왔다는 말에 서효가 방긋 웃으며 앞으로 나섰다.

천제님의 편지를 좍좍 찢는 것은 언제나 즐거웠다. 그리고 통쾌했다.

한데 궁녀장이 편지를 내놓지 않았다. 이전까지는 태자비가 편지를 찢건 불태우건 상관하지 않던 그녀였다. 서효가 돌려준 모양 그대로 천계의 사신에게 전달하는 충직함을 보였다. 하지만 오늘은 달랐다.

"천계로 올라오시라는 전언이옵니다."

"……언제는 그런 말 아니었대요? 주세요. 얼른, 얼른 찢게."

"오늘은 좀 다른 내용입니다."

손가락을 꼬물거리며 편지 전달받기만을 기다리던 서효가 눈을 동그랗게 떴다. 뒤에 서 있던 차언이 들을 필요도 없다는 듯 손을 가볍게 저었다.

"낚시입니다."

질렸다는 표정으로 그가 말했다.

"이미 삼천오백만 번 겪은 자로서 말하는 건데, 저거 낚시라고."

그러니까 냉큼 제 곁으로 돌아오라고 하였다. 시답잖은 편지를 읽는 것보다 훨씬 중요한 일이 기다리고 있다고. 하나 궁녀장의 말이 서효를 사로잡았다.

"결혼기념 선물로 서효님의 힘을 늘려주시겠다는 전언입니다."

"내 힘을요?"

"예, 현재 잃어버린 것들의 여신이라는 직분은 유지하시되 더 큰 힘을 쓸 수 있도록 해주시겠다는군요."

솔깃한 말이었다. 가장 강력한 힘을 지닌 차언이 남편이지만, 그건 차언의 힘이었다. 서효의 것이 아니었다. 차언의 말에 따르면 영(靈)들이 이야기를 하기도 한다는데 서효의 귀에는 그들의 목소리가 들리지 않았다.

딱 그 힘만이라도 주어진다면. 서효가 눈을 반짝였다. 차언이 자리를 비웠을 때도 영들과 대화를 나눌 수 있어. 그렇게 되면 주인을 찾아주기가 더 수월해지겠지. 혹은 영들의 머리 위에 이름과 잃어버린 장소가 저절로 뜨게 할 수 있다면?

오오. 생각만으로도 탐나는 능력이었다. 서효는 당장에라도 선물을 받고 싶었다. 하지만 그러자니 천계에 올라가 시아버지를 대면해야 했다.

안 받는다고 하기엔 너무 탐나는 선물이고. 그렇다고 천제님 얼굴을 뵙자니 어머니 무조부인 몫까지 화가 날 것 같고. 이걸 어쩐다.

"그렇게 필요한 선물입니까?"

어느새 옆으로 다가온 차언이 물었다. 서효는 남편을 뚱하니 쳐다보며 고개를 끄덕였다.

"그럼 이렇게 하죠."

차언이 천계로 올라가되 천제에게 맨얼굴을 보이지 않는 법을 제안했다. 서효는 남편의 말을 듣고는 그거 정말 유치하고 마음에 드는 방법이라고 흡족해하였다. 다음 날 두 사람은 천계로 올라갔다.

열세 자(十三尺: 대략 4미터)에 달하는 장막을 든 근육질 하인을 두 명 대동하고서.

"서…… 효야?"

"천제님을 뵙습니다."

"이자들은 왜 우리 사이를 가로막고 있느냐?"

"제가 시켜서요."

서효가 장막 너머에서 명랑하게 대답했다. 망월의 하인들에게는 공통적인 특징이 하나 있는데, 그건 바로 '망월 위에 천계 없다'였다. 그들에게 서효나 차언의 말은 천제의 명보다 중요한 거였다.

천제님이 절 못 보도록. 동시에 제가 천제님을 보지 않아도 되도록. 천계에 있는 동안 저를 장막으로 철통 방어 해주세요. 귀엽고 상냥한 태자비의 명이 떨어진 그 순간부터, 하인들은 눈에 불을 켜고 장막을 사수했다.

덕분에 천제와 서효 사이에는 밤처럼 깜깜한 장막이 자리하게 되었다. 둘 중 하나가 몸을 조금만 움직여도 장막이 귀신같이 따라가니 서로의 머리카락 한 올조차 볼 수 없었다. 완벽했다.

천제의 낯에 당황한 기색이 역력했다. 물론 서효 눈엔 보이지 않지만 말이다.

"선물 주신다면서요, 천제님?"

절대 아버님이라고 부르지 않는 며느리였다.

"얼른 주세요."

"그러겠다만……."

아직 화가 풀리지 않았느냐, 미안하다며 말을 잇는 천제를 향해 서효가 생긋 웃었다. 물론 상대에겐 보이지 않겠지만.

"제가 대체 몇 번을 고통스럽게 죽었지요?"

"그건……."

"차언은 수백 년에 걸쳐 사죄했어요. 한데 천제님은 일 년 만에 제가 마음을 돌리길 원하시다니 조금 너무하신 게 아닌가 싶네요."

"……."

"더 이상 순순한 서효가 아니라서 아쉬우신가요?"

"……."

"이 상황을 두고 뭐라 하지요, 남편님?"

서효가 차언을 보며 낭랑한 목소리로 물었다. 차언이 미소 띤 얼굴로 대답했다.

"자업자득."

"우리 남편 진짜 똑똑하다니까."

참으로 죽이 잘 맞는 부부가 아닐 수 없었다. 서효는 재차 천제에게 얼른 선물 전달할 것을 요구했다. 조금이라도 시간을 끄는 듯한 낌새가 보이면 선물이고 뭐고 뒤도 돌아보지 않고 떠나리라 다짐했다.

한데 이번에는 서효가 당황할 차례였다.

어디선가 맑은 웃음이 튀어나오더니 천제의 뒤에서부터 발소리가 들렸다. 하인들이 높고 넓은 장막을 들고 있기에 서효는 천제 쪽이 보이지 않았다. 다만 차언의 미간에 힘이 들어가는 것으로, 막연히 남편이 아는 자인가 할 뿐.

'누구야?'

서효가 입 모양으로 물었다. 차언은 지끈거리는 이마를 짚었다.

'누구냐고?'

차언 역시 입 모양으로만 대답했는데 그가 말하고자 하는 단어를 알아들을 수가 없었다. 서효가 남편에게 몸을 기울이려는 순간, 웃음소리의 주인공이 장막 안으로 슥 들어왔다. 마흔을 갓 넘은 듯한 외모의 여신이 서효를 향해 미소했다.

"천후님 납시오."

궁녀의 소개가 한발 늦었다. 천후님? 서효는 낯선 단어를 입에 담아보았다. 생전 처음 듣는 작위이면서도 묘하게 천제님과 한 쌍인 느낌이 드는 게.

헉, 설마.

"네가 차언의 짝이구나."

천후가 손뼉을 치며 기뻐했다. 아름답게 틀어 올린 머리를 상아로 만든 빗과 옥구슬로 장식한 그녀는 서효의 손을 답삭 잡았다. 천후가 움직일 때마다 옥구슬이 부딪쳐 잘강잘강 소리가 났다. 차언이 손을 뻗어 어머니와 아내 사이를 갈라놓았다.

"함부로 손대지 마시죠."

"어쩜."

천후가 아랑곳하지 않고 말을 이었다. 그녀의 시선은 오로지 서효에게 고정되어 있었다.

"말하는 것 좀 보렴. 저런 녀석을 용케 거두어주었구나."

"네……."

서효는 육신을 탈출하려는 혼백을 붙들어 잡았다. 너무나 갑작스러운 시어머니의 등장이었다. 이제까지 차언이 어머니 이야기를 했던가? 기억이 흐릿했다. 게다가 천후는 이 집안의 어느 누구와도 닮지 않았다. 적어도 천제나 차언, 정명과 겹치는 부분이 없었다. 뭔가 혼자 엄청나게 독보적인 느낌이랄까.

"나는 수백 년 전에 천계를 박차고 나간 천후, 즉 차언의 어미란다."

"……안녕하세요?"

우선 인사를 드리는 게 맞는 거겠지? 일단은 어른이시니까. 정작 차언은 떨떠름한 표정으로 고개만 숙여 보였다. 그러거나 말거나, 천후는 아들의 인사를 신경도 쓰지 않았다. 그녀는 서효의 손을 부여잡고 손등을 토닥이며 물었다.

"힘든 점은 없고?"

"딱히 없습니다만."

"차언은 잘해주니? 네게 푹 빠져 있다는 소문이 널리 퍼져 있긴 하다만 실상은 모르는 거잖니."

천후는 이 말을 끝냄과 동시에 장막 너머를 째려보았다.

"또 누가 아니? 고운 말로 환심을 사 혼인한 다음, 자식 보듬을 생각은 않고 자기 권위나 세우려고 아등바등할지?"

"크흠."

장막 너머에서 공연한 헛기침 소리가 들려왔다.

"저희는 아직 아이가 없어서요……."

"멋지구나. 자식은 만병의 근원이거든."

천후는 자신의 아들 앞에서 그런 소리를 아무렇지 않게 하였다. 그리고 정말 그리 믿고 있는 듯 보였다. 한 오백 년 동안은 둘이서 살라고도 덧붙였다. 놀랍게도 차언이 원하는 바와 같았다.

그 말을 하자 천후는 뜻밖이라는 듯 눈썹을 치켜올리며 차언을 쳐다보았다. 네가 나와 똑같은 생각도 할 줄 알고? 제법이구나? 이렇게 느끼는 줄 알았으나 서효의 예상은 또다시 엇나가고 말았다.

"자식 생각이 있는 거냐?"

천후가 놀란 지점은 그것이었다.

"네 아버지를 보고도?"

그러면서 다시 한 번 장막 너머를 강하게 쨰려보았다. 우아하고 아름다운 여신 눈에서 그토록 굉장한 살기가 나올 줄이야. 서효는 고개를 절레절레 내저으며 천후가 보는 곳을 함께 응시했다.

아내분에게 무슨 짓을 저지르신 거예요, 천제님? 듣지도 않았는데 왠지 알 것 같은 기분은 뭘까.

"서효와 전 다르니까요."

"많은 이가 그리 믿으며 아이를 낳는단다. 그러고는 선대의 실수를 답습하지."

"다를 겁니다."

차언이 단단한 목소리로 말했다.

"절대 편애 당하는 기분을 느끼지 않도록. 절대 잘못된 방식으로 애정과 관심을 갈구하며 허덕이지 않도록 할 겁니다."

"……"

"저와 서효 또한 실수할 수 있는 존재임을 알려줄 거예요."

"⋯⋯."

"그러니까 오백 년쯤 뒤에."

"그렇지. 오백 년쯤 뒤에 하렴."

천후가 아들의 말에 동조했다. 서효는 조용히 '처음 말했을 땐 삼백 년이었던 것 같은데 내가 잘못 알고 있나?' 하고 생각했다.

어쨌든 천후는 귀여우면서도 할 말 하는 며느리의 등장에 기뻐했다. 자신도 빗나가는 부자(父子) 사이를 중재하기 위해 노력해 봤지만 결국엔 양쪽 모두 폭주해 버려서 신물이 났다고도 밝혔다.

계속 그들 사이에 끼어 있었으면 지금 살아서 서효를 만날 수 없었을 거라고도 하였다. 일찌감치 목숨 반납하고 깊은 안식에 들었을지도 모른다며.

"이렇게 만난 것도 인연인데 나도 네게 선물을 주고 싶구나."

"말씀만으로도 감사합니다."

"3세계 유랑하며 모은 물건이 아주 많단다. 무엇을 가지고 싶니? 밤에 빛나는 야광석도 좋고, 한 알 먹는 것만으로도 일 년 내내 몸에서 향내가 나는 환약도 있단다. 그리고 또⋯⋯."

왠지 장막 안에서 셋만 떠드는 분위기였다. 천제가 은근슬쩍 끼어들려 했지만 천후의 기세에 입도 벙긋하지 못했다.

"자, 물건을 직접 보고 고르겠느냐?"

"천제님이 힘 늘려주기로 하셨는데."

"저 사람 머물 데가 여기 말고 어디 있겠니. 도망갈 염려 없으니까 버려두고! 우리 먼저 자리를 옮기자꾸나."

조금 버거운 분이긴 하지만 '적의 적은 나의 아군'이란 말이 있지. 서효는 눈을 도르륵 굴린 다음 두 번 고민하지 않고 천후를 따라나섰다. 서효가 움직이므로 차언 역시 자리를 옮겼다. 주인이 움직이는데 하인들이 장막 들고 따름은 당연한 일이었다.

결국 천궁의 대전에는 천제 하나만이 홀로 남게 되었다. 그는 수염을 쓸면서 만만치 않을 앞날에 탄식했다.

뭐, 차언 말마따나 자업자득이었다. 그는 끝내 인정하지 않을 테지만 말이다.

천후는 산더미처럼 쌓인 물건 중에서 몇 개를 고르게 하더니, 나중에는 고른 의미가 무색하게 절반 가까이를 떠넘겼다. 하나같이 진기한 물건이었다. 그야말로 넘쳐 나는 며느리 사랑이다. 이 정도면 정명님의 소장품 규모를 가뿐히 뛰어넘겠는걸?

서효는 목욕하겠다는 천후를 배웅한 뒤 남편의 행방을 찾았다.

차언은 며느리에게 집안 이야기를 들려줘야겠다는 어머니에 의해 전각 밖으로 쫓겨났다. 이상한 질문했다가는 가만있지 않겠다고 벼르는 아들이나, 저놈의 성질머리 아직 안 죽었다고 하는 어머니나.

닮았네. 닮았어. 가족 맞네. 서효는 한숨을 내쉬며 자질구레한 생각을 떨쳐 냈다.

"저, 차언은 어디 있나요?"

전각 밖에 시립해 있던 궁녀에게 물었다. 그리고 궁녀의 입에서 대답이 나오려는 순간,

"응?"

서효의 고개가 돌아갔다.

"저거 차언 아닌가?"

눈을 가늘게 뜨며 초점을 맞춰 보았다. 엄청난 속도로 회랑을 질주하는 자는 자신의 남편이 맞았다.

"어딜 저렇게 가는 거지?"

이상한 점은 더 있었다. 차언이 검은 폭풍을 몰고 사라지기 무섭게, 뒤에서 하늘빛 옷을 걸친 이가 따라 달렸다. 못 본 지 일년이 넘었지만 서효는 막내도련님의 모습을 정확히 알아차렸다.

"정명님?"

도대체 내가 잠깐 자리를 비운 새 무슨 일이 일어난 거야? 서효는 이성 찾은 남편이 돌아와 설명해 주기를 기다리며 자리를 지켰다. 한데 일이 서효 생각보다 심각했던 모양이다. 차언이 사라진 쪽에서 포효가 들려왔다.

남편의 목소리였다.

"차언."

"……."

"차언?"

"……아, 불렀습니까?"

두 사람은 망월로 돌아왔다. 하지만 차언의 넋은 여태 돌아오지 않았다. 어딘가 망연한 표정이다가도 느닷없이 이를 갈기도 했다. 서효가 남편을 쳐다보며 말했다.

"불렀습니까, 정도가 아니지. 열댓 번은 넘게 부른 것 같다고. 게다가 얼굴 앞에서 손을 흔들기도 했는걸."

그런데도 차언은 알아채지 못했다. 서효는 남편이 충격 받은 원인을 포효에서 찾았다. 정확히 말하면 그를 포효하게 한 무언가.

서효는 그가 먼저 말하기를 기다렸다. 차언은 떠올리는 것만으로도 아직 분노가 가라앉지 않는 듯 재차 심호흡을 하였다. 속으로 일부터 백까지 세었을까?

차언이 낮게 잠긴 목소리로 말하였다. 억누르고 누르다 겨우 나온 딱 한 마디.

"족쳐야 할 곳은 북제였어……."

흡사 맹수가 그르렁거리는 소리 같았다. 기분 탓이지만 차언의 등에서 검푸른 기운이 뿜어져 나오는 것 같기도 했다.

"북제가 어디기에?"

왜 족쳐야 한다는 말인지. 서효가 눈을 깜빡였다. 차언은 허공 어딘가를 노려보며 말했다.

"북제의 현록."

"현록이면…… 차언 바로 밑의 도련님!"

"왜 이제껏 몰랐을까요. 아버지 뒤에 현록이 있다는 것을."

몇 시진 전.

전각을 나온 차언은 정원을 산책하다가 우연히 궁녀들의 대화를 들었다. 그녀들은 하필 비화(秘話)에 관심이 많았고, 차언은 거기서 정명의 이름을 들었다.

천궁의 모든 궁녀가 흠모하는 존재, 정명. 그가 한때 서효와의 혼례를 강행했다는 이야기는 차언의 걸음을 멈춰 세웠다. 서효는 동백에 있을 때에 관해서는 끝끝내 알려주지 않았다. 한데 궁녀들은 서효조차 모르는 비화를 작은 목소리로 나누었다.

"그러니까 그 모든 게 현록님의 계략이라고?"

"쉿!"

둘 다 목소리를 낮추었지만 차언의 귀는 이미 제삼의 이름을 포착한 다음이었다.

"물론 그전까지는 천제님의 뜻이었지만, 마지막에 서효님을 가두고."

가두고?

"결계로 두 분 사이를 완전히 차단하고."

결계?

"서효님이 독초 먹고 피 토하셨을 때도 마음 흔들리지 말라 설득하신 게 현록님이었단 말이지."

"아아."

태자가 엿듣고 있는 줄은 꿈에도 모르는 궁녀가 안도의 미소를 지었다.

"하긴. 우리 온화하신 정명님이 아무 이유 없이 그러셨을 리 없지."

"그렇지? 나도 그제야 납득이 되더라니까."

"한데 현록님은 왜 그러셨대?"

"……으응. 차언님과 서효님 둘 사이를 더욱 돈독하게 만들기 위해서였다고 들은 것 같은데."

거기까지.

헛소리 듣는 건 거기까지면 충분했다. 그리고 차언이 이성의 끈을 잡고 있는 것도 거기까지였다. 서효가 왜 자신에게 자세한 이야기를 하지 않았는지 이해가 되었다. 곱게 신부 대접을 해준 줄 알았더니.

감금? 독초? 토혈?

손끝이 떨렸다. 마침 정명과 마주쳐서 현록의 행방을 물었다. 살기를 몰고 도착한 전각에는 아직 김이 모락모락 피어나는 찻잔만이 남아 있었다. 찻잔 옆에 휘갈긴 쪽지가 그의 눈길을 끌었다.

—형님, 제가 설마 여태 여기 있을 거라 생각하신 건 아니지요?
저, 현록입니다.

머리 회전만큼은 타의추종을 불허하는 놈. 죽일 놈. 망할 놈.
모가지와 허리를 또각또각 분질러야 할 놈. 그 이름 현록.
"놈을 가만두지 않을 겁니다."
"집안싸움 고만 해."
"토혈? 피를 토했다고? ……죽여 버릴 거야."
"진정하래도."
강력한 진정제인 뽀뽀와 포옹을 거듭 처방해도 차언의 분노는
쉬이 가라앉지 않았다. 이렇게 된 이상, 첫째 도련님이 깊은 산속
에 꽁꽁 박혀 아주 오랫동안 나오지 않기를 바랄 수밖에. 하여간
내 시댁은 총체적으로 문제가 있다니깐?
오늘도 태자비의 한숨은 깊어만 갔다.

그 후 2.
등을 가볍게 미는
바람처럼

외출 준비를 마친 뒤 처소를 나서던 서효는 무언가가 한가득 실린 수레를 보고 멈춰 섰다. 이제는 익숙해진 얼굴의 사내가 고개를 주억거렸다.

이번엔 또 무엇이냐고 물을 기운조차 없었다. 당황하고 부담스러워하고 어쩔 줄 몰라 하고 답례로 뭘 보내야 하나 고민하는 것도 한두 번이다.

"안으로 옮겨주시겠어요?"

"예, 서효님."

"차 한잔 드시고 쉬다 가세요."

"늘 감사합니다."

천계에서 내려온 자였다. 서효는 고개를 저으며 걸음을 옮기다가 자신의 남편과 마주쳤다. 서효를 보고 밝아진 얼굴이 그녀의 옷차림을 파악한 뒤 살짝 굳었다. 차언은 못마땅한 눈치였지만 모난 말부터 꺼내지는 않았다. 그냥 시무룩한 표정을 지을 뿐이었다. 혹은 서운한 티를 내거나.

"외출입니까?"

뒤에 '또'라는 말이 생략된 물음. 서효는 남편의 반응에 꿈쩍하지 않고 산뜻하게 말을 받았다.

"오늘은 기필코 가여운 문조에게 주인을 찾아줄 거야."

"가여운 문조가 아니라 난폭한 새 새끼겠죠."

"차언."

서효가 양손으로 허리를 짚고 엄한 표정을 지어 보였다. 그러나 새의 영과 단둘이 있어본 차언으로서는 아내의 오해를 가만히 두고 볼 수가 없었다.

'잃어버려짐'을 당한 녀석들이라면 좀 주눅 들어 있어야 하는 게 아닌가? 망월의 궁궐이 제 세상인 양 활개 치고 다니는 게 아니라? 게다가 서효가 말하는 문조는 자신이 독수리 뺨치는 줄 착각하고 있는 녀석이었다.

멍청한 데다 난폭해. 그런데도 서효의 사랑을 받는다. 자신이 받지 못하는 귀여움을 잔뜩 받는다. 정작 남편인 자신은 궁궐에서 아내가 돌아오기만을 기다려야 하는데.

불공평하다. 그리고 뭔가 잘못되었다. 오늘은 이 부분에 대해서 제대로 짚고 넘어가야겠다는 생각이 들었다.

"뜬금없지만 나, 차언의 버릇이 어디서 기인한 건지 알겠어."

서효가 처소 쪽을 힐끔 쳐다보더니 말했다.

"좋아하는 사람에게 한없이 퍼주는 것 말이야. 특히 물질적으로 마구 선물 공세를 하는 거."

"그게 뭐 어때서요?"

"천후님이 딱 그러시잖아."

서효와 차언이 천계에서 돌아온 지 겨우 열흘. 그동안 천후는 서효에게 온갖 선물을 보냈다. 정말 과장 안 하고 매일같이 수레를 가득 채워 보냈다.

남편이 서효의 삶을 제멋대로 휘둘러 버렸는데도 아들과 남편을 별개의 존재로 생각해 준 게 고맙다고 하셨던가. 비뚤어질 이유가 충분하긴 하나 그걸 감안해도 너무 심하게 비틀려 버린 아들을 사람 만들어준 것도 고맙다고 하셨다.

네, 어쩌다 보니 이토록 애틋한 사이가 되었네요. 네, 네. 하지만 천후님. 이러다간 올해가 지나기도 전에 망월의 창고가 터져 나가겠어요!

"이해가 안 되는 것도 아니죠."

차언이 여전히 뭐가 문제인지 모르겠다는 얼굴로 태연하게 말했다.

"서효는 사랑스러우니까."

"저기요, 남편님."

뜬금없어서 더 부끄러운 말은 하지 않았으면 좋겠다. 냉기가 스며 있는 완염한 미남자. 그런 차언이 아무렇지 않게 귀엽다느니 어여쁘다느니 같은 말을 하면 서효는 뭐라 대꾸해야 할지 난감해지고 만다.

아무리 듣고 들어도 익숙해지지 않았다. 아마 영원히 이 상태가 지속되지 않을까. 서효가 차언에게 하는 칭찬은 기껏해야 '우리 남편 최고' 또는 '미남 태자전하' 정도밖에 안 되는데 말이다. 다양성 면에서도, 간지러움 면에서도 차언보다 한참 아래였다.

그러나 이는 서효에게만 문제시되는 부분이다. 차언은 서효가 항의를 계속하게 내버려 둘 생각이 없어 보였다.

"어쨌든 화제를 돌리려는 시도 자체는 나쁘지 않았습니다."

"……그런 의도 없었는데."

"외출하겠다는 말이죠? 남편을 슬프고 애처로운 구중궁궐에 박아두고?"

구중궁궐이라는 표현은 보통 인간계의 후궁들에게 쓰는 걸로 알고 있는데. 차언은 거기다 과장된 수식까지 덧붙여서 자신의 외로움을 강조했다. 왜 혼인한 지 일 년이 지났는데도 차언의 뜨거움은 좀처럼 가라앉지를 않을까.

애정이 식기를 바란다는 뜻이 아니었다. 서효의 애정을 지나치게 갈구하는 것이 문제였다. 시간이 지날수록 차언의 갈증은 점점 더 심해지는 것만 같았다. 혼인 전에도 이렇게까지 내게 집착했던가? 확실히 안전 문제에는 예민했지만 그래도 이 정도 애착은 아니었던 듯한데.

남편의 어두운 얼굴을 보고 있자 가엾다는 생각이 들려 했다. 하지만 서효는 그쯤에서 생각을 끊어냈다.

"주인들도 슬플 거야, 차언."

그의 뺨을 부드럽게 어루만진 서효가 위로의 미소를 보냈다.

"가족을 잃어버렸으니 얼마나 슬프겠어?"

우리가 떨어져 있을 때처럼 하루하루가 괴롭겠지. 그 가슴 아픈 심정을 아니까, 더더욱 도와주고 싶어. 할 수 있는 한 힘껏 돕고 싶어.

서효를 오래도록 바라보던 그가 엷은 한숨을 쉬었다. 차언은 말없이 서효의 손등에 제 손을 겹쳤다. 그녀가 자리를 비운 동안 필요한 온기를 지금 빨아들여 놓는 듯 서효의 손에 입을 맞추고 뺨을 비볐다. 아내를 놓아주는 손길에 아쉬움이 그득했다.

"잘 다녀오세요."

울렁이는 감정을 간신히 누른 듯한 목소리. 하지만 차언은 연한 웃음으로 아내를 배웅했다.

"하여간…… 돌아오기만 하면 됩니다."

그냥 낮에 외출하는 것뿐이라고. 그렇게 아련한 눈을 할 건 없잖아.

서효는 땋은 머리의 나비매듭을 만지작거리며 남편에 대해 생각했다. 여하튼 돌아오면 된다니, 차언은 아직도 내가 갑자기 사라져 버릴까 봐 불안한가. 서효는 혼인 후 차언의 행적을 잠시 떠올려 봤다.

그렇다. 차언은 여전히 불안해하였다. 예전보다는 괜찮아진 것 같아도 여전히 그의 내면에는 불안과 예민함이 똬리를 틀고 있었다. 이럴 때 노려봐야 하는 자가 있다.

서효는 길을 걷다 말고 하늘을 쳐다보았다. 눈에서 불꽃이 튀도록 힘주어 노려보았다.

"아들 길들이려다가 불안증 환자로 만들어놓으셨잖아요?"

하늘을 향해 침을 뱉을 수 있다면 연초(煙草) 가게 주인아저씨처럼 아랫배에서부터 기를 끌어모아 '카아아악, 퉤!' 할 텐데. 현실에서 그렇게 했다간 제 얼굴에 침 뱉기가 될 뿐이다. 마음 같아선 주먹이라도 휘두르고 싶었다. 아니, 사랑하는 사람이 눈앞에서 처참하게 죽는 걸 몇 번이나 목격했는데 제정신을 유지할 수 있는 게 신기한 거지.

"으으……"

서효는 재차 하늘을 노려보았다.

"천제님, 용서는 없어요. 그런 거 없다구요."

그녀는 코웃음을 친 다음, 번화가를 향해 씩씩하게 걸어갔다.

문조의 주인 찾기. 혹은 주인에 관한 단서 찾기. 그것이 오늘 서효의 목표였다. 다른 성(城)에 사는 사람이 주인일 수도 있지만, 망월인 중에 새를 잃어버린 자가 있다는 말을 어제 들었다. 어쩌면 가까운 곳에 주인이 있을지도 몰라. 서효는 기운을 내어 탐문을 시작했다.

"주변에 새 키우는 분 있으세요?"

"문조예요. 이렇게 생겼는데요. 몸은 새하얗고 부리는 끝으로 갈수록 다홍색으로 빨갛고."

"그분, 잃어버리셨나요?"

"아…… 찾았다고요. 네, 다행이네요. 감사합니다."

아침 식사 후 궁궐을 나왔는데 정오가 될 때까지 별다른 단서를 얻지 못했다. 오늘은 햇볕이 유난히 뜨겁네. 서효는 이마에 송골송골 맺힌 땀을 훔치며 손부채질을 하였다.

차언은 망월의 주인. 서효는 그의 짝. 어쩌면 새 잃어버린 이 찾는다는 공문을 궁궐 밖에다 붙이는 편이 편할지도 몰랐다. 하인들을 시킬 수도 있을 것이다. 그러나 하인들에게도 각자 해야 할 일거리가 있다. 자신이 편하자고 그들을 땡볕 내리쬐는 거리로 내몰 수는 없었다.

게다가 사람들 중에는 글을 읽지 못하는 자도 많으니, 인간계 관리들이 하듯 공문 한 장 내붙이는 건 서효 생각에 좋지 못한 방법인 듯하였다.

'천제님으로부터 영들과 대화하는 힘까지 받았으니까. 이건 내

몫이야. 최대한 노력해 볼 거야.'

하인들이 묻고 다니는 것보다도 열의를 지닌 서효 본인이 다니는 편이 단서를 얻기에도 좋을 터.

"그런데 정말 덥다아……."

서효는 찻집 이 층에 올라가 자리를 잡고 앉았다. 얼음 띄운 냉차를 주문하고선 문조가 그려진 종이 수십 장을 부채 삼아 부쳤다. 하늘거리는 종이는 아무리 겹쳐도 제대로 된 부채 하나만 못했다.

햇볕을 너무 쬐고 다녔나. 나 혼자 더워하는 걸까? 한여름도 아닌데 더위 먹는 건 아니겠지.

과즙 섞은 냉차가 나오자 서효는 숨도 안 쉬고 두 잔을 연거푸 들이켰다.

"조금 살겠네."

세 번째 잔은 처음보다 천천히 마셨다.

잃어버린 것들에게 주인을 찾아주는 일은 언제나 고되었다. 지금은 영들과 대화를 할 수 있어서 약간이나마 수월해졌지만 그전까지는 말 그대로 '생고생'이었다. 말을 끝까지 듣지도 않고 가는 이가 태반이었다. 왜 본인도 아닌데 남의 뒤를 캐고 다니느냐며 이상한 눈길을 받기도 했다.

차언과 함께 다니면 그런 일은 쑥 줄어들었지만, 서효가 얻는 단서의 양 또한 쑥 줄었다. 이런 이유 때문에 서효는 차언과 따로 움직이기를 선호했다.

"우리 남편님 잘 있으려나."

어디선가 청량한 바람 한 줄기가 불어왔다. 아직 살갗에 남아 있던 열기를 깨끗이 씻어내는 바람에 서효가 웃었다. 땀에 젖어 목덜미에 붙어 있던 잔머리가 바람에 하늘하늘 날렸다. 실로 귀한 바람이었다.

"손님, 이것 좀 맛보시지요."

난간 밖으로 팔을 뻗어 바람을 즐기던 서효가 점원의 말에 돌아보았다. 점원은 작은 접시를 내려놓았다. 설탕 뿌린 쌀과자와 알록달록한 경단이 담겨 있었다.

"저는 주문하지 않았는데요?"

"예, 공짜입니다. 주방에서 시험 삼아 만들어봤는데 양 조절을 잘못했다고 하네요."

"아……."

"어차피 오래 두면 맛없어지니까요. 한번 드셔보세요."

"감사합니다."

일단 인사를 하였다. 점원이 자리를 뜨고 나서도 서효는 한참 동안 과자 접시와 다른 손님의 탁자를 번갈아 보았다.

일인분만 남았나. 손님들이 많은데 왜 내게만 주시지?

그런 생각을 하기 무섭게 점원 여럿이 주방에서 튀어나와 모든 손님에게 접시를 돌렸다. 민첩하고 싹싹한 태도로 서효에게 했던 말을 반복했다. 뜻밖에 공짜 과자를 먹게 된 손님들 얼굴에 화색이 돌았다.

"흐음."

서효는 말랑한 경단을 하나 집어 들었다.

"그냥 운 좋은 일이었는데 내가 과민했나 봐."

입에 넣고 오물오물 씹으니 왠지 기운이 나는 것 같았다. 차를 홀짝이며 접시를 비울 때쯤엔 확실히 기력이 돌아와 있었다. 어쩌면 배고프고 목이 말라서 더 지쳤다고 느꼈을 수도 있겠다.

"양 조절 잘못하신 요리사분께 고맙네."

마지막 쌀과자를 입에 털어 넣는 순간, 바람이 갑자기 세게 불어와 부스러기가 확 흩어지고 말았다. 뭐야, 다 좋다가 이게 무슨 일이람.

서효는 치마를 털어내며 근처에 불운의 신 아저씨가 온 것은 아닌지 두리번거렸다.

노을이 지기 전이었다. 서효는 어깨를 두드리며 궁궐 문턱을 넘었다.

그녀를 가까이서 본 적이 없는 행인들은 방금 전까지 자기 옆에서 걷던 아가씨가 대수롭지 않게 궁궐로 들어가는 것을 보고 흠칫 놀랐다. 수문장을 포함한 문지기들이 정중하게 고개를 숙이는 것을 보고는 더욱 놀랐다.

"아이고, 팔다리 허리야."

어머니 무조부인이 입에 달고 살던 말을 서효 자신이 하게 될 줄이야. 살다 보니 이런 날도 맞게 되었다. 오늘은 뜨거운 물에 몸을 아주 삶을 듯이 푹 담가야지. 온몸이 흐물흐물해지기 전에는 물에서 나오지 않을 테야.

그런 결심을 하며 걷는데 문득 대전에 시선이 닿았다. 너무 크고 웅장한 나머지 저기에 사람이 들어 있다는 생각을 하면 왠지 가여움과 안쓰러움이 느껴지는 위용이었다.

차언이 아직 저기 있을까. 그에게도 주어진 직분이 있었다. 천계의 태자로서, 망월의 주인으로서 다스려야 할 것들이 많았다. 어차피 저녁 식사를 할 때 보겠지만 그에 앞서 얼굴을 보고 싶었다. 아침에 궁궐을 나서기 전, 쓸쓸해하던 표정이 마음에 걸렸다.

한 걸음, 한 걸음. 서효는 느린 걸음으로 대전을 향해 움직였다. 자신은 그동안 몇 번이나 죽고 다시 태어났는데 웅려한 궁궐은 변함이 없었다. 까마득한 지붕도, 서효가 서너 명은 족히 달라붙어야 팔로 감쌀 수 있는 기둥도, 바닥에 깔린 조각돌도 그대로였다. 그래서 지금처럼 혼자 궁궐을 거닐 때면 묘한 기분에 빠지곤 했다.

"서효님."

"쉿."

대전 밖 궁녀들이 그녀를 보고 무릎을 굽혔다. 서효는 전각 안을 눈짓하면서 차언이 있는지 물었다. 그렇다는 대답이 돌아왔다.

"똑똑."

태자비는 입으로 문 두드리는 소리를 내면서 대전 안으로 들어갔다. 맑은 목소리가 널따란 대전에 메아리처럼 울렸다. 높은 단상 위에 차언이 있었다.

그는 몸의 선이 드러나는 포(袍) 위에 은실로 수놓은 외투를 걸쳤다. 한 팔로 머리를 받친 채 나른히 다리를 꼬고 앉아 있었다. 낮잠을 자는지 생각 중인지 눈을 감은 상태였다. 저럴 때 보면 영락없는 '차언님'이자 천생 태자전하다. 어느 누가 저 모습을 약방 집사라고 믿겠어?

"귀가입니까?"

"돌아왔지롱."

"완전한 귀가인가요? 이제 오늘 중엔 궁궐 밖으로 나가지 않는 겁니까?"

서효가 경쾌한 발걸음으로 단상 위에 올랐다.

"나가라고 해도 못 나가. 온몸이 곱게 빻아진 기분인걸."

차언이 슬며시 눈을 떴다. 자세를 바꾸지 않은 채 시선만 비껴서 서효를 보았다. 그 말이 참인지 가늠하는 모양새였다.

서효는 일부러 어깨를 축 늘어뜨려 보였다. 굳이 많은 힘을 들일 것도 없었다. 아까부터 계속 어깨는 내려가 있으니까 조금만 더 과장하면 그만이었다. 차언이 그녀의 아래위를 담담히 훑다가 말했다.

"오늘은 소득이 좀 있었나요?"

"별로."

서효가 머리카락 끝을 꼬면서 단상 위를 걸어 다녔다.

"떡 가게 따님이 새를 잃어버렸다는데 알고 보니 거긴 문조가 아니라 구관조더라."

"안 됐군요."

"문조가 어떤 새인지 모르는 사람도 여전히 많고."

"참새나 비둘기처럼 흔한 종이 아니니까요."

"그림을 보여줘도 태반이 고개를 갸우뚱거렸어. 얼마나 열심히 설명하고 다녔는지 목이 따끔거릴 지경이야."

"아침에 나가서 지금까지 돌아다녔겠군요."

"응, 얼른 씻고 눕고 싶어."

"중간에 쉬었겠죠?"

쉬지 않았다면 하늘을 무너뜨리기라도 할 기세다. 서효는 괜한 걱정을 한다는 양 고개를 까닥거렸다.

"오늘 햇볕이 꽤 따가웠어. 이런 거 보면 더위 안 타는 차언이 부러워. 이렇게 어깨에 외투 걸치고 있을 수도 있고."

그래도 온종일 등 뒤에서 상쾌한 바람이 불어와 돌아다닐 힘이 났다고 말했다. 덥다 싶으면 목덜미를 시원하게 식혀주고, 지친다는 생각이 들면 머리카락을 살랑이니 뭔가 행운 신의 가호가 함께하는 기분이랄까.

행운 신은 얼어죽을, 하고 차언이 중얼거렸다. 이것 봐. 틈만 나면 두척님 욕하지. 서효는 눈을 가늘게 뜨고 남편을 흘겨보았다.

"참, 그리고 공짜 과자도 먹었다?"

"어쩌다 그런 일이."

"주방에서 양 조절을 잘못했다더라고. 그렇다고 해도 너무 많은 양이었지만……. 찻집 손님들에게 다 돌릴 만큼 큰 실수를 했다는 것도 이상하고……."

"단순히 생각하세요."

차언이 별것 아니라는 투로 말했다.

"그냥 오늘 공짜 과자를 먹을 운이 있었나 보죠."

"방금 전까지는 두척님 욕해놓고……."

불리한 말은 못 들은 척하는 것도 태자전하의 숨겨진 특기다. 차언은 탁자 위의 찻잔을 들어 목을 축였다. 그가 서효에게 넌지시 물었다.

"내일도 나갈 겁니까?"

"물론."

너무나 당연한 것을 질문했음을 스스로도 아는지, 차언이 짧게 한숨을 쉬었다. 그러더니 내일은 같이 나가자고 했다. 서효 뒤에서 상대에게 눈을 부릅뜨지 않겠다고 약속했다. 사람들이 위협을 느낄 만한 짓은 결코 하지 않겠다고 말했다.

사실 차언과 함께 다닐 때 장점이 아예 없는 것은 아니었다. 자그만 서효를 만만히 보고 다가오는 자들이 분명 있었다. 그럴 때 차언의 존재는 무엇보다 든든하게 느껴졌다.

"하지만 차언은…… 차언만의 일이 있잖아?"

"있죠. 너무, 너무, 너무 바쁜 아내님 보필하는 거."

"그게 아니라."

"주인으로서의 일을 말하는 거라면 무정한 아내님 덕분에 보름치 일을 끝냈습니다만."

서효가 침묵했다. 그건 내 탓이라기보다 차언의 일 처리 속도가 심하게 빠른 것 때문이 아닐까.

입이 간지럽지만 참고 넘어가기로 한다. 외로움 타는 남편을 달래는 중이다. 굳이 제 손으로 불타는 아궁이에 장작을 집어넣을 필요는 없다.

차언이 꼬았던 다리를 풀고 허리를 바로 세워 앉았다. 그는 자신의 허벅지를 톡톡 두드리며 서효를 보았다.

"앉으세요."

서효는 냉큼 남편의 무릎 위에 앉았다. 단단한 팔이 기다렸다는 듯 서효의 허리를 감쌌다. 편안하고 포근한 느낌이었다. 따스하기도 하고 간지럽기도 하였다. 곁에서 가만히 힘을 실어주는 것 같다고나 할까. 마치 오늘 하루 서효의 등을 밀어준 바람처럼.

그런 느낌이었다.

"슬슬 노을이 지겠군요."

차언이 활짝 열린 대전 문밖을 쳐다보며 말했다. 서효는 그가 말한 풍경을 눈에 담았다. 드넓은 하늘에 아름다운 붉은 물감이 번져 가고 있었다. 두 사람은 한동안 말없이 노을을 지켜보았다.

같은 공간에서 같은 풍경을 바라본다는 것. 너무나 평범한 일상이지만, 평범하다고 해서 그 가치가 바라는 것은 아니다. 일 년 전만 해도 감히 꿈꿀 수 없던 소중한 순간이라는 생각이 들었다.

서효는 조용한 목소리로 그를 불렀다.

"차언."

구태여 대답하지 않아도 그가 귀 기울이고 있다는 것을 알 수 있었다. 문득 그에게 꼭 알려주고 싶은 말이 떠올랐다. 행복 안에서도 이따금 불안을 느끼는 그에게, 언젠가 확신이 불안을 밀어내는 그날까지 재차 들려줄 이야기.

"해가 지고 어둠이 찾아와도 난 더 이상 두렵지 않아."

"……."

"내일이면 다시 저 하늘이 밝아올 것을 알고 있으니까."

그러니까 차언, 두려워하지 마. 겁낼 필요 없어. 나는 언제나, 정말 언제나 차언의 곁에 있을 테니까.

그가 대답 대신 서효의 어깨에 지그시 턱을 눌렀다. 차언은 웃고 있을까. 아니면 눈시울을 붉히고 있을까. 서효는 뒤돌아보지 않고 그의 손 위에 제 손을 겹쳤다. 아침에 차언이 제게 그랬듯이.

행복이 노을처럼 번져 가고 있었다.

〈完〉

작가 후기

안녕하세요. 밀밭입니다.

종이책으로는 일 년 만에 드리는 인사네요. 동양풍 판타지 로맨스는 제게 익숙한 장르지만, 두 권 분량의 작업은 이번이 처음이었습니다. 그동안 제 안에는 투명한 허들이 있었다고나 할까요?

단권 이상의 글은 어떻게 쓰지? 초장편 내시는 작가님들은 대단해! 부럽다, 저 에너지!

하지만 큰 기대 없이 발송한 시놉시스가 네이버 심사를 '덜컥' 통과함으로써 저는 자연스레 단권 이상의 길로……. 작년 11월 중순부터 올해 5월 말일까지 장장 반년을 〈서녘이 밝아오면〉과 함께했네요.

개인적으로 이렇게 오래 쓴 글은 처음이라 더욱 감회가 새롭습니다. 사실 작가 후기를 쓰는 지금도 조금 믿기지가 않아요.

새 글을 시작할 때 늘 그렇듯이, 서효와 차언의 모습 또한 대뜸 떠올랐습니다. 자고 일어났더니 누군가 제 머릿속에 두 사람을 들여놓은 기분이 었어요. 아옹다옹하며 지내는 귀여운 아가씨와 깐깐한 집사. 얼핏 보면 평화로운 일상이지만 집사는 무언가를 두려워하고 있지요. 정확히 말하면 '어떤 시점'이었고, 그건 아가씨가 잊고 있던 기억을 되찾는 때였어요.

그는 왜 행복해질수록 불안해할까? 왜 아가씨를 좋아하면서도 한편으로는 밀어낼까?

인내심을 갖고 귀 기울였더니 과거에 둘이 어긋난 이야기가 이어지더군요. 그때부터는 모든 것이 수월했습니다. 스스로 움직이기 시작한 두 사람을 따라가기만 하면 되었거든요.

연재 당시 욕을 독차지했던 천제는 분명 가정 파탄의 주범이자 나쁜 놈입니다. 본인은 3세계의 균형을 맞춘다고 한 일이었지만, 그로 인해 장남은 점점 마음의 문을 닫게 되었습니다. 서효는 몇 번이나 죽음을 겪었죠. 무고한 피해자가 얼마나 많은지요.

하지만 그렇다고 해서 차언의 행동이 정당화될까요? 이 이야기는 결국 서효가 모든 기억을 되찾고도 가해자이자 첫사랑이었던 차언을 '다시' 선택하는 내용이기 때문에, 전 이 부분에 많은 공을 들이고 싶었습니다. 그냥 서효가 착해서 차언을 용서하는 식으로 풀어가고 싶지 않았어요.

그래서 차언은 죄를 인정하되 용서를 구하지 않습니다. 용서를 먼저 입에 담는 쪽은 서효여야 한다고 생각하죠. 가면을 쓴 서효 또한 자주 화를 냅니다. 아가씨에게만 잘하고 남에겐 함부로 하면 무슨 소용이냐고 목소리를 높입니다. 결국 차언은 스스로 변화를 일구어냈고, 서효는 바로 옆에서 그의 변화를 지켜보았지요. 그가 노력할 때 힘을 보태기도 했습니다.

어쩌면 저는 함께 성장하는 두 사람을 그리고 싶었던 건지도 모릅니다. 물론 차언의 성장 폭이 서효에 비해 엄청 크긴 하지만요. (웃음)

서효가 하고많은 신들 중에서 굳이 '잃어버린 것들의 여신'인 이유는…… 조금 뜬금없을 수도 있는데요.

해마다 유기되는 동물이 늘어난다는 뉴스를 볼 때마다 마음이 너무 안 좋았어요. 몸집이 너무 커졌다고, 또는 시끄럽다고, 혹은 귀찮다고, 싫증 났다는 이유만으로 버려지는 개와 고양이와 토끼들은 길에서 살아남기가 힘들다고 합니다. 그리고 절대 주인이 자신을 버렸다고 생각하지 않는다지요. 도리어 자기가 주인을 놓쳤다고 자책한대요.

그 아이들이 거리에서 떠도는 시간이 괴롭지만은 않기를 바라는 마음에서, 서효의 직분이 결정되었습니다. 비록 지친 몸은 뒷골목에서 사늘하게 식어가는 중이라도, 영(靈)만은 행복하고 따스하길 바랐어요.

서효 같은 이가 함께해 준다면 가능하겠지요. 그리고 그런 서효라서 아버지로부터 버림받은 차언도 품을 수 있었던 게 아닐까 생각합니다. (냥줍…… 이 아니라 차줍인가요?)

아, 본문에서는 짧게 언급만 하고 넘어갔는데요. 천제의 다른 아들을 궁금해하는 분들이 계셔서 후기에서나마 알려드립니다. (갑작스런 설정 풀어놓기)

첫째, 망월의 차언. 네 명의 동생들을 합친 것보다 강한 무력을 갖고 있지요.

둘째, 북제의 현록. 진법과 전술에 능통하며, 절대 형님에게 붙잡히지 않습니다. 먼저 튑니다.

셋째, 상산의 무결. 환영과 환청으로 상대의 정신을 교란시킬 수 있습니다. 유들유들한 성격이 매력적이지만 아쉽게도 유부남.

넷째, 태곡의 의림. 형체를 투명하게 바꿀 수 있습니다. 어디든지 침투 가능. 변신했을 때 수풀 같은 향기가 느껴진다고 합니다.

막내, 동백의 정명. 치유의 힘을 갖고 있으며, 본인도 몰랐던 연기 재능 최근에 발견.

이상입니다.

시놉시스 투고부터 책이 나오는 순간까지 힘써주신 이은주 대리님께 감사 인사를 전합니다. 여러분, 저희 정말 파이팅했답니다. 대리님 출근길에도, 저의 외출 중에도, 상대가 잠들었을까 조마조마한 새벽에도 달리고 달렸지요.

더불어 연재 내내 삽화를 맡아주신 일러 작가님과 편집부 일동에도 감사드립니다. 벌써 전자책 3종을 낸 문도윤 작가는 더욱 분발하길 바랍니다. 새 글이 업데이트될 때마다 읽고 나서 매번 감상을 들려주었던 민아, 새롬. 후기에 너희 이름 찍힌 책이 더 많아지도록, 나는 오늘도 힘내고 있단다.

마지막으로 〈서녁이 밝아오면〉을 읽어주신 모든 분들께 감사드립니다. 다시 뵙는 날까지 늘 건강하시길.

2016년 9월

이야기가 쌓이는 작업실에서, 밀밭 드림